古典文獻研究輯刊

二三編

曾永義 主編

第 1 冊

〈二三編〉總目

編輯部編

唐順之文學思想研究

孫 彥 著

國家圖書館出版品預行編目資料

唐順之文學思想研究／孫彥 著 -- 初版 -- 新北市：花木蘭文化
事業有限公司，2021〔民110〕
目 2+200 面；19×26 公分
（古典文學研究輯刊 二三編；第 1 冊）
ISBN 978-986-518-340-0（精裝）
1.（明）唐順之 2. 文學 3. 學術思想
820.8   110000421

ISBN-978-986-518-340-0

9 789865 183400

古典文學研究輯刊
二三編 第一冊   ISBN：978-986-518-340-0

唐順之文學思想研究

作　　者　孫彥
主　　編　曾永義
總 編 輯　杜潔祥
副總編輯　楊嘉樂
編　　輯　許郁翎、張雅淋　美術編輯　陳逸婷
出　　版　花木蘭文化事業有限公司
發 行 人　高小娟
聯絡地址　235　新北市中和區中安街七二號十三樓
　　　　　電話：02-2923-1455／傳真：02-2923-1452
網　　址　http://www.huamulan.tw 信箱 service@huamulans.com
印　　刷　普羅文化出版廣告事業
初　　版　2021 年 3 月
全書字數　192506 字
定　　價　二三編 31 冊（精裝）台幣 82,000 元　　　　版權所有・請勿翻印

〈二三編〉總目

編輯部　編

《古典文學研究輯刊》二三編　書目

論文集專輯

《古典文學研究輯刊》二三編
各書作者簡介・提要・目次

第一冊　唐順之文學思想研究

作者簡介

孫彥，女，1979 年生，江蘇南京人，文學博士。畢業於南京大學文學院文藝學專業，現為江蘇第二師範學院文學院副教授，主要從事中國古代文學理論研究，現主持國家社科基金重大項目子課題一項，著有《大家精要・唐順之》一書，發表過《〈董中峰侍郎文集序〉與唐順之的「文法」論》、《以古文之法入於時文——論唐順之的八股文創作》、《紫柏真可文字「春花」論探析》等論文多篇。

提　要

唐順之是明中葉文壇上一位著名的文章大家，除了傑出的時文、古文創作，唐順之的文學思想對明清文壇亦具有十分重要而深遠的影響力。本書在全面勾勒梳理唐順之家世、生平、人格心態及其學術思想的基礎上，從詳細考證、闡釋其評選的文學選本以及相關論文的核心文獻資料入手，結合其文學創作實踐，展開了對唐順之文學思想內涵和價值的深入研究。本書揭示了唐順之通過《文編》、《六家文略》等古文選本的編選構建起含括法度論、師法論、技法論三個層面的古文「文法」理論體系，籍此，他為世人勾勒出由唐宋八大家文上窺秦漢散文精髓的古文師法路徑，確立起明道宗經、崇實致用、注重文法的古文創作正統。唐順之所揭櫫的這一古文正統，經茅坤、艾

南英、錢謙益、黃宗羲、魏禧、桐城派、湘鄉派、陽湖派等明清文士及文學團體的繼承發揚，深刻影響了明末至清代的古文創作和理論批評。此外，受陽明心學思想影響，唐順之極為重視作家的主體性，其「本色論」以表達作者的真知灼見、真情實感為作文第一要義，倡導率意信口、直抒胸臆之作；其「文法」論提倡寫作者本心自得之見，強調作者在寫作中將各種技法為我所用，以實現作者的主體性與文體完美交融的理想之境。唐順之對作者主體精神的高揚給古代文論注入了新鮮的色彩，尤以其「本色」論為代表，他的文學思想在一定程度上突破了追求意法平衡的古典審美理想，對晚明重發抒性靈、真情直寄的浪漫文學思潮有先導之功，並在五四以來以人為本的現代文學觀念的構建過程中激起了一定的迴響。

目　次

第二冊　從文學及思想層面探討明清經義文

作者簡介

　　蒲彥光，東吳大學中國文學研究所碩士，碩論《韓愈贈序文類之研究》（柯慶明教授指導）；佛光大學文學系博士，博論《明清經義文體探析——以方苞《欽定四書文》為中心觀察》（指導教授龔鵬程、潘美月）。研究興趣綜涉古今文學、經典詮釋等議題，代表著作包括《文本的開展——小說、社會與心理：以論析黃春明、白先勇作品示例》（2005），《明清經義文體探析》（2010）。任教於明志科技大學、國立台北大學、台北海洋科技大學。

提　要

　　明清經義文，俗稱八股，其內容涉及宋明理學，更與古文運動以來之疑經改經／文人概念密切相關。本書收錄九篇論文，為《明清經義文體探析》後，作者於此議題之進一步思考。

　　〈見證滄桑〉篇，以洪棄生的《寄鶴齋制藝文集》為主題，論述其經義文觀點、以及文中對於馬關締約與台灣易幟之感慨。〈唐順之四書文研究〉篇，說明唐氏復古由秦漢轉向唐宋，以追求活法，標榜「洗滌心源」，與陽明心學攸關。〈試析《夕堂永日緒論》之經義觀點〉篇，以王船山晚年《夕堂永日緒論》為主題，研究其與唐宋派差異，揭示理學家如何看待經義文之「載道」。〈李贄時文觀點研究〉篇，指出「童心說」標舉當代經義，如何受到陽明心學影響，兼論其「借題發揮」之作法。

　　〈《袁太史稿》研究〉篇，說明袁氏取典秦漢，以申、韓「雄奇廉銳」風格，與朝廷政令有別，兼論《欽定四書文》對於章雲李－尤王派－袁枚這一系作風之壓抑。〈金聖歎《小題才子書》評語初探〉篇，說明其復古乃以先秦西漢為典範，義理上則雜攝佛道，表現晚明「三教合一」的特殊性。〈詮釋主題之朗現〉篇，主要從古文派「理」「法」「辭」「氣」四個層次，說明經義文受道學世俗化影響，朗現出詮釋主體。〈體貼聖人之心〉篇，主要藉由明代經義文論為例，重新反省經學研究與讀經教育之隔膜，倡議「朝未來開放的經典教育」。〈守經、用經與背經〉篇，主要藉由經義文發展史，強調除了漢學考據，尚有文人經說與科舉教育等經學題材值得學界重視。

目　次

第三、四冊　明代八股文批評研究

作者簡介

　　黎曉蓮，1978 年生，湖北宜昌人，於 2001 年、2004 年、2012 年在武漢大學文學院先後獲文學學士學位、文學碩士學位、文學博士學位，現為武漢東湖學院副教授。主要從事明清文學與文論研究。

提　要

　　本書在明人別集八股文序跋、文話、選本等文獻整理的基礎上，運用史論結合及比較批評的方法，選取明初、正嘉、隆萬、啟禎等四個八股文批評活動比較活躍的時期，以流派為經，以專論為緯，試圖梳理出明代八股文批

評的主要流派、主要批評理論和範疇，總結明代八股文批評發展嬗變的線索和規律，同時對形成明代八股文批評風貌的科舉文化生態、社會風氣、哲學思潮等因素作相應的審視和考察，以此鳥瞰明代八股文批評發展的總體走向。

目　次

第五、六、七冊　清代八股文批評研究

作者簡介

　　陳水雲，1964 年生，湖北武穴人，1996 年畢業於南開大學中文系中國文學批評史專業，獲文學博士學位。現為武漢大學二級教授，博士生導師，中國古代文學理論學會理事，主要從事明清文學與文論研究。出版有《清代詩學》（合著）、《清代詞學思想流變》、《二十世紀清詞研究史》等。

　　孫達時，1989 年生，河南開封人，2018 年畢業於武漢大學文學院中國古代文學專業，獲文學博士學位，現為河南師範大學文學院講師，主要從事古代文學教學與研究。

　　江丹，1986 年生，湖北荊州人，2017 年畢業於武漢大學文學院中國文學批評史專業，獲文學博士學位，現為深圳職業技術學院人文學院講師，主要從事古代文學教學與研究。

提　要

　　本書是對清代八股文批評史的研究，以時代為經，以專家為緯，把清代八股文批評劃分為明清易代之際、順治康熙時期、雍正乾隆時期、嘉慶道光以降四個時段，認為清代近三百年的八股文批評經歷了一個從反思、重建、興盛到集大成的發展進程。在宏觀描述清代八股文批評形成的時代背景後，

對三十餘位重要批評家的學術思想、八股文觀念和八股文批評活動作了比較全面的呈現,對清代八股文批評史上比較重要的八股文話、序跋、評點作了較為系統的介紹,是迄今為止第一部對清代八股文批評進行全面論述的文學批評史著作。

本書是 2010 年度國家社科基金項目成果,鑒定等級為「良好」,項目完成人為陳水雲、孫達時、江丹、李群喜、張星星、吳瑩。附錄部分為稀見或未及論述的八股文話 10 種。

目　次

上　冊

第八冊　明代小說視域下的「涉佛」女性意象研究

作者簡介

　　王水根，文學博士，宜春學院文學與新聞傳播學院中文系教授，江西省高校人文社科重點研究基地——宜春學院宗教文化研究中心主任。主研領域：佛教文化、女性，中國古代文學、文化。曾在大陸、香港、臺灣等地高級別學術期刊上發表論文多篇；主持國家社科基金項目等各級各類課題多項；獲江西省社科優秀成果獎等各級各類獎勵多次。

　　傅琴芳，四川大學外國語學院英語系在讀博士，宜春學院外國語學院英語系講師。主研領域：英美宗教文學、文化。

　　王者，香港公開大學人文社會科學院人文、語言與翻譯學系碩士研究生。主研領域：中國古代文學、文化英譯。

提　要

　　統攝而非僅限於明代小說「涉佛」素材之下，本專著做了六則個案考察，分別如下：白娘子意象的「色戒」觀照；「自殘療親」的孝義女意象；淪為「試金石」的紅蓮們；在邊緣化中越位的出家女性；佛光劍影中的女性劍俠意象；觀音意象的色慾化審美。這六則個案的具體論證，均關涉了三類研究進路：一則，取徑於「涉佛」，以追究該六類女性意象及其相關小說母題的生成淵源；二則，取徑於世俗因緣，在世俗與方外之間的糾纏中，釐清二者間的性別意識區隔與交融之下的嬗變；三則，取徑於文學中的現實鏡象，盡可能再現當時的「涉佛」女性之社會存在狀態，以彌補她們在佛教史書寫中的意象缺憾，並在一定意義上為其發聲。而從相關學術史價值上論，對這類個案的系統考察，一者，基於小說素材與佛教史之間的文史互證，一定程度地拓展了女性

佛教信仰研究的文獻範疇；二者，鑒於中國古代小說確乃中國女性佛教信仰身心歷程研究的無可替代，創新了女性佛教信仰研究的精神性和靈異性與小說再現客觀歷史的虛擬性和想像性之間的互動理念；三者，多種類型的「涉佛」女性意象得以成就的客觀歷史所在與學界固有認知，獲得了某種深層觸碰、質證甚至成功更新。

目　次

第九冊　粉戲

作者簡介

　　李德生，原籍北京，旅居加拿大，係加拿大文化更新研究中心研究員，

致力於東方民俗文化和中國戲劇之研究。有如下著作在國內外出版發行：

《煙畫三百六十行》（臺灣漢聲出版公司出版 2001 年）；

《煙畫的研究》〔日〕川床邦夫譯（日本經濟研究所出版 2005 年）；

《老北京的三百六十行》（中國山西古籍出版社出版 2006 年）；

《富連成——中國戲劇的搖籃》（中國山西古籍出版社出版 2009 年）；

《禁戲》（中國百花文藝出版社出版 2008 年）

《清宮戲畫》（中國百花文藝出版社出版 2010 年）

《昔日摩登》（中國江西教育出版社出版 2009 年）；

《一樹梨花春帶雨—說不盡的旗裝戲》（中國人民日報出版社出版 2015 年）

《清代禁戲圖存》（中國社科出版社出版 2020 年）；

提　要

　　自清以降，歷屆政府禁演的戲劇劇目中，凡涉及男女私情的故事，多冠以「淫戲」之名。它是以封建倫理道德的標準的「非禮勿視、非禮勿聽」給予界定的。但在民間流傳的劇目中，所謂的「淫戲」，又佔據著不可忽視的重要組成。辛亥革命之後，民智蘇醒、社會開放，民間戲劇的演出得以寬鬆。戲劇評論界遂將「淫」字變為一個較為中性的「粉」字。變「淫戲」為「粉戲」，一方面承認男女私情戲的存在，一方面努力擺脫封建道德觀對這類戲劇的禁止和打壓。子曰：「食色性也」，男女無情，何以為戲？所謂的「粉戲」劇目一直貫穿於戲劇長河的始終。筆者特意將一些著名的、或是被一直污名的「粉戲」梳理出來，編成此書，是想為戲劇史研究者提供一些可用的資料，意恐日久湮沒於溝渠。

目　次

第十、十一冊　模式與意義：六朝器物詩賦研究

作者簡介

張鏞樺，女，1982 年 5 月生，臺灣台北人。輔仁大學中國文學碩士、博士。主要從事六朝文學、中國古典詩歌研究。曾教授中國文學史、大學國文、詩選等課程。代表作有：〈以焦慮為良師——從蒲松齡的〈畫皮〉談文本暗示和教學策略〉、《永明新變說再探——以詩樂分離為起始的討論》、《模式與意義：六朝器物詩賦研究》。

提　要

本文以雷德侯（Lothar Lederose）提出之「模件化」為間架，藉助孫機、揚之水、巫鴻等先生的物質研究成果，對器物書寫的淵源／流變、動因／成果、本質／價值提出新的解釋。

先秦為器物書寫模式的初始型、原始型，漢代則是器物書寫的成型期，

王褒等賦家具體地展示了由材料至道德意涵的文章架構。魏晉是器物書寫的換型期，此時最重要的改變是將「功能」置移於「材料」之前，立基於現實，有意去聖、崇尚簡樸。南朝是器物書寫的轉型期，受到文學內、外部發展影響，前代的幾個構件在五言八句的詩作中共同往「整體」融匯。

　　草木無情，人有所感，東漢末年以降的推移之悲普遍反應於六朝詩文，器物書寫也存此底蘊。通過對器物的留連，魏晉器物賦觸及了一種「懸置時間」的可能，而南朝器物詩對「片刻」的強調，也不妨視為「瞬間」形式的創造──以從「線性」和「循環」的時態中暫時解脫。

　　本文最末涉及畫屏風、畫扇和塑像贊。題面有器，但在內容中都略去了器體的物質性：依違於器體的有無，是詠器物題材的擴張；依違於物質與非物質之間，「畫・像」一類的「非典型」，使得「歌詠」（詠物）完全發揮了它的作用──我們之所以讀出盎然興味，不是因為「屏風」，而是因為文學、因為文字。

目　次

上　冊

第十二、十三冊　歷代宋詞集序跋研究

作者簡介

　　許淑惠，國立成功大學中國文學系博士，現為國立臺南護理專科學校通識教育中心專任助理教授。師從王偉勇教授，陸續發表十餘篇論文，碩論《秦觀詞接受史》，評選為 2007～2008 中華扶輪教育基金會獎學生；博論《歷代宋詞集序跋研究》，申請「科技部 104 學年度獎勵人文與社會科學領域博士候選人撰寫論文獎」，獲頒 43 萬，當年度僅 57 位獲選。平日愛好創作，曾參與「第四屆粵港澳臺大學生、研究生詩詞大賽」，以〈淡黃柳〉獲「優異獎」；及成功大學「第四十一屆鳳凰樹文學獎」古典詩第二名。

提　要

　　詞學批評資料，形式多元，可歸納為詩話、筆記、詞集序跋、詞話、論詞詩、論詞長短句（論詞詞）、詞篇評點、詞選（集）箋注，甚或詞之題序中。歷來學者多有研究，但詞集序跋資料，自金啟華、張惠民等編著《唐宋詞集序跋匯編》、施蟄存主編《詞籍序跋萃編》彙輯成書後，卻鮮見研究者以「詞集序跋」為題撰寫學位論文。詞集序跋為詞論批評之重要資料，可視為研究詞集的第一手資料，看似鬆散、隨意，細加考察，實有助於讀者了解作者、作品、創作背景，以及編次或體例，並可窺見對作家、作品之評論及相關問題之闡發。

　　故本文擬以「歷代宋詞集序跋研究」為題，逐一蒐羅宋詞別集、詞總集（以選集為主）、叢編之序跋。序跋可分自序、他序，前者可直接掌握作者思考；後者又可區分為同時及後代兩類。並關注詞集序跋撰寫者身分，除詞人自序外，另有門生弟子、友朋故舊、郡邑後進、私家書坊及藏書名家所撰序跋，各有側重。尤其明清大量藏書家所撰題跋，致力校讎比對，詳加考證，詞集版本至此臻於美善。歷代詞學理論研究多著重於詞話專書，序跋資料長久被視為輔助資料，未能具體呈現其價值及詞學理論。本文針對序跋內容詳加探析，可知實可分為著書序跋、學術評論序跋、版本考據序跋、刊刻序跋……等，為研究詞史脈絡、詞學理論、詞學批評之重要文獻，針對詞人之家世背景、人格品行、交遊往來、奇聞軼事多有著墨。理論方面則分別就「推溯詞

體起源及脈絡」、「商榷詞體特質及地位」、「闡述詞體流變及承傳」、「探究詞體風格及境界」、「辨析音律特質及聲情」、「標舉詞作範式及詞家」、「探討詞篇審美及接受」等七大面向進行探析，耙梳序跋文字內容，藉此凸顯歷代宋詞集序跋之理論、史料、文獻價值。

目　次

上　冊

第十四冊 宋人前身傳說研究

作者簡介

黃惟亭，1994 年生，嘉義人，國立嘉義大學中國文學研究所碩士。

提　要

本研究為「宋人前身傳說研究」，首先，針對關於「前身」相關的「天授」、「轉世」與「謫仙」等觀念進行整理與析論；其次，以宋代文獻所記載宋代帝王后妃、文臣武將之前身傳說為討論對象，共四十七位，六十五種前身傳說，依照宋代人物的身分類型，以及前身傳說類型之不同而分別章次，分析宋人與其前身之間的關聯性和意義，探討前身傳說的表現筆法，以及其中所蘊含的意義；最後，以宋代人物的前身傳說為基礎，延伸探究宋代既有的宋人前身傳說，於後代敘事作品中的發展情形。

目　次

第十五冊　西江流域龍母傳說的嬗變

作者簡介

　　徐亞娟，國家圖書館副研究館員，中國社會科學院世界歷史所博士後，中外關係史學會理事，專司西文善本古籍整理及古籍數字化相關工作，精於西文善本古籍鑒定。主要研究方向為中外關係史、西文善本版本學、少數民族文學，曾發表《乾嘉之際英人的中國經驗——以馬戛爾尼使團成員的「中國著述」為中心》、《揄揚與貶抑——明清之際英國學人的中國觀》、《龍母傳說中的壯民族文化因子》等多篇學術論文，承擔了《羌族釋比及釋比文化研究》等多項省部級科研項目，出版《羌族釋比唱經》等成果。

提　要

　　龍母傳說起源於西江流域，從先秦遠古流傳至今，在全國多個地域廣泛承傳且意義深遠。龍母信仰更是影響香港、澳門和東南亞地區。本書以發端於西江流域的龍母傳說為研究對象，通過多側面、多視角的考證，引導人們對龍母傳說的發端、嬗變和影響情況進行本真的認識，這是本課題立意所在。

　　筆者借鑒中西學界前賢和時彥的傳說學研究成果，運用文獻考證的方法，力圖從口頭傳統和書寫傳統、文本與過程交互影響的層面，分析西江流

域龍母傳說的嬗變軌跡；結合大量的田野資料和考古發現，筆者將西江流域龍母傳說的遷播分為原生態掘尾蛇傳說和次生態掘尾龍傳說兩個階段，並以此為個案，探討田野作業和文本分析相結合的傳說研究方法，展望當代口頭文化遺產的發展前景。

龍母傳說是一個既與歷史又與現實緊密相聯的動態研究對象，對西江流域各民族的社會生活和民俗文化有著極為廣泛深刻的影響，其中蘊藏著豐富多彩的壯漢民族歷史文化底蘊，涵蓋傳說學、文化學、民族學、考古學、民俗學、社會學、哲學及宗教學等多種人文學科領域，形成一個相當廣闊的學術空間。

目 次

第十六冊 石麟文集（第一卷）：古代文學與文化積澱探討

作者簡介

  石麟，1953 年出生於湖北省黃石市。曾任湖北師範大學文學院教授，中南民族大學文學院教授，現為湖北大學客座教授。同時擔任中國《水滸》學會會長，中國《三國演義》學會副會長，中國散曲學會理事，湖北省屬高校跨世紀學科帶頭人，湖北省有突出貢獻中青年專家。先後出版專著《章回小說通論》《話本小說通論》《中國傳統文化概說》《中國古代小說批評概說》《說部門談》《稼稗兼收》《李攀龍與後七子》《野乘瑣言》《傳奇小說通論》《通俗文娛體育論》《中華文化概論》《從「三國」到「紅樓」》《閒書謎趣》《中國古代小說評點派研究》《稗史迷蹤》《石麟論文自選集・戲曲詩文卷》《中國古代小說文本史》《從唐傳奇到紅樓夢》《古代小說與民歌時調解析》《石麟文集類編》（五卷本）《中國古代小說批評史的多角度觀照》《施耐庵與〈水滸傳〉》《俗話潛流》二十三部，與人合著《明詩選注》《金元詩三百首》二書，主編教材三套，參編參撰書籍十種，撰寫《中華活頁文選》六期，並在《文學遺產》《明清小說研究》《戲劇》《古代文學理論研究》《藝術百家》《文史知識》《中國文學研究》《中華文化論壇》等刊物上發表學術論文二百二十多篇。

提 要

  如果將中國古代文學比喻成一片茂密森林的話，那麼，中華傳統文化就是培育這片樹林的沃土。從這個意義上講，不深入瞭解中華傳統文化就無法

展開對中國古代文學的研究。筆者四十年來一直從事中國古代文學的教學和研究，在實踐過程中，對文化與文學之間關係的認識尤為深刻。因此，除了開設「中國古代小說史」「元明清文學」「從《三國》到《紅樓》」等專業性較強的課程之外，也開設了「中華文化概論」這樣的大背景課程。在此基礎上，發表了文學與文化兩相結合的學術論文二十多篇。同時，還出版了《中國古代小說文本史》《野乘瑣言——小說名著與小說史》以及《中國傳統文化概說》《中華文化概論》等專著。本冊收入的二十多篇論文，就是從文化大背景的角度來探討中國文學史、尤其是中國小說史上的若干問題的。每篇文章圍繞一個具體問題來探討文學與文化的內在聯繫，有的長篇大論，有的短小精幹，有的宏觀鳥瞰，有的具體入微，總之，都以解決問題為前提條件。

目　次

第十七冊　石麟文集（第二卷）：小說史總論

提　要

　　中國古代小說可分為兩大類：文言小說與通俗小說。而文言小說又可分為志怪小說、志人小說、雜傳小說、傳奇小說等小類，通俗小說則可分為章回小說、話本小說兩小類。在以上諸小類中，筆者認為志怪小說、志人小說、雜傳小說均屬不成熟的「準小說」，惟有傳奇小說、章回小說、話本小說才是真正成熟的作品部類。故而，在教學之餘，筆者撰寫了關乎中國古代小說史的近二十篇論文，並先後出版了《章回小說通論》《話本小說通論》《傳奇小說通論》等專著。本冊所收的二十多篇論文，分別從上述三類小說中挑出某些有意味的問題進行專門的探討。有的問題是小說史上某個重要的「點」，有的問題則體現了小說發展某一方面的「線」，有的問題則擴展到更為廣泛的「面」上。如此，就形成了一個點、線、面相結合的著述單元，從而具有特別的意味。

目　次

第十八冊　石麟文集（第三卷）：羅貫中與「三國」研究

提　要

　　《三國演義》原名《三國志通俗演義》，是中國古代長篇章回小說的鼻祖，同時，也是中國歷史小說的楷模。這類歷史演義小說，在撰寫過程中有一個不可迴避的關鍵問題：歷史真實與藝術虛構的關係。同時，還必須面對塑造歷史人物成為藝術形象的過程中深厚的文化積澱在其中所起的作用。此外，還有最後寫定者羅貫中和評點者毛宗崗等人在小說作品寫作和批評過程中滲

入的個人情感寄託和道德價值取向。本冊所收的二十多篇論文，就是從歷史、文化、文學、作者、批評等不同角度切入的對《三國演義》小說的整體性與個別性相結合的研究。此外，還涉及對署名羅貫中其他作品如《殘唐五代史演義傳》若干問題的評價。對於《三國演義》研究的另一重要領域——實用研究，本冊也有所涉及。

目　次

第十九冊　石麟文集（第四卷）：「水滸」與金聖歎發微

提　要

　　《水滸傳》是英雄傳奇類章回小說最早的作品，是與《三國演義》雙峰對峙的又一長篇典範之作。此類作品從歷史小說中分支出來，與歷史真實漸行漸遠，卻帶有更高的藝術成就。因此，《水滸傳》對後世小說創作的影響不亞於《三國演義》，在人物塑造、故事虛構方面甚至後來居上。《水滸傳》成書以後一二百年，有金聖歎出，他對《水滸傳》進行了全方位的評說，從而也將小說評點推向一個新天地。從某種意義上講，金聖歎也是《水滸傳》的作者之一，因為他對《水滸傳》原文有不小的修改。本冊所選文章二十有餘，對《水滸傳》的若干問題，如小說史地位、英雄主義精神、寫人手法，尤其是其中某些重要人物形象及其文化蘊含多有評說，同時，對於金聖歎評說「水滸」的功過是非，也發表了一得之見。

目　次

第二十冊　石麟文集（第五卷）：「雙典」之外的章回小說臆說

提　要

　　中國章回小說史上，《三國演義》《水滸傳》並稱「雙典」，加上《西遊記》《金瓶梅》，合稱「明代四大奇書」。而後，有人捨《金瓶梅》更換《紅樓夢》，

則成為中國古代小說「四大名著」之定論。所有這些，均為中國古代章回小說第一流作品。此外，從明初到清末，還有上千部水平參差不齊的章回小說作品。這些小說，雖然在整體上均不及一流典範之作，但也寫得各有千秋，甚至在某些局部對名著亦有所超越或突破。本冊所選文章多達三十餘篇，有長有短，除了對《西遊記》《金瓶梅》《紅樓夢》這些小說名著的評價之外，還有一些是對二三流作品評論鑒賞的篇什，撰寫時，筆者儘量做到發掘其不同層次的價值和作用，使它們不至於被名著的光輝所掩蓋。

目　次

第二一、二二冊　石麟文集（第六卷）：文言小說與話本小說面面觀

提　要

　　章回小說而外，小說史上最重要的品種就是文言小說與話本小說。文言小說反映的是文人趣味，從選題立意到佈局謀篇，再到人物塑造、情節設置、遣詞造句，都是「小眾化」的高雅。話本小說則是大眾趣味的表現，上述各方面都顯得通俗、明快，尤為廣大市民所欣賞，因為它原本就來自市井說話藝術。然而，文言小說與話本小說卻都不是一成不變的。文言小說自宋以後，尤其在明代發生了較大的變化，漸次向通俗小說靠攏，並在題材、手法等方面影響了章回小說。話本小說則在晚明以降逐漸典雅，成為文人情趣與市井

趣味相結合的產物。本冊近二十個長篇和十多個短製，主要討論的就是以上
問題。

目　次

上　冊

下　冊

第二三、二四冊　石麟文集（第七卷）：閒書謎趣（選本）

提　要

　　先解釋本冊標題：所謂「閒書」，主要指的是「古代小說」這種不登大雅之堂的文體；而「謎趣」，則指的是某些令人不解而又饒有興味的問題。綜合而言，這裡的主要任務就是力圖解決中國古代小說中一些懸疑而有趣的人物、情節和現象。其間，有的是故事群的分歷史階段的演繹，有的是某類人物在不同歷史時代的順承和變異，有的是某種藝術手法的前進或退步，有的甚至是某種固定格式在多部小說中的重現和創發。還有一些看似微不足道的細節問題，但聯繫在一起，卻會產生某種發人深省的深刻含蘊。本冊或長或短的數十篇文章，就是著眼於這些小說史上的瑣屑問題，從而揭示一部潛在於傳統話語之下的另類小說史。

目　次

上　冊

第二五、二六冊　石麟文集（第八卷）：稗史迷蹤（選本）

提　要

　　班固嘗言：「小說家者流，蓋出於稗官，街談巷語，道聽途說者之所造也。」（《漢書・藝文志》）這裡所說的還是那些瑣屑的文言之作，至於通俗小說，古人更是在習慣上將它們稱之為「稗官野史」。本冊標題所謂「稗史」，也就是「小說史」的意思。而「迷蹤」，則指的是表面上看不見的小說發展脈絡，其實也就是一種「另類小說史」的意思。只不過不像普通的小說史那樣，講整部作品，或某個流派的發展演變，而是著眼於一個專題、一個物象、某類人物、某類故事，甚至是某一個詞彙或概念，進而深入發掘其內在發展的脈絡，明瞭小說史潛在發展的走向，這就是本書的任務。至於篇幅的長短，完全根據內容的需要而定。

目　次

上　冊

第二七、二八冊　石麟文集（第九卷）：俗話潛流（選本）

提　要

　　章回小說和話本小說，均可視之為通俗小說。本書標題所謂「俗話」，指的就是這兩類作品。除了四大名著、三言二拍這些一流通俗小說之外，二三流以下的小說也有很多閃光的亮點。況且，名著與一般小說之間，總有著剪不斷、理還亂的關係。這種「關係網」甚至涉及文言小說，甚至牽扯戲曲和民間講唱，甚至與史傳文學相關。而且這些相關處往往是很隱蔽的，一般讀者不易察覺。但其實，這正是中國小說史發展的潛在的流動，亦即本冊標題所謂「潛流」。於細微處討論大問題，從一滴水看大千世界。真正的中國小說史，應該從這些細微末節處尋找真材實料，並發現其內在運行規律。這就是本冊的努力方向，也是前面《閒書謎趣》《稗史迷蹤》共同努力的方向，三書是同一機杼的姊妹篇。

目　次

上　冊

第二九冊　石麟文集（第十卷）：古代小說理論切磋

提　要

　　古代小說理論其實是伴隨著古代小說的產生而產生的。從「小說」概念的爭執到小說作品的評價，從零零星星的感悟到系統的文章，小說理論走過了它一千多年的漫長歷程。然而，就其重點而言，古代小說理論的高潮期卻在晚明到清代前期，因為這一時期產生了評點派，並漸次出現了金聖歎、毛宗崗、張竹坡、「脂硯齋」等著名評點家。至晚清，小說理論又由「評點」上升為長篇大作的「論文」，從而開闢了一個小說理論研究的新天地。本冊所選的二十多篇論文，除了金聖歎、毛宗崗的論述歸入相應的文集之外，其他的小說理論方面的內容都集中在這裡，其中，重點是對於小說評點派的研究，既有縱向的「批評史」的研究，又有橫向的「專題」研究。如此，就形成一個縱橫交錯、點面結合的研究網絡。

目　次

第三十冊　石麟文集（第十一卷）：戲曲若干問題論略

提　要

　　戲曲與小說同源，是一根青藤上的葫蘆兄弟。治小說者對古代戲曲完全一竅不通的話，是不可能真正達到目的的。戲曲研究與小說研究相比較而言，有一個更大的難點——舞臺性。除了文學因子之外，諸如音樂、舞蹈、雜技、美術、化妝等都是戲曲研究者應該注目的內容。本冊所選論文二十餘篇，主要包含兩個方面：一方面是戲曲文學研究，包括思想內容、人物形象、藝術手法甚至文化解讀；另一方面則是戲曲藝術研究，包括宮調、曲牌、科班、功法、傳授等等。戲曲之外，本冊還有一些研究散曲的論文，對元、明、清三代的散曲名家和民間講唱的探研也發表了筆者的一得之見。之所以將散曲和時調歸於本卷，主要是因為對於戲劇而言，散曲、時調在「音樂性」和「歌唱」等方面屬戲劇的必備藝術元素。

目　次

第三一冊　石麟文集（第十二卷）：古代詩文評說

提　要

　　宋代以前，中國古代文學以詩歌、散文為主流，宋以後，戲曲、小說後來居上。但元明清三代的詩歌散文作品也不能忽視，它畢竟是傳統文學一個不可或缺的環節。本冊二十多篇論文，重點研究明代詩文及其流派，尤其是明代復古派領袖李夢陽的生平、思想和創作。筆者研究李夢陽多年，積攢了不少資料並形成研究系列，故而，將已經發表的相關文章一併列入。此外，從先秦到清代的重要詩文作品，筆者也偶有涉獵、時有感悟，甚或形成一些自己的看法，故略作爬梳，排列於此，實乃敝帚自珍之意。

目　次

唐順之文學思想研究

孫彥　著

作者簡介

　　孫彥，女，1979 年生，江蘇南京人，文學博士。畢業於南京大學文學院文藝學專業，現為江蘇第二師範學院文學院副教授，主要從事中國古代文學理論研究，現主持國家社科基金重大項目子課題一項，著有《大家精要・唐順之》一書，發表過《〈董中峰侍郎文集序〉與唐順之的「文法」論》、《以古文之法入於時文——論唐順之的八股文創作》、《紫柏真可文字「春花」論探析》等論文多篇。

提　　要

　　唐順之是明中葉文壇上一位著名的文章大家，除了傑出的時文、古文創作，唐順之的文學思想對明清文壇亦具有十分重要而深遠的影響力。本書在全面勾勒梳理唐順之家世、生平、人格心態及其學術思想的基礎上，從詳細考證、闡釋其評選的文學選本以及相關論文的核心文獻資料入手，結合其文學創作實踐，展開了對唐順之文學思想內涵和價值的深入研究。本書揭示了唐順之通過《文編》、《六家文略》等古文選本的編選構建起包括法度論、師法論、技法論三個層面的古文「文法」理論體系，籍此，他為世人勾勒出由唐宋八大家文上窺秦漢散文精髓的古文師法路徑，確立起明道宗經、崇實致用、注重文法的古文創作正統。唐順之所揭櫫的這一古文正統，經茅坤、艾南英、錢謙益、黃宗羲、魏禧、桐城派、湘鄉派、陽湖派等明清文士及文學團體的繼承發揚，深刻影響了明末至清代的古文創作和理論批評。此外，受陽明心學思想影響，唐順之極為重視作家的主體性，其「本色論」以表達作者的真知灼見、真情實感為作文第一要義，倡導率意信口、直抒胸臆之作；其「文法」論提倡寫作者本心自得之見，強調作者在寫作中將各種技法為我所用，以實現作者的主體性與文體完美交融的理想之境。唐順之對作者主體精神的高揚給古代文論注入了新鮮的色彩，尤以其「本色」論為代表，他的文學思想在一定程度上突破了追求意法平衡的古典審美理想，對晚明重發抒性靈、真情直寄的浪漫文學思潮有先導之功，並在五四以來以人為本的現代文學觀念的構建過程中激起了一定的迴響。

目

次

緒 論

一、選題緣由及研究現狀

　　唐順之（1507～1560），字應德，一字義修，號荊川，是明代嘉靖年間著名的文學家、思想家、史學家以及軍事家。作為文學家，唐順之與王鏊、錢福、瞿景淳並稱明中葉時文四大家。同時，他還是明代「唐宋派」的核心成員，以傑出的古文創作享譽文壇。除了顯赫的時、古文創作成就，唐順之在文學史上的另一重要意義在於其影響深遠的文學思想。通過以《文編》為核心的一系列古文選本的編選和評點，他標舉出自秦漢以至唐宋八大家的古文創作正統。受其影響，茅坤編選了《唐宋八大家文鈔》，使得明清以來學古文者無人不曉「唐宋八大家」之名，奠定了八大家在古文傳承中的核心地位。作為明中葉最負盛名的古文大家，唐順之亦通過自己的創作，上承載道宗經的古文正統，下啟明末至清代統性命、經術與文辭於一體的古文創作的序幕，成為了古文傳承中的重要一環。因此，本書以唐順之的古文創作及理論主張為研究對象，藉此以窺明清文章學之內核，並試圖勾勒出古文由明至清傳承的具體脈絡。

　　鑒於唐順之在文學史上的重要地位和影響，自其身後歷中晚明、清、民國以迄于今，有關唐順之的文學研究從未中斷，並已積累起一定的研究成果。回顧唐順之研究，大體可分為兩個階段：

　　（一）中晚明至清：這一時期人們對於唐順之的文學成就給予了高度的評價。如晚明公安派領袖袁宏道論及唐順之有云：「為王、李所擯斥，而識見

議論卓有可觀，一時文人望之不見其崖際者，武進唐順之是也。」〔註1〕明末著名學者、文章大家黃宗羲論及唐順之古文創作亦有云：「初喜空同詩文，篇篇成誦，下筆即刻畫之。王道思見而歎曰：『文章自有正法眼藏，奈何襲其皮毛哉？』自此幡然取道歐曾，得史遷之神理。久之，從廣大胸中隨地湧出，無意為文而文自至。」〔註2〕錢謙益論唐順之云：「正、嘉之間，為詩者踵何、李之後塵，剽竊雲擾，應德與陳約之輩，一變為初唐……為文始尊秦漢，頗效空同，已而聞王道思之論，灑然大悟，盡改其少作。」〔註3〕以上各家皆指出唐順之於正、嘉年間能躍出流俗，在前後七子之外開啟了文宗唐宋、詩學初唐的文壇新風。至清代，乾隆時期官修四庫全書，唐順之多部著作被收錄其中，對於其文集《荊川集》，四庫館臣頗為推崇，譽其古文創作「在有明中葉，屹然為一大宗」〔註4〕；對於其評選的古文總集《文編》，四庫館臣認為唐順之「深於古文，能心知其得失。凡所別擇，具有精意」，故「學唐宋者固當以此編為門徑矣」。〔註5〕可見，唐順之的文學創作和理論批評皆為四庫館臣所認可。此外，在明清人編選的各種明代文章總集中亦多見唐順之的作品，如張時徹《皇明文範》、黃宗羲《明文授讀》、《明文海》、《明文案》、薛熙《明文在》、徐文駒《明文遠》、方苞《欽定四書文》等均收錄了唐順之的各體文章並加以評點。唐順之的文集在明清時期還出現了多種評點本，時文方面有明末陳名夏所選《唐荊川稿》1卷（《國朝大家制義》本），清康熙年間呂留良評點《唐荊川先生傳稿》（不分卷），俞長城評選《唐荊川稿》1卷（《可儀堂一百二十名家制義》本）等；古文方面則有康熙年間張汝瑚輯《唐荊川集》6卷（《明八大家集》本），乾隆年間劉肇虞選評《唐荊川文選》2卷（《元明八大家古文》本），道光年間李祖陶選評《唐荊川文選》7卷（《金元明八大家文選》本）等。應當說，明清時期人們對於唐順之的文學成就是有目共睹的，他們

〔註1〕 袁宏道，錢伯城箋校：《袁宏道集箋校》卷十八《敘姜陸二公同適稿》，上海古籍出版社1981年版，第695頁。

〔註2〕 黃宗羲著，沈芝盈點校：《明儒學案》（修訂本）卷二十六《南中王門學案二·襄文唐荊川先生順之》，中華書局2008年版，第598頁。

〔註3〕 錢謙益：《列朝詩集小傳·唐僉都順之》，上海古籍出版社2008年版，第375頁。

〔註4〕 永瑢等：《四庫全書總目》卷一百七十二《荊川集提要》，中華書局1965年版，第1506頁。

〔註5〕 永瑢等：《四庫全書總目》卷一百八十九《文編提要》，中華書局1965年版，第1716頁。

多採用評點的方式來研究、揭示唐順之獨特的創作技法和風格。這些研究為我們今天認識、評價唐順之的文學成就以及他對明清文壇的影響提供了重要的文獻資料和參考依據。不過，由於評點侷限於文本研究，因此這一時期的唐順之研究缺乏對其文學思想的整體觀照。

（二）民國至今：近代以來，唐順之文學研究進一步展開。二十世紀上半葉，由於新的學術體系建制的需要，各類文學史、文學批評史著作大量出現。在宋佩韋《明文學史》、錢基博《明代文學》、劉大杰《中國文學發展史》、朱東潤《中國文學批評史大綱》、郭紹虞《中國文學批評史》等著作中，學者們紛紛指出作為唐宋派領袖的唐順之，其文學創作和理論批評在明中葉文壇上皆具突出的影響力。值得一提的是，二十世紀三四十年代唐順之後人唐鼎元編寫了《明唐荊川先生年譜》、《唐荊川公著述考》、《荊川學脈考》以及《荊川弟子考》等一系列有關唐順之生平、交遊、著述和學術源流的研究著作，為後人全面研究唐順之提供了極大的便利。進入二十世紀下半葉特別是九十年代以來，唐順之研究取得了顯著的成果。不少學者開始以專文、專著或在其著作中用專章的形式深入研究唐順之的文學成就和影響。臺灣學者吳金娥於 1986 年出版的《唐荊川先生研究》是迄今為止第一部唐順之研究專著。作者全面探討了唐順之的生平、交遊、學術思想、文學思想及創作等各個方面。其中，文學研究又重在探討其文學思想的內涵和影響，作者對唐順之「文必有法」和「本色論」兩大文學主張的揭示可謂獨具慧眼，對大陸學者頗具啟發。大陸方面，陳書錄《明代詩文的演變》、左東嶺《明代心學與詩學》、黃卓越《佛教與晚明文學思潮》、周群《儒釋道與晚明文學思潮》、廖可斌《明代文學復古運動研究》、宋克夫、韓曉《心學與文學論稿》以及黃毅《明代唐宋派研究》等著作相繼出版，在這些著中作者都設立專章探討了唐宋派特別是唐順之文學思想的內涵，揭示了以唐順之為核心的唐宋派一方面上承唐宋八大家以來古文傳統的精粹，一方面又以「本色」論開啟了晚明性靈文學思潮，開創了古代散文創作的新風。這些著作多注重探討唐順之的心學、佛學思想與其文學思想之間的關聯，打開了研究唐順之文學思想的新視角。進入二十一世紀，唐順之研究進一步走向深化和專門化，出現了多篇相關博士、碩士論文。博士論文有劉尊舉《唐宋派文學思想研究》（首都師範大學 2006 年）、王偉《唐順之文學思想研究》（北京語言文化大學 2008 年）；碩士論文有任海平《論唐順之：在學術與事功之間》（復旦大學 2001 年）、王永志《唐順之的

文學理論與詩文創作研究》（山東大學 2004 年）、張鵬《歸有光與唐順之比較研究》（山東師範大學 2008 年）、蘇岑《明代唐宋派古文選本研究》（北京師範大學 2008 年）、孟慶媛《唐順之書信編年考證》（華東師範大學 2010 年）等。這些學位論文的集中出現推動了唐順之研究的前進，也意味著唐順之研究正在成為明代文學研究的一個新熱點。綜上，二十世紀以來由於新的學術建制和新的研究視野、方法的出現，唐順之文學研究逐步跳出了明清時期以評點為主的文本研究模式，研究焦點亦由關注其文學創作轉移到對其文學思想的研究上來。這一階段學者們多將唐順之研究置於文學團體和文學思潮研究的背景之下，在宏觀把握以唐順之為代表的唐宋派與復古派、唐宋派與性靈派的複雜關聯中，在具體勾勒中晚明復古與革新兩股文學大潮之間的相互鬥爭與影響中，去闡釋、評價唐順之文學思想的內涵及影響。

毋庸置疑，二十世紀以來唐順之文學研究取得了巨大的成就。值得注意的是，在這些研究成果的基礎上現代學者對唐順之的認識和評價與明清文人、學者有著較為懸殊的差異。就文學創作而言，明清時期人們最為重視唐順之的時、古文創作。時文方面，他與王鏊、錢福、瞿景淳並稱「王、錢、唐、瞿」，是明代的時文四大家之一〔註6〕。同時，作為「以古文為時文」的開創者，他與歸有光代表著明正、嘉年間時文創作的最高峰〔註7〕。古文方面，他以溶液經史、本色獨造、洸洋迂折之作奠定了一代文宗的地位〔註8〕，清人張汝瑚選《明八大家集》，劉肇虞選《元明八大家古文》，李祖陶選《金元明八大家文選》，唐順之的古文都赫然在列，足見唐順之的古文在清人心目中地位之

〔註6〕明代時文四大家另有「王、唐、瞿、薛」（王鏊、唐順之、瞿景淳、薛應旂）「王、唐、歸、胡」（王鏊、唐順之、歸有光、胡友信）之說，無論何種說法，唐順之都在四家之中。參劉延乾：《江蘇明代作家研究》，東南大學出版社 2010 年版，第 27 頁。

〔註7〕參方苞曰：「歸、唐皆以古文為時文，唐則指事類情曲折盡意，使人望而心開；歸則精理內蘊大氣包舉，使人入其中而茫然。蓋由一深透於史事，一兼達於經義也。」（方苞：《欽定四書文·正嘉四書文》卷二評《三仕為令尹 六句》，《影印文淵閣四庫全書》第 1451 冊，臺灣商務印書館 1986 年版，第 100 頁）又姚鼐曰：「使為經義者能如唐應德、歸熙甫之才，則其文即古文，足以必傳於後世也，而何卑之有？」（姚鼐著，劉季高標校：《陶山四書義序》，《惜抱軒詩文集》，上海古籍出版社 1992 年版，第 270 頁。）

〔註8〕參李兆洛云：「吾鄉自荊川先生以治經治史，發之於文章，實之於躬行，赫然為學者宗，邇來三百年矣。」（李兆洛：《養一齋文集》卷十《陶氏復園記》，《續修四庫全書》第 1495 冊，上海古籍出版社 2002 年版，第 147、148 頁。）

高。反觀現代學者，他們對唐順之的文學創作研究較少且總體評價一般，如章培恒、駱玉明《中國文學史新編》認為其文章「盡是一些理學家的空話、套話，懨懨無生氣」〔註9〕；周揚、錢仲聯等編纂的《中國文學史通覽》認為以唐順之為代表的唐宋派，其所作有明顯的侷限性，「有時『攙雜講學，信筆自放』，有道學氣，迂腐平庸，索然無味」〔註10〕；袁行霈《中國文學史》認為唐順之的古文中只有《任光祿竹溪記》、《敍廣右戰功》之類富有文學意味的篇章屬於較為成功的作品，對其注重發明聖賢之道的作品評價不高。〔註11〕

　　對唐順之認識的這種偏差同樣體現在對其文學思想的研究中。唐順之的文學理論主張主要包括「文法」論和「本色」論兩個方面，明清時期人們重視其「文法」論遠甚於「本色」論，而現代學者（尤其近三十年來）的研究重心則在「本色」論上。明清文人對唐順之「文法」論的重視主要體現在他們對《文編》的關注上。唐順之《文編序》有云：「是編者，文之工匠，而法之至也。……學者觀之，可以知所謂法矣」〔註12〕，足見《文編》旨在示人文法。明人施策論《文編》乃「古文詞之統會，業舉子者之學海也」〔註13〕，揭示了《文編》所示文法可為創作古文、時文所通用。清人對《文編》評價亦頗高，四庫館臣論此書曰：「順之深於古文，能心知其得失，凡所別擇具有精意」，認為唐順之以「有法」、「無法」論唐宋文與秦漢文，「其言皆妙解文理」，提倡「學秦漢者當於唐宋求門徑，學唐宋者固當以此編為門徑矣」〔註14〕。可見，四庫館臣充分認可唐順之由「文法」出發，籍《文編》所標舉的秦漢至唐宋八大家的古文傳承統緒。明末至清，艾南英、錢謙益、黃宗羲、魏禧、桐城派等文家將此文統進一步繼承、發揚，使得明末以及清代的古文創作得以重新回歸明道宗經、崇實致用的古文正統。

　　現代學者的研究亦有涉及「文法」論，認識到以唐順之、王慎中、茅坤

〔註9〕章培恒、駱玉明主編：《中國文學史新編》（下冊），復旦大學出版社2007年版，第108頁。

〔註10〕周揚、錢仲聯、王瑤、周振輔等編：《中國文學史通覽》，東方出版中心，2005年版，第328頁。

〔註11〕袁行霈主編：《中國文學史》（第四卷），高等教育出版社1999年版，第89頁。

〔註12〕唐順之著，馬美信、黃毅點校：《唐順之集》，浙江古籍出版2014年版，第450頁。

〔註13〕施策輯：《崇正文選序》，《批點崇正文選》卷首，明萬曆四十二年刻本。

〔註14〕永瑢等：《四庫全書總目》卷一百八十九《文編提要》，中華書局1965年版，第1716頁。

為核心的唐宋派由「文法」論出發構建起古文傳承的正統，但他們認為這只是明初宋濂、方孝孺等人文統論的「老調重彈」〔註15〕。亦有學者從明代八股文對古文創作的影響出發，指出唐順之所謂「開合首尾、經緯錯綜」之法源自八股文體的結構形式，他要求古文創作要明道宗經亦與八股文「代聖賢立言」的特點有關〔註16〕。作為明清兩代的科考文體，八股文在二十世紀的評價不高，相關研究並不深入。受此影響，學者們對八股文與唐順之「文法」論之間關聯的探討大都點到即止。此外，與「文法」論所受冷遇相一致的是，現代學者對《文編》的研究也很不充分。《文編》全書共六十四卷，收錄了先秦至宋代古文共千餘篇。唐順之在《文編》的選文和評點上傾注了不少精力，旨在向世人宣示其文法理論和文統觀。然而，現代學者對於《文編》的研究大都僅限於唐順之所作的《文編序》，對其中的大量選文和評點甚少涉獵。研究成果也侷限於以《文編序》為據說明唐順之對文法的重視，至於《文編》的編纂與唐順之架構文法理論體系之間究竟有何種關聯，《文編》所彰顯出的文法理論的內涵究竟是什麼，《文編》等系列古文選本在唐順之文學生涯中具有何種意義，對於這些問題的深入研究目前為止是極為匱乏的〔註17〕。顯然，對《文編》的忽視以及研究的不足正是阻礙現代學者全面、客觀地認識唐順之「文法」論內涵和意義的一個重要原因。

相較之下，對唐順之「本色」論的研究要豐富、深入得多。二十世紀上半葉，劉大杰就曾指出唐順之的「本色論」是對「擬古主義的反抗」，「他主張好的作品，不在乎較聲律、雕句文、邯鄲學步式的婆子舌頭語；而在乎直抒胸臆，富有本色」，這一見解在明中晚期具有十分積極的意義〔註18〕。對

〔註15〕袁震宇、劉明今：《明代文學批評史》，上海古籍出版社1991年版，第231頁。

〔註16〕如宋佩韋《明文學史》、陳柱《中國散文史》、吳金娥《唐荊川先生研究》、黃強《八股文與明清文學論稿》等在其論述中均有提到唐順之的文法論與其八股文創作之間的關係。

〔註17〕近幾年學界已逐步認識到《文編》研究的重要性，出現了部分相關研究論文，如蘇岑《明代唐宋派古文選本研究》（北京師範大學2008年碩士學位論文）、鄭恩賜《唐宋派古文評點研究》（國立暨南國際大學碩士學位論文）、姜雲鵬《唐順之古文評點初探——以〈文編〉為中心》（《文藝評論》總第478期），孫彥《從〈文編〉看唐順之的「文法」論》（《南京師範大學文學院學報》2013年第四期）等。這些論文均深入到《文編》內部，對其選文和批點展開了較前人更進一步的研究，取得了一定的成果。不過，《文編》研究仍有較大空間亟待拓展，對《文編》的編纂與唐順之架構「文法」理論體系之間關聯的認識還有待深入。

〔註18〕參劉大杰：《中國文學發展史》，上海古籍出版社1982年版，第914頁。

「本色」論同樣給予極高評價的還有朱東潤，其曰：「本色者即為真，有真性情，真事理，而後有真文章，荊川發明此諦，在古文家中自具地位，非隨聲附和者可比也。」〔註19〕在對「本色」論的研究中，郭紹虞較早提出了唐順之率意信口、不拘於法的「本色」論與其受王學左派人士王畿的影響、論學以天機為宗有關〔註20〕。與此同時，謝無量、錢基博、鄭振鐸、嵇文甫等一批學者在相關研究中也都強調陽明心學對唐順之、王慎中等唐宋派文家的影響，使得唐宋派與陽明心學之間的關聯成為了二十世紀唐順之以及唐宋派研究的一個核心問題。至二十世紀八十年代，唐宋派研究（包括唐順之研究）更是形成了由心學思想出發進而探究唐宋派文學思想內涵和價值的主要研究模式，誕生了大量研究論文和專著〔註21〕。這些研究對於全面、深入的理解唐順之文學思想尤其是「本色」論的內涵和價值無疑具有十分重要的意義。但在研究過程中，學者們大都將「本色」論與「文法」論割裂甚至對立起來，認為倡導「直據胸臆、信手寫出」的「本色」論突破了「法」的束縛，是對其「文必有法」觀念的超越。另外，受陽明心學的啟迪，「本色」論主張要寫出作者的「真精神與千古不可磨滅之見」，這種對主體精神的獨立自覺和自由表達的倡導，是對復古派古典審美理想的突破，「在基本趨向上，它成為晚明浪漫文學思潮的先導」〔註22〕。據此，不少學者將「本色」論視作唐順之一生最具代表性、最為重要的文學主張，評價唐順之在文學史上的地位時亦重在著眼於他對徐渭、公安派等人士的影響，推其為晚明反對復古、倡導抒寫主體性靈的文學先鋒。〔註23〕

〔註19〕朱東潤：《中國文學批評史大綱》，上海古籍出版社 1983 年新 1 版，第 209 頁。

〔註20〕郭紹虞：《中國文學批評史》，上海古籍出版社 1979 年版，第 353 頁。

〔註21〕具有代表性的著作有：馬積高《宋明理學與文學》（湖南師範大學出版社，1989年），左東嶺《王學與中晚明士人心態》（人民文學出版社，2000 年）、《明代心學與詩學》（學苑出版社，2002 年），宋克夫、韓曉《心學與文學論稿——明代嘉靖萬曆時期文學概觀》（中國社會科學出版社，2002 年）等。論文有廖可斌《唐宋派與陽明心學》（《文學遺產》1996 年第 3 期）、周群《論王畿對唐宋派文學思想的影響》（《齊魯學刊》2000 年第 5 期）等。

〔註22〕廖可斌：《唐宋派與陽明心學》，《文學遺產》1996 年第 3 期，第 83 頁。

〔註23〕現代學者亦有在研究中將唐順之的「本色」論與「文法」論相結合進行討論，如方孝岳認為唐順之等唐宋派人士「重精神而不廢法度，他們注重古人的『本色』，從精神意脈上著眼，不像前七子之流，只揣摩語氣句調」，強調文法「應該從作者精神上去求」（方孝岳：《中國文學批評》三七，載劉麟生主編《中國文學八論》，世界書局 1936 年版）；陳書錄認為受王學「自然之良知」、「心」

現代學者與明清文人、學者對唐順之認識、評價的巨大懸殊體現出古、今唐順之研究存在著斷裂的現象。這種斷裂並非僅限於唐順之研究，它是二十世紀明代文學研究中的一個共相。郭英德曾指出二十世紀明代文學研究中心發生了重大的轉移，即從詩文正統向非正統、主流的小說、戲曲、小品文遷移，即便在詩文研究內部，也出現了從師古崇雅的主流文學向師心尚俗的非主流文學的遷移。〔註24〕對於明代文學研究出現的這種易位現象，郭英德認為與明代文學的原貌是不相符合的，他說：「將小說、戲曲等非正統文學和小品文等非主流文學作為明代文學的代表樣式，將『師心尚俗』思潮作為推動明代文學發展的主要動力，這是 20 世紀文學研究者對明代文學史的『有意誤讀』，也是他們對明代文學史的『主觀改寫』。」〔註 25〕這種「有意誤讀」或「主觀改寫」從屬於知識界在二十世紀所開啟的「現代性晚明敘事」〔註 26〕的一個重要方面，造成這種局面的緣由與五四以來現代知識界一直將晚明「作為重要有效的歷史合法性資源參與到現代思想的建構中」〔註 27〕有關。現代性晚明敘事背離了中國道統與學統的內在發展與銜

與「理」合一說的影響，唐順之等人的文學思想呈現出「言適與道稱」和「直據胸臆」的合一，以及「法式之工與自然之妙的交融」。（陳書錄：《明代詩文的演變》，江蘇教育出版社 1996 年版，第 24 頁。）馬美信指出唐順之企圖通過「神明」來消解「本色」論與「文法」論之間的矛盾，最終「在文道合一的基礎上實現了『法度』與『本色』的統一」。（馬美信：《唐順之集·前言》，見《唐順之集》，浙江古籍出版 2014 年版，第 10 頁。）儘管如此，他們在評價唐順之文學思想時仍以「本色」論為其主要理論創獲，強調「本色」論的融入使得唐順之的文法論有別於傳統文法理論，具有其獨特的意義和價值。

〔註24〕參郭英德：《中國古代文學通論》（明代卷），遼寧人民出版社 2005 年版，第 451～453 頁。

〔註25〕郭英德：《中國古代文學通論》（明代卷），遼寧人民出版社 2005 年版，第 453 頁。

〔註26〕參譚佳《現代性影響下的「晚明敘事」研究》，所謂「現代性晚明敘事」指五四以來現代學界在有關晚明哲學、史學、文學、經濟學等各方面學術研究中，「其源意識與元話語都以現代性基本理念為前提，將進步、個人、科學、理性、解放等現代信仰安置在傳統／現代二元對立的認知框架中。晚明敘事的背後都表徵出中國現代學者致力於探索中國歷史內部蘊含的現代性的動力」。（譚佳：《現代性影響下的「晚明敘事」研究》，四川大學 2006 年博士學位論文，第 25 頁）郭英德指出 20 世紀文學研究者將小說、戲曲的創作以及「師心尚俗」思潮作為明代文學發展的主流，這正是學者們在「現代性晚明敘事」的大潮中對晚明以及整個明代文學面貌的主觀建構所導致的結果。

〔註27〕譚佳：《現代性影響下的「晚明敘事」研究》，四川大學 2006 年博士學位論文，第 187 頁。

接，導致人們「在尋找傳統合法性資源時反而遠離了傳統」。〔註28〕體現在文學研究方面，自五四以來學界將明代文學研究的焦點主要聚集在李贄、徐渭、湯顯祖、公安派、竟陵派等晚明文人的思想與文學創作上，表彰他們對道統、文統的突破，揭示其在反封建、個性解放、思想啟蒙等方面所具有的積極意義，最終形成了「王學—泰州學派（李贄）—公安、竟陵—文藝解放」的知識譜系與敘述模式。〔註29〕

　　然而，若跳出基於現代性的晚明敘事模式，明代文學將呈現出另一種面貌。郭英德說：「在明代近三百年中，師古崇雅的文學思潮因其具有正統文化、正統文學的品格，儘管不斷遭到來自各方面的挑戰與質疑，但卻一直佔據著不可動搖的地位……以唐宋派的出現為標誌，從正統文學的內部也滋生出背逆師古崇雅文學思潮的傾向……然而由於師古崇雅的文學思潮在根本上符合中國古典的文化精神，因此從 17 世紀初開始，師心尚俗與師古崇雅兩種文學思潮便出現了合流的趨勢，甚至連非正統文學的戲曲、小說也先後納入文人化寫作的軌道。」〔註30〕以師古崇雅、詩文創作為明代文學的主流更符合歷史原貌，評判的依據在明清文人、學者的著述之中。無論是明末清初錢謙益、黃宗羲、王夫之、朱彝尊等人的獨立著述，還是在以《明史·文苑傳》、《四庫全書總目》集部明代文集提要為代表的官修著作中，詩、文（包括時文、古文）皆為明代文學研究與批評的核心。在上述著述中，構成明代文學發展主流的是宋濂、方孝孺、李東陽、前後七子、唐宋派、錢謙益、艾南英、張溥、陳子龍等文人、社團的創作與批評活動。就古文而言，創作和理論爭鳴的核心是師法秦漢與師法唐宋之爭，其背後彰顯了明人各種不同的古文創作觀念，如明道宗經、崇實致用、崇尚真情、重視文法等。這些不同觀念的相互碰撞與融合構成了明代古文發展的原始風貌。值得注意的是，在明清學者所勾勒出來的明代文學譜系中，李贄、徐渭、湯顯祖、公安派、竟陵派等人士或者缺席，或者僅僅作為隆慶、萬曆時期各自爭鳴一時的支流而存在。他們在創作觀念上要求書寫真情真性、不拘於法，對此，明清時期雖不乏有追捧、肯定者，但佔據主流的仍是批判、

〔註28〕譚佳：《現代性影響下的「晚明敘事」研究》，四川大學 2006 年博士學位論文，第 188 頁。

〔註29〕參譚佳：《現代性影響下的「晚明敘事」研究》，四川大學 2006 年博士學位論文，第 25 頁。

〔註30〕郭英德：《中國古代文學通論》（明代卷），遼寧人民出版社 2005 年版，第 19頁。

否定的聲音。〔註31〕即便是肯定，亦只是認可其師心尚俗的創作與主張對「蕩滌摹擬塗澤之病」、「王、李之雲霧一掃」〔註32〕所做出的貢獻；同時，對其「機鋒側出，矯枉過正，於是狂聲交扇，鄙俚公行，雅故滅裂，風華掃地」〔註33〕的創作弊病和惡劣影響始終保持著清醒的認識。可見，二十世紀倍受學者熱議和好評的李贄、徐渭、公安派等人士的創作和主張並未在明清時期得到文人、學者們的同等待遇和評價。由此，那股聲勢浩大、影響深遠，被烙上反封建、個性解放、思想啟蒙等諸般現代性意義的晚明文學思潮，某種程度上看恐怕也只是存在於現代學者的主觀構想中。

　　同理，當我們再次聚焦唐順之研究，不禁要懷疑現代學者以「本色」論為唐順之文學思想的主導面、將唐順之及唐宋派追溯為晚明文學思潮的起始點〔註34〕，恐怕亦只是出於他們的主觀建構。必須承認，在二十世紀學界聲

〔註31〕如黃宗羲論公安、竟陵的創作曰：「公安解縛而失法，竟陵瀋深而迷路」（黃宗羲：《黃梨洲詩文集·碑誌類·董巽子墓誌銘》，中華書局 2009 年版，第 251 頁），認為他們「以淺率、幽深為秘笈」（黃宗羲：《黃梨洲詩文集·序類·靳熊豐詩序》，同上，第 353 頁），顧炎武從「文須有益於天下出發」，批評公安、竟陵等晚明文人空疏不學、徒事空文，對其「言心言性，而茫乎不得其解也」（顧炎武：《亭林文集》卷三《與友人論學書》，見顧炎武撰：《顧炎武全集》第二十一冊，上海古籍出版社 2011 年版，第 92 頁。）深惡痛絕。王夫之亦云：「自李贄以佞舌妄天下，袁中郎、焦弱侯不揣而推戴之。於是信筆掃抹為文字，而稍含吐精微、鍛鍊高卓為『咬薑呷醋』。故萬曆壬辰以後，文之俗陋，亙古未有」（王夫之：《薑齋詩話》外編卷二，人民文學出版社 1960 年版，第 179 頁。），批評李贄、公安派「不思不慮」、「信筆掃抹」之作「俗陋」。

〔註32〕參錢謙益：《列朝詩集小傳·袁稽勳宏道》，上海古籍出版社 2008 年版，第 567 頁。

〔註33〕參錢謙益《列朝詩集小傳·袁稽勳宏道》，上海古籍出版社 2008 年版，第 567 頁。

〔註34〕本書前頁所舉郭英德論明代文學的主流思潮那一段話中，郭認為「以唐宋派的出現為標誌，從正統文學內部也滋生出悖逆主流的傾向，師心尚俗的文學觀念一度成為文壇的主流」，意味著郭將唐宋派（包括唐順之）視作開啟明代師心尚俗文學觀念的源頭。另外，左東嶺曾指出二十世紀在心學與明代文學思潮的綜合研究中，大多數研究認為「陳獻章是明代心學的發端，王陽明是心學體系的完成，嘉靖時的唐宋派是心學實際介入文學思潮的開始，徐渭是受心學影響而又開始重個性、重情感的作家，李贄的童心說是心學思想向重自適、重自我、重真實、重自然的文學思想轉折的標誌，晚明的公安派、湯顯祖、馮夢龍、竟陵派甚至包括金聖歎，均受到心學尤其是李贄思想的深刻影響」。（左東嶺：《20 世紀以來心學與明代文學思想關係研究綜述》，見何永康、陳書錄主編：《首屆明代文學國際研討會論文集》，南京師範大學出版社 2004 年版，第 7 頁）左東嶺所總結的心學影響下的這股文學思潮即郭英德所

勢浩大的現代性晚明敘事中，這種主觀建構對於闡發唐順之文學思想的內涵和意義曾起過積極重要的作用。但是，正如在中國現代思想的構建中學界「在尋找傳統合法性資源時反而遠離了傳統」〔註35〕一樣，我們必須警惕這種對唐順之文學思想的主觀建構將使我們難以認清唐順之文學生涯的真實面目。現代學者與明清文人、學者在有關唐順之的認識、評價上存在著如此懸殊的差異，恰好證明了這一點。當然，任何一種闡釋都難以迴避其主觀性和片面性，欲消弭闡釋者與其對象之間的距離只是人們的一個美好設想。在此基礎上，我們所能做的只是在各種闡釋的相互碰撞與交流中去無限接近真相本身。因此，在明清與二十世紀以來日益趨於兩極化的唐順之研究中找到某種平衡，讓文學史上那個多面、立體也更為客觀的唐順之展現在世人的面前，便成為了本書撰寫的原始動力。

二、研究策略與方法

　　儘管明清與二十世紀以來人們對唐順之的認識和評價存在諸多差異，但是有一點卻是達成共識的，即唐順之在文學史上的成就與貢獻主要體現在他的古文創作和理論上，這是本書將唐順之文學思想研究限定於古文領域的一個基本出發點。另外還須聲明的一點是，將唐順之的古文理論提煉為「文法」論和「本色」論無疑始於現代學者的研究，但在明清時期人們仍是從這兩個方面去討論、評價唐順之的古文理論及創作的。就此而言，本書繼承了前人觀點，依然將「本色」論與「文法」論視作唐順之的兩大古文主張並對其加以研究。

　　在撰寫本書時，面對著近一個多世紀中唐順之文學思想研究所積累起來的豐碩成果，同時這些成果與明清時期唐順之研究所存在的巨大斷層也清晰地橫亙在眼前。那麼，如何在接下來的研究中架起一道橋樑，使得古今趨於兩極的研究之間能夠找到某種平衡，從而將唐順之豐富而真實的文學思想風貌呈現在世人的眼前呢？為了實現上述目標，必須要將唐順之研究放在孕育其文學思想及創作的歷史文化語境中來進行，這正是本書所採取的總體研究策略，具體來看主要體現在以下幾個方面：

　　　說的「師心尚俗」的潮流，也是正文中所述「晚明文學思潮」。

〔註35〕譚佳：《現代性影響下的「晚明敘事」研究》，四川大學 2006 年博士學位論文，第 188 頁。

　　首先，在認識孕育唐順之文學思想及創作的中、晚明文學總體風貌時，突破了在二十世紀所形成的王學—泰州學派（李贄）—公安、竟陵—文藝解放」這一知識譜系和經典化敘述模式，將中、晚明文學研究與知識界建構現代思想之間的捆綁解開，從古代中國社會所根基的道統、學統、文統等觀念出發，重新認識和評價中晚明文學的主流和總體風貌。在此前提下，本書並不侷限於從現代學者眼中帶有反封建、解放等色彩的左派王學思想出發去闡釋唐順之文學思想的內涵，而是同時以明道宗經、崇實致用等中晚明文壇的主導觀念為座標系，在明清時期道統和文統的建構與傳承中去全面認識、評價唐順之文學思想的內涵和價值。

　　其次，唐順之文學思想研究的核心資料主要來自於其個人著述，在兼採明清與現代不同研究理念的基礎上，本書對構建起唐順之古文理論的原始文獻進行了重新審視和解讀。在此過程中，充分肯定了以《文編》為核心的一系列古文選本在唐順之古文理論研究中所具有的重要地位和意義，確立了由《文編》出發去探尋唐順之「文法」理論內涵的基本研究路徑。除了挖掘出《文編》這類原本倍受冷落的文獻的研究價值，對於那些被前人（尤其是現代學者）熱衷引用並且重複闡釋過多次的文獻資料並未刻意迴避。在徵引此類文獻時（如《答茅鹿門知縣 二》、《董中峰侍郎文集序》等），注重首先要考證、還原出這些文獻誕生的具體時間和語境，進而在合乎歷史文化邏輯的前提下去徵引、闡釋它們，避免了在文獻使用上由研究者的主觀意識而導致的曲解和濫用。

　　最後，本書在研究中注重將唐順之的文學思想與其創作實踐相結合，從創作實績出發去考察、印證其文學思想發展變化的真實歷程。明中葉，唐順之最初以時文創作享譽文壇，繼而在詩歌和古文創作上也取得了極高的成就，從此奠定了他在明清文人心目中文章大家的地位。作為一個以創作著稱的大家，唐順之的文學思想大多源自於他的創作體驗，是對其創作經驗的反思與總結。因此，考察其文學創作的風貌（特別是時文和古文），揭示其創作的藝術特色和成就，無疑為我們瞭解唐順之文學思想誕生的背景、深入理解它們的內涵及其在明清文壇上的意義和價值提供了一個很好的途徑。

第一章　唐順之文學思想的背景研究

第一節　以「豪傑」自期：唐順之的家世、生平與人格心態

　　唐順之（1507～1560），字應德，一字義修，號荊川。明正德二年，唐順之出生在江蘇武進（今屬江蘇常州）。其先祖原世居高郵（今屬江蘇揚州），宋末避元兵亂，遂南渡至武進定居。武進北瀕長江，南臨太湖，自古就是一鍾靈毓秀、人文薈萃之地。春秋時期，吳公子季札受封於此。這裡還是孔門唯一的南方弟子言偃的故鄉。歷史上文人墨客、飽學之士更是相繼輩出。唐氏先祖遷居於此，正在於此地積蓄深厚的德行與文化氛圍。

　　唐順之的高祖名誠（字伯成），生有五子：衡、復、律、衢、衍。次子唐復（字復亨）乃建文庚辰進士，授浙江餘姚知縣，調湖廣零陵令，皆有惠政，宣德五年升廣西平樂知府。唐復愛民潔己，宦績卓著，是唐氏先人中第一位以政績錄入國史者。唐順之的曾祖唐衍（字仲遠，號友蘭）是伯成公幼子，友蘭翁生四子，長子唐貴（字用思，號曾可）即唐順之的祖父。唐貴是弘治進士，官授戶科給事中。唐貴為人純孝，居官清廉，生前頗以文雄於世。唐貴僅有一子唐寶（字國秀，號有懷），即唐順之的父親。唐寶曆仕信陽知州、永州知府，在任上他勤政愛民、秉公斷案，頗著政聲。退居鄉里之後，唐寶恬淡自守，以讀書、獎掖後進為樂。武進唐氏自南遷以來，以忠厚仁愛傳家，子弟凡為官無不與百姓共憂樂，退居則自甘儉淡、日與詩書相伴，出處皆無愧於心。這些優秀品質早已鎔鑄在唐氏血脈之中，最終造就了英偉卓犖卻又淡泊名利

的唐順之。

友人洪朝選（字舜臣，號芳洲）為唐順之作《行狀》，總結其一生立身行事、為文為學，道：「若公者，可謂千古之豪傑矣。」〔註1〕以「豪傑」論唐順之，公允之至。近代著名史學家柳詒徵曾將唐順之與明大儒王陽明並提，認為「明儒文武兼資者，陽明、荊川為稱首」〔註2〕，甚至認為在事功上禦倭攘外的荊川要更勝一籌。其實，在柳詒徵之前，明清學者多有將二人並提，王陽明高足、唐順之好友王畿（字汝中，號龍溪，）就曾說道：「（荊川）運謀出慮，若可與先師並駕而馳」〔註3〕；王錫爵亦有云：「大抵先生之聰明膽勇、強力忍訐雅類王文成」〔註4〕。此外，從文學的角度將兩人並提更為多見，如袁宗道云：「國朝陽明、荊川，皆理充於腹而文隨之」。〔註5〕清人李祖陶編選《金元明八大家文選》亦選入王陽明和唐順之，在八大家中獨以「豪傑」稱道二家，曰：「然（荊川）以古豪傑自期，刻苦身心，頗欲薄詞章為末技」。〔註6〕眾所周知，王陽明是明代最為傑出的思想家，亦是極為優秀的文學家、政治家和軍事家。黃綰所作《陽明先生行狀》稱：「（陽明）真所謂天生豪傑，挺然特立於世。」〔註7〕王陽明一生文武兼資，既以所創立的心學思想深刻影響了明代士林身心，成為朱熹之後最為著名的一代大儒，亦以多次攘定內亂的赫赫戰功彪炳史冊。是故若論明人豪傑，王陽明首當其衝。而在後人眼中，荊川之所以當得起「豪傑」之稱，甚至可與陽明並提，亦自有其過人之處。

〔註1〕 洪朝選：《明督察院右僉都御史巡撫鳳陽等處地方提督軍務前右春坊右司諫兼翰林院編修荊川唐公行狀》，參唐順之著，馬美信、黃毅點校：唐順之集》（下冊），浙江古籍出版社 2014 年版，第 1049 頁。

〔註2〕 參唐鼎元：《明唐荊川先生年譜》，《北京圖書館藏珍本年譜叢刊》第 47 冊，北京圖書館出版社 1999 年版，第 357 頁。

〔註3〕 王畿撰，吳震編校整理：《與喻虛江》，《王畿集》，鳳凰出版社 2007 年版，第 302 頁。

〔註4〕 王錫爵：《荊川先生祠堂記》，見唐鼎元：《明唐荊川先生年譜》，《北京圖書館藏珍本年譜叢刊》第 48 冊，北京圖書館出版社 1999 年版，第 194 頁。

〔註5〕 袁宗道著，錢伯誠標點：《論文》，《白蘇齋類集》，上海古籍出版社 2007 年版，第 286 頁。

〔註6〕 李祖陶：《唐荊川文選序》，《金元明八大家文選》之《唐荊川文選》卷首，清道光二十五年刻本，南京圖書館藏。

〔註7〕 黃綰：《陽明先生行狀》，參王守仁撰，吳光等編校：《王陽明全集》，上海古籍出版社 1992 年版，第 1429 頁。

　　縱觀荊川一生，早歲馳騖藝苑，嘉靖八年舉會試第一人、廷試二甲第一，授兵部主事，不久告病歸。嘉靖十一年返京，任吏部主事，後改翰林院編修。為官京師期間，唐順之與高叔嗣、屠應竣、陳束、任瀚、李開先等時作文酒之會，頗為時人所重，名列「嘉靖八才子」〔註8〕之一。後與王慎中共倡唐宋古文、反對前七子「文必秦漢」之論，文聲更著。嘉靖十四年，因觸忤權臣張璁以原職吏部主事致仕。嘉靖十八年召為太子東宮官屬，官復翰林院編修兼右春坊右司諫。嘉靖十九年，與羅洪先、趙時春上《定國本疏》，忤旨為民。自此，唐順之幽居故里近二十年。家居期間，他博覽旁觀，各種經世之學無不精研細究。入道之後，潛心問學，出入朱王，砥礪修行，終成一家之說。嘉靖三十七年春，唐順之應詔出山，北上薊鎮、南下浙直，參與軍務，曾親率官軍禦倭寇於海上，終在南方禦倭戰場上染疾力疲而亡。覽此可知，荊川始以文名、所學甚博，中歲刻苦自勵、篤志於聖賢之學，晚歲南下禦倭，武功亦有建樹，無怪乎柳詒徵論其文武兼資，可與陽明匹敵。

　　與王陽明一樣，唐順之從未以文事為終身追求。其少時雖專意八股文創作，早早顯露了出眾的文學才華，但他興趣甚博，舉凡歷史、地理、天文、曆算等皆廣為涉獵，常挑燈夜讀，不知疲倦。嘉靖八年，他在會試中拔得頭籌，又在殿試中獲得二甲第一名，其文名散播天下，八股文尤為時人所重。然而，對於唐順之來說，更為重要的是通過科考與狀元羅洪先（字達夫，號念庵）訂交，繼而在京師結識王畿、歐陽德、戚賢、黃綰、林春等大批王門弟子，從此益發堅定了他學為聖賢、求性命下落的人生理想。嘉靖十一年至十四年，唐順之既與「八才子」等一眾文友縱情詩文，引領起一股詩壇新風，同時又積極參與了京師的王學講會，在羅洪先、王畿等人的引領下，為自己的生命開啟了新的境界。其後二十多年的家居歲月中，唐順之更是將自己的生命重心放在了心性之學上，他出入朱王，精研經典並身體力行，最終悟解心學，成就了「以天機為宗，無欲為工夫」〔註9〕的一家之說，成為南中王門的代表人物。

　　求學問道之外，唐順之一生亦有著十分堅定的濟世之志。與一般讀書人

〔註8〕嘉靖初年，有所謂「八才子」，主要包括嘉靖八年進士唐順之、陳束、任瀚、熊過、李開先、呂高，以及嘉靖五年進士王慎中、趙時春。

〔註9〕黃宗羲著，沈芝盈點校：《明儒學案》（修訂本）卷二十六《南中王門學案二·襄文唐荊川先生順之》，中華書局2008年版，第598頁。

沉溺於文辭章句、專注科考不同，其少時讀書即十分關注各種經世之學。如果說這或許是少年唐順之興趣博雜，那麼其中歲居家「晝夜講究，忘寢廢食。於其時，學射，學算，學天文律曆，學山川地志，學兵法戰陣，下至兵家小技，一一學習」〔註10〕，則不能僅僅歸於興趣而已了。對此，洪朝選給出的說法是「公雖去宮官，心未嘗一日忘天下國家」〔註11〕，嘉靖八才子之一的李開先亦持類似觀點，他說：「（唐順之）自始仕，即奮然有以身殉國之志，見天下無事，士大夫雍容文墨，賦詩弈棋，宴飲高會，輒不喜。故其自為，常閉門讀武經戰書，考究山川險易，兵馬強弱，士奇禽乙，孜孜不倦。」〔註12〕實際上，唐順之身處的嘉靖一朝，皇帝昏庸，內有姦臣專權，政局黑暗腐敗，外則南北邊患，滋擾不已，正是大明王朝走向衰落以至滅亡的起點。面對如此時局，素有報國之志的唐順之在朝為官則挺然自立，他秉公辦事、仗義直言，不惜得罪權貴，以至下獄罷官；在家則精研六經子史、天文曆算、山川地志、兵法戰陣，其所纂《左編》、《右編》、《武編》、《稗編》，皆為治國安邦所作。看來，所謂後人眼中的文武兼資、博學淹洽，固然源於唐順之的天賦、興趣，更是由於其堅定的報國之志、濃烈的濟世情懷所致。也只有如此，方能解得唐順之晚年出山之惑。

　　嘉靖三十七年52歲的唐順之應詔出山，起為兵部職方司員外郎，先後奉敕查勘薊鎮兵務、視師浙直協助胡宗憲剿倭。嘉靖三十八年，唐順之因功擢升太僕寺少卿、通政司右通政，又改任右僉都御使、代為巡撫鳳陽等處兼提督軍務。嘉靖三十九年四月唐順之在鳳陽巡撫任，因疾卒於備倭勘察的水道之中。應該說唐順之在生命盡頭的最後兩年始終奔波在南北邊患的第一戰線上，建立了赫赫戰功（特別是在南方禦倭戰場上，「三沙之捷」、「姚家蕩大捷」皆有其督戰之功），直至鞠躬盡瘁死於其任。儘管如此，由於唐順之此出與趙文華、嚴嵩有關聯，一開始就遭到了其身邊不少人的反對。李開先提醒他：「此一起官，頗紛物議。出非其時，託非其人，若能了得一兩事，急急歸山，

〔註10〕洪朝選：《明督察院右僉都御史巡撫鳳陽等處地方提督軍務前右春坊右司諫兼翰林院編修荊川唐公行狀》，參唐順之著，馬美信、黃毅點校：《唐順之集》（下冊），浙江古籍出版社2014年版，第1038頁。

〔註11〕洪朝選：《明督察院右僉都御史巡撫鳳陽等處地方提督軍務前右春坊右司諫兼翰林院編修荊川唐公行狀》，參唐順之著，馬美信、黃毅點校：《唐順之集》（下冊），浙江古籍出版社2014年版，第1038頁。

〔註12〕李開先著，卜鍵箋校：《康王王唐四子補傳》，《李開先全集》（修訂本），上海古籍出版社2014年版，第973～974頁。

心跡庶可少白於天下，不然，將舉平日所守而盡喪之矣！」〔註13〕果然，這一出為唐順之帶來了各種非議，其中《明世宗實錄》的觀點最具代表性：「順之初欲獵奇致聲譽，不意遂廢，屏居十餘年。上方摧抑浮名無實之士，言者屢薦之，終不見用。會東南有倭患，工部侍郎趙文華視江南，順之以策幹之，因之交歡嚴嵩子世蕃，起為南京兵部主事……然竟靡所建立以卒。順之本文士，使獲用其所長，直石渠金馬之地，其著作潤色必有可觀者。乃以邊材自詭，既假以致身，遂不自量，忘其為非有，欲以武功自見，盡暴其短，為天下笑云。」〔註14〕雖為實錄，但其中關於唐順之如何處心積慮結交嚴黨謀求再出的勾勒不乏想像和誇張，後輩史家、唐家後人、以及不少現代學者對此問題都曾進行過辨正，以期還原歷史真相。〔註15〕然而作為後人研究明史最具權威性和參考價值的史書，《實錄》的影響力是無法忽視的。那麼，一生重惜名節的唐順之為何在晚年不顧眾親友反對，毅然選擇出山呢？唐順之此出臨行前，在告祭其父的文章中曾寫道：「顧世事之安危休戚不敢知，此身之禍福利害不敢知。苟時有可為，不敢不竭駑鈍之才。時遇多艱，不敢忘致身之義；時或可退，不敢昧保身之幾」。〔註16〕可見，決定其一生出處行事的關鍵不在個人的榮辱安危，而在於天下家國之需。是故身值東南倭患流佈、生靈塗炭之時，應詔而出之於唐順之便是不二之選。這一點，又豈是一般株守俗見、固守名節的淺陋俗儒所能理解的？其友王畿有云：「吾人在世，所保者名節，所重者道誼。若為名節所管攝，為道誼所拘持，便非天遊，便非獨往獨來大豪傑。」〔註17〕相較於明哲保身的「君子」，唐順之推崇的是那些以天下為己任、勇於擔當、不計個人榮辱得失的「獨往獨來大豪傑」，如此豪傑方稱得上是真君子。唐順之一生正是以這樣的「豪傑」標準求友、自期。在他的眼中，

〔註13〕李開先著，卜鍵箋校：《荊川唐都御史傳》，《李開先全集》（修訂本），上海古籍出版社 2014 年版，第 953 頁。

〔註14〕《明世宗實錄》卷四百八十三，臺北：「中央研究院」歷史語言研究所 1962 年版，第 8061～8062 頁。

〔註15〕參萬斯同《石園文集》（四明叢書本）卷五《書國史唐應德傳後》；唐鼎元《明唐荊川先生年譜》卷八「究誣一」；左東嶺《王學與中晚明世人心態》第三章第五節「唐順之——從氣節到中行的心學路徑」；趙園《關於唐順之晚歲之出》（《南通大學學報》社科版 2015 年第 3 期）。

〔註16〕唐順之著，馬美信、黃毅點校：《祭有懷府君文》，《唐順之集》，浙江古籍出版社 2014 年版，第 606 頁。

〔註17〕王畿撰，吳震編校整理：《與魏敬吾》，《王畿集》，鳳凰出版社 2007 年版，第 305 頁。

一直奮戰在邊疆戰場第一線的翁萬達、俞大猷、任環、沈紫江等將領正是這樣的「豪傑」之士。因此，早在家居期間，唐順之便與他們以詩文傾心相交，更不時為其戰事獻計獻策。而出山之前，身處東南親見倭患之害的唐順之在其草堂之內與友人們也不再滿足於論學證道，而是積極關注前方戰事共商禦倭之策。其友人之中既有後來成為胡宗憲幕僚的鄭若曾，也包括捐棄家資組織一支少林僧兵禦倭的萬表。既不避嫌出山之後，作為文臣督戰的唐順之對於戰局不僅沒有袖手旁觀，反倒常常親自披掛上陣，激勵將士們奮勇殺敵，為平定嘉靖三十八年東南倭患立下了汗馬功勞。

總之，縱觀唐順之一生，「以豪傑自期」並非虛語。正是由於他始終心存建立功業、報效國家的豪傑理想，這才成就了後人眼中博學淹洽、文武兼資的豪傑唐順之，而非僅僅是領袖文壇的才子或中道而行的儒士。進一步看，唐順之豪傑理想的實現也是其應時代之需，學力所至而自覺做出的人生選擇。嘉靖朝內憂外患的時局是點燃唐順之豪傑理想的外因，而唐順之會通朱王、悟解心學之後的篤於自信、勇於任事則是其豪傑理想最終得以實現的內因。值得一提的是，學為聖賢與濟世之志在唐順之身上不僅不矛盾，反倒在其豪傑理想的實踐中得到了完美的結合。正是這一點又讓人不禁聯想到王陽明。在唐順之的那個時代，士大夫們不再安於吟詩作賦或是潛心習道不理世事，和唐順之一樣他們的內心中多半都有著一個豪傑理想。這裡既有時局的原因，也是因為王學在嘉靖朝的流行使得士大夫們注重實踐、勇於任事。錢謙益曾對比嘉靖朝以唐順之為核心的八才子與稍後的王世貞、李攀龍等七才子〔註18〕，他認為前者「通經史、諳世務，往往為通儒魁士，以實學有聞」〔註19〕，八才子並沒有把自己僅僅定位為文人，他們鑽研實學、關心世務，期待一朝能夠傾盡所學，為天下所用。就此而言，錢謙益認為後來文壇上名聲更響的七才子是難與八才子相提並論的。相較於七才子，八才子多受王學的影響，對於世事有著更為主動的關注和參與。這一點在八才子之首的唐順之身上尤為突出。可以說，一方面學為聖賢、研習王學推動了唐順之豪傑理想的實現，另一方面正是在踐履豪傑理想的過程

〔註18〕「七才子」指活躍於嘉靖、隆慶年間文壇的一眾文人，包括李攀龍、王世貞、謝榛、宗臣、梁有譽、徐中行、吳國倫。七才子受李夢陽、何景明等人的影響，繼續提倡復古，相互呼應，彼此標榜，聲勢更為浩大，故又稱「後七子」。

〔註19〕錢謙益：《列朝詩集小傳·呂少卿高》，上海古籍出版社 2008 年版，第 379 頁。

中他也一步步完成了從中庸而行的儒士向聖賢的轉變，恰如李贄所言：「古今賢聖皆豪傑為之，非豪傑而能為聖賢者，自古無之矣」。〔註20〕

第二節　唐順之的學術思想及其發展軌跡

有明一代，儒釋道各家思想風起雲湧。至正、嘉年間，融通了三教學說的王學思想迅猛發展、流佈天下，王學講會在全國各地轟轟烈烈地開展起來，士人學者大多參與其中。陽明心學本是一種救世學說，「它由內在超越的個體自適與萬物一體的社會關懷兩方面的內涵構成」〔註21〕，深刻影響了明中期仕林身心。唐順之自京師登第，結識羅洪先、王畿、歐陽德、戚賢等大批王門弟子以來，便逐漸將為學精力轉向儒者如何安身立命的「性命之學」。自此，他出入朱、王，精修證悟，終悟得良知「天機自然」之旨，成一家之說。唐順之參悟心學的過程深深地影響了他的文學創作和理論主張，他將心學理論自覺融入了自己的文學思想之中，並廣泛影響了文壇。

總體來看，唐順之自嘉靖十一年秋在京師參加王學講會開始接觸心學，其學術思想的發展大致經過了兩個重要階段：由嘉靖十五年至嘉靖二十四年為學雜朱、王時期，嘉靖二十五年之後則是其悟解心學時期。

一、理學與心學交雜時期

嘉靖十五年，唐順之在宜興與程朱派學者萬吉訂交，二人常往來切磋學問，萬吉評唐順之當時所學「蓋多與陽明暗合，然究其指歸，其牴牾晦翁者鮮矣」〔註22〕。嘉靖二十三年萬吉歿，唐順之在所作《萬古齋公傳》中亦回顧自己當時乃以「反求自得，一不蹈襲，獨操櫐柄」〔註23〕為說，萬公時相與辨析，然終察荊川實為「非敢不尊經傳，非敢不謹格式者」〔註24〕。故二

〔註20〕李贄撰，陳仁仁校釋：《焚書・續焚書校釋》，嶽麓書社，2011年版，第20頁。
〔註21〕左東嶺：《心學與明代文學》，《明代文學思想研究》，商務印書館2013年版，第472頁。
〔註22〕參唐鼎元：《明唐荊川先生年譜》，《北京圖書館珍本年譜叢刊》第47冊，北京圖書館出版社1999年版，第487頁。
〔註23〕唐順之著，馬美信、黃毅點校：《萬古齋公傳》，《唐順之集》，浙江古籍出版社2014年版，第734頁。
〔註24〕唐順之著，馬美信、黃毅點校：《萬古齋公傳》，《唐順之集》，浙江古籍出版社2014年版，第734頁。

人所學雖有分歧，大抵卻是相合的。可見，唐順之當時所學的確正處於會同朱、王時期。

（一）存天理，去人慾

「存天理，去人慾」是宋明理學探討的一個核心問題，唐順之此階段的學術思想也正是圍繞著這個問題展開的。嘉靖十六年，寫給王慎中的一封信中他這樣說道：

> 人心存亡不過天理人慾之消長，而理欲消長之幾不過迷悟兩字。然非努力聚氣、決死一戰則必不能悟。或不知所戰、或戰而不力，則往往終其身而不悟。故佛家有認賊作子與葛藤絆路之說，而兵家亦曰名其為賊敵乃可滅，又曰一日縱敵數世之患。此佛家之可通於吾儒，而治戎之道可用以治心者也。〔註25〕

唐順之認為「天理」與「人慾」相互對立、此消彼長，二者的消長關係到人心的存亡。所謂「天理」即支配著宇宙人生萬事萬物的普遍原理（或原則），它既體現為自然的法則和規律，也是人以及人類社會的道德本質和原則。與「天理」相對立的「人慾」並不是指由人的自然屬性所決定的生理欲望，而是指「私欲」，即過分追求私利、違背道德原則的欲望。作為人的道德本質和原則的「天理」（即「性理」）純善，是大公；而「人慾」則是惡，是一己之私。唐順之以為儘管「天理」決定了人的本性為善，但是一旦受到「人慾」沾染，人的道德本心便會被遮蔽，萌生出惡。因此，「天理」與「人慾」相互對立，人心中不是「天理」便是「人慾」，二者此消彼長決定了人心善惡。學者為學便是要克盡私欲，復歸天理，護持住人的本性之善。

唐順之對「天理人慾」的認識受到了宋儒特別是程朱理學思想的深刻影響。從二程到朱熹，他們無不強調以理制欲的重要性，而對「天理」與「人慾」之間關係的認識主要是通過對《尚書‧大禹謨》中「人心惟危，道心惟微；惟精惟一，允執厥中」〔註26〕這「十六字心傳」的闡釋來進行的。這十六個字被宋儒看作是自堯、舜、禹以來儒家聖人心心相傳的修身治國的綱領，朱熹認為它是儒家道統的真傳所在。二程對這「十六字心傳」都發表了自己

〔註25〕唐順之著，馬美信、黃毅點校：《答王南江提學》，《唐順之集》，浙江古籍出版社2014年版，第189頁。

〔註26〕孔安國傳，孔穎達正義，黃懷信整理：《尚書正義》卷四，上海古籍出版社2007年版，第132頁。

的見解，程顥提出：「『人心惟危』，人慾也。『道心惟微』，天理也。『惟精惟一』，所以至之。『允執厥中』，所以行之。」〔註27〕程頤也說：「人心私欲故危殆，道心天理故精微。滅私欲則天理明矣。」〔註28〕二程都認為「人心」充斥的是人的感性慾念，「道心」則依天理而行合乎道德原則。被各種感性慾念特別是一己私欲所充斥的人心常處於危殆之境，道心即人的道德意識則潛藏在人的心靈深處不易知覺。「道心」與「人心」相對，「天理」也與「人慾」相對立，克盡人慾，天理自明，因此學者須時時克己省身，去除內心私欲，務使「道心」成為一身主宰。

朱熹在繼承了二程看法的基礎上對「十六字心傳」進行了進一步剖析，他說：「此心之靈，其覺於理者，道心也；其覺於欲者，人心也」〔註29〕，又云：「只是這一個心，知覺從耳目之欲上去，便是人心；知覺從義理上去，便是道心」〔註30〕。朱熹認為人心、道心本為一心，但是人心的知覺活動按其內容則可分為兩種——符合道德原則（即「天理」）的意識是「道心」，充斥著個體情慾的意識則是「人心」。而人之所以會有這兩種不同的知覺乃在於凡人之生都是稟受「理」以為本性，稟受「氣」以為形體。「理」（或「天理」）規定了人的道德本質和意識，「氣」所構成的血肉之軀則帶來了人的感性情慾。值得注意的是朱熹並沒有簡單地將「天理」與「人慾」截然對立，他說：「天理人慾，幾微之間」，「飲食者，天理也；要求美味，人慾也」〔註31〕。正常的合理的人慾就是天理，而過分的不加節制的欲望會遮蔽天理會流向惡，這才是需要被去除的人慾。因此，人的自然屬性所決定的生理欲望如饑食渴飲是合理的人慾，也就是天理；而過分要求美味則是一己之私欲，這就是與天理相對立必須被節制被去除的人慾。也就是說「人心」所包蘊的感性情慾雖不是惡，但如不加以控制，過分的欲望（即私欲）就會蒙蔽「道心」而產生出惡，所以朱熹強調「必使道心常為一身之主，而人心每聽命焉，乃善也」〔註32〕。

〔註27〕程顥、程頤撰，潘富恩導讀：《二程遺書》卷十一《明道先生語一》，上海古籍出版社2000年版，第173頁。

〔註28〕程顥、程頤撰，潘富恩導讀：《二程遺書》卷二十四《伊川先生語十》，上海古籍出版社2000年版，第369頁。

〔註29〕朱熹：《答鄭子上》，《晦庵先生朱文公文集》卷五十六，四部叢刊本。

〔註30〕黎靖德編：《朱子語類》卷八十七，中華書局1994年版，第2009頁。

〔註31〕黎靖德編：《朱子語類》卷十三，中華書局1994年版，第224頁。

〔註32〕黎靖德編：《朱子語類》卷六十二，中華書局1994年版，第1487頁。

　　可以看出唐順之在理欲問題上主要繼承了程朱理學的相關學說。此外，對於「存天理」和「去人慾」，在這一階段他更加關注的是去欲的工夫。相較於學者不睹不聞、只可自家體認的「天理」，與之此消彼長的「人慾」卻是人人身上確鑿可見，是學者著實可下手處。正如朱熹所云：「學者須是革盡人慾，復盡天理，方始是學。」〔註33〕程頤也說過：「滅私欲則天理明矣」〔註34〕，「無人慾即皆天理」〔註35〕。因此，為學是從「去人慾」始，以「存天理」終，「去人慾」即是「存天理」。唐順之在給朋友的論學書中也說道：「若謂認得本體，一超直入，不假階級，竊恐雖中人以上有所不能，竟成一番議論一番意見而已。」〔註36〕對於那些聲稱自己悟得本體不假後天工夫的學者，唐順之持以懷疑的態度，認為他們多半只是在空談性理而已，去大道尚遠。所以，唐順之對王慎中雖然也講「悟」，但他卻強調「非努力聚氣，決死一戰，必不能悟」，也就是說悟得本體之前必實下去欲的工夫。

　　那麼，究竟該如何下去欲（指「私欲」）的工夫呢？唐順之認為首先要有決心、有勇氣戰勝自己內心的私欲。而決心和勇氣正來自於學者為學的志向。但「學問雖是人人本分事，然非豪傑不能志，非刻苦不能成」〔註37〕，因此立志甚為重要。學者須知求學乃是求自家安身立命之所而非一身之外的功名利祿，有此覺悟、明確志向方能下定決心「努力聚氣」和自己內心的私欲「決死一戰」。其次，去欲不能只是停留在口頭，一定要落實到行動中去。唐順之對當時學者空談心性的習氣感慨頗深，他說：

　　　　近來學者本不刻苦搜剔，洗空欲障，以玄悟之語文夾帶之心，直如空花，竟成自誤。……惟默然無說，坐斷言語意見路頭，使學者有窮而反本處，庶幾挽歸真實力行一路，乃是一帖救急易方。〔註38〕

〔註33〕黎靖德編：《朱子語類》卷十三，中華書局1994年版，第225頁。

〔註34〕程顥、程頤撰，潘富恩導讀：《二程遺書》卷二十四《伊川先生語十》，上海古籍出版社2000年版，第369頁。

〔註35〕程顥、程頤撰，潘富恩導讀：《二程遺書》卷十五《伊川先生語一》，上海古籍出版社2000年版，第190頁。

〔註36〕唐順之著，馬美信、黃毅點校：《與張本靜》，《唐順之集》，浙江古籍出版社2014年版，第249頁。

〔註37〕唐順之著，馬美信、黃毅點校：《與王體仁》，《唐順之集》，浙江古籍出版社2014年版，第213頁。

〔註38〕唐順之著，馬美信、黃毅點校：《與張本靜 二》，《唐順之集》，浙江古籍出版社2014年版，第251頁。

　　　　當世學者悠悠，只是說好看話，做好看事，過卻一生，到底終

無結果。〔註39〕

對此，唐順之提出學者應少說多做，拋卻空談，反身自躬，盡自己所能把去
欲的工夫做實，這就是他所說的「力行」。實際上，對於去私欲唐順之的確做
到了身體力行，他「冬不爐，夏不帷，行不輿，臥不裀，歲衣一布，月進一
肉，結茆陳渡，不蔽風雨」〔註40〕。唐順之堅持以艱苦的生活來磨礪自己，
認為只有這樣才能將欲根徹底拔除乾淨。唐父有懷翁十分憂慮兒子上述生活
中的諸多「不近人情」處，而羅洪先則安慰道：「在令郎不可有，在今世不可
無。然令郎煞用功，終當消去，無過慮。」〔註41〕事實上據《冬遊記》記載，
嘉靖十八年羅洪先赴京任職途經南京，其間與王畿等心學門人反覆切磋的正
是如何去欲的問題，與好友唐順之可謂不謀而合。對於二人當時為學工夫，
王畿認為唐順之立志深，用功猛，拼得下一切，但過於執著拘謹，對於心體
的圓活靈明尚欠領悟；羅洪先雖少了執著，但患在立志不真切，心中多有掛
礙，精神散漫——因此，二人為學正好互相砥礪，以彼之長補己所短，各有
受用。王畿所言可謂切中肯綮。

（二）主靜無欲

　　「去欲」可以說是唐順之一生為學的重要核心。早期他用功甚猛，頗見
成效。然而去私欲是一長期艱苦的「作戰」過程，並非一勞永逸，唐順之說
「人慾愈克，則愈見其植根之甚深」，那些輕談去欲容易的人要麼是「未嘗實
下手用力」，或者是「用力未嘗懇切者也」〔註42〕。欲望的種子常常潛伏在人
心之中，學者必須細細體察，找出「滲漏」，如此才能不斷鞏固去欲的成果，
把去欲的工夫真正做實。唐順之說「滲漏」二字「一口道破後學者公共病痛」
〔註43〕，這是他自身經驗的一番肺腑之言。

〔註39〕唐順之著，馬美信、黃毅點校：《與王體仁》，《唐順之集》，浙江古籍出版社
　　　　2014 年版，第 213 頁。

〔註40〕馮時可：《中丞荊川唐先生傳》，見唐順之著，馬美信、黃毅點校：《唐順之集》，
　　　　浙江古籍出版社 2014 年版，第 1075 頁。

〔註41〕羅洪先撰，徐儒宗編校整理：《冬遊記》，《羅洪先集》，鳳凰出版社 2007 年
　　　　版，第 57 頁。

〔註42〕唐順之著，馬美信、黃毅點校：《與張本靜》，《唐順之集》，浙江古籍出版社
　　　　2014 年版，第 249 頁。

〔註43〕唐順之著，馬美信、黃毅點校：《與胡青厓同知　二》，《唐順之集》，浙江古籍
　　　　出版社 2014 年版，第 243 頁。

　　唐順之天性聰穎，興趣廣泛，自幼讀書即頗多涉獵，舉凡天文、地理、歷史、曆算、辭章可謂無所不通。嘉靖十四年第一次致仕後，由於開始專注於性命之學，唐順之逐步有意識地收束起包括詩文創作在內的各種嗜好。到了嘉靖十九年，他第二次致仕，時值大明王朝內憂外患，國家岌岌可危。一直深藏著憂世報國之志的唐順之，此番歸田便格外留心世務，開始鑽研起各種經世之學。《行狀》中說他此時「一意沉酣六經百子史氏、國朝故典律例之書」，且「學射學算，學天文律曆，學山川地志，學兵法戰陣，下至兵家小技，一一學習」〔註44〕。以唐順之的天分以及勤奮刻苦，再加上他虛心向四方能者討教印證，終至博貫諸藝，卓有所成，他身後所留下的「左、右、文、武、儒、稗」六《編》即是明證。

　　不過，唐順之很快就開始對這一段博學生涯開始了反思，他敏銳地發覺自己有沉溺於各種學問技藝的傾向。同時，在埋首鑽研的過程中，很容易滋生出個人的欣厭心、競勝心，而這正是修道之人所應警惕的「滲漏」之處。對此，他總結道：

> 非特聲色貨利之能為心累，而種種聰明、種種才技、種種功業，皆足以漏泄精神而障入道之路，自非痛與刊落絕利一原，則非所以語七年之病而求三年之艾也。程子曰：「今之學者無可添，只有減，減盡便無事」……〔註45〕

唐順之認為學者沉溺於聰明、才技、功業與沉迷在聲色貨利之中並無本質區別，都會遮蔽自己的道德本心（或天理）而走上歧途，因此去欲不僅要去除聲色貨利之欲，還必須掃除聰明、才技、功業之心，這樣去欲的工夫才算做實。而對於生性恬淡的唐順之來說去「聲色貨利」之欲並不困難，難的是要去除自己對於種種技藝、功業的迷戀，時時警惕不可被自己的聰明和競勝心所蒙蔽。對此，他提出要「絕利一原」，也就是將種種和修道無關的事情「痛與刊落」，把全部精力都集中在修養心性這一件事情上，這樣才有可能復得天理、切實鞏固去欲的成果。唐順之認為程顥所強調的「減」的工夫也正包含此意。

〔註44〕洪朝選：《明督察院右僉都御史巡撫鳳陽等處地方提督軍務前右春坊右司諫兼翰林院編修荊川唐公行狀》，見唐順之著，馬美信、黃毅點校：《唐順之集》，浙江古籍出版社 2014 年版，第 1038 頁。

〔註45〕唐順之著，馬美信、黃毅點校：《與王北涯蘇州》，《唐順之集》，浙江古籍出版社 2014 年版，第 241 頁。

但是要做到「絕利一原」又談何容易！唐順之三十歲時就已省悟學者讀書作文乃在於求得大道所在，溺於文辭技巧可謂本末倒置，可直到四十歲依然難以割捨下辭章之好。在《與胡青崖同知》中他說：

> 僕之意頗以為兄於世間伎倆，世間好事，不免有多掛胸中處，且夫滲漏多正坐兜攬多耳。此昔人所以貴於絕利一原，不如是則不足以收斂精神，而凝聚此道也。弟蓋亦沉溺於彼者，年來漸自知非，欲痛於掃除，而習氣纏繞，擺脫未能。〔註46〕

唐順之毫不客氣地指出好友所學之滲漏正在「兜攬多」——胸中有太多伎倆、好事牽掛，於修道自然未免支離分神。當然他也絲毫沒有掩飾自己存在著同樣的問題，而且他深知多年習氣纏繞，要擺脫各種嗜欲的牽絆並非一夕可至。唐順之認為要解決「兜攬多」的問題，也只有用明道先生所說的「減」的工夫，一點點、切切實實地「減」掉修道以外的事情，把蕩弛在外的精神全部收斂起來貫注於修道這一件事情上，這樣才是「減盡」，才是「絕利一原」。可是，單提「減」未免籠統，究竟用何種方法去「減」才最切實最有用呢？對此，他主要採用了靜坐的修養方法迫使自己不再沉溺於各種聰明、才技和功業。當然，靜坐並非枯坐，而是要在靜坐中收攝精神、完養精神，從而最終能夠以飽滿充實的精神投入到修道中去。於是，將屆不惑之年的唐順之開始閉門默坐，以至於「外則廢於親知之往來，內則廢於文史之玩」〔註47〕，他不僅謝遣了四方生徒交遊，更捐書燒筆，盡棄了多年來難以割捨的文辭之好。

其實，靜坐是宋明理學中一種十分重要的修養方法和傳統，源自於理學中的主靜思想。明代大儒陳獻章對此說過這樣一段話：

> 伊川先生每見人靜坐，便歎其善學。此一靜字，自濂溪先生主靜發源，後來程門諸公遞相傳授，至於豫章、延平二先生，尤專提此教人，學者亦以此得力。晦庵恐人差入禪去，故少說靜，只說敬，如伊川晚年之訓。此是防微慮遠之道，然在學者須自量度何如，若不至為禪所誘，仍多靜方有入處。若平生忙者，此尤為對症藥也。〔註48〕

〔註46〕唐順之著，馬美信、黃毅點校：《與胡青崖同知　二》，《唐順之集》，浙江古籍出版社 2014 年版，第 243、244 頁。

〔註47〕唐順之著，馬美信、黃毅點校：《答周約庵中丞》，《唐順之集》，浙江古籍出版社 2014 年版，第 218 頁。

〔註48〕陳獻章撰，黎業明編校：《與羅一峰　二》，《陳獻章全集》（上），上海古籍出版社 2019 年版，第 210 頁。

陳獻章指出理學中的主靜思想由北宋周敦頤首倡。周敦頤在他所著的《太極圖說》中有「聖人定之以中正仁義而主靜，立人極焉」〔註49〕之語，這裡的「靜」是一種心性修養的重要方法，而在其學說中「靜」也是「寂然不動」的本體所在。因此，「靜」既是本體，又是工夫。他還說「無欲故靜」，要實現「靜」這一本體存在就必須做到無欲，可見「無欲」正是周敦頤「主靜」思想的重要內容。二程作為周敦頤的學生也都十分重視其師的主靜思想，程顥有云：「性靜者可以為學」〔註50〕，認為「靜」為入德之基。至於「靜坐」則是修養心性的極佳途徑，因此二程不僅自己時常靜坐，且以靜坐為教。程顥曾在扶溝教他的學生謝良佐靜坐，程頤每見人靜坐便歎其善學。其後，二程弟子謝良佐、楊時等人也都言靜，特別是楊時門下，從羅從彥（豫章先生，楊時門人）至李侗（延平先生，羅從彥弟子）更是專提「靜」字教人，前者主張要在靜中看喜怒哀樂未發前氣象，後者則提出「默坐澄心，體認天理」，將「主靜」逐漸發展成為伊洛傳統中的一個重要方面──朱熹稱此靜中體驗未發的主靜思想為「龜山門下相傳指訣」。實際上，作為李侗的學生朱熹早年也曾深受主靜思想的影響，後來見只提「靜」字易雜入佛、道二家，便以程頤晚年提出的「敬」字來取代「靜」。程頤說「敬則自虛靜。不可把虛靜喚做敬」〔註51〕──「敬」包含著「靜」，而「敬」又通貫動靜，因此以「主敬」取代「主靜」就與專事靜坐卻遺卻人倫、脫略事為的佛道劃清了界限。雖然朱熹拈出「敬」字後就極少說「靜」，但他也認為「敬字工夫，通貫動靜，而必以靜為本」〔註52〕，可見其「敬」字工夫與「主靜」思想仍然有割不斷的關聯，所以陳獻章才說朱子的「主敬」之說乃「防微慮遠之道」，並沒有完全拒斥靜坐。

濂洛傳統以外，「主靜」之說則在陸王心學中佔據著更加重要的地位。陸九淵很重視以靜坐來發明本心，朱熹就說過他的修養方法是「不讀書，不求義理，只靜坐澄心」〔註53〕。所謂「靜坐澄心」就是通過靜坐把精神向裏收

〔註49〕周敦頤撰，梁紹輝、徐蓀銘等點校：《周敦頤集》卷一《太極圖說》，嶽麓書社2007年版，第7頁。

〔註50〕程顥輯，程頤撰：《二程外書》卷一，明弘治陳宣刻本。

〔註51〕程顥、程頤撰，潘富恩導讀：《二程遺書》卷十五《伊川先生語一》，上海古籍出版社2000年版，第203頁。

〔註52〕參胡廣等撰：《性理大全書》卷四十六，《影印文淵閣四庫全書》第711冊，臺灣商務印書館1986年版，第67頁。

〔註53〕黎靖德編：《朱子語類》卷五十二，中華書局1994年版，第1264頁。

攝，拋除各種成見以及權威經典的影響，去反觀和體悟自己固有的「本心」（即天賦的道德觀念），以「本心」作為判斷和實踐的準則。這就是陸九淵對學者一再強調的「收拾精神，自作主宰」，也是他自認與朱熹格物致知的「支離事業」所大不相同的「易簡工夫」。陸九淵之後，元代講朱熹哲學最負盛名的許衡和吳澄也都強調「反求諸心」的主靜思想，他們被看作是朱陸合流的代表人物，也是明代心學的先聲。明代初期，陳獻章的老師吳與弼雖講為學須「持敬窮理」，但他更重視「主靜」以涵養本心，對陳獻章有著直接的影響。到了陳獻章那裡，「主靜」已經成了他的思想學說的一個重要特色。陳獻章（1428～1500），字公甫，號石齋，世稱「白沙先生」。他從自己的為學經歷中總結出「為學須從靜坐中養出個端倪來，方有商量處」〔註54〕，黃宗羲也說他的學問是「以靜為門戶」〔註55〕。事實上，「靜」以及「靜坐」不僅是他學問的入手處，也是其核心所在。白沙極反對朱熹通過「格物」以「致知」的支離之學，他認為「理具於心」而不在心外，因此為學工夫的首要在於「反求諸心」先立得大本，如此之後讀書窮理才能有所主而不依附他人，陷入支離。「反求諸心」的關鍵則在「靜」，因為靜則能專，專則能一，一就是無欲——所以白沙提倡通過靜坐達到「虛明靜一」的無欲境界，在此境界中就能體察到心體的「隱然呈露」。白沙由靜坐入手的學問是程朱理學向陽明心學轉化過程中極為關鍵的一步，他直接開啟了明代的心學思潮，被認為是明代心學的第一人。至心學的集大成者王守仁，則主動靜合一之說，提出了「靜處體悟，事上磨煉」的修養方法——一方面，他認為「靜坐息思慮」是為學入門的第一步，他說「初學時心猿意馬，桎縛不定，其所思慮多是人慾一邊，故且教之靜坐、息思慮」〔註56〕；另一方面，他又反對學者喜靜厭動，所以說「人須在事上磨，方立得住」〔註57〕，「若只好靜，遇事便亂，終無長進」〔註58〕。

〔註54〕陳獻章撰，黎業明編校：《與賀克恭黃門　二》，《陳獻章全集》（上），上海古籍出版社 2019 年版，第 180 頁。

〔註55〕黃宗羲著，沈芝盈點校：《明儒學案》（修訂本）卷五《白沙學案上·文恭陳白沙先生獻章》，中華書局 2008 年版，第 80 頁。

〔註56〕王守仁撰，吳光、錢明、董平、姚延福編校：《王陽明全集》（上）卷一《傳習錄　上》，上海古籍出版社 1992 年版，第 16 頁。

〔註57〕王守仁撰，吳光、錢明、董平、姚延福編校：《王陽明全集》（上）卷一《傳習錄　上》，上海古籍出版社 1992 年版，第 12 頁。

〔註58〕王守仁撰，吳光、錢明、董平、姚延福編校：《王陽明全集》（上）卷一《傳習錄　下》，上海古籍出版社 1992 年版，第 92 頁。

王陽明之後，其後學主要分為「現成」、「修證」、「歸寂」三大派，其中以聶豹、羅洪先為主要代表的「歸寂派」又掀起了一股「主靜」的潮流。實際上，無論是前者提出的「致虛守寂」，還是後者所主張的「收攝保聚」，皆旨在糾正陽明後學中存在的只講良知現成（即「良知見在」）而忽略工夫的流弊。

至此，我們不難發現唐順之的靜坐之法有著十分深厚的理學思想淵源。當然，在中國思想史的展開中，提到「主靜」以及「靜坐」是絕對無法繞開佛道二家的。道家從老子的「致虛極，守靜篤」到莊子的「心齋」、「坐忘」，佛家尤其是禪宗的靜坐，這些工夫的背後都有著濃厚的主靜思想。事實上自周濂溪始，理學中的「主靜」思想實際是儒家學說對佛道二家的相關思想以及修養方法的融會吸收。但是由於二家特別是佛家靜坐所欲達到的乃一遺卻人倫、脫略事為的寂滅之境，所以歷來儒者說「靜」都十分注意與之區別，程頤、朱熹還特別拈出「敬」來取代「靜」。對此，唐順之也說：「濂洛主靜與教人靜坐之說，亦在後人善學，不然盡能誤人，非特攖鬧汨沒中能誤人也。禪家之絕夫塵緣，一蒲團了卻此生，此所謂果哉未之難矣。」〔註59〕可見，靜坐只是工夫（手段）而決非目的，唐順之靜坐是為了「收斂精神，而凝聚此道也」〔註60〕，是為了達到最終的「無欲」境界以體認大道（即天理）所在。

此外，靜坐這種靜中涵養的工夫強調直接在心性本體上用功，它作為一種非邏輯的直接體悟尤為心學家們所重視。從陸九淵到許衡、吳澄，再到陳獻章，他們都試圖用靜中直接涵養本原的向內工夫取消掉程頤、朱熹格物窮理的向外工夫，更確切地說他們都認為靜中涵養是乃是為學的首要和根本工夫，只有涵養工夫到後讀書窮理才能「致知」，否則盲目讀書窮理就極易陷入支離之中。其實，心學所倡導的這種「易簡」工夫針對的正是程朱理學重事事省察的支離之弊，這種強調靜中直接涵養本原的工夫是標誌著程朱理學向心學轉變的一個重要方面。唐順之自嘉靖十九年第二次致仕之後，之所以在一段時間之內會致力於天文、地理、曆算、歷史、兵法等各門學問，毫無疑問大明王朝內憂外患的處境是一直接原因。而他當時所學正受理學思想影響甚巨，程頤、朱熹對「道問學」的重視，對格物窮理這般向外工夫的強調，也是

〔註59〕唐順之著，馬美信、黃毅點校：《答周七泉通判》，《唐順之集》，浙江古籍出版社 2014 年版，第 220 頁。

〔註60〕唐順之著，馬美信、黃毅點校：《與胡青崖同知 二》，《唐順之集》，浙江古籍出版社 2014 年版，第 244 頁。

導致他究心於各種學問知識的一個重要原因。但是隨著他去欲工夫的深入，以及逐漸受到「主靜」思想的影響，他把為學精力逐漸轉移到通過靜坐而反觀體悟自家內心上來。到嘉靖二十五年唐順之四十歲前後，他更加體會到「古人學問宗旨，只在性情上理會，而其要不過主靜之一言」〔註61〕，因此「日課一詩，不如日玩一爻一卦，日玩一爻一卦，不如默而成之」，因為「寂寥枯淡之中，其所助於道心者為多也」〔註62〕。至此，唐順之終於從對各種學問技藝（包括辭章）的嗜好沉溺中完全掙脫了出來，解決了自己去欲過程中的「滲漏」問題。而在去欲過程中，由對格物窮理的向外工夫的重視轉為對靜中涵養心性的向內工夫的重視，也標誌著唐順之的思想由理學、心學交雜時期正逐漸過渡到以心學思想為主的時期。通過在靜坐中反身自觀，通過對自家心性的直接體悟，唐順之自己成熟的心學思想正在一步步形成。

二、悟解心學

（一）天機自然

嘉靖二十五年，唐順之在家鄉武進侍奉老父。這一年的春天，羅洪先、戚賢、王畿、萬表、陳明水、呂沃洲等眾多陽明後學相繼來訪。自嘉靖二十年落職歸田，唐順之便一心肆力問學，此番與眾多學友共聚一敘，既得一償別後相思之情，更能藉此良機與眾人當面交流近來體道所得。其中，他與羅洪先相談猶為契合，據羅洪先弟子胡直記載，二人「夜語契心，相對躍曰：『庶幾千載一遇乎！』遂達旦不寐」。〔註63〕羅洪先也有詩記此事道：「一言天所契，千載似俱非。何事聲相應，而能心不違。道從疑後得，機向識中微。大笑重嘲問，狂生或可幾。」〔註64〕

作為唐順之入道的引路人，羅洪先的學術思想對唐順之有著不可忽視的影響。嘉靖十二年，羅洪先奔父喪至家就曾作書告戒唐順之要「專精於學，

〔註61〕唐順之著，馬美信、黃毅點校：《寄劉南坦》，《唐順之集》，浙江古籍出版社2014年版，第185頁。

〔註62〕唐順之著，馬美信、黃毅點校：《寄黃士尚》，《唐順之集》，浙江古籍出版社2014年版，第225頁。

〔註63〕胡直：《明故賜進士及第左贊善兼翰林院修撰經筵講官贈奉議大夫光祿寺少卿諡文恭念庵羅先生行狀》，參羅洪先撰，徐儒宗編校：《羅洪先集》（下），鳳凰出版社2007年版，第1380頁。

〔註64〕羅洪先撰，徐儒宗編校：《與荊川夜話，直透心源，千載一遇，達旦不寐》，《羅洪先集》（下），鳳凰出版社2007年版，第1205頁。

惟勿惑於他歧」，尤其要注意「多學而識」的「知識之痛」〔註65〕。嘉靖十八年，歸田在家的唐順之、羅洪先同被選為太子宮僚，官復原職。嘉靖十九年，分隔七年之後二人終於在京師重聚。據羅洪先《冬遊記》所載，嘉靖十八年前後，其學術思想正處於「主靜無欲」這一階段，專注於通過「收斂翕聚」的靜坐工夫以達到無欲之境。羅洪先的「主靜」思想深深影響了唐順之的為學路徑，他由專注於去欲的向外工夫逐漸領悟為學當在自家心體上著力，採用靜坐之法收攝精神，從此步入心學路徑。

　　嘉靖二十五年，唐順之專力靜坐已有數年。此時的羅洪先，隨著對聶豹「歸寂」思想的進一步接受，以及對王畿「現成良知」說展開的批判，雖還未提出「收攝保聚」一說，但是他的「主靜」思想卻是更加明確和成熟了。而羅洪先與唐順之此聚徹夜長談，之所以發出千載難遇的知音之歎，便在於二人所學此時都重在「主靜」。

　　羅洪先「主靜」思想對唐順之的影響至嘉靖二十九年依然清晰可見：

> 近年來痛苦心切，死中求活，將四十年前伎倆頭頭放捨，四十年前意見種種抹殺，於清明中稍見得些影子，原是徹天徹地靈明渾成的東西。生時一物帶不來，此物卻原自帶來，死時一物帶不去，此物卻要完全還他去。然以為有物，則何睹何聞？以為無物，則參前倚衡，瞻前忽後。非胸中不卦世間一物，則不能見得此物，非心心念念晝夜不捨，如養珠抱卵，下數十年無滲漏的工夫，則不能收攝此物，完養此物。自古宇宙間豪傑經多少人，而聞道者絕歎其難也。好仁者無以尚之，此真消息也。終日如愚，終日忘食，此真工夫也。無以尚之，則有一物可尚，便不是此物矣。忘食則於閒事有不暇者矣，如愚則於才技有不使者矣。孔、顏一生工夫，所以完養收攝此寶藏也。僕近稍悟得此意，而深恨年已過時，雖知其無成，然本是自家寶藏，不得不有冀於萬一也。是以痛為掃抹閒事收斂精神之計，則不得不簡於應接……〔註66〕

唐順之四十歲前後對之前所學進行了全盤清算，此後其學術思想便進入了一

〔註65〕羅洪先撰，徐儒宗編校：《與唐荊川》，《羅洪先集》（上），鳳凰出版社 2007年版，第 222 頁。

〔註66〕唐順之著，馬美信、黃毅點校：《答王遵岩》，《唐順之集》，浙江古籍出版社2014 年版，第 275 頁。

個全新的階段。在新階段中，他提倡為學重在「完養收攝」的工夫。所謂「完養收攝」乃「終日如愚，終日忘食」的「真工夫」，要求學者掃抹閒事、收斂精神。可見，「完養收攝」仍然指的是靜中涵養的工夫，而「完養收攝」與羅洪先後來所主張的「收攝保聚」在話頭上也十分相似。

值得注意的是，唐順之要完養收攝的「此物」究竟指什麼？唐順之說「此物」不睹不聞，無處無時不在，是人人的「自家寶藏」。學者若要識得「此物」須「胸中不卦世間一物」，須心心念念、不捨晝夜將其收攝完養──聖人一生工夫正在於此。這裡預示了唐順之為學以來的重要飛躍，他所描述的「此物」是一具有本體意義之物，「收攝完養」是具體工夫。然此時所思尚未成熟，故信中沒有給出明確說法。直到四年之後在給聶豹的一封書信中，唐順之提出了「天機」一說。

> 蓋嘗驗得此心天機活物，其寂與感，自寂自感，不容人力。吾與之寂與之感，只自順此天機而已，不障此天機而已。障天機者莫如欲，若使欲根洗盡，則機不握而自運，所以為感也，所以為寂也。天機即天命也，天命者天之所使也，故曰天命之謂性。立命在人，人只是立此天之所命者而已。白沙先生「色色信他本來」一語，最是形容天機好處。若欲求寂，便不寂矣；若有意於感，非真感矣。〔註67〕

唐順之用「天機」概括了近來體道所得，「天機」即說與王慎中的「此物」。黃宗羲在《明儒學案》中概括唐順之所學「以天機為宗，無欲為工夫」〔註68〕，將「天機」說當作其一生學術思想成熟的標誌。他說：「夫所謂天機者，即心體之流行不息者是也」〔註69〕，認為「天機」即「心體」（即本體意義上的「心」）。其實，「天機」在唐順之的學說中含括了宇宙論與人性論兩個層面──「天機即天命也，天命者天之所使也」，此就宇宙本體而言；「故曰天命之謂性，立命在人，人只是立此天之所命者而已」，此就人性而言。但無論說天命抑或人性，其主旨皆在「天機自然」，即黃宗羲所云「心體之流行

〔註67〕唐順之著，馬美信、黃毅點校：《與聶雙江司馬》，《唐順之集》，浙江古籍出版社 2014 年版，第 278 頁。

〔註68〕黃宗羲著，沈芝盈點校：《明儒學案》（修訂本）卷二十六《南中王門學案二·襄文唐荊川先生順之》，中華書局 2008 年版，第 598 頁。

〔註69〕黃宗羲著，沈芝盈點校：《明儒學案》（修訂本）卷二十六《南中王門學案二·襄文唐荊川先生順之》，中華書局 2008 年版，第 598 頁。

不息」。就宇宙論而言，「天機」即「天命」，「天機自然」指宇宙萬物的運動和發展皆按自然規律而行，不假人力安排。在此基礎上，「天機自然」進一步落實到人性論上。《中庸》云：「天命之謂性」，唐順之說「立命在人，人只是立此天之所命者而已」，即「天命」顯現在人這一主體身上就是「性」，「天命」與「性」合一。因此，「天機」不僅是「天命」，還是「性」──「天機自然」就是天所賦予人的自然本性。此外，正如黃宗羲所論，唐順之的「天機」具有「心體」的意義，從而將「天命」和「性」都含括於其中。如此看來，「天機」實承王陽明的「良知」而來。和「良知」一樣，「天機」既是內具於人心之中的宇宙萬物的本體（即「天命」），也是人的道德本體（即「性」）。因此，「天機」在唐順之一生的學說中佔據著本體論的重要地位。

明確了「天機」的內涵，再來看它的特性。首先，「天機」圓活，自寂自感，容不得絲毫人力把捉。其次，「天機」會被人慾遮蔽，只有達到無欲之境，方能「與之寂，與之感」，順「天機」而行。前者是說本體，後者是說工夫。從本體和工夫兩方面看，「天機」的關鍵都在於「自然」。就前者而言，「自然」指的是「天機」作為本體的先驗性和超越性，即「自寂自感，不容人力」；就後者而言，正因為「天機」具有自然而然的特性，所以在工夫上應當「順」天機自然而行，不可刻意執著，正所謂「若欲求寂，便不寂矣；若有意於感，非真感矣」。對此，唐順之認為陳獻章的「色色信他本來」是形容天機自然的最好說法。

陳獻章說：「色色信他本來，何用爾腳勞手攘！舞雩三三兩兩，正在勿忘勿助之間。」〔註70〕所謂「色色信他本來」指順應事物的自然本性（或規律），不做人為私意執著的為學工夫──因此，羅洪先論陳獻章之學「以自然為宗」〔註71〕。其實，「以自然為宗」不僅指工夫，也是其學說的本體所在。陳獻章說：「天命流行，真機活潑。……萬化自然，太虛何說？」〔註72〕認為宇宙萬物皆自然而生，自然而行，活潑潑的，自有其規律，不以人的意志為轉移。他的學生湛若水在《重刻白沙先生全集序》中說：「夫自然者，

〔註70〕陳獻章撰，黎業明編校：《與林郡博 六》，《陳獻章全集》（上），上海古籍出版社 2019 年版，第 282 頁。

〔註71〕羅洪先撰，徐儒宗編校：《跋白沙和兼齋詩》，《羅洪先集》（下），鳳凰出版社 2007 年版，第 684 頁。

〔註72〕陳獻章撰，黎業明編校：《示湛雨》，《陳獻章全集》（上），上海古籍出版社 2019 年版，第 377 頁。

天之理也。理出於天然，故曰自然也。」〔註73〕可見，不僅「天命」自然，「天理」也是自然。而白沙之學講心與理一，心與道一，將「天道」（或「天命」）、「天理」都統一在他的「心體」之中，因此「夫忠信、仁義、淳和之心，是謂自然也。」〔註74〕總之，在白沙先生的學說中，從宇宙到人世間，萬事萬物皆本於自然。因此「宇宙內更有何事，天自信天，地自信地，吾自信吾」〔註75〕，不勞學者安排。不僅如此，學者為學便是要至此「自然」之境，並最終獲得心靈的自由和無滯。所以，白沙強調有了孟子的「勿忘勿助」工夫，才能實現曾點「舞雩三三兩兩」的和樂之境——這是他學宗「自然」的真諦所在。

此外，唐順之的「天機」既承王陽明「良知」學說而來，當然深受其影響。王陽明說：「知是心之本體，心自然會知：見父自然知孝，見兄自然知弟，見孺子入井自然知惻隱，此便是良知不假外求。」〔註76〕這裡講良知「自然」，指「良知」本體的先驗性，強調「良知」是人心本來具有的道德自覺能力。陽明後學中，王畿對良知的「自然」特性揭示得更為深入。他說：「良知是天然之靈竅，時時從天機運轉，變化云為，自見天則。不須防檢，不須窮索。何嘗照管得？又何嘗不照管得？」〔註77〕。又：「人心虛明湛然，其體原是活潑，豈容執得定？惟隨時練習、變動周流，或順或逆、或縱或橫，隨其所為，還他活潑之體，不為諸境所礙，斯謂之存。」〔註78〕王畿用「湛然」、「活潑」、「天然之靈竅」來形容「良知」（或「人心」），揭示了「良知」作為本體的自然屬性。「良知」本體自然活潑，為學工夫便不容執定，「不須防簡，不須窮索」，一任它順逆縱橫，學者只需順其所為，「還他活潑之體」。作為王門「現成派」的代表人物，王畿所倡的「現成良知」說中就包含著所謂「不犯做手」的自然

〔註73〕湛若水：《重刻白沙先生全集序》，見陳獻章撰，黎業明編校：《陳獻章全集》（下），上海古籍出版社2019年版，第1121頁。

〔註74〕湛若水：《重刻白沙先生全集序》，見陳獻章撰，黎業明編校：《陳獻章全集》（下），上海古籍出版社2019年版，第1121頁。

〔註75〕陳獻章撰，黎業明編校：《與何時矩》，《陳獻章全集》（上），上海古籍出版社2019年版，第331頁。

〔註76〕王守仁撰，吳光、錢明、董平、姚延福編校：《王陽明全集》（上）卷一《傳習錄　上》，上海古籍出版社1992年版，第6頁。

〔註77〕王畿撰，吳震編校：《過豐城答問》，《王畿集》，鳳凰出版社2007年版，第79頁。

〔註78〕王畿撰，吳震編校：《華陽明倫堂會語》，《王畿集》，鳳凰出版社2007年版，第161頁。

工夫，即「無工夫中真工夫」〔註79〕。他還由其師王陽明的「四句教法」引申出自己的「四無說」，即「若悟得心是無善無惡之心，意即是無善無惡之意，知即是無善無惡之知，物即是無善無惡之物」〔註80〕。「四無說」中第一句說的是心體的先天自然屬性，後三句則是在說工夫的無所著。可見，在王畿那裡貫穿在本體和工夫中的正是「自然」。

綜上，唐順之「天機自然」一說受到了陳獻章、王陽明、王畿等人心學思想的深刻影響。其實，早在嘉靖二十四年唐順之寫給友人陳昌積（字子盧，號兩湖）的書信中就已提到了「天機」，他說「天機盡是圓活，性地盡是灑落」〔註81〕，「圓活」即無所滯、自然而然的意思。「天機自然」似乎已具雛形，然其時唐順之所學正處於由理學和心學相交雜向心學思想過渡的時期，因此這一學說的真正成熟卻是將近十年之後了。從「天機圓活」到「清明中稍見得些影子」，再到「吾心天機自然之妙」〔註82〕，唐順之對於「心」的體悟在反觀自覺中不斷深化。

（二）無欲為靜

「天機自然」的提出標誌著唐順之心學思想的成熟。「自然」既從本體意義上揭示了「天機」圓活無滯、自寂自感，也指示了為學工夫當順天機「自然」而行，不容人力。唐順之說「障天機者莫如欲，若使欲根洗盡，則機不握而自運，所以為感也，所以為寂也。」〔註83〕，可見，為學仍須從「去欲」下手用功，一旦「洗盡欲根」達到「無欲」之境，便可「與之寂，與之感」，順「天機」自然而行。唐順之在為學的新階段對「去欲」展開了一番新的認識和思考。

首先，這一階段「去欲」的提出是針對王門後學（主要是「現成派」）的任情恣肆、不顧名檢而言。唐順之說「學者舉心動念悉是欲根，而往往託無

〔註79〕王畿撰，吳震編校：《與存齋徐子問答》，《王畿集》，鳳凰出版社2007年版，第146頁。

〔註80〕王畿撰，吳震編校：《天泉證道紀》，《王畿集》，鳳凰出版社2007年版，第1頁。

〔註81〕唐順之著，馬美信、黃毅點校：《與兩湖書》，《唐順之集》，浙江古籍出版社2014年版，第222頁。

〔註82〕唐順之著，馬美信、黃毅點校：《明道語略序》，《唐順之集》，浙江古籍出版社2014年版，第435頁。

〔註83〕唐順之著，馬美信、黃毅點校：《與聶雙江司馬》，《唐順之集》，浙江古籍出版社2014年版，第278頁。

寂無感無善無惡之說，以覆其放逸無所忌憚之私」〔註84〕，指的就是以王畿為代表的「現成派」諸人。王畿學主「自然」，在工夫論上主張「見在工夫」。「見在工夫」來自於其師王陽明，強調學者要在即刻當下去把握本心，王畿進一步將其發展成為一種不犯做手、不須修證、當下圓成的工夫，即所謂「無工夫中真工夫」。王畿的工夫論強調一種不容人力的自然無執，它源自於「良知」本體的自然流行，所謂「致良知」亦只是循良知自然而行。其實，強調「見在工夫」的自然無執、當下現成，也是針對「歸寂派」割裂體用的執靜歸寂工夫而言的。然而王畿提出的「見在工夫」並沒具體工夫和方法可依循，未免玄虛。對此，羅念庵就曾指出此工夫其實「卻無工夫可用，故謂之『以良知致良知』」〔註85〕。聶豹也批評道：「兄論學，每病過高……雖說得天花亂落，終亦何濟？」〔註86〕此外，王畿還強調見在工夫「不須防檢、不須窮索」〔註87〕，與傳統理學修養論中的戒慎恐懼、省察克治、懲忿窒欲、收斂凝靜等持敬涵養工夫相去甚遠，因此當下現成的「無工夫中真工夫」極易導致任情恣肆、猖狂無忌等現象的出現，甚至會成為一些人放蕩恣肆的幌子。

　　唐順之曾寫信給王畿委婉地批評他「篤於自信」以至「不為形跡之防」。王畿在家鄉曾接受當地某官員贈予的一塊風水極佳的寺田，欲作其父墓穴之用，唐順之堅信王畿不會為一己之私占人田地，然「夫毀譽利害不足計，然得無吾黨亦有過乎？苟非過於自信而疏於事情，無乃所謂素信於人者之未至耶？」〔註88〕指出王畿信心而為，未免流於放誕、惹人非議。因此，儘管唐順之十分認同王畿對於「良知」本體自然的認識，但是對其不犯做手、當下現成的「見在工夫」卻並不認同。他說：

　　　天機盡是圓活，性地盡是灑落。顧人情樂率易而惡拘束。然人
　　知安恣睢者之為率易矣，而不知見天機者之尤為率易也。人知任俠

〔註84〕唐順之著，馬美信、黃毅點校：《與聶雙江司馬》，《唐順之集》，浙江古籍出版社 2014 年版，第 279 頁。

〔註85〕羅洪先撰，徐儒宗編校：《與雙江公》，《羅洪先集》（上），鳳凰出版社 2007 年版，第 185 頁。

〔註86〕聶豹撰，吳可為編校：《寄王龍溪二首》，《聶豹集》，鳳凰出版社 2007 年版，第 266、267 頁。

〔註87〕王畿撰，吳震編校：《過豐城答問》，《王畿集》，鳳凰出版社 2007 年版，第 79 頁。

〔註88〕唐順之著，馬美信、黃毅點校：《與王龍溪郎中》，《唐順之集》，浙江古籍出版社 2014 年版，第 188 頁。

> 宕者之為無拘束矣，而不知造性地者之尤為無拘束也。……真求率
> 易與無拘束之所在也，則捨天機、性地將何所求哉？〔註89〕

在唐順之看來，「樂率易而惡拘束」是人之天性，但是「率易」並不是無拘無束、任意妄為，而是順「天機」自然而行——「天機」乃人性所本，見「天機」自能適性任情——這才是「灑落」，才是真正的「樂率易而惡拘束」。因此，學者必須切實下手做去欲的工夫，如唐順之提出的「小心」二字那樣，要「細細照察，細細洗滌，使一些私見習氣不留下種子在心裏」〔註90〕。當然，「小心」並非「矜持把捉」，為學的工夫終究還是要至於那鳶飛魚躍的天機自然之境。唐順之說：

> 江左諸人任情恣肆，不顧名檢，謂之脫灑，聖賢胸中，一物不
> 礙，亦是脫灑，在辨之而已。兄以為脫灑與小心相妨耶？惟小心而
> 後能洞見天理流行之實，惟洞見天理流行之實，而後能脫灑，非二
> 致也。〔註91〕

真正的「脫灑」並非如江左諸人（即「現成派」）那般任情恣肆、不顧名檢，而是「脫灑」不離「小心」，二者並不矛盾。學者只有「小心」將心中的私欲掃除乾淨，才能「洞見天理流行之實」（即「天機自然」）——這便是聖賢胸中「一物不礙」的「脫灑」，是真正的「脫灑」。

其次，相對於「現成派」的放任恣肆、不顧名檢，唐順之倡導「以無欲為工夫」主要是針對「歸寂派」的工夫論而言。作為「歸寂派」代表，無論是聶豹的「歸寂」說還是羅洪先的「收攝保聚」說，其工夫論都有著濃厚的「主靜」特色。原本「主靜歸寂」的工夫論因針砭「現成派」工夫論流弊而發，但是「歸寂派」以「寂」為良知本體，以「良知」知善知惡的「知覺」功能為良知之用，指出「體」是未發之前寂然不動（此為「靜」），「用」是已發之後感而遂通（此為「動」）——由「體」生「用」，因此注重通過「歸寂」、「收攝」的主靜工夫復得「寂體」，「體」立自能達「用」。「歸寂派」之說割裂了「體用」、「寂感」和「動靜」，與講求體用一源、動靜一體，隨事就物致其良知的

〔註89〕唐順之著，馬美信、黃毅點校：《與雨湖書》，《唐順之集》，浙江古籍出版社2014年版，第222頁。

〔註90〕唐順之著，馬美信、黃毅點校：《與蔡白石郎中　二》，《唐順之集》，浙江古籍出版社2014年版，第255頁。

〔註91〕唐順之著，馬美信、黃毅點校：《與蔡白石郎中　二》，《唐順之集》，浙江古籍出版社2014年版，第255、256頁。

陽明心學發生了偏離。陽明弟子陳九川就指出聶豹之學實際是「延平以來相沿之學」〔註92〕。因此，儘管以「主靜」為特色的「歸寂」工夫對唐順之學術思想的進展曾有過重要的推動作用，但是當其心學思想成熟之後便開始對此展開全面的反思和批判。

唐順之對於「歸寂」工夫的批判主要針對「執靜」展開。他在《答呂沃洲》中說道：

> 大率此學只論有欲無欲，不論寧靜擾動。若本無欲障，則頃刻之間念念邊轉即是本體，若欲障未盡，則雖窮年默坐，能使一念不起，亦只是自私自利根子。白沙先生嘗言靜中養出端倪，此語須是活看。蓋世人病痛多緣隨波逐浪迷失真源，故發此耳，若識得無欲種子，則意真源波浪本來無二，正不必厭此而求彼也。兄雲山中無靜味，而欲閉關獨臥，以待心志之定，即此便有欣羨畔援在矣。請兄且毋必求靜味，只於無靜味中尋討，毋必閉關，只於開門應酬時尋討，至於紛紜輻輳往來不窮之中，更試觀此心何如。〔註93〕

唐順之指出為學關鍵在辨明有欲、無欲，不在「動」、「靜」。若心中無欲，即便意念動盪不息，亦只是隨本體（即「天機」）自然流行；若欲障未盡，即便靜坐不起一念，也終難見得本體，固執於靜只是「自私自利」。唐順之又說陳獻章的「靜中養出端倪」，所謂「靜」（或「靜坐」）只是工夫和手段，目的在於「無欲」，只有在「無欲」之境方能窺明心體。因此，學者不必膠執於「靜」，「無欲」即是「靜」。可見，在唐順之那裡，「靜」既是一種工夫、手段，即「動靜」相對之「靜」；「靜」亦指「虛寂」的本體之境，這是絕對意義上的「靜」。唐順之現階段所強調的顯然不是主靜的工夫，而是本體意義上的「靜」，即「無欲為靜」。他說：「若識得無欲種子，則意真源波浪本來無二，正不必厭此而求彼耳。」所謂「真源」即本體，「波浪」即用，體用不二。所以他叮囑朋友不必閉關默坐刻意求靜，而是要在「開門應酬時」體認心體，於「無靜味中」尋討靜味，這才是學問的真正得力處。王畿也說過大意相同的一段話：「古者教人，只言藏修遊息，未嘗專說閉關靜坐。若

〔註92〕黃宗羲著，沈芝盈點校：《明儒學案》（修訂本）卷十九《陳明水論學語·答聶雙江》，中華書局2008年版，第462頁。

〔註93〕唐順之著，馬美信、黃毅點校：《答呂沃洲》，《唐順之集》，浙江古籍出版社2014年版，第247頁。

日日應感，時時收攝，精神和暢充周，不動於欲，便與靜坐一般。……必待閉關靜坐，養成無欲之體，始為了手，不惟蹉卻見在工夫，未免喜靜厭動，與世間已無交涉，如何復經得世？」〔註94〕王畿對於「歸寂派」工夫論割裂體用的弊端可謂一語中的。

此外，唐順之又進一步分析、批判了各種「主靜」的工夫論，他說：

> 彼其所謂從事於心者，蓋未嘗實有見乎天機流行自然之妙，而往往欲以自私用智求之。故有欲息思慮以求此心之靜者矣，而不知思慮即心也，有欲絕去外物之誘而專求諸內者矣，而不知離物無心也；有患此心之無著，而每存一中字以著之者矣。不知心本無著，中本無體也。若此者，彼亦自以為求之於心者詳矣而不知其弊，乃至於別以一心操此一心，心心相捽，是以欲求寧靜而愈見其紛擾也。〔註95〕

唐順之說學者們在工夫上各種刻意、執著於靜就是明道先生《定性書》（即《答橫渠先生定性書》）中所說的「自私用智」。其實，無論欲息思慮以求心靜，或絕外物之誘而專求於內，又或心存一「中」字，問題皆在於把「心」割裂為動靜、內外，而未意識到只有一個「本心」。「本心」即唐順之所云「天機」——「天機」自然流行，即動即靜，即寂即感，不容人力。但學者卻以「自私用智」刻意把捉，正所謂「別以一心操此一心，心心相捽」，以至於欲求寧靜卻愈見紛擾。唐順之說「障天機者莫如欲」，「自私用智」也正是遮蔽天機自然之「欲」，要做到「無欲」，便一定要擯棄各種刻意和執著。那麼，「歸寂派」喜靜厭動、閉門求寂的工夫論自然是要不得了。

所謂「自私用智」主要針對「歸寂派」的執靜思想而言。以王畿為代表的「現成派」在理論上做到了體用一源、動靜合一、即本體即工夫，但實際上卻更加注重心體的當下直覺，忽略了靜中涵養的工夫，其末流甚至以任情恣肆、猖狂無忌為脫灑。因此，「現成派」的思想也不免執於一隅。對於陽明後學中相互對立、爭執激烈的「現成派」和「歸寂派」，唐順之從工夫論入手對兩派學說做了一定程度的調和。對於「現成派」他提出「小心」與「脫灑」無二致、

〔註94〕王畿撰，吳震編校：《三山麗澤錄》，《王畿集》，鳳凰出版社2007年版，第11頁。

〔註95〕唐順之著，馬美信、黃毅點校：《明道語略序》，《唐順之集》，浙江古籍出版社2014年版，第435頁。

「脫灑」不離「小心」；對於「歸寂派」他主張要於「無靜味中」尋討靜味，於「開門應酬」時體認虛寂之心體。其關鍵皆在「去欲」，「現成派」的放任恣肆是「欲」，「歸寂派」的「自私用智」也是「欲」。只有將欲根洗盡，達到「無欲」之境，方能順「天機」自然而行，與之寂，與之感，無往而不自得。

因此，現階段唐順之在為學工夫上雖仍以「去欲」為要，但既非入道之初那般刻苦自勵專注去除各種私欲，也非執著靜坐以絕去種種聰明才技之誘，而是重在破除「去欲」的念頭，惟有此方可實現真正的「無欲」。故「無欲」正如孔子所云「毋意、毋必、毋固、毋我」（《論語・子罕》），即無所執，自然而然。他說：「昔人謂有意為不善，與有意為善皆能累心，如瓦石屑、金玉屑皆能障眼，惟『慎獨』二字是千古正法眼藏。」〔註96〕「善」與「不善」，「為」與「不為」，皆由天機自然主宰，無須人為後天起意。不僅如此，「起意」是「意」，「不起意」也是「意」。他說：「慈湖之學，以無意為宗。竊以學者能自悟本心，則意念往來如雲，物相蕩於太虛，不惟不足為太虛之障，而其往來相蕩，乃即太虛之本體也。何病於意而欲掃除之？苟未悟本心，則其無意者，乃即所以為意也。心本活物，在人默自體認處何如。不然，則得力處即受病處矣。」〔註97〕唐順之認為楊簡的「不起意」之說執著於「無意」，學者如未自悟本心，則「無意」也是一種「意」。他說「心本活物」，意念往來動盪未有一刻停息，原只是太虛本體（即「天機」）的自然流行。學者若欲強行屏念息慮，反又添了思慮。如能一應本體自然流行，念來即應，念去無住，又何來「有意」，何來「無意」呢？

唐順之既以「無欲」為「無所執」、「去欲」即「破執」，原本在其為學以及人生路徑上的一些兩難問題便得以迎刃而解。

1. 道德性命與技藝之辨

至於道德、性命、技藝之辨，古人雖以六德、六藝分言，然德非虛器，其切實應用處即謂之藝，藝非粗跡，其精義致用處即謂之德。故古人終日從事於六藝之間，非特以實用之不可缺而姑從事云耳，蓋即此而鼓舞凝聚其精神，堅忍操練其筋骨，沉潛縝密其心思，以類萬物而通神明。故曰灑掃應對精義入神，只是一理。藝之精處

〔註96〕唐順之著，馬美信、黃毅點校：《答洪方洲主事》，《唐順之集》，浙江古籍出版社 2014 年版，第 202 頁。
〔註97〕黃宗羲著，沈芝盈點校：《明儒學案》（修訂本）卷二十六《南中王門學案二・襄文唐荊川先生順之・荊川論學語》，中華書局 2008 年版，第 601 頁。

> 即是心精，藝之粗處即是心粗，非二致也。但古人於藝，以為聚精
> 會神，極深研幾之實，而今人於藝，則以為溺心玩物，爭能好勝之
> 具。此則古與今之不同，而非所以為藝與德之辨也。〔註98〕

唐順之在這封書信中分析了「德」與「藝」之間的關係，認為德、藝雖分而言之，卻同歸一理。德之切實應用處即是藝，藝之精義致用處即是德。任何一項技藝若從事得精，其從事於道德修養也必能精，所謂「藝之精處即是心精，藝之粗處即是心粗」。所以技藝與德是統一的，不可分為兩事。今人沉溺於技藝、玩物爭勝固然是析技藝與德為兩事，儒者一味擯斥技藝專務道德亦是裂技藝與德為兩事。所以善學者並不以德廢藝，反倒能以藝進德，正如古人終日從事於六藝也只是助其進道而已。前文說過，唐順之第二次致仕歸田後曾一度博習各種經世之學，這封信應作於當時。後來，其學主靜收心，唐順之遂放下各般學問、技藝，專主修道。因此，關於技藝與德之間關係的認識一度顯得十分矛盾。不過，當唐順之「天機自然」的心學思想成熟之後，再看這封答書，其中將技藝與德合為一事的觀點自然又得到了延續。其實，技藝的從事作為吾心之發用，與心體（即「天機」）原不可分割，遺棄技藝專求道德便是割裂了體用。唐順之說：「儒者務高之論，莫不以為絕去藝事而別求之道德性命，此則藝無精義而道無實用，將有如佛、老以道德性命為上一截，色聲度數為下一截者矣。」〔註99〕儒者若執於道德，絕去技藝，便如佛老一般只講本體，不講發用，從而流於空疏之學。因此，技藝本身並不是進道之障，反倒是學者絕去技藝、專務道德的執著應該破除。由此可見，唐順之對於各種學問、技藝的態度和看法雖有波動，總體而言卻是十分重視並充分肯定了這些經世之學的地位和價值。這既是由嘉靖朝的內憂外患所使然，也與其一生學術歸於體用一源、講求自然無執密不可分。

2. 儒佛之辨

唐順之在《答俞教諭》中談破除學者絕去技藝的執著時已提及儒與佛、老的區別，在《中庸輯略序》中他又進一步辨明瞭儒、佛二家的學問旨趣。

> 儒者於喜怒哀樂之發，未嘗不欲其順而達之。其順而達之也，

〔註98〕唐順之著，馬美信、黃毅點校：《答俞教諭》，《唐順之集》，浙江古籍出版社
2014年版，第195頁。

〔註99〕唐順之著，馬美信、黃毅點校：《答俞教諭》，《唐順之集》，浙江古籍出版社
2014年版，第196頁。

　　至於天地萬物皆吾喜怒哀樂之所融貫，而後「一原」、「無間」者
　　可識也。佛者於喜怒哀樂之發，未嘗不欲其逆而銷之。其逆而銷
　　之也，至於天地萬物泊然無一喜怒哀樂之交，而後「一原」、「無
　　間」者可識也。其機常主於逆，故其所謂旋聞反見，與其不住聲
　　色香觸，乃在於聞見色聲香觸之外。其機常主於順，故其所謂不
　　睹不聞，與其無聲無臭者，乃即在於睹聞聲臭之中。是以雖其求
　　之於內者窮深極微，幾與吾聖人不異，而其天機之順與逆，有必
　　不可得而強同者。〔註100〕

唐順之認為儒、佛二家雖都重在向內用功，且皆以物我一體為目標，但二家
學說有本質的區別，關鍵就在於是否順「天機」而行。從工夫上說，儒家為學
重在現實生活中鍛鍊進德，孝悌慈和正是為學工夫，故於人情喜怒哀樂乃順
而達之，即「順天機」。佛家為學則講求靜修，棄絕人倫、屏除百事，故於人
情喜怒哀樂乃逆而銷之，即「逆天機」。儒者順天機，故此心渾然與物同體，
天地萬物皆吾喜怒哀樂之所融貫；佛者逆天機，故天地萬物與吾無一喜怒哀
樂之交，同歸於「空」。唐順之認為佛家求空求寂，有悖於天機自然，究其根
是為了個體超離出生死苦海，此實為一己之私，故所至乃一冰冷冷、與世事
毫無干涉的枯寂之境。唐順之作為一個堅定的儒家學說信仰者，特別是在其
「天機自然」的心學思想成熟之後，他所向往和追求的是一活潑潑的天機自
然之境，是超越了小我之私的萬物一體之境。這既是他一生學術的歸依，也
是他晚年所追求的人生境界。

3. 出處之辨

　　前文介紹唐順之的生平時，曾經提及他晚年甘冒身敗名裂之險應召出山
一事。此次出山固然出於唐順之從未冷卻的用世之心，其實也是他「天機自
然」的心學思想所使然。唐順之此出正值大明東南沿海倭患甚巨，倭寇自福
建、浙江沿海一路向內陸深入，唐順之所居的江南一帶也深陷此亂。當此危
局，朝廷尚未徵召之前，一貫急於用世的唐順之便已親赴江浙考察夷情，與
諸將領探討禦倭之策。獲召之後，唐順之也一度因為此召出於嚴嵩舉薦而兩
度以丁父憂婉拒，但他最終以大局為重，不計毀譽，毅然應召。在今後的三
年中，無論是巡行北方邊防，還是南下協同諸將領禦倭，唐順之無時無刻不

〔註100〕唐順之著，馬美信、黃毅點校：《中庸輯略序》，《唐順之集》，浙江古籍出版
　　　　社2014年版，第434頁。

以天下事、百姓事為重，以至積勞成疾，最終卒於赴鳳陽巡撫任的賑災途中，可謂鞠躬盡瘁、死而後已。

事實上，當時與唐順之一同獲召的尚有其好友羅洪先，據《明史》本傳記載，唐順之為此曾力邀羅洪先共商出處一事。羅洪先肯定了唐順之的應召之意，鼓勵他道：「向已隸名仕籍，此身非我有，安得佯處士？」〔註101〕儘管如此，羅洪先自己卻並未應召出山，而是繼續致力於學。羅洪先力主唐順之出山，自己卻堅拒不出，由此受到唐順之友人洪朝選的質疑。其實，唐順之、羅洪先二人對出處選擇的不同，與其學術分歧實為相關。羅洪先學主歸寂，注重靜中涵養心體，由體以達用，故出山為官與其主靜工夫相妨。唐順之的心學思想則貴在自然，講求體用一源、本體與工夫不二，那麼出山為官既可見天機之用，又是為學工夫。他只須信得本心，一任自然，在應接色色人等事物中恰好用功。因此，在唐順之那裡出山與在山無二，行軍打仗處處皆可致學；而羅洪先則於獲召之後的第二年（嘉靖三十八年）冬天再次靜坐石蓮洞，直至半年後唐順之訃至，哭始下榻。

唐順之的另一位好友王畿對於其應召出山也並非沒有微詞。他在《送唐荊川赴召用韻》中寫道：「與君卅載臥雲林，忽報徵書思不禁。學道固應來眾笑，出山終是負初心。青春照眼行偏好，黃鳥求朋意獨深。默默囊琴且歸去，古來流水幾知音？」〔註102〕王畿認為唐順之此出有負初心，並不贊同。唐順之去世後，他又多次與人談及此事，在給名將俞大猷的信中他說：「荊川兄憂世一念可貫金石，原無一毫依附之情，但自信太過。運謀出處，若可與先師並駕而馳，欲以轉世，不幸反為世轉，致增多口……」〔註103〕。他也曾對耿定向論及此道：「荊川氣魄擔當大，救世心切，以身徇世，犯手做去，毀譽成敗一切置之度外，此豈世之讙讙者能窺其際耶？不肖與荊川有千古心期，使天不奪之速，不論在山出山，尚有無窮事業可做，而今已矣，惜哉！」〔註104〕。可以看出，王畿對於唐順之心底裏一貫的憂世之念十分瞭解，並從唐順之以身徇世、勇於擔當且不計毀譽的氣魄中看到了其師王陽明

〔註101〕張廷玉等撰：《明史》卷二百五，中華書局1974年版，第5424頁。

〔註102〕王畿撰，吳震編校：《王畿集》，鳳凰出版社2007年版，第540頁。

〔註103〕王畿撰，吳震編校：《與俞虛江》，《王畿集》，鳳凰出版社2007年版，第302頁。

〔註104〕參唐鼎元：《明唐荊川先生年譜》，《北京圖書館藏珍本年譜叢刊》第48冊，北京圖書館出版社1999年版，第228頁。

的作風。但他認為唐順之學力未至而強出頭、自信太過，因此不僅未能如陽明先生一般建立起卓著的功勳，反遭受眾人的非議猜忌。實際上，唐順之晚出早將毀譽成敗一切拋開，他信心而為、犯手做去，既已深得心學自信本心之精髓，一切抉擇卻也只是順應天機自然。設若唐順之一貫有用世意，當此危亂用人之際而堅拒不出，反涉安排。唐順之並未株守俗見，固守名節，因其所學已超越一己得失毀譽，他所向往的天機自然是超越了小我之私的萬物一體之境。因此，就其所為而觀，已非中道而行的一般儒者，而是超越於流俗之上的豪傑。唐順之說：「且夫豪傑之士，出頭幹事矯眾特立，則易以招尤，惟閉關括囊，則可以無咎譽。然君子不辭自立於多凶多懼之地者，將以自驗也。」〔註105〕豪傑之士勇於出頭幹事，就不免人言毀譽。但豪傑者不僅不以流俗毀譽為意，反以此助其進德，這便是他所說的「是物議之興其為吾進德之助多矣。」〔註106〕學者如識得此意，自不必執著於唐順之晚出之得失成敗。

　　後人讚譽唐順之，稱其學問、事功之成就可繼王陽明。其實，唐順之一生不論為學、做人皆深受陽明先生影響，對此，左東嶺在《王學與中晚明士人心態》中說道：「唐順之既不是王陽明的及門弟子，也不是其再傳弟子，他可以說是一位真正從自我的人生需要出發而接受王學的士人」〔註107〕他的一生，由習文而入道，由會同朱王而最終悟解心學，建立了自己「以天機為宗，無欲為工夫」、貴在自然的學說。我們也看到了他由自負氣節的狷介之士轉變為含蓄沉潛的中行之士，而又終歸於篤於自信、勇於任事的豪傑之士。因此，唐順之的一生便是與陽明心學交織在一起的一生，對其心學思想內涵及成熟軌跡的探討是我們進一步瞭解其文學創作及理論主張的重要前提。

第三節　唐順之的文學創作與正、嘉之際文壇風尚

　　唐順之一生博學廣識，除了在心性之學上深有造詣之外，他在歷史、地理、天文、曆算、兵法、音樂等多方面皆有建樹。但在明清人眼中，唐順之自

〔註105〕唐順之著，馬美信、黃毅點校：《答洪方洲主事》，《唐順之集》，浙江古籍出版社 2014 年版，第 253 頁。

〔註106〕唐順之著，馬美信、黃毅點校：《答洪方洲主事》，《唐順之集》，浙江古籍出版社 2014 年版，第 253 頁。

〔註107〕左東嶺：《王學與中晚明士人心態》，人民文學出版社 2000 年版，第 438 頁。

始至終最讓世人難忘的還是他留給後世的一篇篇精彩詩文〔註108〕。自嘉靖八年蜚聲文壇，贏得才子之名，此後唐順之便成為明中後期最具影響力的詩文大家，他的創作和文學主張改變了嘉靖初年的文壇風尚，在時文、古文乃至詩歌領域皆掀起新的創作潮流。

一、以古文為時文——唐順之的時文創作

　　嘉靖八年，二十三歲的唐順之在會試中奪得第一、廷試獲得二甲第一名。其會試卷，「見者以為前後無比。氣平理明，而氣附乎理；意深辭雅，而意包乎辭。學者無長幼遠近，悉宗其體，如圓不能加於規，方不能加於矩矣。」〔註109〕可見，唐順之享譽嘉靖文壇首先與其傑出的時文（即八股文）創作有關。考中功名之後，唐順之並未放棄寫作八股文，俞長城謂其「教學里中時有教學文，為吏部時有吏部文，為中丞時有中丞文。好學深思，至老不倦，文之傳也宜哉！」〔註110〕。最終，他與王鏊、錢福、瞿景淳被公認為明中期最有名的八股文大家，世稱「王錢唐瞿」。

　　四大家中王鏊、錢福分別是成化十一年、弘治三年的會元，而成化、弘治時期正是明代八股文完備體制、確立規範並逐漸走向成熟、繁榮的一個階段。顧炎武《日知錄·試文格式》云：「經義之文，流俗謂之八股，蓋始於成化以後。股者，對偶之名也。天順以前，經義之文，不過敷演傳注，或對或散，初無定式」。〔註111〕的確，明初八股文寫作大多信守經傳，直敘題面，正文或對或散，參差錯落，並無定式。至成化、弘治，講求主體正文四比八股裁對整飭、平仄相對的八股程序方才定型，八股文亦由當初質木無華的注疏體逐步發展成為一種結構嚴謹、章法細密、具有鮮明文學性的成熟文體。當此之際，出現了一批八股文名家，其中尤以王鏊最負盛名。其作「體制樸實，書

〔註108〕《荊川集》四庫提要：「順之學問淵博，留心經濟。自天文地理樂律兵法以至勾股壬奇之術無不精研，深欲以功名見於世。雖晚年再出，當禦倭之任，不能大有所樹立。其究也仍以文章傳」。參永瑢等：《四庫全書總目》，中華書局1965年版，第1505頁。

〔註109〕李開先著，卜鍵箋校：《荊川唐都御使傳》，《李開先全集》（修訂本），上海古籍出版社2014年版，第950頁。

〔註110〕梁章鉅：《制義叢話》，《續修文淵閣四庫全書》第1718冊，上海古籍出版社2002年版，第559頁。

〔註111〕顧炎武著，周蘇平、陳國慶點注，《日知錄》，甘肅民族出版社，1997年版，第737、738頁。

理純密」，「是制義正法」〔註112〕。清代八股文名家俞長城認為王鏊之作體兼眾妙，有「理至守溪而實，氣至守溪而舒，神至守溪而完，法至守溪而備」〔註113〕之論。王鏊之外，成、弘之間惟有錢福能與其相提並論，錢福之作「發明義理，敷揚治道，正大醇確，典則深嚴」〔註114〕。王鏊、錢福的創作推動了八股文體的成熟、完備，他們所代表的「成化、弘治文體」深醇典正，被後世推為制義正體，二人之中王鏊更被視作制義之祖。

此後，正德、嘉靖年間八股文創作達到極盛，唐順之正是這一時期最優秀的八股文作者。梁章鉅《制義叢話》錄俞長城語曰：「成、弘二朝，會元皆能名世，文之富者為王守溪、錢鶴灘、董中峰三家。王、錢之體正大，中峰之格孤高。王、錢之後，衍於荊川，終明之世，號曰元燈。」〔註115〕又李開先《荊川唐都御使傳》云：「經義本其祖傳，而舉業可繼王文恪」〔註116〕；茅坤云：「荊川文大略有三體，諸生時自鶴灘得之，而典則可誦，尤極匠心，此於公為繩墨之作也。」〔註117〕從源流上看，唐順之的八股文創作大抵得自王鏊、錢福，繼承了他們的典則正大之體，然「唐荊川代興以後，天下始不稱王、錢」〔註118〕，究其實在於唐順之開啟了正、嘉年間「以古文為時文」的創作大潮〔註119〕，為八股文注入了新的理念和活力。

唐順之「以古文為時文」的創作及理念主要體現在以下幾個方面：

首先，唐順之將「文道合一」的古文觀念引入八股文寫作，使得八股文真正成為「代聖賢立言」的載道之文，挽救了被功利浸染、日趨墮落的八股

〔註112〕 李光地：《榕村語錄》，《文淵閣四庫全書影印本》第 725 冊，臺灣商務印書館 1986 年版，第 458 頁。

〔註113〕 梁章鉅：《制義叢話》，《續修文淵閣四庫全書》第 1718 冊，上海古籍出版社 2002 年版，第 555 頁。

〔註114〕 梁章鉅：《制義叢話》，《續修文淵閣四庫全書》第 1718 冊，上海古籍出版社 2002 年版，第 556 頁。

〔註115〕 梁章鉅：《制義叢話》，《續修文淵閣四庫全書》第 1718 冊，上海古籍出版社 2002 年版，第 648 頁。

〔註116〕 李開先著，卜鍵箋校：《荊川唐都御使傳》，《李開先全集》（修訂本），上海古籍出版社 2014 年版，第 950 頁。

〔註117〕 錢時俊、錢文光：《摘錄諸家談藝》，《皇明會元文選》卷首，明萬曆刊本。

〔註118〕 方苞：《欽定四書文·化治四書文》卷六，《影印文淵閣四庫全書》第 1451 冊，臺灣商務印書館 1986 年版，第 68 頁。

〔註119〕 方苞云「以古文為時文自唐荊川始」，參方苞《欽定四書文·正嘉四書文》卷二，《影印文淵閣四庫全書》第 1451 冊，臺灣商務印書館 1986 年版，第 88 頁。

文風。明代文官皆由科舉而進〔註120〕，因此八股文在許多人眼中是獲取功名的一塊敲門磚。八股文只考四書五經，那些欲走捷徑者便只讀四書五經，其他書籍一概束之高閣。永樂年間，程頤、朱熹等人所作傳注被編成《四書大全》、《五經大全》，頒行天下學校，於是「明代士子為制義以應科目者，無不誦習《大全》，而諸家之說盡廢」〔註121〕。更有甚者，連四書五經、程朱傳注也不讀，只流連於各種八股文評選，記誦摹仿程文墨卷。此種情形下，八股文創作大多淺陋膚廓、雷同剿襲，為有識之士不齒。因此，儘管八股文在成化、弘治年間迎來了創作的繁榮，卻也一直潛藏著極大的危機。

　　唐順之對這股危機有著十分清醒的認識。他說：「經義策試之陋，稍有志者莫不深病之矣。雖然，春誦夏弦秋禮冬書，固古之舉業也，固未嘗去誦與書也。苟無為己之心，則弦誦禮書亦只為干祿之具；苟真有為己之心，則經義策試亦自可正學以言。」〔註122〕唐順之認為八股文作為「干祿之具」，其功利性自不待言，但作者若真有為己之心，則八股文亦可「正學以言」。他奉勸督學者要「即舉業之中而示之以窮經反躬、明理著己之路，而嘿消其干名好進之心，則是舉業中德行道誼也」〔註123〕。將八股舉業與德行、道誼視為一途，顯然受到了「文道合一」的古文觀念的影響。唐順之《答廖東雯提學》云：「文與道非二也。更願兄完養神明以探其本原，浸涵六經之言以博其旨趣，而後發之，則兄之文益加勝矣。」〔註124〕此處「文與道非二也」首先是談古文創作，但對於身為提學、有「作人之責」的廖東雯而言，唐順之此語恐怕也是在強調「時文與道非二也」。唐順之罷官之後，寓居陽羨期間亦曾收徒講授八股文，其自云：「自以此身不量而為人師，雖不責我以道，而所講者章句，然至於收拾放心、正容謹節以率之者，亦不敢不力」〔註125〕。可見，唐順之

〔註120〕明洪武三年，朱元璋下詔規定「使中外文臣皆由科舉而進，非科舉者毋得與官」，洪武十七年，定八股取士為「永制」。參張廷玉等撰：《明史》卷七十《選舉志》，中華書局1974年版，第1696頁。

〔註121〕參《〈四書大全〉卷前提要》，《影印文淵閣四庫全書》第205冊，臺灣商務印書館1986年版，第2頁。

〔註122〕唐順之著，馬美信、黃毅點校：《答俞教諭》，《唐順之集》，浙江古籍出版社2014年版，第194頁。

〔註123〕唐順之著，馬美信、黃毅點校：《答俞教諭》，《唐順之集》，浙江古籍出版社2014年版，第196頁。

〔註124〕唐順之著，馬美信、黃毅點校：《唐順之集》，浙江古籍出版社2014年版，第232頁。

〔註125〕唐順之著，馬美信、黃毅點校：《答王南江提學》，《唐順之集》，浙江古籍出

不是將八股文當作干祿之具，僅僅傳授學生作文技法，而是在講解經典義理的同時注意引導學生反躬明理，真正將八股習作與修身明道融為一體，使八股文擺脫了追求榮利之具的卑下地位。

其次，作為嘉靖年間成就最高的古文大家，唐順之從實際的古文創作中借鑒了大量資源，以古文為時文，為日益衰頹的八股文創作注入了新的活力。孫慎行《荊翁時義集序》云：「如是翁精心理學，沉酣諸子史百氏古文辭業，上接八大家而以其餘發之時義，匠心精謹，律韻沖調，其平若規規帖括，而其高乃材人傑士之所不能措手。」〔註 126〕這段話較為精準地概括了唐順之「以古文為時文」創作的兩大特色：其一為溶液經史，其二為以古文之法入於時文。

方苞《欽定四書文·凡例》云：「明人制義體凡屢變，自洪永至化治百餘年中，皆恪遵傳注，體會語氣，謹守繩墨，尺寸不踰。至正、嘉作者，始能以古文為時文，融液經史，使題之義蘊隱顯曲暢，為明文之極盛。」〔註 127〕正、嘉之前，八股文創作在內容上皆恪遵程朱傳注，不敢逾越尺寸，文字亦相對質樸、不尚藻飾，被後人視為注疏體。到了正、嘉時期，作者闡發文題義理雖仍以程朱學說為本，但能借鑒古文創作經驗，在匯通經史的基礎上貫通經義，將題目中的奧旨微言進一步闡發出來，唐順之正是其中的代表人物。如其所作《君子喻於義 一節》文，方苞評曰：「就《語》、《孟》中取義，而經史事蹟無不渾括。此由筆力高潔，運用生新。」〔註 128〕又評唐順之《一匡天下》文，曰：「洞悉三傳二百四十年時勢了然於心，故能言之簡當如此。前輩謂不可把一匡說得太好，非也。下文說一匡之功如許鄭重，可見聖人之心廣大公平，言各有當，不可以一端閡也。」〔註 129〕唐順之紮實的經學功底，加上深厚的史學修養和開闊的史家眼光，使其在八股文創作中敢於突破流俗，發前人所未發。方苞將唐順之與同時期另一位兼擅時、古文創作的大家歸有光作比，

版社 2014 年版，第 192 頁。

〔註 126〕孫慎行：《玄晏齋集五種》，《四庫禁燬書叢刊》集部第 123 冊，北京出版社 1997 年版，第 145 頁。

〔註 127〕方苞：《欽定四書文·凡例》，《影印文淵閣四庫全書》第 1451 冊，臺灣商務印書館 1986 年版，第 3 頁。

〔註 128〕方苞：《欽定四書文·正嘉四書文》卷二，《影印文淵閣四庫全書》第 1451 冊，臺灣商務印書館 1986 年版，第 98 頁。

〔註 129〕方苞：《欽定四書文·正嘉四書文》卷三，《影印文淵閣四庫全書》第 1451 冊，臺灣商務印書館 1986 年版，第 122 頁。

他說：「歸、唐皆以古文為時文，唐則指事類情曲折盡意，使人望而心開；歸則精理內蘊大氣包舉，使人入其中而茫然。蓋由一深透於史事，一兼達於經義也。」〔註130〕呂留良亦將二人時文創作相較，說道：「惟震川先生熟於經，故其文廣淵；荊川先生熟於史，故其文精卓。足配震川者，惟荊川耳。」〔註131〕可見，同為正、嘉之際「以古文為時文」的領軍人物，又皆擅長在八股文創作中溶液經史，歸有光的創作以貫通經術、大氣包舉見長，唐順之的創作則更得力於他深厚的史學積澱。在闡釋經典時，他善於引史為證，其敘事、論理皆曲折盡意，使人望而心開。

　　唐順之以古文為時文，還在於借鑒古文的文體形式和寫作技法去打破八股文的既有程序，為陳腐的八股文創作開創出新的局面。八股體式定型於成化年間，其正格包括破題、承題、起講、入題、分股、收結六個部分。入題之後的分股要求為四比八股，講求體用排偶。從篇法來看，一般通過起、承、轉、合將全文結構成一邏輯嚴密的整體。定型化了的八股文吸取了包括古文、駢文、格律詩、戲曲等多種文體形式的精華，是一種具有鮮明文學性的成熟文體。成、弘年間的時文名家們在八股既定體式下，各逞其才，盡其所能，創造了大量文質並茂的八股佳作，推動了八股文體的繁榮。但是，八股文歸根結蒂是一種科考文體，嚴苛的科考功令使寫作者不敢逾越分毫，嚴重束縛了他們的創作才華。時日既久，八股體制日益僵化，創作日漸頹靡。

　　此種情形下，作為明中葉最負盛名的古文大家，唐順之借鑒散體單行的古文筆法以突破八股駢偶之藩籬，拓寬了八股文藝術表現的空間。如其《晉人有馮婦者 一章》（節選）：

　　　　馮婦則謂以勇力自逞，非所以尚德也，與猛獸相角，非所以愛身也，翻然改其素習之行，而趨於善士之歸。馮婦於此，亦自以為終身不復搏虎矣。（一比）

　　　　一日而行於野，適有虎焉，而眾人逐之。虎見人之逐己也，則負隅以張其勢。人見虎之負隅也，則畏縮而不敢攖。攖之且不敢，而況搏之也！於是眾人之技窮，而眾人之心亦且皇皇然無可奈何

〔註130〕方苞：《欽定四書文·正嘉四書文》卷二，《影印文淵閣四庫全書》第 1451
　　　　冊，臺灣商務印書館 1986 年版，第 100 頁。
〔註131〕呂留良撰，俞國林編：《刻唐荊川稿記言》，《呂晚村先生文集》（補遺卷四），
　　　　中華書局 2015 年版，第 458 頁。

矣。（二比）

　　適見馮婦之至也，趨而迎之。當此之時，人之與虎相抗者，其
勢誠急；而其求助於有力者，其情誠切也。（三比）

　　馮婦於是攘臂下車，豈不以偶一為之，於吾未有所損，而赴其
所急，於人深有所濟乎？（四比）〔註132〕

　　此作主體仍作四比，但從句式上看，每比皆以散體單行為主，只有小句
排偶，並未形成段與段之間的對仗。從內容上看，主體部分有大量的場景描
繪和人物心理刻畫，若純用駢偶之筆將不免板滯。唐順之則借鑒古文筆法，
以駢散結合的句式，夾敘夾議，不僅將人物心理和場景細節刻畫得栩栩如生，
亦以入情入理的議論將題目主旨揭示出來。此作雖不符合八股程文定式，但
是其形式與內容貼合得天衣無縫，極為後人推崇。唐順之還擅長以兩扇格作
八股文，如其《君子喻於義　一節》〔註133〕，此題出自《論語・里仁》「君子
喻於義，小人喻於利」，由於文題即以君子、小人對舉，故唐順之此文起講之
後，主體部分並未採用合乎程序的四比八股，而是以兩大段分別作出股、對
股合為一大比。其中上比專論「君子喻於義」，下比專論「小人喻於利」，兩段
之後唐順之言盡筆止直接收結，並未繼續鋪排。此文主體以兩扇立格，總體
上看形式整飭，而每一段內部則駢散交雜，疏密有致。通篇而觀，只覺一氣
貫注，語出自然，不似一般八股文之刻意迴環，順勢而下即將題中義理說得
明明白白。再如《牛山之木嘗美矣　二節》一篇，文章以「大賢舉山木例人心，
而著其失養之害焉」破題，主體承此意設兩大段作比，上比論山木失養之害，
下比論人心失養之害。兩段之間句式相對，此為八股駢偶之需，而分看每一
段主要以散體單行之句連綴而成，讀之抑揚頓挫，分明借鑒了古文筆法。唐
順之此作雖不符合四比八股之程序，但他用一大比即將孟子語意所涵括之內
容全部發揮出來，若繼續設股鋪排，定有畫蛇添足之嫌，故方苞評此作云：
「依題立格，裁對處融煉自然，有行雲流水之趣。乃知板活不在制局，苐於
筆下分生死耳。」〔註134〕唐順之以兩扇格作八股文並非刻意為之，乃是依題

〔註132〕唐順之撰，呂留良評點：《唐荊川先生傳稿》，《四庫禁燬書叢刊補編》第 1
　　　　 冊，北京出版社 2005 年版，第 515 頁。
〔註133〕參方苞：《欽定四書文・正嘉四書文》卷二，《影印文淵閣四庫全書》第 1451
　　　　 冊，臺灣商務印書館 1986 年版，第 97、98 頁。
〔註134〕方苞：《欽定四書文・正嘉四書文》卷六，《影印文淵閣四庫全書》第 1451
　　　　 冊，臺灣商務印書館 1986 年版，第 185 頁。

立格，天然而成，故雖不合程序，卻得到了當時及後世的認可。

此外，唐順之取道唐宋八大家、上窺先秦、兩漢，將古文的篇章結撰之法引入八股文創作，這也是其以古文之法入於時文的重要方面。如其《晉人有馮婦者 一章》文借鑒了古文謀篇布局的抑揚頓挫之法，造成了文章體勢的跌宕起伏、曲折生姿。呂留良評曰：「人亦知其妙處只是頓跌之法精熟耳，到拈筆為頓跌又摹他不似。蓋頓跌皆從《國策》、《史記》、韓、歐文得來，與時文中頓跌似是而不同。」〔註135〕當然，唐順之亦有嚴格遵循八股體式而寫得十分出彩的作品，如《一匡天下》，此作體式正大、裁對整齊、邏輯嚴密，堪稱八股典範之作。可見，四比八股之體式、起承轉合之法亦能做出好文章。但以此為定式、不准逾越分毫，結果只能是千篇一律，作者的才華也被扼殺殆盡。正是由於深知其弊，唐順之方才取道八大家，將古文謀篇布局的種種方法移植進入八股文。不僅如此，他更由八大家文的有法之法上溯秦漢文的無法之法，所作不拘一格，如其《此之謂絜矩之道 合下十六節》文，方苞評曰：「循題腠理，隨手自成剪裁。後人好講串插之法者，此其藥石也。」〔註136〕可見，唐順之的高明之處在於他既不為四比八股、起承轉合的體式所拘，亦不為某一法度所拘，注重形式與內容的帖合，追求自然天成之美。由此，唐順之通過自己的八股文創作為後人借鑒古文寫作技法打破八股體式、豐富八股文體指出了具體門徑。

身為八股名元，唐順之「以古文為時文」的創作實踐深深影響了正、嘉文壇。與其同時，王慎中、茅坤、歸有光等在創作和理論上的支持，使得「以古文為時文」成為正、嘉文壇八股文創作的主流。他們與唐順之一樣皆為古文名家，又同樣推崇唐宋八大家散文以資時文、古文創作，故有「唐宋派」之稱。唐宋派中，唐順之是「以古文為時文」這股潮流的開創者，歸有光則是「以古文為時文」的集大成者，其八股製作冠絕明、清兩代，有「歸氏之於制藝，則猶漢之子長，唐之退之，百世不祧之大宗」〔註137〕之譽。正是在唐順之、歸有光等人的努力下，八股文完成了自身的革新，迎來了創作的鼎盛期。

〔註135〕唐順之（撰），呂留良（評點）：《唐荊川先生傳稿》，《四庫禁燬書叢刊補編》（第 1 冊），北京出版社 2005 年版，第 516 頁。

〔註136〕方苞：《欽定四書文・正嘉四書文》卷一，《影印文淵閣四庫全書》第 1451 冊，臺灣商務印書館 1986 年版，第 80 頁。

〔註137〕章學誠著，葉瑛校注：《文史通義校注》，中華書局 1985 年版，第 286 頁。

二、詩歌創作

　　唐順之以傑出的八股文創作揚名嘉靖文壇，其後又以「洸洋紆折」的古文創作奠定了明代古文大家的地位。相形之下，他的詩歌創作雖沒有那麼引人矚目，但在嘉靖文壇上亦自有其特色和影響。錢謙益《列朝詩集小傳》云：「正嘉之間，為詩者踵何、李之後塵，剽竊雲擾，應德與陳約之輩，一變為初唐，於時稱其莊嚴宏麗，咳唾金璧。歸田以後，意取辭達。王、李乘其後，互相評貶」〔註138〕，大致勾勒了唐順之一生詩歌創作的風貌。即早期倡為初唐，其作莊嚴宏麗，為人稱道；後期則意取辭達，摻雜講學，頗為後人詬病。

　　倡為初唐之前，唐順之在詩文創作上對前七子〔註139〕領袖李夢陽最為心折。李開先《荊川唐都御使傳》云：「素愛崆峒詩文，篇篇成誦，且一一仿效之。」〔註140〕嘉靖八年，唐順之「始登仕籍，究心漢魏」〔註141〕，對漢魏古體的推崇，即受到李夢陽、何景明等七子派的影響〔註142〕。嘉靖九年，唐順之返鄉服喪，十一年服闋，赴職吏部，與王慎中、陳束等人相結交，進行詩歌唱和，由此轉而學習、提倡初唐詩。王慎中（1509～1559），字道思，號遵巖居士，福建晉江人。《明史‧文苑傳》記載，王慎中「四歲能誦詩，十八舉嘉靖五年進士，授戶部主事，尋改禮部祠祭司」〔註143〕。嘉靖十一年，王慎中以「雄俊之文、博辯之才」〔註144〕早已蜚聲京師，詩歌創作以五言古詩最為著稱。朱彝尊

〔註138〕錢謙益：《列朝詩集小傳‧唐僉都順之》，上海古籍出版社 2008 年版，第 375 頁。

〔註139〕前七子包括李夢陽、何景明、徐禎卿、邊貢、康海、王九思、王廷相七人，其中李夢陽、何景明為領袖。

〔註140〕李開先著，卜鍵箋校：《荊川唐都御史傳》，《李開先全集》（修訂本），上海古籍出版社 2014 年版，第 951 頁。

〔註141〕李開先著，卜鍵箋校：《市井豔詞又序》，《李開先全集》（修訂本），上海古籍出版社 2014 年版，第 568 頁。

〔註142〕李夢陽《刻阮嗣宗集序》「夫三百篇雖逸絕，然作者猶取諸漢魏」（參《空同集》卷五十，《影印文淵閣四庫全書》第 1262 冊，臺灣商務印書館 1986 年版，第 464 頁。）何景明《漢魏詩集序》：「漢興，不尚文，而詩有古風，豈非風氣規模猶有樸略宏遠者哉？繼漢作者，於魏為盛，然其風斯衰矣。」（參何景明撰，李叔毅等點校：《何大復集》，中州古籍出版社 1989 年版，第 593 頁。）可見，以前七子為代表的復古派以「三百篇」為復古的終極歸屬，古風猶存的漢魏詩作為至於三代的通衢亦為其所取。

〔註143〕張廷玉等撰：《明史》卷二百八十七，中華書局 1974 年版，第 7367 頁。

〔註144〕唐順之著，馬美信、黃毅點校：《答王南江提學》，《唐順之集》，浙江古籍出版社 2014 年版，第 189 頁。

《靜志居詩話》云：「道思五古文理精密，足以嗣響顏、謝」〔註145〕，錢謙益《列朝詩集小傳》論其「詩體初宗豔麗，功力深厚」〔註146〕。可見，王慎中早期詩歌創作學習的是體格豔麗的六朝詩。李開先記載了王、唐相識對唐順之創作的影響，他說：「及遇王遵岩，告以自有正法妙意，何必雄豪亢硬也。唐子已有將變之機，聞此如決江河，沛然莫之能禦矣。故癸巳以後之作，別是一機軸，有高出今人者，有可比古人者，未嘗不多遵岩之功也。」〔註147〕王慎中所云「何必雄豪亢硬」即對李夢陽詩歌創作的批評。

《明史·文苑傳》云：「夢陽才思雄鷙，卓然以復古自命。弘治時，宰相李東陽主文柄，天下翕然宗之，夢陽獨譏其萎弱，倡言文必秦漢、詩必盛唐，非是者弗道。」〔註148〕李夢陽倡導詩歌復古，於近體必取盛唐之作，尤以老杜為宗。譽之者如穆敬甫云：「李詩雄奇高古，律法嚴整，貫少陵之壘，而拔其赤幟」〔註149〕；又如徐子容認為李夢陽詩歌「眾體兼長，渾厚沉著，格高調古」，其七言古歌「雄健可喜，即錯置杜甫、高適歌行中，莫能辨也」。〔註150〕亦有對其頗有微詞者，如顧華玉云：「獻吉詩卓爾不群，或失則粗，矯枉之偏，不得不然」〔註151〕；李開先作《李崆峒傳》記載李夢陽在弘治年間雖負盛名，但「責備者猶以為詩襲杜而過硬，文工句而太亢」。〔註152〕不僅如此，前七子內部何景明與李夢陽之間亦在詩歌風格上出現了清俊響亮與雄奇豪放的分歧。正、嘉之際在文壇享有盛譽的薛蕙作《戲成五絕》云：「海內論詩伏兩雄，一時唱和未為公。俊逸終憐何大復，粗豪不解李空同」。〔註153〕自此，更多詩人開始投入到對李夢陽粗豪亢硬詩風的反思

〔註145〕朱彝尊：《靜志居詩話》卷十二，《續修四庫全書》第1698冊，上海古籍出版社2002年版，第287頁。

〔註146〕錢謙益：《列朝詩集小傳·王參政慎中》，上海古籍出版社2008年版，第374頁。

〔註147〕李開先著，卜鍵箋校：《荊川唐都御史傳》，《李開先全集》（修訂本），上海古籍出版社2014年版，第951頁。

〔註148〕張廷玉等撰：《明史》卷二百八十六，中華書局1974年版，第7348頁。

〔註149〕朱彝尊選編：《明詩綜》卷二十九，中華書局2007年版，第1479頁。

〔註150〕朱彝尊選編：《明詩綜》卷二十九，中華書局2007年版，第1478頁。

〔註151〕朱彝尊選編：《明詩綜》卷二十九，中華書局2007年版，第1477頁。

〔註152〕李開先著，卜鍵箋校：《李崆峒傳》，《李開先全集》（修訂本），上海古籍出版社2014年版，第932頁。

〔註153〕薛蕙：《考功集》卷八，《影印文淵閣四庫全書》第1272冊，臺灣商務印書館1986年版，第91頁。

和修正中來。如薛蕙、高叔嗣承襲何景明俊逸之風，高倡清遠秀麗、沖淡蕭散的六朝、初、中唐之作。楊慎則「沉酣六朝，攬采晚唐，創為淵博靡麗之詞，其意欲壓倒李、何，為茶陵別張壁壘」。〔註154〕胡應麟《詩藪》曰：「嘉靖初，為初唐者，唐應德、袁永之、屠文升、王汝化、陳約之、田叔禾；為中唐者，皇甫子安、華子潛、吳純叔、陳鳴野、施子羽、蔡子木等，俱有集行世。」〔註155〕可見，以生意勃勃、清麗婉約的六朝、初唐為審美典範，化解模擬漢魏、盛唐而失之粗豪亢硬的弊病，已然成為正、嘉之際文壇的一股風尚。裏挾在這股風氣中，唐順之在王慎中的啟發下逐漸放棄了對李夢陽「古體必漢魏、近體必盛唐」〔註156〕之作的追隨，於癸巳年（嘉靖12年）之後轉而以初唐詩體為宗。

　　李開先謂唐順之「癸巳以後之作，別是一機軸」〔註157〕，是時唐順之由吏部舉薦進入翰林院，任編修一職。同時進入翰林院的還包括陳束、李方泉等十人。陳束，字約之，號後崗，鄞縣人。皇甫汸謂陳束之詩「早鑄四傑，晚鎔二張，遒軼平原，晞駕康樂」〔註158〕，朱彝尊《靜志居詩話》謂「約之取組六朝，亦稱典則」〔註159〕。陳束的詩歌巧構新思、清麗秀潤，大抵以六朝、初唐為宗。唐順之與陳束同為嘉靖八年進士，但二人自癸巳年共同進入翰林院之後方才往來密切。唐順之記載此段交遊云：「入則陪侍經幄，退則校讎東觀，景從響附，人思自竭以報殊恩。暇則相與接杯酒，或限韻賦詩，分曹壺奕，或雜以詼諧嘲笑，以極文儒墨士之樂。」〔註160〕當此之際，唐順之有許多描摹宮廷盛宴、遊樂的應制唱和之作，如《奉天殿慶成侍宴》、《午日庭宴》等，所作對仗工整、韻律和諧，且語言綺麗、氣度雍容，頗得

〔註154〕錢謙益：《列朝詩集小傳·楊脩撰慎》，上海古籍出版社2008年版，第354頁。

〔註155〕胡應麟：《詩藪》續編卷二，上海古籍出版社1979年版，第363頁。

〔註156〕永瑢等撰：《四庫全書總目》卷一百七十一《空同集提要》，中華書局1965年版，第1497頁。

〔註157〕李開先著，卜鍵箋校：《荊川唐都御使傳》，《李開先全集》（修訂本），上海古籍出版社2014年版，第951頁。

〔註158〕錢謙益：《列朝詩集小傳·陳副史束》，上海古籍出版社2008年版，第373頁。

〔註159〕朱彝尊：《靜志居詩話》卷十二，《續修四庫全書》第1698冊，上海古籍出版社2002年版，第289頁。

〔註160〕唐順之著，馬美信、黃毅點校：《春坊中允方泉李君墓表》，《唐順之集》，浙江古籍出版社2014年版，第704頁。

初唐宮體製作的精髓。王世貞謂唐順之的詩歌創作「振之為初唐，即其宏麗該整，咳唾金璧，誠廊廟之羽儀，文章之璉瑚」〔註161〕，大抵即稱頌其這一時期的應制之作。

　　嘉靖十二年至嘉靖十四年，居官翰林期間唐順之結交了同在京師為宦的一眾才子。除了陳束、王慎中，往來密切的還有李開先、任翰、熊過、屠應埈、田汝成、皇甫汸等人。這些人大多為嘉靖五年、八年進士，喜好詩文，為官閑暇之餘，常常相約出遊，作文酒之會，贏得了「八才子」、「十才子」的美譽。在與眾人的交往中，唐順之詩情洋溢，詩思迸發，留下頗多佳作，如《覽任少海吏部慶都留題悵然懷人因次其韻》、《和陳編修約之禁中雪詩二首》、《送程翰林松溪謫居朝陽四首》、《同孟中丞遊龍泉寺二首》等。這些作品多為近體詩，以五律、七律為主，所作情致婉轉，清新流麗，對仗工整、制律精嚴。故胡應麟謂嘉靖初學初唐者「律體精嚴，必推應德」〔註162〕，朱彝尊對其律詩創作亦有「質不傷文，麗而有體」〔註163〕的評價，所論十分中肯。

　　嘉靖十四年，唐順之觸怒權臣張璁，以原職吏部主事致仕，從此展開二十多年的家居生活（其間，於嘉靖十九年至二十年曾短暫出仕）。家居期間，唐順之在學術及文學觀念上皆產生了極大的變化，其詩歌創作亦然。李開先描述唐順之詩學發展歷程曰：「荊川始登仕籍，究心漢魏，繼則四子二張，後酷愛劉隋州，而晚唐亦多取焉」〔註164〕，其酷愛劉長卿、有取於中、晚唐即在歸田之後。這一時期唐順之的詩歌創作以吟詠山水田園生活為主，表達了自己淡泊名利、適意自然的內心感受，如《暮春遊陽羨南山四首》、《同皇甫子循遊橫山二首》、《山莊閒居》等。作品仍以律詩為主，語言不似早期那般富麗藻繪而更加清空洗練，詩境亦更為幽靜、淡泊。其中「峰微片雲度，谷靜眾禽鳴」（《同皇甫子循遊橫山》其一）、「靈草知昏曉，時禽識雨晴」（《暮春遊陽羨南山》其一）、「慣住山中知鹿性，數行樹下識禽言」（《山莊閒居》）等聯，頗有王孟、韋柳、劉長卿之遺韻。顧元言謂唐順之「近體如風潤鳴琴，幽逸有

〔註161〕王世貞：《明詩評》，叢書集成初編本，商務印書館1937年版，第28頁。
〔註162〕胡應麟：《詩藪》續編卷二，上海古籍出版社1979年版，第363頁。
〔註163〕朱彝尊：《靜志居詩話》卷十二，《續修四庫全書》第1698冊，上海古籍出版社2002年版，第288頁。
〔註164〕李開先著，卜鍵箋校：《〈市井豔詞〉又序》，《李開先全集》（修訂本），上海古籍出版社2014年版，第568頁。

致」〔註165〕，當指此類作品而言。

當唐順之以中、晚唐取代初唐作為詩歌取法對象之時，嘉靖初年在詩歌創作中一度聲勢壯大的六朝、初唐派亦逐漸式微。究其緣由在於以下兩個方面：其一，六朝、初唐派的成員主要由嘉靖初年的「八才子」、「十才子」（「十才子」主要成員與「八才子」同，故下以「八才子」為例論述）組成。李開先描述「八才子」之間的交往，曰：「八人者，遷轉憂居，聚散不常，而相守不過數年，其久者亦止八九年而已」。〔註166〕嘉靖十四年前後，作為「八才子」核心人物的王慎中、唐順之、陳束相繼罷黜離京，自此「八才子」再無共同聚首酬唱論詩之日，其在文壇上聲勢的消歇亦屬當然。其二，唐順之以外，「八才子」中亦有不少人對學習六朝、初唐的詩學理路進行了反思，其中以陳束所見最深。錢謙益《列朝詩集小傳》論陳束「初與應德輩倡為初唐，以矯李、何之弊，晚而稍厭縟靡，心折於蘇門」〔註167〕。陳束在詩歌創作的後期最為推崇高叔嗣（字子業，號蘇門山人），所作《蘇門集序》曰：

> 及乎弘治，文教大起，學士輩出，力振古風，盡削凡調，一變而為杜，時則有李何為之倡。嘉靖改元，後生英秀，稍稍厭棄，更為初唐之體，家相凌競，斌斌盛矣。夫意制各殊，好賞互異，亦其勢也。然而作非神解，傳同耳食，得失之致，亦略可言。何則？子美有振古之才，故雜陳漢晉之詞而出入正變。初唐襲隋梁之後，是以風神初振而縟靡未刊。今無其才而習其變，則其聲粗厲而畔規；不得其神而舉其詞，則其聲闡緩而無當。彼我異觀，豈不更相笑也！〔註168〕

嘉靖初年，後生才子突破李、何「詩必盛唐」之論，將「含蓄渾厚、生意勃勃」〔註169〕的初唐體引入詩歌創作，一時名家輩出。然與弘治詩壇相比，仍未脫出擬古途徑，只不過一學初唐，一學盛唐。且學古皆未得神髓，故一

〔註165〕朱彝尊選編：《明詩綜》卷四十一，中華書局2007年版，第1987頁。

〔註166〕李開先著，卜鍵箋校：《〈呂江峰集〉序》，《李開先全集》（修訂本），上海古籍出版社2014年版，第537頁。

〔註167〕錢謙益：《列朝詩集小傳·陳副史束》，上海古籍出版社2008年版，第373頁。

〔註168〕陳束：《陳後崗詩集一卷文集一卷》，《四庫全書存目叢書》集部90冊，齊魯書社1997年版，第527頁。

〔註169〕樊鵬：《編初唐詩敘》，參黃宗義：《明文海》卷二百二十，《影印文淵閣四庫全書》第1455冊，臺灣商務印書館1986年版，第446頁。

失之嘽緩無當，一失之粗厲畔規。就此而言，嘉靖初年學習六朝、初唐詩並未給詩壇開闢出一條嶄新的創作道路，這也是六朝、初唐派最終式微的根本原因。陳束雖有此論，但並未跳出擬古圈圍，其心折蘇門實質也只是轉向沖淡清和的中唐詩境尋找新的靈感而已〔註170〕。就此而言，「酷愛劉隨州，而晚唐亦多取焉」的唐順之也面臨著同樣的困境。

嘉靖十九年，陳束病逝。同年，唐順之與羅洪先、趙時春等被簡選為太子宮僚。後因上《定國本疏》，觸怒嘉靖帝，於第二年罷黜為民。此後，唐順之專注於心性之學，在王畿、羅洪先、歐陽德、戚賢等王門弟子的砥礪下漸窺心學之旨，同時其詩文創作亦有了進一步變化。嘉靖二十三年，唐順之修書給昔日的論文同調皇甫汸云：「藝苑之門久已掃跡，雖或意到處作一兩詩，及世緣不得已作一兩篇應酬文字，率鄙陋無一足觀者。其為詩也，率意信口，不調不格，大率似以寒山、《擊壤》為宗而欲摹效之，而又不能摹效之然者。」〔註171〕唐順之此時已無意於詩文創作，偶有會心，所作皆率意信口、不調不格。這一階段他推崇的是寒山、邵雍、陳獻章、莊昶等創作的性理詩，尤其對「以鍛鍊入平淡」、兼理、法二妙的邵雍之作最為推崇，有「三代以下之詩，未有如康節者」〔註172〕之論。此後，隨著唐順之學養的不斷加深，他亦逐漸體會到心體的神明妙用，在詩文創作中提出了「文字工拙在心源」〔註173〕的「本色」論，強調詩文要「直據胸臆，信手寫出」〔註174〕。唐順之弟子萬士和對唐順之這一階段的詩歌創作進行了總結，他說：「吾師荊川先生學貫天人、博及今古，早歲入翰林時其詩文猶事摹擬，及其投閒林下二十餘年，收攝精神，涵濡停蓄，道器融液，

〔註170〕何良俊《四友齋叢說》：「高子業是學中唐者，故愈淡而愈見其工耳」，參何良俊：《四有齋叢說》卷二十六，四庫全書存目叢書子部第103冊，齊魯書社1995年版，第471、472頁。又陳束《蘇門集序》謂高叔嗣詩「有應物之衝澹，兼曲江之沉雅，體孟王之清適，具岑高之悲壯」，雖兼採眾家之長，較其主旨更接近清空沖淡的中唐詩境。（參陳束：《蘇門集序》，《陳後崗詩集一卷文集一卷》，《四庫全書存目叢書》集部90冊，齊魯書社1997年版，第528頁。）

〔註171〕唐順之著，馬美信、黃毅點校：《答皇甫百泉郎中》，《唐順之集》，浙江古籍出版社2014年版，第256、257頁。

〔註172〕唐順之著，馬美信、黃毅點校：《與王遵岩參政》，《唐順之集》，浙江古籍出版社2014年版，第299頁。

〔註173〕唐順之著，馬美信、黃毅點校：《與洪方洲書》，《唐順之集》，浙江古籍出版社2014年版，第298頁。

〔註174〕唐順之著，馬美信、黃毅點校：《答茅鹿門知縣　二》，《唐順之集》，浙江古籍出版社2014年版，第295頁。

是雖無意為詩而神通聖解，超玄入妙，不煩繩墨，追步作者。」〔註175〕無論是究心漢魏，還是以四子二張、劉隨州為詩學宗趣，唐順之早期的詩歌創作始終囿於前人。歸田之後，收攝精神，涵養心源，所作或關理道（如《天寧寺塵外樓四首》、《自述》等），或涉兵事（如《有感》（百步飛刀賊勢雄）、《塞下曲贈翁東厓侍郎總制十八首》等），或摹生活百態（如《曉起觀貓捕鼠》、《囊癰臥病作三首》等），皆本自心源，信筆直書，不拘於古人格調。至此，唐順之終於跳脫出擬古的時代風氣，他對創作主體個人真精神以及真情、真見的強調是針砭擬古而囿於古人成法、不見自家面目的一劑良藥。〔註176〕

　　唐順之以外，王慎中、蔡汝楠等昔日活躍在文壇上的才子們亦紛紛脫出擬古之習。錢謙益論王慎中詩歌創作，云：「詩體初宗豔麗，功力深厚。歸田以後，摻雜講學，信筆自放，頗為詞林口實，亦略與應德相似云。」〔註177〕蔡汝楠，字子木，號白石，《明史・文苑傳》云：「汝楠始好為詩，有重名。中年好經學，及官江西，與鄒守一、羅洪先遊，學益進，然詩由此不工云。」〔註178〕又《明詩綜》引顧玄言云：「司空（按：即蔡汝楠）詩聲調清雅，情興高朗。晚歲率意應酬，似出二手。」〔註179〕王慎中早年詩體豔麗，以六朝為宗尚，蔡汝楠早歲學六朝，繼而學中唐、師法劉長卿，二人後來皆傾心講學，與心學人士往來密切，後期詩作率意應酬、信筆自放，不為古人聲律、格調所束縛，卻也因此為人詬病。他們在詩學路徑上的轉變與唐順之如出一轍，體現了嘉靖年間陽明心學思潮對文壇的影響和滲透，這一點在古文的創作和理論爭鳴中表現的更加鮮明，亦更加激蕩人心。

三、古文創作

　　八股文與詩歌之外，唐順之的古文創作成就更高，影響亦更為深遠，是明中葉最為著名的古文大家之一。今可見明人彙編的各類明代詩文總集中，唐順之的古文皆為重點收錄對象。例如張時徹編《皇明文範》收錄唐順之文12篇，

〔註175〕萬士和：《二妙集序》，參黃宗羲：《明文海》卷二百四十，《影印文淵閣四庫全書》第1455冊，臺灣商務印書館1986年版，第658頁。

〔註176〕受習道影響，唐順之後期的詩歌創作及主張有濃厚的道學氣息，因此頗為後人非議，詳見本書第三章第三節論述。

〔註177〕錢謙益：《列朝詩集小傳・王參政慎中》，上海古籍出版社2008年版，第374頁。

〔註178〕張廷玉等撰：《明史》卷二百八十七，中華書局1974年版，第7369頁。

〔註179〕朱彝尊選編：《明詩綜》卷四十一，中華書局2007年版，第2018頁。

何喬遠編《皇明文徵》收錄 8 篇，賀復徵編《文章辨體匯選》收錄 61 篇，黃宗
羲編《明文海》收錄 40 篇，其精選的《明文授讀》中唐順之文有 18 篇，足見
明代人對唐順之古文創作的認可。至清代，唐順之的古文仍然魅力不減，得到
了後人的稱頌。《明史·本傳》有云：「（唐順之）為古文洸洋紆折，有大家風」
〔註180〕，譽其古文乃大家手筆。《荊川集》四庫提要亦云：「然考索既深，議論
具有根柢……在有明中葉，屹然為一大宗」〔註181〕，認為唐順之是明中期古文
創作的領軍人物。不僅如此，清人張汝瑚選《明八大家集》，劉肇虞選《元明八
大家古文》，李祖陶選《金元明八大家文選》，唐順之的古文都赫然在列。可見，
唐順之古文大家的聲名在清代不僅沒有被湮滅，反倒愈加顯赫。

　　王慎中作《唐荊川文集序》，曰：「君於學，蓋所謂得其精華；於其言，可
謂有文而必行於遠者也。其文具在學者，苟讀焉而思，思焉而有以得之，則
知其心之所通於季札，孰為淺深？言之所成於子游，孰為先後？有不可得而
辨者矣。」〔註182〕王慎中是唐順之一生為文、論學的密友，他將唐順之推譽
為繼季札、言偃之後代表吳地文學傳統的第三人，所論難免有過譽之嫌，但
其對唐順之「其文具在學者」的描述是十分精闢的。唐順之一生於經學、史
學用功最深，成就最著，其古文創作亦形成了溶液經史、厚重不俗的創作特
點。黃宗羲《答張爾公論茅鹿門批評八家書》：「觀荊川與鹿門論文書，底蘊
已自和盤托出，而鹿門一生僅得其轉折波瀾而已，所謂精神不可磨滅者未之
有得，緣鹿門但學文章，於經史之功甚疏，故只小小結果，其批評有何足道
乎？」〔註183〕這裡雖是在說茅坤《八大家文鈔》選文、評文不得要領，卻從
側面肯定了唐順之作文、論文多有「精神不可磨滅」之見，乃是得力於其深
厚的經史功底。清代陽湖派作家李兆洛云：「吾鄉自荊川先生以治經治史，發
之於文章，實之於躬行，赫然為學者宗，邇來三百年矣。」〔註184〕作為同鄉
後學，李兆洛直接指出唐順之溶液經史、發之文章，奠定了三百年來常州地
區的文章和學術傳統。

〔註180〕張廷玉等撰：《明史》卷二百五，中華書局 1974 年版，第 5424 頁。

〔註181〕永瑢等撰：《四庫全書總目》卷一百七十二《〈荊川集〉提要》，中華書局 1965
　　　　年版，第 15015、1506 頁。

〔註182〕王慎中：《遵巖集》卷九，《影印文淵閣四庫全書》第 1274 冊，臺灣商務印
　　　　書館 1986 年版，第 201 頁。

〔註183〕黃宗羲：《黃梨洲文集·書類》，中華書局 2009 年版，第 461 頁。

〔註184〕李兆洛：《養一齋文集》卷十《陶氏復園記》，《續修四庫全書》第 1495 冊，
　　　　上海古籍出版社 2002 年版，第 147 頁。

　　實際上，古文創作鎔鑄經史、尤其要以經傳為本，這是唐順之多年創作的心得體會。他在《答廖東雩提學》中說道：「文與道非二也，更願兄完養神明以探其本原，浸涵六經之言以博其旨趣，而後發之，則兄之文益加勝矣。」〔註185〕唐順之認為文道一家，學文者亦需研習經傳、完養神明，如此作文方不會失之膚淺瑣碎。不僅如此，他更進一步指出相對於文辭技法，研習經傳、完養神明以寫出作者自己的「真精神與千古不可磨滅之見」尤為重要，此之謂「學者先務，有源委本末之別」〔註186〕。李開先作《荊川唐都御使傳》有云：「有問其為文者，則應以始尊秦、漢，繼好宋、唐，必須完養神明，以深其本源；浸涵經傳，以博其旨趣，獨存本質，盡洗鉛華，透徹光明，委曲詳盡，雖從筆底寫成，卻自胸中流出。如說家常話而作家庭書，所謂見理明而用功深者，乃始得之也。」〔註187〕這段話大多摘自唐順之與友人的論文語，串聯之後將唐順之一生作文的軌跡勾勒了出來。的確，唐順之作文最重本色獨造，他以道出一己之真精神和千古不可磨滅之見為寫作的第一要義。然此本色獨造語並非輕易寫就，乃是其多年完養神明、浸涵經傳而來，所謂「用功深」方能「見理明」。故觀唐順之古文，其論學說理常常引經據典，但卻不為經典所拘，多有獨得之見。如《與項甌東郡守》，此文與友人論為學工夫，其間所涉赤子之心、道問學以尊德性、謹願之士與狷者之分別原本散見於《孟子》、《中庸》、《論語》等多部儒家經典，唐順之將其信手拈來加以闡發、糅合，竟似出於他自家胸中口中一般妥帖自然，如此化用經典非多年用功於治經者不能。

　　經學之外，唐順之在史學上的成就亦是有目共睹。在其所傳「六編」（即《左編》、《右編》、《文編》、《武編》、《儒編》、《稗編》）中，《左編》和《右編》皆為治史之作。其中，《左編》共 124 卷，「其意欲取千古興衰治亂之大者，切著其所以然，故其體與他史稍異」〔註188〕。《右編》共計 40 卷，分類匯輯了漢訖元以來歷代名臣的議事之文，供今人治政借鑒。此外，唐順之尚有《兩漢解疑》、《兩晉解疑》兩部評史之作，其臧否人物、議論功過皆自出己

〔註185〕唐順之著，馬美信、黃毅點校：《唐順之集》，浙江古籍出版社 2014 年版，第 232 頁。

〔註186〕唐順之著，馬美信、黃毅點校：《答茅鹿門知縣　二》，《唐順之集》，浙江古籍出版社 2014 年版，第 294 頁。

〔註187〕李開先著，卜鍵箋校：《荊川唐都御使傳》，《李開先全集》（修訂本），上海古籍出版社 2014 年版，第 956、957 頁。

〔註188〕永瑢等撰：《四庫全書總目》卷六十五《《史纂左編》提要》，中華書局 1965 年版，第 580 頁。

意，不趨同於流俗。編史、評史之外，唐順之對於各家史著亦精研細讀，尤其是《史記》、《漢書》，著有《精選〈史記〉〈漢書〉》（《史記》12 卷，《漢書》4 卷）。茅坤自刻《史記鈔》，有與唐順之兒子唐鶴徵書，言及「世之好《史記》者多，而能知《史記》之深，則惟先中丞公一人而已。」〔註189〕。對於唐順之來說，《史記》、《漢書》不僅僅是史書，更是古文寫作的典範，他對這兩部著作心追手摹，久之，得其神髓。唐順之著有近萬字長文《敘廣右戰功》，描述右江參將都督同知沈希儀討平廣西諸蠻事，錢基博云：「其中敘次歷歷如繪，備極聲色；《明史·沈希儀傳》採之，焯有生氣！」〔註190〕劉肇余在《唐荊川文選》中收錄此文並引羅應經評語云：「寫生全似史遷」〔註191〕；惲敬評曰：「直躋子長、孟堅堂奧，而無一語似子長、孟堅，奇作也」〔註192〕；李祖陶亦云：「此文不襲史漢一筆，而神實與之肖。唐宋八家中，雖韓歐稱善敘事，尚不能及，何論其他？」〔註193〕論者皆以唐順之此文敘事摹人得《史記》、《漢書》風神，堪稱「明一代奇作」〔註194〕。

　　當然，唐順之古文得力於史，並不僅限於此。由於長期浸淫於浩瀚深遠的歷史長河，唐順之敘事論理眼光開闊深邃，各般史料均能信手拈來。如在《重修瓜州鎮龍祠記》一文中，唐順之駁宋儒以為龍不宜祀，曰：「吾觀於蠟，而見古人通乎鬼神之情，而悉於幽明之故矣。夫生成百穀以粒民，孰非天地之功？若是則古人為之禮為之社以報之可矣。至於大索鬼神而蠟焉者，何為也？其蠟也，先農、先嗇、庸與坊焉可矣，而至於迎貓迎虎，而昆蟲亦登焉者，何為也？惟天地之生成百穀，雖一貓虎昆蟲，亦使之盡其能於食鼠食豕之間，而無遺利焉，於此見天地之功為甚大。人慾報天地之功而無由，則雖貓虎之效一能於天地者，亦秩之祀而無遺靈焉，於此見人之所以報天地之功者為甚深。」〔註195〕這裡搬出古人蠟祭中迎貓迎虎為龍之宜祀作證，

〔註189〕茅坤：《與唐凝庵禮部書》，《茅坤集》，浙江古籍出版社 1993 年版，第 280 頁。
〔註190〕錢基博：《明代文學》，嶽麓書社 2011 年版，第 41 頁。
〔註191〕劉肇余：《唐荊川文選》，《元明八大家古文》，清乾隆二十九年步月樓刊本。
〔註192〕惲敬：《楊中立戰功略（並序）》，《大雲山房文稿二集》卷三，四部叢刊本。
〔註193〕李祖陶：《唐荊川文選序》，《金元明八大家古文選》之《唐荊川文選》卷首，清道光二十五年刊本，南京圖書館藏。
〔註194〕陸繼輅：《合肥學舍箚記》卷四《古文辭類纂》條，《續修四庫全書》第 1157 冊，上海古籍出版社 2002 年版，第 332 頁。
〔註195〕唐順之著，馬美信、黃毅點校：《唐順之集》，浙江古籍出版社 2014 年版，第 526 頁。

可謂持之有故、言之成理。不僅如此，下文中他又進一步大膽推斷，曰：「古有豢龍氏，豢龍氏之於龍，安知其非如伊耆氏之於蠟，實掌其祭者耶？所謂豢龍者，其無乃羞飲食以祀龍之謂，而好怪者遂以豢龍為畜龍也歟？龍乎可畜，其亦非所以為龍矣。」〔註196〕如此看來，祭龍、祀龍可謂古已有之。那麼，龍之宜祀便是毋庸置疑的了。再如《重修解州關侯廟開顏樓記》，唐順之提到世人多稱關羽雄勇冠世，卻也為其功業未就而深感惋惜，對此他論道：「按侯始識玄德於草莽，卒然之遇，而遂授之以肝膽死生之信，至於崎嶇顛沛，西東奔竄，而其志愈不可奪，窘於俘虜之中，而其志愈明。……侯始遇玄德，固相許以死而已，幸而得死，侯又何求？且夫摧鋒拔城之將，勳庸著於當時；伏劍死綏之將，風采傳於後世。勳庸在當時者，身沒而響微。風采在後世者，既遠則人愈悲而思之。此固世之所以尸祝於侯，而解人所以慕侯之深者也。」〔註197〕唐順之認為關羽雖未助劉備完成一統大業，但是從二人初識便結下肝膽死生之信來看，關羽之死則不可不謂死得其所。況且相較於生前功勳顯赫的「摧鋒拔城之將」，關羽雖為「伏劍死綏之將」，但其忠義神勇之風采卻也因此更令後人為之追慕不已。如此看來，世人實在不必為關羽大意失荊州、敗走麥城而扼腕唏噓。同樣論及關羽，在《常州新建關侯祠記》中，他對世人「吳不宜祀侯，侯亦未必歆吳祀」〔註198〕的觀點進行了批駁。唐順之云：「然則滅吳者，侯志也。侯之志必滅吳，豈有所私讎於吳哉？誠不忍衣冠禮樂之民困於奸雄亂賊之手，力欲拯之於鼎沸之中而涼濯之。使吳民一日尚困於亂雄，侯之志日未已也。然則侯非讎吳，讎其為亂賊於吳者也；讎其為亂賊於吳者，所以深為吳也。侯本欲為吳民斃賊，而先斃於賊，齎志以沒，侯之精靈宜其眷眷於吳民矣。」〔註199〕在唐順之看來，關羽並非與吳地、吳人有仇，而是與亂臣賊子孫權為仇，而其立志滅吳也是為了拯救此地百姓於鼎沸之中。由此，他更進一步聯繫當下，寫道：「侯之

〔註196〕唐順之著，馬美信、黃毅點校：《唐順之集》，浙江古籍出版社2014年版，第527頁。

〔註197〕唐順之著，馬美信、黃毅點校：《唐順之集》，浙江古籍出版社2014年版，第528、529頁。

〔註198〕唐順之著，馬美信、黃毅點校：《唐順之集》，浙江古籍出版社2014年版，第530頁。

〔註199〕唐順之著，馬美信、黃毅點校：《唐順之集》，浙江古籍出版社2014年版，第530、531頁。

所讐莫如亂賊，其所最讐而不能忘，尤莫如為亂賊於吳者。倭夷恣凶稔惡，以毒螫我吳民，是亂賊之尤未有甚焉者也。其為侯所震怒而陰誅之所必加，翼王師而助之攻也，亦何怪乎？」〔註200〕到這裡，唐順之解開了關羽的英靈為何會護祐遭受倭寇荼毒的吳地之謎，而吳人之宜建祠祭祀關羽、關羽也必當歆吳人之祀自是無可厚非的了。上述文字，或援史為證，或由古及今，所述所論俱有根底，令讀者信服。不僅如此，他對歷史大膽別致的解讀使其文章能夠跳脫出尋常格局，時時讓讀者眼前一亮，難怪後人譽其古文創作「超絕町畦，縱橫馳騁，卓然成一家言」〔註201〕。

唐順之學問淵博，擅治經史之外，他亦通曉天文、地理、兵法等各種經世之學。《明史‧唐順之傳》云：「順之於學無所不窺。自天文、樂律、地理、兵法、弧矢、勾股、壬奇、禽乙，莫不究極原委。……學者不能測其奧也。」〔註202〕唐順之學術的廣博以及濃厚的經世色彩在他的古文創作中也有著鮮明的體現。清代人李祖陶作《唐荊川文選序》，如是描述《荊川集》中所收書信：「上者與同人談學問，務與根本上實下工夫；次者與一時賢士大夫講經濟，鑿鑿可見之行事；下亦自明出處本末、討論文字淵源，皆於學術、治術大有關者。」〔註203〕的確，在唐順之的古文創作中，與學術、尤其是治術關聯緊密的作品佔據了很高的比例。如《與呂沃洲巡按》、《答王北厓郡守論均徭》、《答施武陵》等文，無論是探討災年救荒之策，抑或論及均徭、清丈土地之法，其探討經濟皆鑿實明證，不涉浮議，足見其十分熟悉賦稅、徭役、土地等各種經濟制度，對百姓生存的實際情狀關懷萬分。此外，唐順之另有《答翁東厓總制》、《答曾石塘總制》、《與俞總兵虛江》等書，其作書對象皆為嘉靖年間駐紮在南北邊防第一線的著名將領，唐順之與他們探討邊防經略，其識見議論卓有可觀，並非書生紙上迂闊之談。

唐順之的博學多識以及他對國計民生、經世大略的關注在他晚年的文學創作中體現得尤為突出。嘉靖三十七年春唐順之以知兵事起復，受朝廷委派

〔註200〕唐順之著，馬美信、黃毅點校：《唐順之集》，浙江古籍出版社 2014 年版，第 531 頁。

〔註201〕劉肇佘：《唐荊川文選引》，《元明八大家古文》卷八，四庫禁燬書叢刊集部 171 冊，北京出版社 1997 年版，第 493 頁。

〔註202〕張廷玉等撰：《明史》卷二百五，中華書局 1974 年版，第 5424 頁。

〔註203〕李祖陶：《唐荊川文選序》，《金元明八大家古文選》之《唐荊川文選》卷首，清道光二十五年刊本，南京圖書館藏。

他先後奔赴薊鎮和東南沿海查勘軍務，南下期間他同時還肩負著協同總督胡宗憲剿殺倭寇的重任。在此期間其所著述包括題疏、啟札、詩歌等被彙編為《南北奉使集》二卷，集中詩文全面展現了唐順之籌邊剿寇的經歷及方略。其中，《條陳薊鎮練兵事宜》、《條陳海防經略事疏》、《鳳陽等處災傷疏》等疏，文字質樸扼要、條理秩然，言及練兵、海防、救災事宜皆切中肯綮，所陳經略籌劃有定，頗可施之實用。集中所錄詩歌如《古北口觀降夷步射復戲馬馳射至夜》、《山海關陳職方邀登觀海亭作》、《月夜渡蛟門》皆作於南北視察軍情任上，詩中大量展現了西北邊塞和東南沿海一帶獨特的風土人情，抒發了唐順之肅清邊患的堅定之志，詩歌氣象開闊豪邁，與其當初學初、中唐之作判然不同。

　　唐順之弟子姜寶（字廷善，號鳳阿）論其師晚年創作曰：「謝恩表純用歐蘇家體，而用事精切處更出於王金陵、周益公之間，真是作者。昔韓退之因文章以見事功，今吾師將因事功而發揮其文章，垂諸將來，並可作三立中事業。」〔註204〕所謂「因事功而發揮其文章」在肯定唐順之晚年事功顯赫的同時，卻也道出唐順之不刻意為文的創作心境。對此，黃宗羲亦有覺察，他論唐順之中歲入道之後古文創作「從廣大胸中隨地湧出，無意為文而文自至」。〔註205〕唐鼎元認為此語最得唐順之晚年詩文創作精神，他評唐順之《贈何、沈兩公歸蜀廣序》云：「《四庫提要》謂公晚年薰蒸語錄，與之俱化。……今觀是序，浩瀚有河海之勢，何曾有語錄氣味。蓋公文章根底已深，又極留意將帥才，每遇疆場有事，奇才淪落，感慨諮惜之念動於中，文機不運而自轉，文情不求深而自深，而奇文出焉。黃梨洲所謂『荊川無意為文而文自至』也。」〔註206〕唐順之以學問為文章根底，且素稟豪傑用世之志，對世事萬物賦予深情。至晚歲，學術、事功與文學在他的身上融而為一，故「文機不運而自轉，文情不求深而自深，而奇文出焉」，這便是黃宗羲、唐鼎元所推許的「無意為文而文自至」的創作境界。

　　「無意為文」的確道出了唐順之中、晚歲的創作心境，但縱觀唐順之一

〔註204〕姜寶：《奉寄荊川先生》，《姜鳳阿文集》卷六，《四庫全書存目叢書》集部127冊，齊魯書社1997年版，第540頁。

〔註205〕黃宗羲著，沈芝盈點校：《明儒學案》（修訂本）卷二十六《南中王門學案二·襄文唐荊川先生順之》，中華書局2008年版，第598頁。

〔註206〕唐鼎元：《明唐荊川先生年譜》卷四，《北京圖書館藏珍本年譜叢刊》第47冊，北京圖書館出版社1999年版，第694頁。

生，早歲專攻時文，一朝登第，聞名天下。其後，他在創作中以古文為時文，開風氣之先，成為推動時文革新的第一人。京師為官期間，他與眾才子共同倡導六朝、初唐詩，為盛唐詩風籠罩下的詩壇注入了一股新風。罷官之後，唐順之專精治學，同時他亦編選、評點了大量詩文選本，在詩歌上，他推崇理、法俱妙的邵雍等人之作；在古文上，他以法度嚴明、平易暢達的唐宋八大家文為津逮，上溯無法可循的秦、漢古文之精神，成就了自己溶液經史、法寓於無法之中的大家之作，同時亦引領著嘉靖時期的古文創作走出了「文必秦漢」的擬古圈圉。可見，唐順之亦有刻意為文的一面。清末錢振鍠顯然注意到了這一點，他說：「文之為物，非豪傑不能為，而不有意於為文則終不能到古人地位，吾為豪傑之不工文者惜焉。荊川豪傑之士也，而其為文則在有意、無意之間。鹿門疑荊川本欲工文字之人而不語人以工文字，荊川不受也。荊川文蒼勁有法，氣息清醇，本色極高，人工亦至，非本欲工文字者不能至此。然其信手拉雜，不修篇幅，則其自負仍有不屑於文之意。使其稍復加意，則豈尚有古人在其前者？然即其所得者觀之，歸、王之徒已汗流至踵而不能望其項背，此文章之事所以終為豪傑之事哉？」〔註207〕錢振鍠認為唐順之為文在有意、無意之間，所論十分公允。無意為文，指唐順之率意信口、不拘格套，更是指唐順之豪傑本色，有不屑於為文之意。無意為文，方能躍出文人手眼，成就與天地、今古相通的闊大境界。有意於文，則因唐順之的文章蒼勁有法、氣息清醇，極富人工。有意於文，方能到古人地位，延續古人為文的精神。總之，唐順之以豪傑本色、廣博之學而發之於文，寫就了可與古人並傳千古的不朽之文，奠定了其在明代文學史上的重要地位。

〔註207〕錢振鍠：《荊川文引》，見唐鼎元：《唐荊川公著述考》，民國排印本，第6頁。

第二章　唐順之文學選本研究

第一節　唐順之文學選本概況

　　作為明嘉靖時期的文學大家，唐順之不僅以自己的詩文創作享譽文壇，同時也以大量文學選本的編選和評點指導著時人的詩文創作。據各種書目所載，唐順之評選的各類文學選本（包括現存以及亡佚的）計有十數種之多，主要包括《文編》、《六家文略》、《荊川先生精選批點史記》、《荊川先生批點精選漢書》、《批選周漢文》、《明文選》、《我朝殿閣名公文選》、《唐會元精選批點唐宋名賢策論文萃》、《策海正傳》、《二妙集》和《詩編》。其中，按所選作品文體來看，除了《二妙集》、《詩編》為詩歌選本，其餘皆為文章選本。而在文章選本中，除了《策海正傳》、《唐會元精選批點唐宋名賢策論文萃》是專為舉業而選，其餘皆為指點古文創作門徑而選。需要特別指出的是，《荊川先生精選批點史記》、《荊川先生批點精選漢書》在諸多選本中比較特殊，此兩部書乃唐順之分別精選《史記》、《漢書》中紀傳部分的名篇而成。由於本書主要研究唐順之的古文理論，故以下將重點選擇其文章選本中頗具影響力的幾本，就其基本情況作一概述。

　　（一）《文編》64 卷　集部總集類　存

　　此書乃唐順之精選自先秦至宋以來古文分體排纂而成。所選文章有一千多篇，以唐宋古文為主。所選唐宋古文，幾乎全部出自八大家，只有少數幾篇出自他人之手。此書有唐順之自序，云：「是編者，文之工匠而法之至也」

〔註1〕，故選文之外亦附有唐順之親手批點，以示後人文法所在。此書今存善本多種，據《中國古籍善本書目》著錄，有明嘉靖胡帛刻本、明天啟元年陳元素重訂本等，現藏於國內多家圖書館。

（二）《六家文略》12 卷（附《六家始末》1 卷）集部總集類　存

此書乃唐順之選目，弟子蔡瀛（字少山）輯，瀛子望卿校刻而成。書中選文按文體分類編排，所選 289 篇文章全部出自於唐宋八大家，因將蘇氏父子合為一家，故稱六大家。唐鶴徵《六家文略序》云：「先君子荊川翁既盡取周秦以下諸文，擇其至者為《文編》矣，又於《文編》擇其尤至者為《文略》。」〔註2〕又蔡瀛序《六家文略》云：「公於六經子史既貫徹無餘，乃獨取韓歐諸名家所作，纂為六大家文，以定萬世作古文者之準矣。猶慮其浩繁而初學之士或有興望洋之歎者，復纂其略焉，使人因略以致詳，得簡易之途以入，而漸不覺其繁且難。」〔註3〕由此可見，《六家文略》實際是《文編》的精選本，其選旨在為初學者在前人浩瀚的文海中指明一條便捷的道路以迅速領會作文的訣竅和旨意。因此，蔡瀛稱道其師「古之所謂循循善誘也，公之嘉惠後學之意勤矣。」據《中國古籍善本書目》著錄，此書今有明萬曆三十年蔡望卿刻本，卷前有蔡瀛嘉靖癸亥《輯六家文略引》、顧憲成《六大家文略題詞》、萬曆辛丑唐鶴徵《六家文略序》，以及萬曆壬寅蔡望卿《鑴六家文略小引》。此版今藏於清華大學圖書館、中共中央黨校圖書館、山西省圖書館、吉林大學圖書館、常熟圖書館、中山大學圖書館，以及美國國會圖書館。筆者曾於常熟圖書館查閱過此書，書中僅有選文，無批點。

（三）《荊川先生精選批點史記》12 卷　史部史鈔類　存

此書選錄《史記》紀傳 61 篇，《始皇》、《項羽》等名篇大都入選。據《中國古籍善本書目》著錄，今存善本多種，藏於國內各大圖書館。

（四）《荊川先生批點精選漢書》6 卷　史部史鈔類　存

此書選錄漢書紀傳 49 篇，《蘇武》、《李陵》等佳作大都入選。據《中國

〔註1〕唐順之著，馬美信、黃毅點校：《文編序》，《唐順之集》，浙江古籍出版 2014 年版，第 450 頁。

〔註2〕見唐順之纂，蔡瀛輯，蔡望卿校刊：《六家文略》卷首，明萬曆三十年蔡望卿刻本，常熟圖書館藏。

〔註3〕蔡瀛，《六家文略序》，見唐順之纂，蔡瀛輯，蔡望卿校刊：《六家文略》卷首，明萬曆三十年蔡望卿刻本，常熟圖書館藏。

古籍善本書目》著錄，今存善本多種，藏於國內各大圖書館。

另據《中國古籍善本書目》著錄，唐順之評選的《史記》、《漢書》多有合刻本，如明萬曆十二年毛在、鄭旻等刻本，明天啟三年沈琇卿刻本等。唐順之摯友王畿為之作序，云：「予友荊川子嘗讀史漢書，取其體裁之精且變者數十篇，批抹點裁以為藝文之則……子長之文博而肆，孟堅之文率而整。……要之子長得其大，孟堅得其精，皆古文絕藝也。荊川子是編自謂深得班、馬之髓而於漢書尤精，蓋所謂得其竅者也。」〔註4〕由此序可知，唐順之評選《史記》、《漢書》中的紀傳文是將其當作古文寫作的範本來閱讀和借鑒的。

（五）《唐會元精選批點唐宋名賢策論文萃》8 卷　集部總集類　存

此書共選唐宋八大家策論 135 篇，其中三蘇策論入選最多。此書有李開先序，其有云：「吾友人唐荊川，精舉業而得魁元者也。以瓦礫有擊門戶微勞，糟粕乃醇醪從出，而筌蹄則魚兔所由致也，不忍棄置，刻其時文，並刻《古來名賢策論》，選取既慎，批點亦詳……圈點多者精華也，一二者字眼也，處置轉調，分截撇抹，各有筆法。真可為舉業之大助，不但如他書之小補。」〔註5〕可見，唐順之此選乃為舉業而作，且此書不僅有選文，亦有評點。據《中國古籍善本書目》著錄，此書今有明嘉靖二十八年書林桐源胡氏刻本，現藏於國家圖書館、天津圖書館、中山大學圖書館、普林斯頓大學東亞圖書館等地。

第二節　《文編》研究

唐順之編纂的各類文章選本中，《文編》的研究價值最高。《文編》體制宏富，共 64 卷，選錄先秦迄南宋古文千餘篇。《文編》專為指示讀者古文文法而作，書中的選文和批點皆由唐順之本人親自完成。從唐順之所作《文編序》中可以判斷出此書至遲完成於嘉靖三十五年，此時唐順之已近知天命之年，距其離世亦僅有四年。因此，《文編》在選文和評點中所彰顯出來的文法理論實際代表了唐順之晚年最終的文學思想。相較之下，其他幾部選本中，

〔註4〕 王畿：《精選史記漢書序》，見唐鼎元：《唐荊川公著述考》，南京圖書館藏民
　　　　國排印本，第 39、40 頁。
〔註5〕 李開先著，卜鍵箋校：《唐荊川批選名賢策論序》，《李開先全集》（修訂本），
　　　　上海古籍出版社 2014 年版，第 522、523 頁。

《六家文略》脫胎於《文編》，是《文編》的一個精選本，《荊川先生精選批點史記》、《荊川先生批點精選漢書》所選作者僅限於司馬遷、班固，《唐會元精選批點唐宋名賢策論文萃》所選文體又侷限於策、論，從體制和實際影響力上看都難以與《文編》相媲美。今天我們研究唐順之的文學思想，特別是他的古文文法理論，《文編》毫無疑問是最為重要的文本依據。然而，現代學者甚少認識到《文編》的價值，即便提到《文編》，大多只是關注唐順之所作的《文編序》，對其選文和評點少有涉獵，遑論由《文編》出發去研究他的文法理論了。本書既以《文編》為研究唐順之文法理論的核心文獻，那麼弄清楚《文編》的成書背景、版本系統和內容體制自是我們進一步研究其文法理論的先決條件。

一、《文編》的成書背景

《文編》乃唐順之罷官家居期間所編纂的「六編」之一。其他五編依據《明史》所載，乃《左編》、《右編》、《武編》、《儒編》和《稗編》〔註6〕，另亦有以《詩編》易《武編》〔註7〕之說。其中，《儒編》和《詩編》雖被前人提及，然甚少見於藏書家書目，或未曾刊刻，或已亡佚，並未流傳下來。從今天可見的《左編》、《右編》、《文編》、《武編》和《稗編》來看，這幾部著作皆為唐順之在前人著述的基礎上廣搜博採纂輯而成，其內容涉及歷史、政治、軍事、天文、地理、文學等各個方面。雖非原創，但是每一部書的編纂體例以及對前人著述的徵引評論皆體現了唐順之學以經世的良苦用心。其中，《左編》、《右編》匯輯前代史料以及歷代名臣議政之文以資今人治政借鑒。《武編》作為一部大型軍事類書，匯輯了歷代兵書以及其他典籍中相關軍事理論資料，是唐順之有慨於明廷武備廢弛、軍力疲弱，在抵禦北虜南倭的戰鬥中一直處於劣勢的實際情形而作。其晚年出山北上巡視邊情、整頓兵備，南下親自督戰剿滅倭寇，《武編》中的各種軍事理論思想和用兵實踐均發揮了極為重要的作用。《稗編》則「諸子百家之異說，農圃、工賈、醫卜、

〔註6〕參張廷玉等撰：《明史》卷二百五《唐順之傳》，中華書局1974年版，第5424頁。按：《稗編》亦名《雜編》。

〔註7〕參焦竑《荊川先生右編序》：「荊川唐先生於載籍無所不窺，其編纂成書以數十計。……所輯最巨者，有《左編》、《右編》、《儒編》、《詩編》、《文編》、《稗編》凡六種。」（見唐順之輯，劉日寧補：《荊川先生右編》卷首，《四庫全書存目叢書》史部第70冊，齊魯書社1996年版，第4頁。）

堪輿、占氣、星曆、方技之小道，與夫六藝之節脈碎細」〔註8〕無所不錄，唐順之以為「語理而不盡於六經，語治而不盡於六官」〔註9〕，故是編所錄雖雜，但「善學者由之以多識蓄德」〔註10〕，未為無用。「六編」中《文編》雖為古文而作，但唐順以為「聖人以神明而達之於文，文士研精於文以窺神明之奧」〔註11〕，文章亦是通往聖賢之道的一種重要途徑，故是編雖重在探討文法，後學卻不能僅從文學的角度來理解和評價此書。況且，從選文來看，《文編》所選包括策、論、疏、表、奏、狀、劄子、封事等多種實用文體，文章內容涉及歷史、政治、經濟、軍事等各個方面，其中不少篇章都是凝聚了前賢治國安邦的心血之作。故善學者不僅能從《文編》學到文章技法，更可因文見義，體察前人為文之用心，吸取他們治國安邦的經驗和智慧。可見，就學以經世這一點來看，《文編》與其他諸編在編纂思想上是一以貫之的。

　　此外，作為一部以討論文法為主的大型古文選本，《文編》的成書直接受到了自宋代以來大量問世的古文選本的影響。宋代自經義逐步取代詩賦成為科考的主要科目，文章寫作便愈來愈受到士子們的重視。然而要真正寫好經義、策論文字，還必須取法於古文。此種情形下，出現了一批「取古文之有資於場屋者」〔註12〕、重在討論寫作技法的古文選本，如《古文關鍵》、《崇古文訣》、《文章正宗》、《文章軌範》等。此類選本多用圈點批註的方式將所選文章的章法結構、起結照應、字法句法等一一開示後學，為初學者指明作文門徑。由於「經指授成進士名者甚眾」〔註13〕，故頗受歡迎。至明代定八股取士為「永制」，八股文便成了讀書人苦苦鑽營的目標，各種為舉業而選的文集由此層出不窮。其中，既有專選八股文、策論的時文選本，如《國朝試錄》、《經義模範》、《十科策略》、《策學會元》等等；亦有專選古文，然其圈點批註

〔註8〕唐順之著，馬美信、黃毅點校：《雜編序》，《唐順之集》，浙江古籍出版2014年版，第451頁。

〔註9〕唐順之著，馬美信、黃毅點校：《雜編序》，《唐順之集》，浙江古籍出版2014年版，第451頁。

〔註10〕唐順之著，馬美信、黃毅點校：《雜編序》，《唐順之集》，浙江古籍出版2014年版，第451頁。

〔註11〕唐順之著，馬美信、黃毅點校：《文編序》，《唐順之集》，浙江古籍出版2014年版，第450頁。

〔註12〕王守仁撰，吳光等編校：《王陽明全集》卷二十二《重刊文章軌範序》，上海古籍出版社1992年版，第874頁。

〔註13〕劉克莊：《迂齋標注古文序》，參祝尚書：《宋人總集敘錄》，中華書局2004年版，第253頁。

分明有資於八股製作的古文選本，如《三蘇文範》、《文章正論》、《文章指南》、《唐宋八大家文鈔》等等。可以說，在這樣的氛圍中，作為明代「以古文為時文」的開創者，唐順之編纂《文編》與科舉也有著脫不開的關聯。首先，從選文看，《文編》所選文體中策、論、表都是當時科舉考試中經常涉及的文體。其次，《文編》重在授人以法，通過對選文的圈點批註，揭示了大量的作文技法。這些技法雖出自古文，但是對於八股文的篇章結撰乃至字句行文都頗具借鑒和啟發意義，正是在這一點上《文編》的編纂分明受到了《古文關鍵》、《崇古文訣》、《文章正宗》、《文章軌範》等宋代古文選本的影響。實際上，《文編》對於八股舉業的價值很快便得到了明代人的肯定。如稍晚於唐順之的施策認為《文編》乃「古文詞之統會，業舉子者之學海也」〔註14〕，然此編所選過於浩繁，恐學者不易把握。他又指出唐順之另有專為舉業所選的《策海正傳》、《唐宋名賢策論文粹》，對於後者，施策以為此書所選「文體未備」，故「合二書（按：即《文編》與《唐宋名賢策論文粹》）以折衷之，得文三百篇，要以精醇爾雅，足裨舉業之用者，蓋十九收之矣」〔註15〕，由此編成《崇正文選》十二卷，刻於明萬曆年間。可見，即便唐順之編纂《文編》的初衷並非專為舉業，但是在時文與古文相互影響、相互滲透的大背景下，欲撇開八股舉業談《文編》的編纂和影響無疑是不現實的。

舉業之外，唐順之編纂《文編》最重要同時也是最直接的原因在於文學論爭之需。明代文派林立，各家之間主張不一，論爭此起彼伏，故各家各派往往通過編纂文學選本以推廣自家主張，張大聲勢。如吳訥認為「文辭以體制為先」〔註16〕，故纂《文章辨體》，「使數千載文體之正變高下，一覽可以具見」〔註17〕。又如明初高棅不滿於之前的唐詩選本「皆略於盛唐而詳於晚唐」，或「立意造論，各該一端」〔註18〕，於是作《唐詩品匯》，依初、盛、中、晚之別，將所選近六千首唐詩分體編次，為學詩者勾勒出唐詩體制、音律的始終正變。此書對於唐

〔註14〕施策：《崇正文選序》，《批點崇正文選》卷首，明萬曆四十二年刻本。

〔註15〕施策：《崇正文選序》，《批點崇正文選》卷首，明萬曆四十二年刻本。

〔註16〕吳訥：《文章辨體凡例》，參王水照編：《歷代文話》第二冊，復旦大學出版社2007年版，第1587頁。

〔註17〕彭時：《文章辨體序》，參王水照編：《歷代文話》第二冊，復旦大學出版社2007年版，第1585頁。

〔註18〕高棅編選：《唐詩品匯總敘》，《唐詩品匯》，上海古籍出版社1982年版，第9、10頁。

詩發展四個階段的劃分，以及對於盛唐詩的推崇，對後人學習、研究唐詩影響頗深，所謂「終明之世，館閣以此書為宗」〔註19〕。其後，李夢陽、何景明等七子派「詩必盛唐」的論調實亦萌芽於此。總之，正是在這樣極力以文學總集的編纂標榜文學主張的環境中誕生了大量的文學選本。從這個角度看，唐順之編纂旨在示人文法、大力推廣唐宋古文的《文編》，正是對李攀龍、王世貞等後七子再掀「文必秦漢、詩必盛唐」復古浪潮的一種反動。

二、《文編》的版本和編纂體例、編纂宗旨

　　《文編》共有兩個版本系統，其一為嘉靖本，另一為天啟元年陳元素的重訂本。

　　嘉靖本即原刻本，問世於嘉靖年間，當時唐順之已經過世。此本由唐順之批選，門人姜寶編次，知福州府胡帛校刊，共 64 卷。書前有唐順之嘉靖三十五年所作《文編序》。據《中國古籍善本書目》著錄，此本現藏於人民大學圖書館、山東省圖書館、中山大學圖書館、湖南省圖書館等國內多家圖書館。另南京圖書館所藏清丁丙跋本亦即此本。

　　重訂本由陳元素修訂，刊刻於天啟年間。此本共 64 卷，前有唐順之《文編序》和陳元素天啟元年所作重訂序。重訂本與原刻嘉靖本相隔近半個世紀，在五十多年的流傳中原刻面貌漸趨模糊，難免錯訛，故陳元素將其重新修訂。重訂本推出後，很快便成為通行本，今天習見的《文編》四庫本即以此本為底本，只是將其中原有的圈點評注全部刪去了。據《中國古籍善本書目》著錄，此本現藏於國家圖書館、北京大學圖書館、山東大學圖書館、浙江省圖書館等國內多家圖書館。

　　重訂本與原刻相較，雖同為 64 卷，但選文和評點皆少於原刻。嘉靖本選文共 1422 篇，重訂本則為 1112 篇，少了 310 篇。

嘉靖本和重訂本選文篇目數量比較

	先秦兩漢	魏晉六朝	唐宋	總數
嘉靖本	346	23	1053	1422
重訂本	299	25	788	1112

〔註19〕永瑢等撰：《四庫全書總目》卷一八九《唐詩品匯提要》，中華書局 1965 年版，第 1713 頁下。

　　參考上表可知重訂本中唐宋文的數量與嘉靖本相差最多，相形之下嘉靖本更為重視唐宋文。從評點來看，嘉靖本中所選篇章的標題上下多附有批語，而重訂本中這些批語大多並未保留，文章其他部分的批語也有類似情況。由此可見，重訂本雖然晚出，且一度廣為流傳，但嘉靖本顯然更接近唐順之所編原貌，更具有學術研究的價值。因此，本書主要以嘉靖本為據來探討唐順之的古文主張。〔註20〕

　　作為一部通代古文選本，《文編》將所選先秦至宋代共 1422 篇文章分體排纂，最終成書 64 卷。從選文的篇目總數以及選文歷史年代的跨度來看，《文編》均大大超越了之前的古文選本，其後也鮮有古文選本能夠在規模上超越《文編》。儘管如此，《文編》的編纂目的並非在於輯錄搜遺、網羅眾作，而是要薈萃菁華、推廣主張。因此，在驚歎《文編》製作蔚為大觀的同時，更應關注唐順之此編的編纂宗旨究竟何在。要探討這個問題，不妨先辨明《文編》與《文章正宗》之間的關係。

　　陳元素《重訂〈文編〉序》云：「李愚公曰：『宏甫之有《藏書》以《左編》為之稿也，應德之有《文編》以《正宗》為之稿也。修飾易，草創難。然《左編》之局面，似不可廢《藏書》之手眼，《正宗》之裁割，寧能敵茲編之大觀？』」〔註21〕指出《文編》的編纂乃是以南宋真德秀所纂《文章正宗》為底本。對於這一說法，《四庫全書總目・文編提要》云：「陳元素序稱以真德秀《文章正宗》為稿本，然德秀書主於論理而此書主於論文，宗旨迥異，元素說似未確也。」〔註22〕四庫館臣認為《文編》之選主於論文，《文章正宗》則主於論理，二者選文旨趣迥異，故斷定《文章正宗》並非《文編》的底本。應該說，此論抓住了問題的實質，結論十分公允。儘管如此，唐順之編纂《文編》在一定程度上實際仍受到了《文章正宗》的影響和啟發。例如，從編纂體例來看，《文章正宗》開創了在古文選本中收錄《左傳》、《國語》等先秦散文作品的先例，而且在《文章正宗》、《續文章正宗》中，所選作品從宋代一直上溯至先秦，是為通代之選，上述兩點在《文編》的編纂中均得到了繼承。此

〔註20〕本書所用《文編》乃南京圖書館藏清丁丙跋本，即嘉靖本。

〔註21〕陳元素：《重訂〈文編〉序》，見唐順之編：《文編》卷首，明天啟元年陳元素重訂本。

〔註22〕永瑢等撰：《四庫全書總目》卷一百八十九《文編提要》，中華書局 1965 年版，第 1716 頁中。

外，真德秀在唐宋階段的選文中對八大家作品收錄最多，而《文編》所選唐宋文幾乎全為八大家文〔註 23〕，應當是受到了《文章正宗》、《續文章正宗》的啟發。不僅如此，《文編》對選文的評點也多有引用《文章正宗》評語處。可見，《文編》的編纂的確參考、借鑒了《文章正宗》、《續文章正宗》的成書經驗。實際上，唐順之本人曾經批點過真德秀的《文章正宗》。楊守敬《日本訪書志》卷十三記《唐荊川批點文章正宗》云：「文中著圈點處甚少，皆批卻導竅，要言不煩。明代書賈好假託名人批評以射利（閔齊汲所刊朱墨本大抵多偽託），此則的出荊川手筆，故閻百詩《潛邱劄記》極稱之。」〔註 24〕由此可見，唐順之十分重視真德秀的《文章正宗》，那麼《文編》的編纂受其影響自然不足為奇。

　　不過，相較於二者之間的相似之處，它們的差異更為顯豁。首先，在編纂體例上二者雖同為分體排纂，然《文章正宗》化繁為簡，將收錄作品分作辭命、議論、敘事、詩賦四大類；《文編》則更為細緻，從文章的功能和形式出發將選文劃分為三十三種文體，並且只收錄古文，詩賦一概不收。其次，從選文來看，《文章正宗》所選乃「其體本乎古，其指近乎經者」〔註 25〕，故入選作品從內容上看皆合乎儒家的倫理道德。相形之下，《文編》則收錄了莊子、韓非子、孫子等不少並不合乎甚至有悖於儒家思想的作品。最後，同時也是最重要的區別在於二者編纂宗旨的差異。真德秀作《文章正宗綱目》云：「正宗云者，以後世文辭之多變，欲學者識其源流之正也。自昔集錄文章者眾矣，若杜預、摯虞諸家往往堙沒弗傳。今行於世者惟梁昭明《文選》、姚鉉《文粹》而已，由今視之，二書所錄果皆得源流之正乎？〔註 26〕」可見，真德秀編纂《文章正宗》乃是有慨於當時流行的《昭明文選》、《唐文粹》偏離了文章正途。《綱目》有云：「夫士之於學，所以窮理而致用也。文雖學之一事，要亦不外乎此！」〔註 27〕在真德秀看來，文章應以「明義理，切世用

〔註 23〕除了王勃、李翱、白居易、李定各選入 1 篇，其餘盡為八大家文。

〔註 24〕楊守敬撰，張雷校點：《日本訪書志　日本訪書志補》，遼寧教育出版社 2003 年版，第 211 頁。

〔註 25〕真德秀：《文章正宗綱目》，《文章正宗》卷首，《影印文淵閣四庫全書》第 1355 冊，臺灣商務印書館 1986 年版，第 5 頁。

〔註 26〕真德秀：《文章正宗綱目》，《文章正宗》卷首，《影印文淵閣四庫全書》第 1355 冊，臺灣商務印書館 1986 年版，第 5 頁。

〔註 27〕真德秀：《文章正宗綱目》，《文章正宗》卷首，《影印文淵閣四庫全書》第 1355 冊，臺灣商務印書館 1986 年版，第 5 頁。

為主」〔註28〕，否則，辭藻雖工亦不收錄。因此，他對注重辭采的《昭明文選》、《唐文粹》等選本極為不滿，親自編纂了《文章正宗》、《續文章正宗》以正世人耳目。應該說，《文章正宗》的編選對於糾正浮華冶蕩的不良文風自有其貢獻，但是真德秀以能否明道致用作為衡量、取捨詩文的唯一準則，無疑背離了詩文的審美本質，難以獲得讀者的認同。故《四庫全書總目·文章正宗提要》總結道：「而四五百年以來，自講學家以外未有尊而用之者，豈非不近人情之事，終不能強行於天下歟？」〔註29〕

相較於真德秀從道學家主於論理的立場出發來編選詩文，唐順之則傾向於從文章之士主於論文的立場出發來編纂《文編》。耿文光《萬卷精華樓藏書記》論《文編》云：「是選以《文章正宗》為稿本。真主於明理，唐主於論法，宗旨不同」〔註30〕，一語道明《文編》旨在探討文法。唐順之作《文編序》云：「然則不能無文，而文不能無法。是編者，文之工匠，而法之至也。」〔註31〕可見，此編專為文法而作。明乎此，便可知悉為何《文編》在選文上並不避諱那些與儒家思想相背離的作品——相較於選文的思想內涵，唐順之更為關注其立意造語、篇章結撰等方面的行文之法。對此，清代的四庫館臣看得十分清楚，《四庫全書總目·文編提要》云：「故是編所錄雖皆習誦之文，而標舉脈絡批導窾會，使後人得以窺見開合順逆經緯錯綜之妙，而神明變化以蘄至於古。」〔註32〕的確，古文創作要明道致用，這是唐順之一貫堅持的論文底線，但在《文編》的編纂過程中他更重視以「開合順逆、經緯錯綜」為核心的行文之法，追求文道合一、意法平衡的創作之境。此外，古文之法亦可為時文創作所借鑒，因此唐順之在《文編》中著意從篇章布局、內容立意、錬句擇字、敘事法等各方面展開對選文的批點，揭示了大量創作方法和技巧，無怪乎四庫館臣要發出這樣的感慨：「學秦漢者當於唐宋求門

〔註28〕真德秀：《文章正宗綱目》，《文章正宗》卷首，《影印文淵閣四庫全書》第 1355 冊，臺灣商務印書館 1986 年版，第 5 頁。

〔註29〕永瑢等撰：《四庫全書總目》卷一百八十七《文章正宗提要》，中華書局 1965 年版，第 1699 頁下。

〔註30〕耿文光：《萬卷精華樓藏書記》卷一百三十六，北京圖書館出版社 1997 年版，第 4466 頁。

〔註31〕唐順之著，馬美信、黃毅點校：《唐順之集》，浙江古籍出版 2014 年版，第 450 頁。

〔註32〕永瑢等撰：《四庫全書總目》卷一百八十九《文編提要》，中華書局 1965 年版，第 1716 頁中。

徑，學唐宋者固當以此編為門徑矣。」〔註33〕可以說，正是由於《文編》的編纂秉持著以文為本的立場，從探討、揭示、傳授文法的宗旨出發進行選文和批點，使得這一部古文選本既得到了後學的尊崇，也得到了以四庫館臣為代表的文壇主盟者的高度認可。《文編》對於後世古文創作以及古文傳統的傳承皆產生了重要的影響，唐順之亦因之進一步奠定了其個人以及以其為核心的唐宋派在明代乃至整個中國古代文學史上的地位。鑒於《文編》在唐順之文學生涯中的重要地位和意義，尤其是《文編》所標舉、包蘊的文法理論可謂是唐順之一生最成熟、最重要的文學思想，故本書將在第四章中以《文編》為主要文本依據進一步深入探究唐順之文法理論的內涵。

〔註33〕永瑢等撰：《四庫全書總目》卷一百八十九《文編提要》，中華書局 1965 年版，第 1716 頁中。

第三章　「本色」論

　　「本色」論是唐順之古文理論的一個重要組成部分。「本色」論倡導文章要寫出作者的「真精神與千古不可磨滅之見」，將表達作者的獨立精神和人格作為寫作的第一要義。「本色」論對作家創作主體地位的突出，與五四以來追尋自由、解放的現代文學創作理念相吻合，因此它頗受現代學者的重視和好評，被推為唐順之一生中最重要、最具代表性的理論主張。不僅如此，「本色」論對作者主體精神的獨立自覺和自由表達的倡導，亦被視作反對復古、倡導革新的晚明文學思潮的理論先導，從而與李贄的「童心」說、公安派的「性靈」說等理論一起參與到現代文學理念的建構過程中。儘管對「本色」論的研究已經取得了十分豐碩的成果，但是再次面對這一理論時，我們會發現其中仍有一系列問題值得深入思考。如目前學界多公認「本色」論是唐順之受陽明心學影響、學術思想向文學思想滲透的結果，認為「本色」論重「意」輕「法」，是對其四十歲之前追求「意」、「法」平衡的「文法」理論的顛覆，是唐順之後期文學思想的主導觀念。依此定論，我們不禁要質疑為什麼唐順之晚年要花費巨力編選示人文法的古文總集《文編》〔註1〕？不僅如此，他還從《文編》中精選出二百多篇文章纂成《六家文略》，以便宜初學，其重視、推廣文法的意圖不言自明。顯然，在事實與理論闡釋之間存在著一道巨大的鴻溝。面對如此景象，當我們再次聚焦於「本色」論的研究，不禁要追問「本色」論的內涵究竟是什麼，是否僅限於強調作者的主體性？「本色」論與唐

〔註1〕唐順之《文編序》云：「然則不能無文，而文不能無法。是編者，文之工匠而法之至也。」此序落款「嘉靖丙辰夏五月既望武進唐順之應德甫書」，可知作於嘉靖三十五年。（參唐順之編：《文編》卷首，清丁丙跋本，南京圖書館藏。）

順之心學思想之間的關聯又是如何建立的？「本色」論到底能否算作唐順之一生中最為重要、最具影響力的文學主張？要想解答上述疑問，不妨先把各種理論暫且放下，讓我們從唐順之與茅坤之間論文的幾封書信談起，正是在與友人相互切磋、辯難的過程中唐順之提出了他的「本色」論文說。

第一節 「本色」論提出的背景

　　「本色」論的提出緣自唐順之與茅坤之間的論文之爭。唐順之與茅坤同為唐宋派核心成員，茅坤在文學上最為心折唐順之，但兩人之間的論文主張曾有齟齬，經歷了一番由異趨同的過程。今所存唐、茅二人論文書信共有三封，即茅坤《復唐荊川司諫書》，唐順之《答茅鹿門知縣》，以及《答茅鹿門知縣 二》。「本色」論即出自唐順之所作《答茅鹿門知縣 二》。

　　「本色」論提出之前，唐、茅二人就學習古文當不當取徑唐宋古文有過一番論爭。茅坤在《復唐荊川司諫書》中對唐順之「唐之韓愈，即漢之馬遷；宋之歐、曾，即唐之韓愈」〔註2〕的觀點提出了質疑，他以堪輿為喻，論歷代之文曰：「竊謂馬遷譬之秦中也，韓愈譬之劍閣也，而歐、曾譬之金陵、吳會也。中間神授，迥自不同，有如古人所稱百二十二之異。而至於六經，則崑崙也，所謂祖龍是也。」〔註3〕茅坤認為作文當以六經為宗，將六經譬作山川之祖龍——崑崙。由此，他以司馬遷為代表的秦漢文為「龍之出遊」的秦中，「其氣尚雄厚，其規制自宏遠」〔註4〕；以韓愈、歐陽修、曾鞏為代表的唐宋文為劍閣、金陵、吳會，批評唐順之沉溺於唐宋古文乃「得其江山逶迤之麗、淺風樂土之便，不復思殽、函，以窺秦中者矣」。〔註5〕顯然，茅坤此時並不認可唐宋古文（尤其是以歐陽修、曾鞏為代表的宋文），認為唐宋文在氣象、規模和體制上均不及秦漢文。對此，唐順之作《答茅鹿門知縣》，回應了茅坤的質疑和批評，其曰：

〔註2〕茅坤撰，張大芝、張夢新校點：《茅坤集》，浙江古籍出版社1993年版，第191頁。
〔註3〕茅坤撰，張大芝、張夢新校點：《茅坤集》，浙江古籍出版社1993年版，第191頁。
〔註4〕茅坤撰，張大芝、張夢新校點：《茅坤集》，浙江古籍出版社1993年版，第191頁。
〔註5〕茅坤撰，張大芝、張夢新校點：《茅坤集》，浙江古籍出版社1993年版，第191、192頁。

　　來書論文一段甚善。雖然，秦中、劍閣、金陵、吳會之論，僕
猶有疑於吾兄之尚以眉髮相山川，而未以精神相山川也。若以眉髮
相，則謂劍閣之不如秦中，而金陵、吳會之不如劍閣可也，若以精
神相，則宇宙間靈秀清淑環傑之氣，固有秦中所不能盡而發之劍閣，
劍閣所不能盡而發之金陵、吳會，金陵、吳會亦不能盡而發之遐陋
僻絕之鄉，至於舉天下之形勝亦不能盡，而卒歸之於造化者有之矣。
故曰有肉眼，有法眼，有道眼。語山川者於秦中、劍閣、金陵、吳
會，苟未嘗探奇窮險，一一歷過，而得其透迤曲折之詳，則猶未有
得於肉眼也，而況於法眼、道眼者乎？願兄且試從金陵、吳會一一
而涉歷之，當有無限好處，無限好處耳。雖然，懼兄且以我吳人而
吳語也。〔註6〕

　　唐順之認為茅坤以堪輿之法論文固然精妙，卻不免淪為「以眉髮相山川」，
得出唐宋文不如秦漢文的結論。他提出「以精神相山川」，則「宇宙間靈秀清淑
環傑之氣，固有秦中所不能盡而發之劍閣，劍閣所不能盡而發之金陵、吳會」，
即金陵、吳會與劍閣、秦中各有佳處、妙處，難以高下優劣區分。以此論文，
八大家代表的唐宋文與司馬遷代表的秦漢文各有特色，各有好處，後人習文均
當仔細研習，不應厚此薄彼、是古非今。唐順之充分肯定了唐宋古文的價值，
認為茅坤囿於七子派成見，實際並未親自涉歷唐宋古文，不瞭解其好處所在。

　　其實，與茅坤一樣，唐順之學文原本也追隨前七子「文必秦漢」的主張。
至嘉靖十五年前後，受王慎中影響，罷官家居的唐順之方才開始鑽研唐宋之
文。黃宗羲《明儒學案》云：「（唐順之）初喜空同詩文，篇篇成誦，下筆即刻
畫之。王道思見而歎曰：『文章自有正法眼藏，奈何襲其皮毛哉！』自此幡然
取道歐、曾，得史遷之神理。」〔註7〕又《明史‧王慎中傳》：「慎中為文，初
主秦漢，謂東京下無可取。已悟歐曾作文之法，乃盡焚舊作，一意師仿，尤得
力於曾鞏。順之初不服，久亦變而從之。」〔註8〕需要辨明的是王慎中、唐順
之這一階段潛心鑽研的唐宋之文首先並不是八大家之文。王慎中《再上顧未

〔註6〕唐順之著，馬美信、黃毅點校：《唐順之集》，浙江古籍出版社2014年版，第
　　　293頁。
〔註7〕黃宗羲著，沈芝盈點校：《明儒學案》（修訂本）卷二十六《南中王門學案二‧
　　　襄文唐荊川先生順之》，中華書局2008年版，第598頁。
〔註8〕張廷玉：《明史》卷二百八十七《王慎中傳》，中華書局1974年版，第7368
　　　頁。

齋》云:「二十八歲以來,始盡取古聖賢經傳,及有宋諸大儒之書,閉門掃幾,伏而讀之,論文繹義,積以歲月,忽然有得。」〔註9〕唐順之《與王堯衢書》曰:「然詩文六藝與博雜記問,昔嘗強力好之,近始覺其羊棗、昌歜之嗜,不足饑飽於人,非古人切問近思之義。於是取程朱諸先生之書,降心而讀焉。初未嘗覺其好也,讀之半月矣,乃知其旨味雋永,字字發明古聖賢之蘊,凡天地間至精至妙之理,更無一閒句閒語。所恨資性蒙迷,不能深思力踐於其言焉耳。然一心好之,固不敢復奪焉。」〔註10〕王慎中所云「二十八歲以來」即始於嘉靖十五年,唐順之《與王堯衢書》則作於嘉靖十六年。王、唐均明確表示了大約在嘉靖十五年前後他們開始鑽研二程、朱熹等有宋大儒之書,這與二人當時受心學人士影響開始究心道學有關。王慎中《與劉白川書 其二》曰:「某不揣,竊有志於古人之道而學其學。既為其學,則其於言也,亦必合乎古而不敢苟,此某之志也。」〔註11〕又《與林觀頤》曰:「所為古文者,非取其文詞不類於時,其道乃古之道也。」〔註12〕學道改變了王慎中對古文的看法,原本他關注的是文章的詞藻和氣象格調,入道之後對文章義理、所載之道更為看重。繼王慎中之後,唐順之對待古文的態度經歷了同樣的變化。十多年後,他在寫與友人的書信中回顧這一段學文經歷道:「僕自三十時讀程氏書,有云:『自古學文,鮮有能至於道者,心一局於此,又安能與天地同其大也』,則已愕然有省……」〔註13〕既已省悟學文之要在於明道,唐順之最終體會到程朱之文妙在「旨味雋永,字字發明古聖賢之蘊」〔註14〕,這是那些一味「掠取於外、藻飾而離其本」〔註15〕的秦漢文及其追隨者所難以企及的。

〔註9〕 王慎中:《遵巖集》卷二十一《再上顧未齋》,《影印文淵閣四庫全書》第 1274 冊,臺灣商務印書館 1986 年版,第 508 頁。

〔註10〕 唐順之著,馬美信、黃毅點校:《唐順之集》,浙江古籍出版社 2014 年版,第 213～214 頁。

〔註11〕 王慎中:《遵巖集》卷二十三《與劉白川書 其二》,《影印文淵閣四庫全書》第 1274 冊,臺灣商務印書館 1986 年版,第 540 頁。

〔註12〕 王慎中:《遵巖集》卷二十三《與林觀頤》,《影印文淵閣四庫全書》第 1274 冊,臺灣商務印書館 1986 年版,第 550 頁。

〔註13〕 唐順之著,馬美信、黃毅點校:《答蔡可泉》,《唐順之集》,浙江古籍出版社 2014 年版,第 313 頁。

〔註14〕 唐順之著,馬美信、黃毅點校:《與王堯衢書》,《唐順之集》,浙江古籍出版社 2014 年版,第 214 頁。

〔註15〕 王慎中:《遵巖集》卷九《曾南豐文粹序》,《影印文淵閣四庫全書》第 1274 冊,臺灣商務印書館 1986 年版,第 191 頁。

　　由潛心鑽研有宋大儒之文、領悟學文當以明道為本、以「至於道」為目標之後，王慎中、唐順之繼而對韓愈、歐陽修、曾鞏等唐宋八大家之文推崇備至。王慎中云：「方洲嘗述交遊中語云：『總是學人，與其學歐、曾，不若學馬遷、班固。』不知學馬遷莫如歐，學班莫如曾。」〔註16〕唐順之亦有云：「唐之韓愈，即漢之馬遷；宋之歐、曾，即唐之韓愈。」〔註17〕值得注意的是，王、唐在八大家中尤重曾鞏之文。王慎中作《曾南豐文粹序》譽曾文「至矣」，認為曾鞏「宜與《詩》、《書》之作者，並天地無窮而與之俱久」。〔註18〕唐順之《與王遵岩參政》云：「近來有一僻見，以為三代以下之文未有如南豐，三代以下之詩未有如康節者。」〔註19〕王、唐之所以推尊曾鞏，在於其文繼承了三代之文「本於學術而足以發揮乎道德」的優良傳統，能夠「會通於聖人之旨，以反溺去蔽而思出於道德」〔註20〕。相形之下，三代以降，士之能文以西漢為盛，然多「徒取之於外，而足以悅世之耳目者」〔註21〕。王、唐自宋儒那裡領悟到的文以明道的作文宗旨正是在曾鞏的創作中得到了最佳展現。充分認識到以曾文為代表的宋文妙處之後，王、唐開始跳脫出前七子「文必秦漢」的論文藩籬，以歐、曾為法，「尤得力於曾鞏」〔註22〕，作文不再究心於字句聲調準擬古人，而是以發明性真、裨益世教為務。唐順之「始尊秦、漢，繼好宋、唐」〔註23〕的學文經歷及其文章觀念的轉變，是「本色」論提出的重要背景，也是研究唐順之與茅坤之間論文異同的前提。

〔註16〕王慎中：《遵巖集》卷二十四《寄道原弟 八》，《影印文淵閣四庫全書》第1274
　　　　冊，臺灣商務印書館1986年版，第574頁。

〔註17〕參茅坤撰，張大芝、張夢新校點：《復唐荊川司諫書》，《茅坤集》，浙江古籍
　　　　出版社1993版，第191頁。

〔註18〕王慎中：《遵巖集》卷九《曾南豐文粹序》，《影印文淵閣四庫全書》第1274
　　　　冊，臺灣商務印書館1986年版，第191頁。

〔註19〕唐順之著，馬美信、黃毅點校：《唐順之集》，浙江古籍出版社2014年版，第
　　　　299頁。

〔註20〕王慎中：《遵巖集》卷九《曾南豐文粹序》，《影印文淵閣四庫全書》第1274
　　　　冊，臺灣商務印書館1986年版，第191頁。

〔註21〕王慎中：《遵巖集》卷九《曾南豐文粹序》，《影印文淵閣四庫全書》第1274
　　　　冊，臺灣商務印書館1986年版，第191頁。

〔註22〕張廷玉撰：《明史》卷二百八十七《王慎中傳》，中華書局1974年版，第7368
　　　　頁。

〔註23〕李開先著，卜鍵箋校：《荊川唐都御使傳》，《李開先全集》，上海古籍出版社
　　　　2014年版，第956、957頁。

　　唐順之《答茅鹿門知縣》（來書論文一段甚善）一文在四庫本、繆荃孫《重刊校正唐荊川先生文集》均題作《答茅令鹿門書》。考茅坤生平，其一生曾兩度為令。第一次乃嘉靖十九年三月，授青陽令，六月赴官。然八月茅坤父喪，隨即奔喪而歸。第二次乃嘉靖二十二年秋，謁選丹徒令。是時茅坤正居父喪在家，於二十三年二月赴官，至二十四年冬十二月召為禮部儀制司主事。〔註24〕由此，唐順之寫作此書的時間上限當在嘉靖十九年，下限則在嘉靖二十四年。考慮茅坤任青陽令實際僅兩月，那麼唐順之此書更有可能作於嘉靖二十三年至二十四年之間，即茅坤任丹徒令期間。這一時期，唐順之早已由追隨李、何文崇秦漢轉為師法歐、曾提倡唐宋古文，而茅坤此時顯然並未領悟唐宋古文的好處，因此作書高倡作文要「本之六經」〔註25〕，提醒唐順之不可囿於歐、曾之法，限於唐、宋風調。對於茅坤的質疑，唐順之在《答茅鹿門知縣》（來書論文一段甚善）中只是提點茅坤必須放下成見、親自涉歷唐宋古文，卻並未正面闡明自己以道為本的論文立場以及唐宋古文的妙處究竟何在。

　　嘉靖二十五年，茅坤由吏部司勳司主事調任廣平府通判〔註26〕，茅國縉《先府君行實》曰：「於時省簿書，謝客，大肆力於古。先孺人嘗語孤曰：『汝父官廣平，屈首誦讀，數已寐復披衣起，篝燈達曙，攻苦甚於諸生時』。」〔註27〕茅坤在廣平任上的兩年中（嘉靖二十五年至嘉靖二十七年）「大肆力於古」、「攻苦甚於諸生時」，便與其論文與王、唐不合，唐順之提點他涉歷唐宋古文有關。嘉靖三十年，茅坤作《與蔡白石太守論文書》〔註28〕曰：「僕少喜為文，每謂當跌盪激射似司馬子長，字而比之，句而億之，苟一字一句不中其累黍之度，即慘惻悲淒也。唐以後，若薄不足為者。獨怪荊川疾呼曰：『唐之韓，猶漢之馬遷；宋之歐、曾、二蘇，猶唐之韓子。不得致其至而何輕議為也？』僕聞而疑之，疑而不得，又蓄之於心而徐求之，今且三年矣。」〔註29〕書中自述三年之前即

〔註24〕 參張夢新：《茅坤年譜》，《茅坤研究》，中華書局2001年版，第96～100頁。

〔註25〕 茅坤撰，張大芝、張夢新校點：《復唐荊川司諫書》，《茅坤集》，浙江古籍出版社1993年版，第191頁。

〔註26〕 參張夢新：《茅坤年譜》，《茅坤研究》中華書局2001年版，第101頁。

〔註27〕 茅國縉：《先府君行實》，見茅坤撰，張大芝、張夢新校點：《茅坤集》，浙江古籍出版社1993年版，第1375頁。

〔註28〕 關於此書作於嘉靖三十年這一時間的認定，參張夢新：《茅坤年譜》，《茅坤研究》中華書局2001年版，第104頁。

〔註29〕 茅坤撰，張大芝、張夢新校點：《與蔡白石太守書》，《茅坤集》，浙江古籍出版社1993年版，第196頁。

嘉靖二十七年前後他仍未參透唐順之推崇唐宋古文的用心。正是在這一年（嘉靖二十七年），茅坤由廣平府通判遷南兵部車駕郎，唐順之在其東歸之後又作一書即《答茅鹿門知縣 二》（熟觀鹿門之文）〔註30〕，提出了「本色」一說，正面闡明了自己以道為本的文章觀念。

第二節 「本色」論的內涵

由《答茅鹿門知縣 二》（熟觀鹿門之文）可知，唐順之的「本色」論主要是針對著茅坤對其「本是欲工文字之人，而不語人以求工文字者」〔註31〕的質疑而提出的。從唐順之寫與友人的書信來看茅坤的這番質疑並非毫無來由。例如唐順之《與蔡白石郎中》曰：「以僕之愛兄之意，亦竊謂兄以聰明絕世之資，而消磨剗裂於風雲月露蟲魚草木之間，以景差、唐勒、曹植、蕭統為聖人，而冀為其後，此其輕重豈特隋侯之珠彈雀而已，亦可惜也。」〔註32〕唐順之告誡友人若將聰明絕世之資消磨於藝文之事，好比以隋侯之珠彈千仞之雀，極為可惜。又《答皇甫百泉郎中》曰：「雖然，以兄之高明磊落，若以一生之精力盡之於此（按：即藝文之事），即盡得古人之精微，猶或不免乎以珠彈雀之喻。」〔註33〕書中勸導皇甫汸努力進學、莫將精力靡費於詩文創作，其說辭與上書如出一轍。在這兩封作於嘉靖二十三年〔註34〕的書信中，唐順

〔註30〕此書繆荃孫《重刊校正唐荊川先生文集》、四庫本均題作《與茅鹿門主事書》。考鹿門仕宦生涯曾兩任主事，一為嘉靖二十四年冬由丹徒令召為召為禮部儀制司主事，一為嘉靖二十七年由廣平府通判調任南兵部車駕司主事。唐順之此書云：「鹿門東歸後，正欲待使節西上時得一面晤，傾倒十年衷曲，乃乘夜過此，不已急乎？」，考「東歸」即指由廣平東歸，則此書當作於嘉靖二十七年。（參孟慶媛：《唐順之書信編年考證》，華東師範大學2010年碩士學位論文，第48頁。另參楊遇青：《明嘉靖時期時文思想研究》附錄二《唐順之文獻繫年》，三秦出版社2011年版，第376～378頁。茅坤生平繫年參張夢新：《茅坤年譜》，《茅坤研究》，中華書局2001年版，第100～103頁。）

〔註31〕唐順之著，馬美信、黃毅點校：《唐順之集》，浙江古籍出版社2014年版，第294頁。

〔註32〕唐順之著，馬美信、黃毅點校：《唐順之集》，浙江古籍出版社2014年版，第253頁。

〔註33〕唐順之著，馬美信、黃毅點校：《唐順之集》，浙江古籍出版社2014年版，第257頁。

〔註34〕參楊遇青：《明嘉靖時期時文思想研究》附錄二《唐順之文獻繫年》，三秦出版社2011年版，第367～368頁。

之從學道的立場出發否定了詩文創作的意義和價值，這與其早年馳騖藝苑、究心辭章可謂判若兩人。類似的說辭在其書信中可謂不勝枚舉，難怪茅坤會對其有所質疑。對此，唐順之在《答茅鹿門知縣 二》中辯解道：「其不語人以求工文字者，非謂一切抹摋，以文字絕不足為也，蓋謂學者先務有源委本末之別耳。」〔註35〕唐順之認為文辭創作並非毫無價值絕不可為，只是對於學者來說明道修身為本，詩文六藝與博雜記問為末。唐順之強調本末、源委之別，目的在於突出學以明道為本，學而至道乃學者先務。由此出發論文，他提出了「本色」一說。

一、「本色」論的內涵

「本色」一詞原就顏色而言，即本來的顏色，引申為事物的本來面目，以及本行本業。「本色」被引入文學批評，如宋陳師道《後山詩話》云：「退之以文為詩，子瞻以詩為詞，如教坊雷大使之舞，雖極天下之工，要非本色」〔註36〕，從恪守文體規範的角度出發批評韓愈「以文為詩」、蘇軾「以詩為詞」非詩詞創作的本色。又如明胡震亨《唐音癸籤》載嚴儀〔註37〕語曰：「詩之法有五：曰體制，曰格律，曰氣象，曰興趣，曰音節。須是本色，須是當行」〔註38〕，從體制、格律、氣象、興趣、音節五個方面概括了詩歌這一體裁樣式的特點和規範，要求作詩必須符合其文體本色。再如何良俊撰《草堂詩餘序》曰：「即《草堂詩餘》所載，如周清真、張子野、秦少游、晁叔原諸人之作，柔情曼聲，摹寫殆盡，正詞家所謂當行，所謂本色者也」，〔註39〕認為周邦彥、秦觀等人詞作柔情曼聲、長於描摹，乃詞體本色。以上各家皆從體裁體式的角度出發使用「本色」這一概念，其「本色」論重視各種文體自身的特點和創作傳統，並在此基礎上規範作家的創作實踐。唐順之則另闢蹊徑，從創作主體出發論「本色」，關注作家的精神識見與創作之間的關聯，將創作由注重遵循文體規範和主流傳統，轉為重視創作主體獨立精神和人格

〔註35〕唐順之著，馬美信、黃毅點校：《唐順之集》，浙江古籍出版社2014年版，第294頁。

〔註36〕陳師道撰：《後山詩話》，見吳文治主編：《宋詩話全編》（第二冊），鳳凰出版社1998年版，第1022頁。

〔註37〕按：嚴儀即嚴羽。

〔註38〕胡震亨：《唐音癸籤》卷二，上海古籍出版社1981年版，第10頁。

〔註39〕何良俊：《何翰林集》卷八《草堂詩餘序》，《四庫全書存目叢書》集部第142冊，齊魯書社1997年版，第78頁。

的傳達。

具體而言，唐順之的「本色」論主要包含以下幾個方面的內涵：

首先，唐順之認為寫作的第一要義在於表達出作家自己的「真精神與千古不可磨滅之見」，此為寫作之本，文辭技巧為末。在《答茅鹿門知縣 二》中，唐順之舉了一系列例子來闡發自己重視文章思想內涵甚於文辭形式的寫作立場。其曰：「今有兩人，其一人心地超然，所謂具千古隻眼人也，即使未嘗操紙筆呻吟學為文章，但直據胸臆信手寫出，如寫家書，雖或疏鹵，然絕無煙火酸餡習氣，便是宇宙間一樣絕好文字；其一人猶然塵中人也，雖其專專學為文章，其於所謂繩墨布置則盡是矣，然番來覆去不過是這幾句婆子舌頭語，索其所謂真精神與千古不可磨滅之見，絕無有也，則文雖工而不免為下格。此文章本色也。」〔註40〕相較於後者文雖工，但內容貧乏、毫無創意的寫作，唐順之顯然更為推崇前者能夠道出自己獨特精神見解的疏鹵之作。泛泛論文之後，唐順之還以詩為喻，曰：「陶彭澤未嘗較聲律雕句文，但信手寫出便是宇宙間第一等好詩，何則？其本色高也。自有詩以來，其較聲律、雕句文，用心最苦而立說最嚴者無如沈約，苦卻一生精力，使人讀其詩祇見其捆縛齷齪，滿卷累牘，竟不曾道出一兩句好話，何則？其本色卑也。」〔註41〕沈約作詩聲律、文辭最為精嚴，然讀其詩只覺捆縛齷齪，緣其詩情思匱乏。相反，淵明之詩平淡、質樸，似信手而出，然詩情真淳、詩思湛深，被唐順之譽為「宇宙間第一等好詩」。可見，無論詩、文，創作首要不在文辭技巧，而在於作品內在寄寓的思想和情感，此即文章「本色」。

其次，所謂「真精神與千古不可磨滅之見」即作者的獨得之見，因此「本色」論重在強調文章思想內涵的獨創性。唐順之《答蔡可泉》曰：「自古文人雖其立腳淺淺，然各自有一段精光不可磨滅，開口道得幾句千古說不出的說話，是以能與世長久。惟其精神亦盡於言語文字之間，而不暇乎其他，是以謂之文人。」〔註42〕因為習道，唐順之對文人竭盡心力從事文辭創作頗為不滿，譏其「立腳淺淺」。儘管如此，他還是肯定了那些能夠道出千古獨得之見的文辭製

〔註40〕唐順之著，馬美信、黃毅點校：《唐順之集》，浙江古籍出版社2014年版，第295頁。
〔註41〕唐順之著，馬美信、黃毅點校：《唐順之集》，浙江古籍出版社2014年版，第295頁。
〔註42〕唐順之著，馬美信、黃毅點校：《唐順之集》，浙江古籍出版社2014年版，第312頁。

作。在《答茅鹿門知縣 二》中，唐順之甚至由書寫本色、獨得之見出發，肯定了先秦諸子各家文與儒家經典皆具流傳千古的價值。其曰：「秦漢以前儒家者有儒家本色，至如老莊家有老莊本色，縱橫家有縱橫本色，名家、墨家、陰陽家皆有本色。雖其為術也駁，而莫不皆有一段千古不可磨滅之見。是以老家必不肯剿儒家之說，縱橫必不肯借墨家之談，各自其本色而鳴之為言。其所言者其本色也，是以精光注焉，而其言遂不泯於世。」〔註43〕相較之下，唐宋以來文人「莫不語性命談治道」、「一切自託於儒家」〔註44〕，然所言非其本色，「與自得處頗無交涉」〔註45〕，所作甚少流傳。因此，本色之文從思想內涵角度看首重獨創性。在滿足文章抒寫作者本色、獨得之見的前提下，唐順之對所寫內容的價值判斷亦有要求。《答茅鹿門知縣 二》中，唐順之儘管肯定了老、墨、名、法等各家之文「莫不皆有一段千古不可磨滅之見」，卻也毫不諱言相較於儒家，諸子之言「其為術也駁」〔註46〕。《答蔡可泉》中，他雖然肯定了自古文人「各自有一段精光不可磨滅」，能夠「開口道得幾句千古說不出的說話」，但是對其溺於文辭、昧於求道還是提出了公開的批評。可見，唐順之固然欣賞寫出作者獨特精神見解的本色之文，但是他更推崇那些本於儒家道德義理、發前人所未發的獨得之作。因此，理解唐順之的「本色」論，必須將重視文章思想內涵的獨創性與其以道為本的為學、為文立場結合起來。

最後，由於「本色」論以內容立意為本、文辭技巧為末，唐順之提出作者創作要如寫家書一般，「直據胸臆，信手寫出」〔註47〕，不必拘於繩墨布置、奇正轉折等布局行文之法。唐順之《與洪方洲書 又》曰：「近來覺得詩文一事，只是直寫胸臆，如諺語所謂開口見喉嚨者，使後人讀之，如真見其面目，瑜瑕俱不容掩，所謂本色，此為上乘文字。」〔註48〕這裡就文章的創作形式

〔註43〕唐順之著，馬美信、黃毅點校：《唐順之集》，浙江古籍出版社2014年版，第295頁。

〔註44〕唐順之著，馬美信、黃毅點校：《答茅鹿門知縣 二》，《唐順之集》，浙江古籍出版社2014年版，第295頁。

〔註45〕唐順之著，馬美信、黃毅點校：《與洪方洲書》，《唐順之集》，浙江古籍出版社2014年版，第297頁。

〔註46〕唐順之著，馬美信、黃毅點校：《唐順之集》，浙江古籍出版社2014年版，第295頁。

〔註47〕唐順之著，馬美信、黃毅點校：《答茅鹿門知縣 二》，《唐順之集》，浙江古籍出版社2014年版，第295頁。

〔註48〕唐順之著，馬美信、黃毅點校：《唐順之集》，浙江古籍出版社2014年版，第299頁。

進一步補充了「本色」的內涵。「本色」之文既在於要寫出作者的「真精神與千古不可磨滅之見」，還在於直抒胸臆、不拘於法的表達方式。唐順之對本色之文的推崇並非要抹殺技法的意義和價值，他強調的是作者的「真精神和千古不可磨滅之見」不可被任何技法所束縛。在他看來，只有寫家書一般最為質樸自然、無拘無束的表達方式，才能保證作者本色精神的如實呈現。

二、「本色」論的心學色彩

唐順之的「本色」論重在強調文章要寫出作者的「真精神與千古不可磨滅之見」，這是文章的「精神命脈骨髓」〔註49〕，是文章的「本色」所在。而作者若欲發前人所未發，抒寫自得之見，須「洗滌心源、獨立物表」。〔註50〕嘉靖二十八年，唐順之在《與洪方洲書》中將「本色」論進一步概括為「文字工拙在心源」〔註51〕，將「心」當作寫作的起點和源泉（即「心源」），以是否本自心源作為衡量作品價值的最終標準。

其實，「心源」說在古代文藝批評中早已有之。張彥遠《歷代名畫記》卷十載唐代張璪云：「外師造化，中得心源」；〔註52〕郭若虛《圖畫見聞志·論氣韻非師》有云：「本自心源，想成行跡」。〔註53〕唐代畫論只是提出了「心源」這一概念，對其內涵並未展開具體論述。依照上下文語境進行推論，上述「心源」之「心」首先是一物質的、功能性器官，具有知覺、思慮、情感、意志等屬性和功能。在外物的觸動下，心有所知、所感和所思，形成意識、情感、觀念等精神現象，這些同樣也可以「心」來涵括。由此而言，畫論中的「心源」說意在強調畫家內心獨特的情感、意識和觀念是繪畫創作的重要源泉。相較之下，唐順之文論思想中的「心源」之「心」，其意義更為複雜，緣其所謂「心源」有著十分鮮明的心學色彩。

〔註49〕唐順之著，馬美信、黃毅點校：《答茅鹿門知縣 二》，《唐順之集》，浙江古籍出版社 2014 年版，第 294 頁。

〔註50〕唐順之著，馬美信、黃毅點校：《答茅鹿門知縣 二》，《唐順之集》，浙江古籍出版社 2014 年版，第 294 頁。

〔註51〕唐順之著，馬美信、黃毅點校：《唐順之集》，浙江古籍出版社 2014 年版，第 298 頁。

〔註52〕張彥遠：《歷代名畫記》卷十，《影印文淵閣四庫全書》第 812 冊，臺灣商務印書館 1986 年版，第 353 頁。

〔註53〕郭若虛：《圖畫見聞志》卷一《論氣韻非師》，《影印文淵閣四庫全書》第 812 冊，臺灣商務印書館 1986 年版，第 514 頁。

　　嘉靖十五年前後唐順之開始究心道學，入道之初他主要鑽研的是二程、朱熹的著作和理論，受其影響，這一時期（嘉靖十五年～二十年前後）唐順之主要致力於「存天理，滅人慾」。實際生活中他「冬不爐，夏不扇，行不輿，臥不裀，衣不帛，食不肉，掇扉為床，備嘗苦淡」〔註54〕，注重在實際踐履中克盡一己私欲，復歸天理。此外，雖已入道，但唐順之嘉靖十九年前後仍「一意沉酣六經百子史氏、國朝故典律例之書」，且「學射學算，學天文律例，學山川地志，學兵法戰陣，下至兵家小技一一學習」〔註55〕。唐順之此時對各種學問、技藝的鑽研既是因為他仍希望有朝一日能學以致用、報效國家，實際也與其當時深受程朱學說影響，重視格物窮理的向外工夫有關。

　　然而，唐順之很快便對窮極各種知識以推求自身德性的修養路徑進行了全面反思。在他看來，儒者之學作為一種為己之學，其根本目的在於實現道德的境界，使身心性命有所著落。就此而言，程朱一派格物窮理的工夫對經典的學習以及對外物的研究並不能直接促進自身德性的實現。不僅如此，對各種知識、技藝的博覽鑽研也極易讓學者溺心其中，成為進學入道之障，其曰：「非特聲色貨利之能為心累，而種種聰明，種種才技，種種功業，皆足以漏泄精神而障入道之路。自非痛與刊落，絕利一原，則非所以語七年之病而求三年之艾也。」〔註56〕由此，唐順之開始放棄對種種知識、技藝的探究，通過靜坐的方式收攝精神，將為學的重心轉移到對自身德性的涵養上來。

　　唐順之在為學路徑上的這一轉變顯然受到了心學思想的影響。實際上，自入道之始唐順之就一直與陽明後學保持著密切的交往。嘉靖十二年，唐順之入道的引路人羅洪先曾告誡他要「專精於學，惟勿惑於他歧」，尤其要注意所謂「多學而識」的「知識之痛」。其曰：「應德之學，不患不實，所患者，恐非本心流通耳」〔註57〕，指出唐順之彼時未能在本心上直接用功，有惑於他歧、困於支離之弊的危險。嘉靖十九年，羅、唐同為太子宮僚，再

〔註54〕唐鼎元：《明唐荊川先生年譜》卷二，《北京圖書館藏珍本年譜叢刊》第47冊，北京圖書館出版社1999年版，第541頁。

〔註55〕洪朝選：《明都察院右僉都御使巡撫鳳陽等處地方提督軍務前右春坊右司諫兼翰林院編修荊川唐公行狀》，見唐順之著，馬美信、黃毅點校：《唐順之集》，浙江古籍出版2014年版，第1038頁。

〔註56〕唐順之著，馬美信、黃毅點校：《與王北涯蘇州》，《唐順之集》，浙江古籍出版社2014年版，第241頁。

〔註57〕羅洪先撰，徐儒宗編校整理：《與唐荊川》，《羅洪先集》，鳳凰出版社2007年版，第222頁。

聚京師，共同講學。其時，唐順之正深受程朱學說影響專注於「存天理，去人慾」。依照程朱之說，「天理」既是人的道德原則，亦是宇宙萬物的普遍法則和規律，人只有通過「今日格一件，明日又格一件」〔註58〕的慢慢積累，方能豁然貫通，識得一切事物的共同法則和規律，從而復得人的道德本性。因此，唐順之一方面在身心性情上刻苦省察，另一方面廣泛閱讀、究心各種知識、技藝。當是時，羅洪先為學正處於「主靜無欲」的階段〔註59〕。受陽明心學思想的影響，羅洪先認為「天理」主要指人的道德法則。作為道德法則，「天理」（或「理」）並不在外部的事物上，而是存在於人的心中，此即王陽明所說的「心外無理」〔註60〕。需要注意的是羅洪先以及王陽明所說的「心」並非一般知覺思慮意義上的心，而是指心體、本心，即人的先驗的道德意識和原則，從這個意義上來看「心」即是「理」。由「心外無理」、「心即理」〔註61〕出發，學者為學不當執著於格物窮理的向外工夫，而是要反身自躬，直接在心體上做工夫。因此，同樣是去欲，羅洪先專注於通過「收斂翕聚」的靜坐工夫以達到無欲之境。他所提倡的「主靜」、「靜坐」是一種注重直接在心體上用功的方法，是心學修養中的一個重要路徑。唐、羅二人此時在學術上顯然分屬不同的路徑，但在相互論學中唐順之受到了羅洪先頗多啟發和影響。羅洪先之外，唐順之還與王畿、歐陽德、季本、戚賢、呂光洵、趙貞吉等陽明後學一直保持著聯繫，共證性理之學。正是在與大量心學人士的切磋交流中，唐順之開始以靜坐體悟取代格物窮理，領悟到為學當在靜坐中發明本心，這意味著他由入道之初服膺程朱理學逐漸轉為傾心陸王心學。嘉靖二十五年春，羅洪先前往武進與唐順之一會，此會二人夜話，「直透心源，千載一遇，達旦不寢」。〔註62〕可見，至遲到嘉靖二十五

〔註58〕程顥、程頤撰，潘富恩導讀：《二程遺書》卷十八《伊川先生語四》，上海古籍出版社 2000 年版，第 237 頁。

〔註59〕據羅洪先《冬遊記》載嘉靖己亥（十八年）羅洪先與友人論學，當時其為學主旨正在於主靜無欲，參羅洪先撰，徐儒宗編校整理：《冬遊記》，《羅洪先集》，鳳凰出版社 2007 年版，第 53～64 頁。

〔註60〕王守仁撰，吳光等編校：《王陽明全集》卷四《與王純甫》之二，上海古籍出版社 1992 年版，第 156 頁。

〔註61〕王守仁撰，吳光等編校：《王陽明全集》卷一《傳習錄》上，上海古籍出版社 1992 年版，第 2 頁。

〔註62〕羅洪先撰，徐儒宗編校整理：《與荊川夜話，直透心源，千載一遇，達旦不寢》，《羅洪先集》，鳳凰出版社 2007 年版，第 1205 頁。此詩據考作於嘉靖二十五

年，唐順之在學術上已完全轉入心學陣營。〔註63〕

　　唐順之在學術思想上的此番轉變導致了他在文學觀念上的相應變化。依據心學的修養路徑，為學當直截在心體上用功，由此他對包括文學創作在內的各種技藝、知識均持以鄙棄和否定的態度。他不僅自己「捐書燒筆」〔註64〕、斂跡於藝苑之門〔註65〕，還作書告誡多位友人不可靡費精力於詩文創作。他在《寄黃士尚》中云：「日課一詩，不如日玩一爻一卦。日玩一爻一卦，不如默而成之。此之謂反身，而又奚取於枝葉無用之詞耶？弟近來深覺往時意氣用事、腳根不實之病，方欲洗滌心源，從獨知處著工夫。」〔註66〕在這封作於嘉靖二十〔註67〕年的書信中，唐順之提出要靜坐反身、洗滌心源。此處所云「心源」即「心體」，「洗滌心源」即要以無欲的工夫蕩滌物慾塵機，進而悟得本自澄明無滯的心性本體，這是唐順之轉入心學陣營後為學的主旨所在。此時，詩文對於唐順之而言就成了「枝葉無用之詞」。當然，這並不意味著詩文全無意義和價值。從唐順之轉入心學之後的為學立場來看，詩文創作既然不能直接促進學者發明本心、實現自身德性，就只能被視作末藝加以否定。

　　不過，若就此以為唐順之從此與文學再無瓜葛顯然是不符合史實的。唐順之少富文采，二十三歲高中會元，聞名天下。其後，與王慎中、陳束、李開先等被譽為「嘉靖八才子」，共倡六朝、初唐詩體。又與王慎中高標唐宋古文，一掃前七子剽竊之習。對於這樣一位始終走在文壇前沿陣地，具有著十分重要影響力的文壇健將來說，欲徹底絕跡於文壇並不是一件容易的事。更何況唐順之也承認詩文之於他乃「血氣薰成習氣」，是其難以擺脫的進道之障〔註68〕。因此，對詩文的鄙棄和否定只是唐順之作為道學家的一個側

　　　　年，參唐鼎元：《明唐荊川先生年譜》卷三，《北京圖書館藏珍本年譜叢刊》第47冊，北京圖書館出版社1999年版，第604頁。

〔註63〕詳參第一章第二節論述內容。

〔註64〕唐順之著，馬美信、黃毅點校：《答蔡可泉》，《唐順之集》，浙江古籍出版社2014年版，第313頁。

〔註65〕唐順之著，馬美信、黃毅點校：《答皇甫百泉郎中》，《唐順之集》，浙江古籍出版社2014年版，第256頁。

〔註66〕唐順之著，馬美信、黃毅點校：《唐順之集》，浙江古籍出版社2014年版，第225頁。

〔註67〕參孟慶媛，《唐順之書信編年考》，華東師範大學2010年碩士學位論文，第20頁。

〔註68〕唐順之著，馬美信、黃毅點校：《與蔡白石郎中 二》，《唐順之集》，浙江古籍出版社2014年版，第255頁。

面，作為另一側面的文學家唐順之其實從未完全放棄詩文創作。當然，這並不妨礙他從道學立場出發對文學創作和批評進行干預。正是在唐順之皈依心學之後，他對文學的意義、價值以及創作和批評原則進行了全面反思，提出了歸本「心源」的「本色」論文說。

在《答茅鹿門知縣二》中唐順之提出文章「本色」在於其「精神命脈骨髓」，即文章的思想內涵，且此「精神命脈骨髓」需為作者的「真精神與千古不可磨滅之見」。若欲實現這一「本色」作文之境，「非洗滌心源、獨立物表、具今古隻眼者不足以與此」〔註69〕。可見，在唐順之看來，文章本自「心源」，「心源」亦為衡量文章價值的終極標準。據此，他將「本色」論概括為「文字工拙在心源」。《答茅鹿門知縣 二》作於嘉靖二十七年，此時唐順之在學術上已入心學陣營，這裡所說的「心源」當指心體。由「心即理」、「心外無理」而言，一方面「心源」指道德原理（即人的先驗的道德原則和意識），另一方面此道德原理人人俱足，內在於人人自家心中。由此出發，「本色」論首先強調的是文章源自道德原理，此道德原理既是作者所要書寫的「真精神與千古不可磨滅之見」，亦是衡量文章優劣的最重要的標準。就此而言，所謂「文字工拙在心源」強調作家個人的道德意識和道德修養境界對文學創作具有決定性意義，具有著濃厚的道學氣息。唐順之此前推崇以八大家文為代表的唐宋古文，其以道為本的文章觀念在此得到了進一步強化。

其次，「心源」作為心體強調道德原則和意識在人人自家心中，並不在人心之外的事物上，故窮理求至善不必向外做工夫，只需在學者自家心上去體悟、探究。由此，人作為道德的主體得到了極大的肯定。受此影響，強調反本「心源」的「本色」論高度重視作家的主體性，以直抒胸臆、表達作者內心真實而獨特的見解為本色之文的重要內涵。因此，儘管強調文章要書寫儒家之道，但在《答茅鹿門知縣 二》中，唐順之仍然高度評價了先秦時期書寫自家獨到精神見解的老莊、縱橫、名、墨、陰陽等各家之文，對唐宋以下「一切自託於儒家」、實則「影響剿說、蓋頭竊尾」的文辭創作進行了辛辣的諷刺。在《與洪方洲書》中他又批評友人道：「至送鹿園文字，雖

〔註69〕唐順之著，馬美信、黃毅點校：《答茅鹿門知縣 二》，《唐順之集》，浙江古籍出版社 2014 年版，第 294 頁。

傍理路，終似蹈襲，與自得處頗無交涉。蓋文章稍不自胸中流出，雖若不用別人一字一句，只是別人字句，差處只是別人的差，是處只是別人的是也。」〔註70〕唐順之強調作者說理論道要有「自得處」，此「自得處」並非指遣詞造句的與眾不同，而是指文字背後蘊含的思想和情感有其獨到而懇切的地方。而此獨到的見解、懇切的情感無不源自作者個人對自家心源的涵養。他告誡友人「將理要文字權且放下，以待完養神明，將向來聞見一切掃抹，胸中不留一字」〔註71〕，待到悟得心體，作者一己真見自然露出，「則橫說豎說更無依傍，亦更無走作也」，〔註72〕這便是「本色論」所追求的「直寫胸臆」、「開口見喉嚨」的創作境界。

可見，受心學思想影響，唐順之的「本色」論在以儒家道德觀念為文學本原的前提下突出強調了作者在文學創作中的主體地位，提倡文章要寫出作者個人的真知灼見、表達出作者的真情實感。從這一角度來看，唐順之的「本色」論極大地豐富了中國古代文論中「本色」論的理論內涵，將創作由注重遵循文體規範和主流傳統，轉為重視創作主體獨立精神和人格的傳達。就此而言，「本色」論對高揚作者主體精神的晚明文學思潮的確有先導之功。

第三節 「本色」論的侷限與唐順之文學思想的新動向

唐順之的「本色」論關注創作主體獨立精神、人格的傳達，以儒家道德義理為創作本原以及衡量文章價值的首要標準，因此在創作手法上「本色」論講求率意信口、直抒己見，推崇質樸自然、不事造作的文學風格。《答茅鹿門知縣 二》中，相較於「文雖工而不免為下格」的文辭創作，唐順之更加認可「絕無煙火酸陷習氣」〔註73〕的疏鹵之作。以詩歌而言，他推崇的「本色」詩歌是陶淵明信手寫出的真淳自然之作，沈約「較聲律、雕句文」的良苦用心之作則成了「本色」詩歌的反例。在《與洪方洲書 又》中，唐順之更是從

〔註70〕唐順之著，馬美信、黃毅點校：《唐順之集》，浙江古籍出版社 2014 年版，第297～298 頁。

〔註71〕唐順之著，馬美信、黃毅點校：《與洪方洲書》，《唐順之集》，浙江古籍出版社 2014 年版，第 298 頁。

〔註72〕唐順之著，馬美信、黃毅點校：《與洪方洲書》，《唐順之集》，浙江古籍出版社 2014 年版，第 298 頁。

〔註73〕唐順之著，馬美信、黃毅點校：《唐順之集》，浙江古籍出版社 2014 年版，第295 頁。

創作形式上規定「本色」詩文乃「直寫胸臆」、「開口見喉嚨」〔註74〕之作，
表明了自己對創作技巧、法度的否定。不過，這種否定並不意味著技法本身
毫無意義和價值。在唐順之看來，寫作以表達出作者內心真實而獨特的精神
見解為第一要義，對技巧、法度的過多關注會影響甚至束縛作者內心思想和
情感的傳達，唯有如寫家書一般直抒胸臆、信手信口，方能保證作者本色精
神的如實傳達。由此出發，唐順之將「繩墨布置、奇正轉折」等技巧、法度視
為寫作之末，對那些工於文辭技巧卻昧於體道、未能彰顯作者主體精神的文
學創作進行了嚴厲的批評，並以此回應了茅坤對其「本是欲工文字之人，而
不語人以求工文字者」的質疑。

　　從強調作者的主體性、重視作者主體精神的傳達來看，「本色」論對創作
技巧的否定、對質樸簡淡的文學風格的推崇無疑具有著十分重要的意義。但
是，對技法的片面否定、對質樸簡淡這種單一文學風格的一味推崇使得「本
色」論顛覆了詩文創作的意與法、理與情以及創作主體與文體之間的平衡，
一定程度上取消了文學的審美特性。

一、「本色」論的侷限

　　唐順之提出「本色」論之時，他在詩文領域分別樹立起經典的範本。就
詩歌而言，他提出「三代以下之詩，未有如康節者」〔註75〕，對北宋理學大
師邵雍的詩歌極為推崇，曰：「知康節詩者莫如白沙翁，其言曰：『子美詩之
聖，堯夫更別傳。後來操翰者，二妙罕能兼。』此猶是二影子之見。康節
以鍛鍊入平淡，亦可謂語不驚人死不休者矣，何待兼子美而後為工哉？」
〔註76〕明代心學大儒陳獻章將邵雍與杜甫的詩歌成就相提並論，他認為杜
甫工於詩法，其作氣象萬千，為詩學正宗；邵雍則以詩論理，所作涉筆成
趣，為詩家別傳。陳獻章對邵雍詩歌價值的發掘和肯定得到了唐順之的認
可，但是他並不認同陳獻章提出的邵雍作詩不講究詩法的這一觀點。其曰：
「雖然，所謂別傳者則康節所自得，而少陵之詩法，康節未嘗不深入其奧

〔註74〕唐順之著，馬美信、黃毅點校：《唐順之集》，浙江古籍出版社2014年版，第
　　　　299頁。
〔註75〕唐順之著，馬美信、黃毅點校：《與王遵岩參政》，《唐順之集》，浙江古籍出
　　　　版社2014年版，第299頁。
〔註76〕唐順之著，馬美信、黃毅點校：《與王遵岩參政》，《唐順之集》，浙江古籍出
　　　　版社2014年版，第300頁。

也。」〔註77〕在唐順之看來，邵雍並非不瞭解詩法，其率意信口、質樸簡
淡之作實乃「以鍛鍊入平淡」〔註78〕，是對一般技巧、法度的超越。對此，
後人也有類似觀點，清代四庫館臣作《擊壤集提要》云：「邵子之詩不過不
苦吟以求工，亦非以工為厲禁。如邵伯溫《聞見前錄》所載《安樂窩詩》曰：
『半記不記夢覺後，似愁無愁情倦時。擁衾側臥未欲起，簾外落花撩亂飛。』
此雖置之江西派中，有何不可？」〔註79〕因此，就邵雍之詩理、法俱妙而
言，唐順之認為邵雍所作實出於杜甫之上。作為唐順之學道、論文的密友，
王畿在《擊壤集序》中對唐順之推崇邵雍詩歌的緣由做出了更加深入的解
析，其曰：

> 白沙以詩之聖屬諸少陵，而康節為別傳，蓋因其不限聲律，不
> 沿愛惡，異乎少陵之工，為詩家大成也。夫詩家言志，而志本於學。
> 康節之學，洗滌心源，得諸靜養，窮天地始終之變，究古今治亂之
> 源，以經世為志，觀於物有以自得也。於是本諸性情，而發之於詩，
> 玩弄天地，闔闢古今，皇王帝伯之鋪張，雪月風花之品題，自謂名
> 教之樂，異於世人之樂，況觀物之樂又有萬萬者焉。死生榮辱輾轉
> 於前，曾未入於胸中，雖曰吟詠性情，曾何累哉？其所自得者，深
> 矣。〔註80〕

邵雍之詩本自其靜中涵養心源的為學工夫，是其掃除欲望、心源盡現之後自家
心聲的自然吐露。其所作「不限聲律，不沿愛惡，不立固必，不希名譽，如鑑
之應形，如鐘之應聲」〔註81〕，這種「吟詠性情，曾何累於性情哉」〔註82〕的
詩歌創作正是唐順之強調反本心源的「本色」論所追求的詩歌寫作的至高境界。
至此，唐順之對邵雍詩歌的推崇彰顯出「本色」論「異乎少陵之工」的詩學旨

〔註77〕唐順之著，馬美信、黃毅點校：《跋自書康節詩送王龍溪後》，《唐順之集》，
　　　　浙江古籍出版社 2014 年版，第 769 頁。

〔註78〕唐順之著，馬美信、黃毅點校：《與王遵岩參政》，《唐順之集》，浙江古籍出
　　　　版社 2014 年版，第 300 頁。

〔註79〕永瑢等編：《四庫全書總目》卷一百五十三《擊壤集提要》，中華書局 1965 年
　　　　版，第 1322 頁。

〔註80〕王畿著，吳震編校：《王畿集》南京：鳳凰出版社 2007 年版，第 344 頁。

〔註81〕邵雍：《伊川擊壤集序》，見邵雍著：《邵雍集》，中華書局 2010 年版，第 180
　　　　頁。

〔註82〕邵雍：《伊川擊壤集序》，見邵雍著：《邵雍集》，中華書局 2010 年版，第 180
　　　　頁。

趣，表明了唐順之以理統情、超越於詩法之上的詩學觀念。邵雍之外，唐順之對陶淵明、寒山不拘格律、直抒胸臆的詩歌亦十分認可，其有云：「古今詩庶幾康節者，獨寒山、靜節二老翁耳」。〔註83〕詩聖杜甫雖工於詩法，但其無得於「靜中沖淡和平之趣」〔註84〕，距離反本心源的「本色」詩境尚遠，故不為唐順之所取。其後，唐順之以理、法俱妙為標準，選漢、魏迄明之詩為《二妙集》，集中大量選錄了邵雍、朱熹、莊昶、王守仁等宋、明理學大儒之作〔註85〕，其以理為宗、「使世之觀者反諸性情之正」〔註86〕的論詩立場愈發鮮明。

　　以邵雍為三代以下詩界第一人的同時，唐順之將曾鞏推作了古文創作的第一人。茅坤《唐宋八大家文鈔·南豐文鈔引》曰：「曾子固之才焰雖不如韓退之、柳子厚、歐陽永叔及蘇氏父子兄弟，然其議論必本於六經，而其鼓鑄剪裁必折衷之於古作者之旨。朱晦庵嘗稱其文似劉向，向之文於西京最為爾雅，此所謂可與知者言，難與俗人道也。近年晉江王道思、毘陵唐應德始亟稱之。然學士間猶疑信者半，而至於膾炙者罕矣。」〔註87〕茅坤指出八大家中曾鞏文才最遜，但相較於合儒墨、兼名法的韓愈，援佛入道的柳宗元，以及儒釋道兼修的三蘇，曾鞏的儒學思想最為醇正，其所作「必本於六經」，這是宋代大儒朱熹以及明嘉靖年間唐順之、王慎中推崇曾鞏古文的緣由所在。的確，就本於儒道、會通聖人之旨而言，曾鞏的古文創作在八大家中最為符合唐順之「本色」論的論文旨趣。作為歐陽修的得意門生，曾鞏繼承了歐陽修「我所謂文，必與道俱」〔註88〕的古文觀念，他提出：「夫道之大歸非他，欲其得諸心，充諸身，擴而被之國家天下而已，非汲汲乎辭也。其所以不已乎辭者，非得已也」〔註89〕，強調寫作當以明道為大本，不可汲汲於文辭製

〔註83〕唐順之著，馬美信、黃毅點校：《與王遵岩參政》，《唐順之集》，浙江古籍出版社 2014 年版，第 300 頁。

〔註84〕王畿著，吳震編校：《擊壤集序》，《王畿集》，鳳凰出版社 2007 年版，第 344 頁。

〔註85〕參永瑢等編：《四庫全書總目》卷一百九十二《二妙集提要》，中華書局 1965 年版，第 1749 頁。

〔註86〕萬士和：《二妙集序》，見黃宗羲輯：《明文海》卷二百四十，《影印文淵閣四庫全書》第 1455 冊，臺灣商務印書館 1986 年版，第 658 頁。

〔註87〕茅坤：《唐宋八大家文鈔·曾文定公文鈔引》，見王水照編：《歷代文話》（第二冊），復旦大學出版社 2007 年版，第 1931 頁。

〔註88〕蘇軾撰，孔凡禮點校：《蘇軾文集》卷六十三《祭歐陽文忠公夫人文》，中華書局 1986 年版，第 1956 頁。

〔註89〕曾鞏撰，陳杏珍、晁繼周點校：《曾鞏集》卷十六《答李沿書》，中華書局 1984 年版，第 258 頁。

作。在此種觀念的指引下，曾鞏的古文以議論、說理見長，其所論大都醇正典重，不作過激語，其文字則和緩平易、穩妥精密，得到了王慎中、唐順之的認可。但是王、唐眼中堪稱古文典範的曾文在他人眼中卻有不少值得詬病之處，如清代袁枚曰：「曾文平鈍，如大軒駢骨，連綴不得斷，實開南宋理學一門，又安得與半山、六一較伯仲也！」〔註90〕袁枚將曾文的平易、平正說成「平鈍」，主要在於曾鞏之文以載道為主，其論理中規中矩，行文波瀾不驚，缺乏鮮明的個人情感，具有著濃厚的道學氣息。明代王世貞論曾鞏文曰：「子固有識有學，尤近道理。其辭亦多宏闊遒美，而不免為道理所束，間有闇塞而不暢者，牽纏而不了者。」〔註91〕王世貞認為「尤近道理」是曾鞏個人創作的特色和長處，但是曾文中亦存在為道理所縛以致行文闇塞不暢、牽纏不了的弊病。這一點即便是追隨王、唐論文聲調的茅坤亦毫不諱言。如曾鞏《上范資政書》，文章開首由儒家「晦明消長、弛張用捨」之學談到聖人作《易》之旨，大半篇幅之後方才點出范仲淹應事本於《易》之變化，曾鞏欲親炙門下，以承其教。茅坤評此文曰：「行文不免蒼莽沈晦，如揚帆者之入大海，而茫乎其無畔已。若韓昌黎所投執政書，其言多悲慨；歐公所投執政書，其言多婉曲；蘇氏父子投執政書，其言多曠達而激昂。較之子固，醒人眼目，特倍精爽。」〔註92〕八大家中韓愈多奇崛悲慨之作，歐陽修之文則委婉曲折、搖曳生姿，蘇氏父子尤其是大蘇所作更是天馬行空、超邁曠達。相形之下，曾鞏醇正典重、「尤近道理」之作的確顯得過於平鈍，缺乏醒人眼目的個性特徵。由此而言，唐順之對曾鞏古文創作的推崇固然彰顯出「本色」論以道為本的論文立場，卻也暴露出「本色」論對作者個體情性的節制、對文辭技法的忽視，抹殺了古文創作的審美特性。

在詩尊邵雍、文崇曾鞏的同時，唐順之的詩文創作也出現了相應的變化。唐順之曾經在寫與友人皇甫汸的書信中自述道：「藝苑之門久已掃跡，雖或意到處作一兩詩，及世緣不得已作一兩篇應酬文字，率鄙陋無一足觀者。其為詩也，率意信口，不調不格，大率似以寒山、《擊壤》為宗而欲摹效之，而又

〔註90〕袁枚撰，王英志主編：《袁枚全集》第二冊《小倉山房集》卷三十《書茅氏〈八家文選〉》，江蘇古籍出版社1993年版，第536頁。

〔註91〕王世貞：《讀書後》卷三《書曾子固文後》，《影印文淵閣四庫全書》第1285冊，臺灣商務印書館1986年版，第47頁。

〔註92〕茅坤輯評：《上范資政書》評語，《唐宋八大家文鈔》卷九十八，《影印文淵閣四庫全書》第1384冊，臺灣商務印書館1986年版，第205頁。

不能摹效之然者。其於文也，大率所謂宋頭巾氣習，求一秦字漢語，了不可得。」〔註93〕此書作於嘉靖二十三年〔註94〕，按書中所述唐順之當時在詩文領域中均已走上了以理為宗、脫然於法度之外的創作道路。然此時其學問涵養尚淺，文字亦未洗盡鉛華，對於寒山、《擊壤》尚處於摹效而未得的境地。隨著唐順之學養的不斷加深以及「本色」論的自覺提出，他在實際創作中逐步實現了「直寫胸臆」、「使後人讀之如真見其面目，瑕瑜俱不容掩」〔註95〕的本色境界。

　　對於唐順之在創作上（尤其是詩歌）的轉向，時人有不同的評價。與唐順之同列「嘉靖八才子」的李開先題《荊川詩跋卷》云：「荊川唐子，晚年詩似信口，有意味，有心思；書似信手，有骨力，有神氣。公子號凝庵者，寄其存日所書《立秋詩》一卷，無奇語而未嘗不奇，如老態而殊為不老。令人終日相對忘倦，憶舊不能不繼之以悲。或者謂其竄入惡道，流為俗筆，其亦淺之乎知唐子者哉！」〔註96〕顯然，李開先對唐順之率意信口、不調不格的詩歌創作是認可的，這種認可意味著他對唐順之追求「文字工拙在心源」的「本色」詩文理論的理解和認可。不僅如此，他還從中敏銳地發掘出「本色」詩境所獨具的「無奇語而未嘗不奇，如老態而殊為不老」的沖淡和平之美。亦有持異見者，如王世貞《藝苑卮言》云：「近時毗陵一士大夫，始刻意初唐精華之語，亦既斐然。中年忽自竄入惡道，至有『味為補虛一試肉，事求如意屢生嗔』，又『若遇顏氏十四歲，便了王孫一裸身』，又詠疾則『幾日囊疣是雨淫』，閱箭則『箭箭齊奔月兒裏』，角力則『一撒滿身都是手』，食物則『別換人間蒜密腸』等語，遂不減定山『沙邊鳥共天機語，簷上梅挑太極行』，為詞林笑端。」〔註97〕這段話應當是李開先所云「或者謂其竄入惡道，流入俗筆」的原始出處。身為「嘉靖八才子」之一，唐順之曾與陳束、王慎中、李開先等共倡學習六朝、初唐詩。對於唐順之學習六朝、初唐之作，王世貞實際上評價頗高，他

〔註93〕唐順之著，馬美信、黃毅點校：《答皇甫百泉郎中》，《唐順之集》，浙江古籍出版社2014年版，第257頁。

〔註94〕參楊遇青：《明嘉靖時期詩文思想研究》附錄二《唐順之文獻繫年》，三秦出版社2011年版，第366～367頁。

〔註95〕唐順之著，馬美信、黃毅點校：《與洪方洲書 又》，《唐順之集》，浙江古籍出版社2014年版，第299頁。

〔註96〕李開先著，卜鍵箋校：《李開先全集》（修訂本），上海古籍出版社2014年版，第1042頁。

〔註97〕陳田輯：《明詩紀事》戊籤卷九，上海古籍出版社1993年版，第1535頁。

作《明詩評》有云：「太史稍振之為初唐，即其宏麗該整，咳唾金璧，誠廊廟之羽儀，文章之璉瑚。」〔註98〕中歲入道之後，唐順之無意於詩，偶作吟誦，亦以論理、分享體道心得為主。所作不拘格套，但求直抒胸臆，盡顯自家本色。不過，對於王世貞來說，唐順之摻入了理學話語的率意信口之作則顯得直白淺陋、缺乏情致，他將唐順之後期的詩歌創作歸入以莊昶為代表的性氣詩一流，譏諷其「竄入惡道」。

詩歌之外，王世貞對唐順之效仿曾鞏的古文創作也進行了尖銳的批評。其有云：「近代王慎中輩其材力本勝子固，乃掇拾其所短而捨其長，其闇塞牽纏迨又甚者」〔註99〕，指出唐順之、王慎中本富於文才，奈何捨其所長，師法曾鞏，自陷於理窟，所作也沾染上曾文「闇塞牽纏」的弊病。作為「後七子」的領袖以及嘉靖後期至萬曆年間文壇的主盟者，王世貞對唐順之的評價具有著極大的代表性和影響力。明末陳子龍論唐順之詩歌曰：「應德氣象爽邁，才情駿發。使能深造，當有超乘。其後馳騖功名，詭託講學，遞頹然自放。」〔註100〕陳子龍對唐順之早期「才情駿發」之作十分激賞，對於其講學以後不調不格、直抒胸臆的詩歌創作則不以為然，謂其「頹然自放」，這一論調顯然本自王世貞。清人陳田編纂《明詩紀事》，謂唐順之「詩學初唐，律體自有佳篇。厥後談兵講學，不復能唱渭城，潦倒頹放。弇州、臥子之論俱在，不必為之諱也」，〔註101〕將王世貞、陳子龍的觀點進一步繼承下來。王世貞等對唐順之的批判固然出自於文學觀念和立場上的對立，客觀上卻也揭示了唐順之以理統情、取消詩文創作之法的弊病所在。

對於世人的非議唐順之顯然早有預料，其曰「凡此（按：詩宗寒山、《擊壤》，文崇曾鞏）皆不為好古之士所喜」，自嘲其所效仿邵雍、曾鞏的詩文創作「迂拙而無成」〔註102〕。不過，此處的自嘲更接近於自謙，同時亦不乏對自己本自心源的詩文創作和理論主張的自信自矜。直到其後寫作《董中峰侍郎文集序》，提出「文必有法」之說，唐順之方才對「本色」理論展開反思，

〔註98〕王世貞：《明詩評》卷一《唐司諫順之》，《叢書集成初編》第2583冊，中華書局1985年新一版，第28頁。
〔註99〕王世貞：《讀書後》卷三《書曾子固文後》，《影印文淵閣四庫全書》第1285冊，臺灣商務印書館1986年版，第47頁。
〔註100〕陳田輯：《明詩紀事》戊籤卷九，上海古籍出版社1993年版，第1536頁。
〔註101〕陳田輯：《明詩紀事》戊籤卷九，上海古籍出版社1993年版，第1536頁。
〔註102〕唐順之著，馬美信、黃毅點校：《答皇甫百泉郎中》，《唐順之集》，浙江古籍出版社2014年版，第257頁。

從此走入論文的新境地。

二、《董中峰侍郎文集序》與「文必有法」的提出

　　唐順之「文必有法」的觀點出自於他所創作的《董中峰侍郎文集序》。〔註103〕在這篇序言中，他以「有法」、「無法」論秦漢文與唐宋文，倡導古文創作要以法度嚴密的唐宋古文為門徑、進而上窺「法寓於無法之中」的秦漢文高境，對董玘「守繩墨謹而不肆，時出新意於繩墨之餘」〔註104〕的古文創作給予了極高的評價。這篇序言是後人研究唐順之「文法」理論的重要文獻依據。目前學界大多認為唐順之此序以及「文法」理論的提出要早於「本色」論。這一見解最早可追溯至郭紹虞《中國文學批評史》，郭先生論唐順之云：「他的一生，起初嗜好詩文，先學李夢陽，及受王慎中的影響始改宗歐、曾，而為唐宋派的領袖。四十以後傾向學道，自言對王龍溪只少一拜。所以他《答王遵岩書》就說：『近年來將四十年前伎倆頭頭放捨，四十年前意見種種抹殺。』由於他一生有這樣一個大轉變，所以他的文論，也就有兩個特點：（1）在唐宋派中頗能說明『法』的重要，也就是所以宗主歐曾的理由；（2）王龍溪是王學中的左派，因此他論學以天機為宗，而論文也就主張隨意流露，又不要拘泥於法了。」〔註105〕郭紹虞關於唐順之文學創作及理論發展軌跡的判斷對現代學者影響頗巨。在兩岸地區首部問世的唐順之研究專著《唐荊川先生研究》中，臺灣學者吳金娥以「四十歲前——文必有法論」、「四十歲後——本色論」〔註106〕描述唐順之文學思想的發展變化，所論即本自郭紹虞。其後，左東嶺《王學與中晚明士人心態》仍沿襲郭紹虞的觀點，將唐順之文學主張分為三個階段，即「追隨前七子復古主張階段、崇尚唐宋古文階段、堅持自我見解與自我真精神階段」〔註107〕。對應後兩個階段，

〔註103〕董玘（1487~1546），字文玉，號中峰，浙江會稽人。明弘治十八年舉會試第一，廷對第二，授翰林編修。曾因反對宦官劉瑾，出為成安縣令。劉瑾誅，還舊職，官至吏部左侍郎。後講學東山，從遊者甚多。董玘為文莊雅，得西漢作者之體，唐順之選輯其作，編成《中峰文選》，並親自撰寫了《中峰先生文選序》。此序在現今可見的唐順之文集中均題作《董中峰侍郎文集序》。

〔註104〕唐順之著，馬美信、黃毅點校：《董中峰侍郎文集序》，《唐順之集》，浙江古籍出版社 2014 年版，第 466 頁。

〔註105〕郭紹虞：《中國文學批評史》，上海古籍出版社 1979 年版，第 353 頁。

〔註106〕吳金娥：《唐荊川先生研究》，臺北文津出版社 1986 年版，第 215、221 頁。

〔註107〕左東嶺：《王學與中晚明士人心態》，人民文學出版社 2000 年版，第 452 頁。

他指出唐順之四十歲前後在文學思想上經歷了「從追求唐宋文意與法的平衡轉向自我主觀精神的自由表現」〔註108〕。又如陸德海《明清文法理論研究》論唐順之「終能由心學修養出發，對早期重道、重法的文法理論作出修正，指出向上一路，以『本色』為歸」，認為超越文法的「本色」論是「『槁形灰心』的唐順之的最終文法思想」〔註109〕。王偉的博士論文《唐順之文學思想研究》繼承了前述說法，認為唐順之文學思想經歷了「取法唐宋、文必有法」進而「由法向意、倡言本色」〔註110〕的發展歷程。上述研究皆以師心自放、不拘於法的「本色」論是對唐順之前期追求意與法之平衡的「文法」理論的修正和超越，儘管這一觀點得到了眾多當代學者的認可，但是它卻忽略了一個基本的事實，即唐順之在嘉靖三十五〔註111〕撰寫的《文編序》中再次提出「文必有法」之論，向世人表明其編纂《文編》旨在示人文法〔註112〕。此時唐順之已年屆五十，距其離世僅四年。如若上述研究符合史實，那麼如何解釋唐順之既已用反本心源的「本色」論取代了「文必有法」之論，為何又在晚年以《文編序》及《文編》再次宣揚其文法主張呢？

對於這一疑點，已有不少學者表示關注，並且提出了自己的看法。如黃卓越《明中後期文學思想研究》提出「唐順之似乎還應當有一個由完全從心棄法而再至對法有所保留，或云是從內斂、內主而再次返回於外部的思想階段。根據其生平，這樣的推測也應當是能夠成立的，因此事實上還應該有『第四階段』之說。」〔註113〕黃卓越繼承了左東嶺等有關唐順之文學思想三階段的說法，同時他對唐順之晚年親撰《文編序》、通過《文編》倡導文法理論的史實也毫不諱認，認為唐順之提出「從心棄法」的本色論之後其文學思想還有一回歸文法的「第四階段」。另劉尊舉在其博士論文《唐宋派文學思想研究》中也特別關注了唐順之晚年以《文編》高倡「文必有法」之論，他說：「他（即

〔註108〕 左東嶺：《王學與中晚明士人心態》，人民文學出版社 2000 年版，第 453 頁。

〔註109〕 陸德海：《明清文法理論研究》，上海古籍出版社 2007 年版，第 79～80 頁。

〔註110〕 參王偉：《唐順之文學思想研究》，北京語言大學 2008 年博士學位論文，第 120、130 頁。

〔註111〕 參唐順之所作《文編序》落款云：「嘉靖丙辰夏五月既望武進唐順之應德甫書」，嘉靖丙辰年即嘉靖三十五年。見唐順之編：《文編》卷首，明嘉靖本。

〔註112〕 唐順之《文編序》云：「然則不能無文，而文不能無法。是編者，文之工匠而法之至也。」參唐順之著，馬美信、黃毅點校：《唐順之集》，浙江古籍出版社 2014 年版，第 450 頁。

〔註113〕 黃卓越：《明中後期文學思想研究》，北京大學出版社 2005 年版，第 173 頁。

唐順之）以「本色」為文章之義，幾乎將法度徹底顛覆；他探討古文的創做法度，又很少涉及文章內容。總之，在唐順之的文學理論或批評中，義與法幾乎是完全斷裂的。」〔註114〕劉尊舉將唐順之在重義和重法之間的搖擺視作其文學思想的斷裂和矛盾，認為這種斷裂和矛盾說明了唐順之文學思想的複雜性，指出文法始終是唐順之關注的一個核心問題，即便在其提出重義的「本色」論之後，唐順之也從未真正放棄過對文法的重視和探究。劉尊舉與黃卓越皆肯定了唐順之提出「本色」論之後，其晚年親撰《文編序》推介《文編》意味著他對文法理論的回歸。這一論斷有一前提，即在本色論之前唐順之原本有一重視文法、高倡文法的理論階段，這與郭紹虞等學者的看法相一致。

亦有學者就此提出了不同的看法，如黃毅《明代唐宋派研究》認為《文編序》作於嘉靖三十五年，提出「本色論」主張的《答茅鹿門知縣 二》則作於嘉靖二十四、五年〔註115〕，據此判斷吳金娥《唐荊川先生研究》將「文法」論歸於四十歲之前、「本色」論歸於四十歲之後，不符合史實。黃毅認為唐順之「文法」論的提出當在「本色」論之後，並且指出唐順之本人亦認識到「文法」論與倡導直寫胸臆的「本色」論之間的矛盾，因此在《文編序》中他「企圖通過『神明』來消除矛盾，將兩者統一起來」〔註116〕。黃毅的觀點有別於前述郭紹虞以來諸家之論，但其所論並不嚴謹。僅以《文編序》完成於嘉靖三十五年即判斷「文法」論誕生於「本色」論之後顯然難以讓人完全信服，黃毅忽略了同樣標榜文法的《董中峰侍郎文集序》。在郭紹虞、左東嶺、黃卓越等學者的論述中，《董中峰侍郎文集序》及其標榜的文法主張皆被認定為唐順之四十歲之前的理論創獲。黃毅論述唐順之「文法」理論時亦援引此序為證，可見在她看來此序絕無可能作於唐順之四十歲之前。無論持何種結論，各家皆未曾在論述中仔細考證過《董中峰侍郎文集序》的撰寫時間。如此看來，明確此序的創作時間實際關係到我們能否把握住唐順之文學思想發展的真實脈絡。

據《明別集版本志》著錄，董玘著作有兩個版本系統：一為明嘉靖四十年王國楨刻本，題作《董中峰先生文選》十一卷又一卷（廷試策、講章之屬別為

〔註114〕劉尊舉：《唐宋派文學思想研究》，首都師範大學 2006 年博士學位論文，第105 頁。
〔註115〕按：《答茅鹿門知縣 二》實際作於嘉靖二十七年，參第三章第一節論述。
〔註116〕黃毅：《明代唐宋派研究》，上海古籍出版社 2008 年版，第 97 頁。

一卷，置於前），卷端題「武進唐順之選 山陰王國楨校梓」。此本有王國楨著
《董中峰先生文選後序》，現藏於國家圖書館、浙江圖書館。另一為《中峰文
選》六卷《中峰應制稿》一卷，合為七卷，卷端題「會稽董玘文玉著 武進唐順
之應德選」，無序跋，現藏於上海圖書館、中山大學圖書館。〔註117〕據王國楨
《董中峰先生文選後序》所云，王國楨刻本是在唐順之所選七卷本的基礎上進
一步修訂完成的。〔註118〕然而七卷本並無序跋，具體刊刻時間亦無從判斷。光
緒三十二年董玘後人董金鑒纂輯《董氏叢書》，其中一種為《中峰集》（十一卷，
首一卷，附錄三卷），此本國家圖書館、臺灣大學圖書館皆有收藏。臺北新文豐
出版公司曾影印臺大圖書館藏本，錄入《叢書集成三編》第 55 冊。此本卷首收
錄了唐順之所著《中峰先生文選序》〔註119〕，值得注意的是序言末尾多出了一
句話——「嘉靖壬子仲春望日武進唐順之應德序」，其下還附有纂者小字注「以
上十六字據唐選本增」〔註120〕。考董金鑒《中峰集重刻跋》：「鑒前嘗訪得舊鈔
本，用活字板排印若干部問世。近閱薛叔耘星使所編《天乙閣見存書目》，欣知
唐荊川先生選本尚存天乙閣珍藏。爰向四明范氏借鈔閣藏唐選本，與昔所排印
本合校而重付梓。唐選本應制彙編為首卷，余分編六卷。其七卷，首卷有荊川
先生序一篇……。」〔註121〕據董金鑒所言，《中峰集》的底本應為王國楨所刻
十一卷本，其後他又以天一閣藏唐順之選七卷本補闕正謬。其中一個重要的收
穫就是補上了唐順之親筆所書《中峰先生文選序》，在天一閣藏本中此序末尾
「嘉靖壬子仲春望日唐順之應德序」明確表示了序言作於嘉靖壬子（三十一）

〔註117〕 參崔建英輯，賈衛民、李曉亞整理：《明別集版本志》，中華書局 2006 年版，
第 492 頁。

〔註118〕 王國楨《董中峰先生文選後序》云：「先生平生所為文詞甚富，是編出唐太
史公荊川選。茲惟詮次儒類，考訂訛謬，仍其名曰《中峰文選》。」（董玘撰，
唐順之選：《董中峰先生文選》卷首，明嘉靖四十年王國楨刻本。）

〔註119〕 此序在標題「中峰先生文選序」邊附有小字，內容作：「《荊川集》題《董中
峰侍郎文集序》，今改從唐選本標題」。（參董玘：《中峰集》（《董氏叢書》本），
《叢書集成三編》第 55 冊，新文豐出版公司年 1997 年版，第 409 頁。）

〔註120〕 參董玘：《中峰集》（《董氏叢書》本），《叢書集成三編》第 55 冊，新文豐出
版公司 1997 年版，第 409 頁。

〔註121〕 董金鑒：《中峰集重刻跋》，見董玘：《中峰集》（《董氏叢書》本），《叢書集
成三編》第 55 冊，新文豐出版公司 1997 年版，第 554 頁。另參范邦甸等撰
《天一閣書目 天一閣碑目》卷四之二錄所收別集云：「《中峰應制稿六卷》，
明會稽董玘著，唐順之序」（參范邦甸等撰，江曦、李婧點校：《天一閣書目
天一閣碑目》，上海古籍出版社 2010 年版，第 449 頁。），此本即董金鑒所
參校唐選本。

年，此年唐順之四十六歲。據此可以斷定，《中峰先生文選序》（即《董中峰侍郎文集序》）寫作的確切時間當在嘉靖壬子（三十一）年。由於提出「本色」論的《答茅鹿門知縣 二》作於嘉靖二十七年，那麼唐順之「文法」論的提出當在「本色」論之後自是確定無疑。〔註122〕

　　「文法」論對法的重視和強調體現出唐順之對打破意、法平衡的「本色」論的反思和修正。這一文學觀念上的更新與唐順之心學思想的成熟有著密切關聯。提出「本色」論之時，唐順之在學術上正處於依照心學修養路徑專注於反身靜坐、涵養心源的階段。此時，他為學工夫尚淺，未能貫通體用、本末，視詩文末藝為進道之障，不時提出要「捐書燒筆」。與之相應，強調反本心源的「本色」論對詩文法度的蔑視、對情感的遏制，亦有取消文學審美特性的趨向。嘉靖二十九年之後唐順之之修養工夫日深，對於「徹天徹地、靈明渾成」〔註123〕的心體體悟得愈發真切，待到嘉靖三十三年提出「天機自然」〔註124〕之說，其「以天機為宗，無欲為工夫」的心學思想終告成熟。由「天機自然」出發，唐順之講明了心體流行圓活自然，自寂自感，不容人力把捉；學者為學當「與之寂，與之感」〔註125〕，順天機而行。由此，他對王門後學各執一端，或任情恣肆、自以脫灑，或屏念息慮、主靜歸寂提出了嚴厲的批判。唐順之「天機自然」之說的提出意味著他在學術上已貫通本末、體用，充

〔註122〕 楊遇青《明嘉靖時期詩文思想研究》第193頁內容亦對《董中峰侍郎文集序》創作於嘉靖三十一年進行了考證，其所徵引材料與本書略有不同，可資佐證。

〔註123〕 唐順之《答王遵岩》云：「近來痛苦心切，死中求活，將四十年伎倆頭頭放捨，四十年前見解種種抹搬，於清明中稍見得些影子，原是徹天徹地靈明混成的東西。生時一物帶不來，此物卻原自帶來，死時一物帶不去，此物卻要完全還他去。然以為有物，則何睹何聞？以為無物，則參前倚衡，瞻前忽後。非胸中不掛世間一物，則不能見得此物，非心心念念晝夜不捨，如養珠抱卵，下數十年無滲漏的工夫，則不能收攝此物，完養此物。」書中所云「此物」即心體。參唐順之著，馬美信、黃毅點校：《答王遵岩》，《唐順之集》，浙江古籍出版社2014年版，第275頁。

〔註124〕 唐順之《與羅雙江司馬》云：「嘗驗得此心天機活物，其寂與感，自寂自感，不容人力。吾與之寂，與之感，只自順此天機而已，不障此天機而已。障天機者莫如欲，若使欲根洗盡，則機不握而自運。……立命在人，人只是立此天之所命者而已。白沙先生『色色信他本來』一語，最是形容天機好處。」在這封書信中唐順之提出了自己已趨成熟的「天機自然」之說。參唐順之著，馬美信、黃毅點校：《與羅雙江司馬》，《唐順之集》，浙江古籍出版社2014年版，第278頁。

〔註125〕 唐順之著，馬美信、黃毅點校：《與羅雙江司馬》，《唐順之集》，浙江古籍出版社2014年版，第278頁。

分認識到了陽明心學講求良知本體寂感、動靜不二的要義所在。

　　心學思想的成熟使得唐順之對待各種學問、技藝的態度較之前更加圓融通脫，他在《與顧箬溪》中說道：「竊以六藝之學，皆先王所以寓精神心術之妙，非特以資實用而已。……即其數而神明其義，則參伍錯綜之用可以成變化而行鬼神，是儒者之所以游於藝也。」〔註126〕在這封與友人探討數藝問題的書信中，唐順之提出六藝之學並非僅僅是形而下的實用之學，其中亦寄寓了精神心術之妙，學者於此要「進乎技而入於道，以神遇而不以器求」〔註127〕，如此正是古人所云「據德遊藝」之境。唐順之從「據德遊藝」、德藝不二的觀念出發，緩和了德與藝之間的矛盾，類似看法他曾多次對友人提及，如《答俞教諭》云：「古人雖以六德、六藝分言，然德非虛器，其切實應用處即謂之藝，藝非粗跡，其精義致用處即謂之德。」〔註128〕又《答戚南玄》云：「德之與藝，說作一個不得，說作二個不得。……自是人心本來之妙，而不容增減也。」〔註129〕唐順之認為六藝即心體的發用流行，由「人心本來之妙」而言，六德與六藝體用不二，「藝之精處即是心精，藝之粗處即是心粗，非二致也」〔註130〕，六藝之學即是心學。因此，「所謂藝成而下者，非是藝病，乃是心病也」〔註131〕，學者只要不溺心玩物、爭能好勝，不為欲望所遮蔽，從事技藝亦堪為進德修學之助。至嘉靖三十五年，唐順之作《文編序》云：「聖人以神明而達之於文，文士研精於文以窺神明之奧」〔註132〕，認為文與「神明」〔註133〕二而為一、不可分割，充分肯定了文辭

〔註126〕唐順之著，馬美信、黃毅點校：《唐順之集》，浙江古籍出版社2014年版，第305頁。

〔註127〕唐順之著，馬美信、黃毅點校：《與顧箬溪》，《唐順之集》，浙江古籍出版社2014年版，第305頁。

〔註128〕唐順之著，馬美信、黃毅點校：《唐順之集》，浙江古籍出版社2014年版，第195頁。

〔註129〕唐順之著，馬美信、黃毅點校：《唐順之集》，浙江古籍出版社2014年版，第198頁。

〔註130〕唐順之著，馬美信、黃毅點校：《答俞教諭》，《唐順之集》，浙江古籍出版社2014年版，第195頁。

〔註131〕唐順之著，馬美信、黃毅點校：《答戚南玄》，《唐順之集》，浙江古籍出版社2014年版，第198頁。

〔註132〕唐順之著，馬美信、黃毅點校：《唐順之集》，浙江古籍出版社2014年版，第450頁。

〔註133〕唐順之所云「神明」有心體的意義，文與神明的統一實際即唐宋古文家所倡導的文道合一，具體參本書第四章第一節論述。

製作的意義和價值，這意味著一度困擾著唐順之的德、藝以及文、道之間的矛盾終被化解開來。由此，在詩文創作和批評上，唐順之逐步改變了之前重道輕文、甚至因道廢文的立場，這是他撰寫《董中峰侍郎文集序》、提出「文必有法」的前提。

　　除了心學思想發展變化的影響，唐順之於嘉靖三十一年創作《董中峰侍郎文集序》，提出「文必有法」之說，亦是對李攀龍、王世貞等後七子〔註134〕結社、再掀復古思潮的一種應對。後七子以復古鼓盪文壇可追溯至嘉靖二十六年，嘉靖三十年至三十一年後七子同處京師，這是他們活動最集中、最頻繁的一段時光〔註135〕，他們「互相標榜，視當世無人」〔註136〕，對前七子之首的李夢陽則情有獨鍾，承襲了其文必秦漢、詩必盛唐的詩文主張。與此同時，他們對高倡唐宋古文、追求師心自放的唐宋派發起猛烈的抨擊。嘉靖三十一年，李攀龍作《送王元美序》，其有云：「今之文章，如晉江、毗陵二三君子，豈不亦家傳戶誦？而持論太過，動傷氣格，憚於修辭，理勝相掩。」〔註137〕李攀龍將批判的矛頭主要指向了唐宋派中的唐順之、王慎中二人。對此，王世貞《贈李于鱗序》亦提及李攀龍「其微辭多譏切某郡某郡二君子。二君子固蠖伏林野，其聲方握柄，所褒誅足浮沉天下士」〔註138〕，其所謂「某郡某郡二君子」即指王、唐。可見，後七子初登文壇之時，以王慎中、唐順之為核心的唐宋派聲勢正隆，從者甚眾。李攀龍等人「於本朝獨推李夢陽」〔註139〕、欲重掀復古浪潮，那麼代李、何而起的王、唐自然成為了他們重點批駁的對象。李攀龍、王世貞等以「質不累藻，華不掩情」〔註140〕的秦漢古文為創作典範、追求情、

〔註134〕後七子指李攀龍、王世貞、謝榛、宗臣、梁有譽、徐中行、吳國倫，李攀龍、王世貞是其領袖。

〔註135〕關於後七子等人結社、活動的信息參廖可斌：《明代文學復古運動研究》，商務印書館 2008 年版，第 212～218 頁。

〔註136〕張廷玉等撰：《明史》卷二百八十七《李攀龍傳》，中華書局 1974 年版，第 7378 頁。

〔註137〕李攀龍：《滄溟集》卷十六《送王元美序》，《影印文淵閣四庫全書》第 1278 冊，臺灣商務印書館 1986 年版，第 369 頁。

〔註138〕王世貞：《弇州四部稿》卷五十七《贈李于鱗序》，《影印文淵閣四庫全書》第 1280 冊，臺灣商務印書館 1986 年版，第 27 頁。

〔註139〕張廷玉等撰：《明史》卷二百八十七《李攀龍傳》，中華書局 1974 年版，第 7378 頁。

〔註140〕王世貞：《弇州四部稿》卷六十四《重刻尺牘清裁小序》，《影印文淵閣四庫全書》第 1280 冊，臺灣商務印書館 1986 年版，第 126 頁。

辭、理的完美交融，故而以「憚於修辭，理勝相掩」掊擊王、唐之作，謂唐宋派諸子宗宋乃「樂於宋之易構而名易獵」〔註141〕，對其學歐、曾失之於「衍而卑」〔註142〕表示不滿。

面對後七子的指謫，唐順之雖不欲出頭與之強辯，但並非全然無所觸動，他在《與洪方洲郎中 二》中云：「所示濟南生文字，黃口學語，未成其見，固然本無足論，但使吾兄為人所目攝，此亦豐干饒舌之過也。且崆峒強魂尚爾依草附木，為祟世間，可發一笑耳。」〔註143〕又《與馮午山》云：「洪方洲傳示濟南李直（生）文字，全無一毫理意，而但掇拾古人奇字俊語，以（衣）馬莊嚴，黃口學語，未成，固無足怪。……而輕薄後生，欣然依附之，以為文章當如是，不務自得，而惟拾古人殘魂舊魄，以自相標榜，此可以欺眾人而不可以欺豪傑也！」〔註144〕唐順之謂李攀龍之作「全無一毫理意」、「但掇拾古人奇字俊語」，譏其「黃口學語，未成其見」，認為後七子等高倡文必先秦兩漢、詩必漢魏盛唐乃拾取李夢陽「殘魂舊魄」「為祟世間」，其對後七子再掀復古浪潮的否定和蔑棄躍然紙上。然而後七子當時多年少才高氣銳，他們相互標榜，鼓蕩天下，贏得了「七才子」之名。後七子中，李攀龍、王世貞聲望尤盛，先後操文壇之柄長達四十年。在他們的影響下，嘉靖中期至萬曆年間的明代文壇再次刮起了一股強勁的復古之風。唐順之在世時並未見著此次復古聲勢的巔峰，但是嘉靖三十一年後七子齊聚京師共襄文事已然讓其覺察到文壇風向的轉變。此種情形下，唐順之不得不放下偏見，對李攀龍等「憚於修辭，理勝相掩」的針砭進行深度反思。適逢其心學思想漸趨成熟之後開始跳出重道輕文的論文立場，逐步認識到「本色」說以理統情、打破意法平衡的理論缺陷。由此，唐順之在寫於嘉靖三十一年的《董中峰侍郎文集序》中提出「文必有法」之說，為學習唐宋古文再張聲勢，並以「文法」說正面回擊了後七子等人的質疑和批駁。此外，通過編選《文編》、《六家文略》等一系列

〔註141〕 王世貞：《弇州四部稿》卷六十八《古四大家摘言序》，《影印文淵閣四庫全書》第1280冊，臺灣商務印書館1986年版，第176頁。

〔註142〕 王世貞《答王貢士文祿》云：「晉江諸公又變之為歐、曾，近實矣，其失衍而卑」，參王世貞：《弇州四部稿》卷一百二十七，《影印文淵閣四庫全書》第1281冊，臺灣商務印書館1986年版，第139頁。

〔註143〕 唐順之著，馬美信、黃毅點校：《唐順之集》，浙江古籍出版社2014年版，第270頁。

〔註144〕 唐順之：《與馮午山》，見袁黃：《遊藝塾續文規》卷一，《續修四庫全書》第1718冊，上海古籍出版社2002年版，第166頁。

古文選本，他對否定文法、提倡信手信口的「本色」論進行了全面修正，最終
提出了追求意與法、作者主體性與文體之間平衡的「文法」理論。

第四章　文法論

　　嘉靖三十一年，唐順之在《董中峰侍郎文集序》中首次提出「文必有法」之說。是時，「文法」論的提出一方面緣自其心學思想的成熟帶來了文學主張上的相應變化，他欲以文道合一、意法平衡的「文法」論取代重道輕文的「本色」論。另一方面，李攀龍、王世貞等後七子在文壇漸成氣候，他們再掀「文必秦漢、詩必盛唐」的復古浪潮，對提倡唐宋古文的唐順之、王慎中等唐宋派人士極盡批駁，因此唐順之提出「文法」論亦是對後七子質疑和挑戰的一種回應。嘉靖三十五年，唐順之完成《文編》的編纂，在全面修正「本色」論的基礎上構建了體系完整的文法理論。《文編》選錄了大量唐宋古文（主要是八大家之文），嚴格踐行由唐宋文入門、進而上窺秦漢文精髓的古文師法主張，充分彰顯了唐順之迥別於後七子（包括前七子）的論文立場，表明了其推行唐宋古文的決心。

　　《董中峰侍郎文集序》和《文編》是研究唐順之文法理論最重要的文獻資料，在已明確二者均為唐順之文學生涯後期的理論創獲時，我們可以得出這樣一個結論，即「文法」論的提出當在「本色」論之後，它代表著唐順之最終的文學思想主張。在唐順之的一生中，其文學思想的發展變化始終與其學術思想的發展保持著某種微妙的「共振」：早年他由「始尊秦、漢」轉為「繼好宋、唐」與其沉潛、浸淫於程朱之學有關；其後他由程朱之學轉入陽明心學一路，在文學上便提出了具有重道輕文傾向的「本色」論；隨著心學思想的成熟，他又以「文道合一」的「文法」論取代了「本色」論。現在，當我們面對「文法」論時不禁要追問唐順之的心學思想究竟是如何滲透進文學領域的，在構建「文法」論的過程中它究竟起到了怎樣的作用？此外，儘管唐順之以「文法」論取代了

「本色」論，但二者皆源自其心學思想，那麼它們在內涵上可有先後承襲、相為一貫之處？除了受心學思想發展變化的影響，「文法」論的提出亦是唐順之對後七子結社、再掀「文必秦漢」復古浪潮的一種應對。由此，古文師法的對象究竟是「法寓於無法之中的」秦漢文，還是嚴於法度、有法可窺的唐宋文；所師之法究竟是縹緲玄妙的氣象格調，還是明晰可循的篇章結撰之法；古文創作究竟當以修辭為尚、抒寫真情，還是要以明道為本、崇實致用……對於這些問題的辨析和解答自然成為了「文法」論的應有之義。在以《文編》、《董中峰侍郎文集序》為核心的編纂、著述中，唐順之給出了上述問題的答案。藉此，他建構起包含著法度論、師法論、技法論在內的文法理論體系，「文法」論亦成為了他一生中最重要、最成熟的文學思想主張。

第一節　文必有法——法度論

嘉靖三十五年，年屆五十的唐順之完成了《文編》一書的編選工作。在其自作序言中有云：「然則不能無文，而文不能無法。」〔註1〕另嘉靖三十一年，他在《董中峰侍郎文集序》中有云：「然而文之必有法，出乎自然而不可易者，則不容異也。」〔註2〕在這兩篇序言中，唐順之一再明確了其「文必有法」的文學觀念。

考「法」字本義，《說文解字》有云：「灋，刑也。平之如水，從水；廌，所以觸不直者去之，從廌、去。」段玉裁注云：「刑者，罰罪也。《易》曰『利用刑人，以正法也。』引申為凡模範之稱。木部曰『模者，法也』。竹部曰『笵者，法也』。土部曰『型者，鑄器之法也』。」〔註3〕由此可見，「法」原為刑罰之法，引申為模範之法。《墨子·法儀》云：「天下從事者，不可以無法儀。無法儀而其事能成者，無有。雖至士之為將相者，皆有法。雖至百工從事者，亦皆有法。百工為方以矩，為圓以規，直以繩，正以懸。無巧工不巧工，皆以此四者為法。」〔註4〕文中強調百工技藝皆有法，此法即模範之法，有法度、

〔註1〕唐順之著，馬美信、黃毅點校：《唐順之集》，浙江古籍出版社 2014 年版，第 450 頁。

〔註2〕唐順之著，馬美信、黃毅點校：《唐順之集》，浙江古籍出版社 2014 年版，第 466 頁。

〔註3〕段玉裁：《說文解字注》，上海古籍出版社 1988 年版，第 470 頁。

〔註4〕孫詒讓撰，孫啟治點校：《墨子閒詁》（新編諸子集成本），中華書局 1986 年版，第 18、19 頁。

法則、規範之意。唐順之《文編序》開篇寫道：「歐陽子述揚子雲之言曰：『斷木為棋，梡革為鞠，莫不有法，而況於書乎？』然則，又況於文乎？」〔註5〕由製作棋、鞠的百工技藝之法引申到書法、文法，其所謂法皆為模範之法。因此，「文必有法」中的法指作文的法度、法則、規範。

　　法度（法則、規範）意義上的文法是一抽象概念，「文必有法」的提出表明了唐順之將抽象的文章法度列為了文章的本質規定性，視文法為文章的應有之義。為此，他引入了「神明」這一概念來進一步闡釋「法」：「所謂法者，神明之變化也」。〔註6〕關於「神明」，《文編序》云：「以為神明乎，吾心而止矣，則☷之畫亦贅矣。然而畫非贅也，神明之用所不得已也」，〔註7〕可見「神明」是一指稱本體的概念，乾坤卦畫是「神明」的發用。作為本體，「神明」是根本的普遍存在，「以為神明乎，吾心而止矣」，將「神明」與「吾心」聯繫在一起說明了「神明」並非一物質存在，而是一精神性、觀念性存在。結合唐順之的心學思想，「神明」實際上對應的正是「心體」這一概念。就體用關係而言，唐順之認為心體意義的「神明」是抽象的、潛在的觀念性存在，必須由具體的、相對現實的存在實現出來。因此，《文編序》云：「然而畫非贅也，神明之用所不得已也。畫非贅，則所謂一與言為二，二與一為三，自茲以往，巧曆不能盡而又不可勝窮矣。文而至於不可勝窮，其亦有不得已而然者乎？」〔註8〕肯定了卦畫以及文章作為「神明」之用具有存在的必然性與合理性。不僅如此，唐順之強調體用一源，指出「聖人以神明而達之於文，文士研精於文以窺神明之奧」〔註9〕，認為神明與文，雖以體、用二分，然體待用而現，用因體而生，「神明」與文是二而為一、不可分割的。「法」作為「神明之變化」正是溝通「神明」與文、體與用的重要環節。何為「神明之變化」呢？「神明」抽象而無形，是心體；「變化」具體而有形，是發用。「神明之變化」

〔註5〕唐順之著，馬美信、黃毅點校：《唐順之集》，浙江古籍出版社2014年版，第450頁。

〔註6〕唐順之著，馬美信、黃毅點校：《唐順之集》，浙江古籍出版社2014年版，第450頁。

〔註7〕唐順之著，馬美信、黃毅點校：《唐順之集》，浙江古籍出版社2014年版，第450頁。

〔註8〕唐順之著，馬美信、黃毅點校：《唐順之集》，浙江古籍出版社2014年版，第450頁。

〔註9〕唐順之著，馬美信、黃毅點校：《文編序》，《唐順之集》，浙江古籍出版社2014年版，第450頁。

指「神明」（心體）在文章中的發用和實現。（由於此種發用「有偏有全，有小有大，有駁有醇」，故唐順之以「變化」言之。）唐順之將「法」闡釋為「神明之變化」，意味著一方面文法具有心體的意義和地位，是普遍的、抽象的；另一方面文法亦為發用，是特殊的、具體的。就前者而言，所謂普遍的、抽象的法對應的正是具有模範意義的文章法度。唐順之將文章法度上升到心體的意義來看待，由體用一源而言，則文源於法、法現於文，文與法不可分割。由此，法度意義上的文法便具有了存在的合理性，並且成為了文章的本質規定性。從這個角度看，無法即無所謂文，故唐順之強調「文必有法」。具有「模範」意義的法度是一抽象概念，唐順之由「文必有法」出發所欲樹立的理想的文體風格必須藉由具體的師法對象、師法內容方能實現，這意味著抽象的文章法度必須落實為具體的師法和技法〔註10〕。而師法、技法對應的正是具有發用意義的、特殊的、具體的文法。由此，唐順之從「神明之變化」出發，構建起包括法度論、師法論、技法論在內的文法理論體系。《文編》的編纂正是對這一內涵豐富、體系完整的文法思想的最佳詮釋。

在唐順之的文法理論體系中，法度論具有本體論的意義和地位，體現了唐順之關於文學的總的基本觀念。

1. 文與道非二也

由於法度之法被賦予了「神明」的心體意義，故「文必有法」中「文」與「法」的統一實際強調的是「文」與「神明」的統一。這是唐順之對包括文學創作在內的整個文學活動的一個基本認識。具體而言，「文」與「神明」的統

〔註10〕《字彙‧水部》：「法，則效也。」（梅膺祚撰：《字彙》，《續修四庫全書》第 233 冊，上海古籍出版社 2002 年版，第 49 頁）《墨子‧辭過》：「為宮室若此，故左右皆法象之。」（孫詒讓撰，孫啟治點校：《墨子閒詁》卷一，新編諸子集成本，中華書局 1986 年版，第 31 頁。）如《老子》：「人法地，地法天，天法道，道法自然。」（朱謙之撰：《老子校釋》，中華書局 1984 年版，第 103 頁。）可見法有效法、師法之意。此外，法亦有方法、做法、技法之意，如《孫子‧謀攻》：「凡用兵之法，全國為上，破國次之。」（孫武撰，曹操等注《孫子十家注》卷三，中華書局 1954 年版，第 34 頁。）又如《墨子‧辭過》：「為宮室之法，曰高足以避潤濕，邊足以風寒，上足以待雪霜雨露，宮牆之高，足以別男女之禮，謹此則止。」（孫詒讓撰，孫啟治點校：《墨子閒詁》卷一，新編諸子集成本，中華書局 1986 年版，第 30～31 頁。）在唐順之的文法理論體系中，關於古文師法對象的討論對應的是師法問題，唐順之通過批點選文所揭示出來的師法內容對應的正是作文的方法、技法問題。

一包括兩個方面的內涵：一是文原於「神明」，以「神明」為本；二是「神明」作為抽象的本體必須藉由文章的發用而實現（自身）。唐順之在《文編序》中用「聖人以神明而達之於文，文士研精於文以窺神明之奧」概括了上述之意，這與唐宋古文運動以來古文家們所謂「文以載道」、「文道合一」的觀點十分相似。事實上，唐順之以「神明」為本體所構建起來的心學思想，究其本質與程朱理學一樣是以心性為核心範疇的道德形上哲學。從人性論的角度出發，「神明」即人的道德本體，其內涵仍是傳自儒家聖人、以仁義禮智信為核心的基本道德原理。從這個意義看，「神明」即儒家的聖人之道。因此，唐順之所強調的「文」與「神明」的統一即文與道的統一。唐順之《答廖東雩提學》云：「雖然，文與道非二也。更願兄完養神明以探其本原，浸涵六經之言以博其旨趣，而後發之，則兄之文益加勝矣。」〔註11〕可見，就文道合一、明道宗經而言，唐順之與前代的古文家們並無二致。

　　值得一提的是，唐順之將「文道合一」的觀點納入到自己的文法理論體系之中，使得文法不再侷限於前人所理解的作文技法，極大地豐富了文法理論的內涵。明代文派林立，各家各派自有其文法主張，然而論法多侷限於文章形式層面的技法、技巧，如明代時文四大家之一的王鏊云：「凡為文必有法」〔註12〕，又「學者不為文則已，如為文而無法，法而不取諸古，殆未可也」〔註13〕，其所謂文法主要指以韓愈文為典範、「不蹈襲前人，不取悅今世」〔註14〕的創作之法，追求一種新奇、「變態」的文章風格。活躍於明中期的前、後七子亦頗多文法之論，如李夢陽云：「文必有法式」〔註15〕，何景明亦有云：「詩文有不可易之法」〔註16〕，二人皆重法，但對法的內涵理解不同，並由此發生了一系列關於法的論爭。何景明主張的「辭斷而意屬，

〔註11〕唐順之著，馬美信、黃毅點校：《唐順之集》，浙江古籍出版社2014年版，第232頁。

〔註12〕王鏊：《震澤集》卷十二《孫可之集序》，《影印文淵閣四庫全書》第1256冊，臺灣商務印書館1986年版，第264頁。

〔註13〕王鏊：《震澤集》卷十三《重刊左傳詳節序》，《影印文淵閣四庫全書》第1256冊，臺灣商務印書館1986年版，第273~274頁。

〔註14〕王鏊：《震澤集》卷十四《皇甫持正集序》，《影印文淵閣四庫全書》第1256冊，臺灣商務印書館1986年版，第282頁。

〔註15〕李夢陽：《空同集》卷六十二《答周子書》，《影印文淵閣四庫全書》第1262冊，臺灣商務印書館1986年版，第570頁。

〔註16〕何景明撰，李叔毅等點校：《與李空同論詩書》，《何大復集》，中州古籍出版社1989年版，第576頁。

聯類而比物」〔註17〕之法毫無疑問是有關詩文形式的藝術表現手法，李夢陽則將法提升為文之「自則」，是文的內在規定性，這是他論法較何景明更為高明的地方。然而，在與何景明的論爭中他又將作為文之自則、「圓規而方矩者」之法坐實為「前疏者後必密，半闊者半必細，一實者一必虛，疊景者意必二」〔註18〕的字詞章句之法，與何景明所論並無本質差別。後七子中的王世貞全面發展了前七子的理論，其《藝苑巵言》對篇、章、字、句之法皆有深入探討，儘管他強調法與意合，然而其所謂法仍是與「意」相對立的形式之法。相較之下，唐順之講求「文道合一」的文章法度論涉及到文章的本原和本質問題，亦關聯到文章的思想內容，是對以上偏限於形式意義的文法理論的重要拓展。

　　唐順之將「文道合一」納入其文法理論體系，從文法的角度來詮釋「文道合一」首先強調的是文原於道，文以道為本。在以儒家思想為主導的古代社會中，文（文學、文章）是從屬於禮樂制度的，故歷來人們論文首先注重的並不是文學自身的審美價值，而是其有利於道德教化、國家治政的社會價值。在這一前提下，關於文道關係的論述，理論家們大多強調學文、作文當以明道為根本宗旨，重視道對文的規範意義。就此而言，早在先秦時期荀子就已提出明道、徵聖、宗經的文學觀念，南朝時期劉勰作《文心雕龍》，將「原道、徵聖、宗經」列為「文之樞紐」，唐宋以來隨著古文運動的開展，「文以明道」、「文以載道」的古文觀念逐漸成為古文家們的共識。明初，宋濂作為「開國文臣之首」，以承繼儒道自命，力主明道、宗經的文學觀念，得到了王褘、方孝孺、朱右等一眾文人儒士的響應和支持。之後，臺閣代興，「三楊」〔註19〕主持文壇，為文仍然以理為主，近宗歐陽修、遠溯六經。可見，自先秦至明初，明道、宗經一直是古代文人心目中佔據著主導地位的基本文學觀念。而唐順之將文道合一的觀點納入他的文法理論體系之中，從文法的角度出發將文道合一當作文章的本質規定性，體現了他對明道宗經、以道為本的文學觀念的肯定和繼承。通過這種方式，他對前、後七子在明中葉掀起的重情抑理的文學風氣進行了反撥，使得文

〔註17〕何景明撰，李叔毅等點校：《與李空同論詩書》，《何大復集》，中州古籍出版社1989年版，第576頁。

〔註18〕李夢陽：《空同集》卷六十二《再與何氏書》，《影印文淵閣四庫全書》第1262冊，臺灣商務印書館1986年版，第567頁。

〔註19〕「三楊」即楊士奇、楊榮、楊溥，三人均歷仕永樂、洪熙、宣德、正統四朝，迭掌文柄，影響甚大。

學創作重新回歸明道宗經、致力教化的正統之路。

此外，唐順之從文法出發對「文道合一」的詮釋更加突出道以文現的重要性，強調文作為道之發用的特殊性、具體性，對其曾經擁有的重道輕文的觀念進行了修正。唐宋以來，文道合一觀點的提出主要是建立在哲學領域中「理」（或「道」）一元論的基礎之上的。就文道關係而言，道為本，文為末，道為本體，文為發用。如此，明道、宗經的傳統文學觀念一旦與人們崇本抑末的心理相結合，極易走向重道輕文甚至是因道廢文的道路，例如北宋著名的理學家程頤就曾經提出過「作文害道」〔註20〕的說法。唐順之在其四十歲前後的幾年中由於習道的原因對其早年溺於文辭而不知「道」的經歷進行了深刻的反思，其作書與友人云：「僕自三十時讀程氏書，有云：『自古學文鮮有能至於道者，心一局於此，又安能與天地同其大也？』則已愕然有省，欲自割而未能。年近四十，覺身心之鹵莽而精力之日短，則慨然自悔，捐書燒筆，於靜坐中求之，稍稍見古人塗轍可循處，庶幾補過桑榆，不盡枉過此生。」〔註21〕唐順之將程頤的觀點進行發揮，他並不是站在崇道的立場上片面的否定文的價值，而是由文道合一出發批判人們（包括其自身）學文沉溺於文辭，不知以明道為本。他之所以要捐書燒筆乃是因其習道工夫尚淺，未能貫通體用、本末，過分誇大了包括文辭在內的種種技藝與習道之間的矛盾，將它們視為進道之障。待其工夫日深，思想漸趨圓融，體用、本末一起打通，則不再以文辭技藝為進道之障，反以其為進道之助，其晚年作《雜編序》云：「語理而盡於六經，語治而盡於六官，蔑以加之矣。然而諸子百家之異說，農圃、工賈、醫卜、堪輿、占氣、星曆、方技之小道，與夫六藝之節脈碎細，皆儒者之所宜究其說而折衷之，未可以為贅而惡之也。」〔註22〕在此，唐順之由道器不二出發，充分肯定了六藝、方技乃至諸子百家異說皆可資以發明道德，反對儒者「以為贅而惡之也」。同理，文作為道之發用亦重獲其認可和關注，這是其晚年耗費巨力纂成《文編》的前提。另外，從注重文之發用而言，唐順之亦十分關注文法的特殊性和具體性，而所謂具體的、特殊的文法對應的正是

〔註20〕程顥、程頤撰，潘富恩導讀：《二程遺書》卷十八《伊川先生語四》，上海古籍出版社2000年版，第290頁。

〔註21〕唐順之著，馬美信、黃毅點校：《答蔡可泉》，《唐順之集》，浙江古籍出版社2014年版，第313頁。

〔註22〕唐順之著，馬美信、黃毅點校：《唐順之集》，浙江古籍出版社2014年版，第450、451頁。

師法和技法問題。《文編》的編纂正是通過具體的師法對象和師法內容（即技法）向讀者指明唐順之心目中文道合一的理想之文究竟是如何創作出來的。可見，師法論、技法論在唐順之的文法理論體系中具有十分重要的意義和價值，其對文法的探討必將由抽象的法度論落實為具體的師法論、技法論。

2. 神明在我，知幾而動

儘管繼承了唐宋以來文道合一的古文觀念，但在唐順之所作《文編序》中，他將文道合一表述為文與「神明」的統一，將「法」定義為「神明之變化」而非「道之變化」是有其特定的緣由和意義的。

「神明」在唐順之的學術思想中指稱的是心體，除了「神明」，更多情況下唐順之用「天機」來指稱心體，其曰：「嘗驗得此心天機活物，其寂與感，自寂自感，不容人力。吾與之寂與之感，只自順此天機而已，不障此天機而已。……天機即天命也，天命者天之所使也，故曰天命之謂性。立命在人，人只是立此天之所命者而已。」〔註23〕一方面，「天機」即「天命」，是宇宙的本體；另一方面，「天命之謂性」、「立命在人」，「天機」亦為人的道德本體。不僅如此，「天命」與「性」最終被統一在「此心」之中，這說明了本體意義的「天機」是一觀念性存在，不能獨立存在於人的主體意識之外，故黃宗羲論唐順之「天機」曰：「夫所謂天機者，即心體之流行不息者是也」〔註24〕，指明了「天機」即心體。

「心體」意義的「天機」實承王陽明的「良知」而來，王陽明說：「知是心之本體，心自然會知，見父自然知孝，見兄自然知弟，見孺子入井自然知惻隱，此便是良知，不假外求。」〔註25〕良知自然、不假外求說明作為心體的良知並不在主體的意識之外。此外，良知人人俱有，各個相同，具有普遍性，所謂「自聖人以至於愚人，自一人之心以達於四海之遠，自千古之前以至於萬代之後，無有不同。是良知也者，是所謂天下之大本也」。〔註26〕王陽

〔註23〕唐順之著，馬美信、黃毅點校：《與聶雙江司馬》，《唐順之集》，浙江古籍出版社 2014 年版，第 278 頁。

〔註24〕黃宗羲著，沈芝盈點校：《明儒學案》（修訂本）卷二十六《南中王門學案二·襄文唐荊川先生順之》，中華書局 2008 年版，第 598 頁。

〔註25〕王守仁撰，吳光等編校：《王陽明全集》卷一《傳習錄》上，上海古籍出版社 1992 年版，第 6 頁。

〔註26〕王守仁撰，吳光等編校：《王陽明全集》卷八《書朱守乾卷》，上海古籍出版社 1992 年版，第 279 頁。

明用「良知」說將人的道德本體由程朱理學中那獨立於主體意識之外的客觀存在（即「道」或「理」）改造為內具於人人心中的觀念性存在（即「心」或「良知」），突出強調了人的主體性，這一點顯然為唐順之的「天機」說所繼承。

　　同為指稱心體，「神明」與「天機」一樣重視、強調人的主體性。唐順之《與裘剡溪推官書》云：「聖人提醒人心，只在一『占』字。《易》曰：『君子居則觀其象而玩其辭，動則觀其變而玩其占。』所謂占者，豈是揲蓍布卦乃為占哉，此恒心之存主處則為居，此恒心之應用處則為動，神明在我，知幾而動，是無時無處不是占也。」〔註27〕其所謂「神明在我」乃就「此恒心之存主處則為居」而言，「恒心」即心體，「神明在我」意味著「神明」（或「恒心」）作為心體存在於主體的意識之中，因此學者涵養心體的工夫在內而不在外，即要在人人俱有的自家心體上用功，培養自己內在的道德意識。可見，通過「神明在我」唐順之將主體性原則貫徹到了本體與工夫之中，將道德實踐視作人的自我實現和完善，充分肯定了人作為道德主體的意義和價值。

　　由此，唐順之在《文編序》中將文法定義為「神明之變化」、將唐宋古文家文道合一之說改造為文與「神明」的統一，其意義在於充分肯定了作者在文學活動（主要是文學創作）中的主體地位，這首先體現為他對作者道德修養的重視。唐順之與友人論文時曾多次強調作者要「完養神明」，如《與洪方洲書》云：「願兄且將理要文字權且放下，以待完養神明，將向來聞見一切掃抹，胸中不留一字，以待自己真見露出，則橫說豎說更無依傍，亦更無走作也。何如何如？」〔註28〕又《答廖東雩提學》云：「文與道非二也，更願兄完養神明，以探其本原，浸涵六經之言，以博其旨趣而後發之，則兄之文益加勝矣。」〔註29〕在唐順之看來，人是一道德主體，「完養神明」要求作者寫作重在涵養自己的道德本心，要不斷提升、充實自身的道德意識和道德情感。如此作文方不會株守古人成說，不會沉溺於文辭技巧，實現文道合一（即文與神明的統一）的理想之境。

〔註27〕唐順之著，馬美信、黃毅點校：《唐順之集》，浙江古籍出版社 2014 年版，第246 頁。

〔註28〕唐順之著，馬美信、黃毅點校：《唐順之集》，浙江古籍出版社 2014 年版，第298 頁。

〔註29〕唐順之著，馬美信、黃毅點校：《唐順之集》，浙江古籍出版社 2014 年版，第232 頁。

　　唐順之在習道過程中對作者道德修養的重視曾一度走向因道廢文之路，然而《文編》的編纂向世人昭示了其最終還是回歸了文道合一的文學觀念。此種情形下唐順之對作者主體地位的肯定既延續了以往對作者道德修養的重視，亦充分正視了文學創作的特殊性，強調作者學習、掌握文法的重要意義，故其編纂了《文編》、《六家文略》等一系列旨在授人以法的古文選本。就作者與文法之間的關係而言，從肯定作者的主體性出發重視作者對文法的主導作用自是唐順之文法理論的應有之義。唐順之云：「此恒心之存主處則為居，此恒心之應用處則為動。神明在我，知幾而動，是無時無處不是占也。」〔註30〕其所謂「知幾而動」乃就「此恒心之應用處則為動」而言。「幾」乃細微的跡象或預兆，「知幾而動」意味著在心體發用的過程中，作為主體的我能夠體察細微的跡象和徵兆應機而動，隨時而變，充分掌握主動性。以此來論寫作，「知幾而動」要求作者作為寫作的主體能夠根據特定的創作意圖、主題內容和文體形式靈活運用各種文章技法進行創作，作者在寫作的過程中掌握著法、支配著法。顧憲成在《六大家文略題辭》中將唐順之的這一思想進行了進一步發揮，其曰：「曰：『大家云何？』曰：『以我役物之謂大，以物役我之謂小。以我役物，是故操縱闔闢靡不在手。天之高，地之深，萬象之往來，千載之上，千載之下，一切紛馳於筆端，惟其指使。』」〔註31〕「以我役物」突出了作者在文學創作中的主體性，所謂「物」既指天高地厚、萬象往來，此為寫作對象；亦指操縱闔闢等寫作技法。「以我役物」意味著作者在寫作中始終佔據著主導權，能夠牢牢掌控住寫作對象和文章技法。學文、作文而不以文自限，學法、用法而不拘於法，識得此，方為真正掌握唐順之文法理論的精義所在。

第二節　取法唐宋，上窺秦漢──師法論

　　唐順之以「神明之變化」構建了包括法度論、師法論、技法論在內的文法理論體系，其中具有普遍意義的抽象的法度論必須落實為具體的師法論、技法論。陸德海在《明清文法理論研究》中說道：「文法理論研究的最終目的是建立文法標準。在低級層次上，文法理論成為文章學的寫作程序；向上進

〔註30〕唐順之著，馬美信、黃毅點校：《與裘剡溪推官書》，《唐順之集》，浙江古籍
　　　　出版社 2014 年版，第 246 頁。
〔註31〕顧憲成：《六大家文略題辭》，見唐順之纂，蔡瀛輯，蔡望卿校刊：《六家文略》
　　　　卷首，明萬曆三十年蔡望卿刻本，常熟圖書館藏。

一步，則成為文藝學的風格論。作為文法標準的兩方面內容，文學風格論與寫作程序論是以對規範性研究為要務的文法理論的上下限。」〔註32〕文法理論研究中，無論是低級層次上寫作程序的確立，還是高級層次上文學風格的樹立，主要是通過確立具體的師法對象和師法內容來完成的。相較之下，明確師法對象、樹立經典範本尤為重要，它關係著師法內容的選擇，是文章技法論的來源和依據。

在唐順之編纂的各類文章選本中，《文編》專為文法而作，可謂「文之工匠而法之至」，因此《文編》所選篇目應當是唐順之心中最佳的古文寫作範本。《文編》所選文章自先秦至宋代共 1422 篇，其中先秦兩漢文 346 篇，魏晉六朝文 23 篇，唐宋文 1053 篇（幾乎全為八大家文）。顯然，《文編》選文重秦漢文和唐宋文。《文編》之外，唐順之較有影響力的文章選本還有《荊川先生精選批點史記》12 卷（選《史記》紀傳 61 篇）、《荊川先生批點精選漢書》6 卷（選《漢書》紀傳 49 篇）、《六家文略》12 卷（選唐宋八大家文 289 篇）、《唐會元精選批點唐宋名賢策論文萃》8 卷（選八大家策、論 135 篇），所選文章仍然集中為秦漢文和唐宋文（八大家文）。可以斷定，唐順之心目中理想的文章師法對象即秦漢文與唐宋文。兩相比較，他又尤為重視以唐宋八大家創作為代表的唐宋文。

嘉靖三十一年，唐順之在《董中峰侍郎文集序》中曾經具體探討過文章師法的問題，其曰：「漢以前之文，未嘗無法而未嘗有法，法寓於無法之中，故其為法也密而不可窺。唐與近代之文，不能無法，而能毫釐不失乎法，以有法為法，故其為法也嚴而不可犯。密則疑於無所謂法，嚴則疑於有法而可窺。然而文之必有法，出乎自然而不可易者，則不容異也。且夫不能有法，而何以議於無法？有人焉，見夫漢以前之文疑於無法，而以為果無法也，於是率然而出之，決裂以為體，餖飣以為詞，盡去自古以來開合首尾經緯錯綜之法，而別為一種臃腫佶澀浮蕩之文。其氣離而不屬，其聲離而不節，其意卑，其語澀，以為秦與漢之文如是也。豈不猶腐木濕鼓之音，而且詫曰：『吾之樂合乎神。』嗚呼！今之言秦與漢者紛紛是矣，知其果秦乎漢乎否也？」〔註33〕唐順之在這段文字中闡明了由唐宋文入門進而上窺秦漢文高境的學文路徑。值得注意的是由文中可見這一師法途徑的確立與明中期以來文壇上一直流行

〔註32〕陸德海：《明清文法理論研究》，上海古籍出版社 2007 年版，第 79 頁。
〔註33〕唐順之著，馬美信、黃毅點校：《唐順之集》，浙江古籍出版社 2014 年版，第 466 頁。

的「文必秦漢」的論調是針鋒相對的。

弘治年間，以李夢陽、何景明為代表的前七子最先提出「文必秦漢」之論。李夢陽曰：「宋儒興而古之文廢矣」〔註 34〕，何景明曰：「夫文靡於隋，韓力振之，然古文之法亡於韓」〔註 35〕，皆以為唐宋文不可取，故超唐越宋，「文自西京、詩自中唐而下，一切吐棄」〔註 36〕，徑直以秦漢文為師法對象，「操觚談藝之士翕然宗之。明之詩文，於斯一變」〔註 37〕。嘉靖中後期，李攀龍、王世貞等後七子相繼而起，「其（李攀龍）持論謂文自西京、詩自天寶而下，俱無足觀。於本朝獨推李夢陽，諸子翕然和之」〔註 38〕。後七子基本延續了前七子的理論主張，在他們的推波助瀾之下，前七子文必秦漢、詩必盛唐的文學主張流佈文壇，影響日深。

當此之時，唐順之倡導學習唐宋八大家古文在文壇上頗有點異端的味道。不過，在前、後七子復古氣焰正盛的時候並非只有唐順之一人提倡唐宋古文。嘉靖年間與唐順之合稱「王、唐」的王慎中就先於唐順之認識到唐宋古文的價值，而與王、唐二人關係密切的茅坤亦宗唐擬宋，並在唐順之的影響下編選了《唐宋八大家文鈔》一書。由於《文鈔》有資於舉業，問世之後十分流行，「一二百年以來，家弦戶誦」〔註 39〕，從此治文者多以八大家為宗。嘉靖年間對前、後七子「文必秦漢」之論發起猛烈攻擊、提倡唐宋古文的還有被後人視作「明文第一」的歸有光。歸有光《項思堯文集序》云：「文章至於宋、元諸名家，其力足以追數千載之上，而與之頡頏；而世直以蚍蜉撼之，可悲也。無乃一二妄庸人為之鉅子以倡道之歟？」〔註 40〕歸有光將力

〔註 34〕 李夢陽：《空同集》卷六十六《論學上篇》，《影印文淵閣四庫全書》第 1262 冊，臺灣商務印書館 1986 年版，第 604 頁。

〔註 35〕 何景明撰，李叔毅等點校：《與李空同論詩書》，《何大復集》，中州古籍出版社 1989 年版，第 576 頁。

〔註 36〕 張廷玉等撰：《明史》卷二百八十五《文苑一》，中華書局 1974 年版，第 7307 頁。

〔註 37〕 張廷玉等撰：《明史》卷二百八十五《文苑一》，中華書局 1974 年版，第 7307 頁。

〔註 38〕 張廷玉等撰：《明史》卷二百八十七《李攀龍傳》，中華書局 1974 年版，第 7378 頁。

〔註 39〕 永瑢等撰：《四庫全書總目》卷一百八十九《唐宋八大家文鈔提要》，中華書局 1965 年版，第 1719 頁上。

〔註 40〕 歸有光著，周本淳校點：《震川先生集》卷二，上海古籍出版社 1981 年版，第 21 頁。

詆宋文之陋的王世貞輩斥為「妄庸鉅子」，認為唐宋以來諸名家之文與千載之上的秦漢散文具有同等不朽的價值。唐順之、王慎中、茅坤、歸有光等在文宗秦漢的一片高呼聲中力排眾議，倡導學習唐宋古文，因此被後人視作為唐宋派的代表人物。唐宋派中，王、唐、茅三人交誼頗厚，歸有光登第最晚〔註41〕，與三人並無直接往來，只是由於主張接近被歸於一派。王、唐、茅三人中，王慎中最先倡導唐宋古文，茅坤主要憑藉《唐宋八大家文鈔》奠定其影響力，真正從理論上闡明學習唐宋古文的意義、夯實唐宋派在文壇上影響力的是唐順之。

一、且夫不能有法，而何以議於無法

在《董中峰侍郎文集序》中，唐順之用「有法」、「無法」之說來論證學習古文當由唐宋文入門的必要性。他認為秦漢文與唐宋文在作文技法上一為無法之法，一為有法之法。所謂無法之法，指先秦兩漢人作文尚無自覺的文法意識，各種技法正處於探索階段，文章多質樸天成，故後人無學習的下手處，無法可循。有法之法則指唐宋人作文已有十分自覺的文法意識，此時各種文章技法已經發展成熟，甚至形成定式，後學容易沿其途轍掌握作文訣竅。唐順之所說的技法主要指作文「開合首尾、經緯錯綜」的篇章結撰之法，關於此法晚明羅萬藻有云：「文字之規矩繩墨，自唐宋而下，所謂抑揚開合起伏呼照之法，晉漢以上絕無所聞，而韓、柳、歐、蘇諸大儒設之，遂以為家。出入有度，而神氣自流，故自上古之文至此而別為一界」〔註42〕，指出古文的篇章結撰之法乃唐宋時期韓、柳、歐、蘇等大家所創設，在此之前此法絕無所聞。不過，秦漢人雖沒有講明抑揚開合、起伏照應之法，並不意味其作文完全不講究篇章結撰之法。對此，郭紹虞云：

> 由中國的語文法言，至唐宋以後而助詞之作用特別突出，所以豐神搖曳，能夠曲折幫助語言的神態。又至唐宋以後，而連詞之作用也特別突出，所以開合順逆，抑揚頓挫諸種變化，也都可在文章中表現，這即是所謂「嚴則疑於有法而可窺」。周秦之文，減少了助詞連詞，則此種關係就不很明顯，所以說「密而不可窺」。然於誦讀

〔註41〕歸有光嘉靖四十四年六十歲始中進士，此時唐順之已辭世。

〔註42〕羅萬藻：《此觀堂集》卷一《韓臨之制藝序》，《四庫全書存目叢書》集部第192冊，齊魯書社1997年版，第350頁。

之際，默加體會，也就覺得於音節歇宣之間，未嘗不有自然之節，
與後世之文初無二致，所以成為「法寓於無法之中」，所以成為「出
乎自然而不可易」。〔註43〕

郭紹虞認為秦漢文較少使用助詞和連詞，故文章的開合順逆、抑揚頓挫等種
種變化並不明顯，學者只有在誦讀時默加體會方能於音節轉換之際領悟其中
微妙，此即唐順之所云秦漢文法「密而不可窺」，乃「法寓於無法之中」。相較
之下，唐宋文大量使用了助詞和連詞，文章結構和語氣的變化十分鮮明，有
跡可循，因此唐順之認為唐宋文法「嚴而不可犯」，乃「以有法為法」。郭先生
從漢語詞彙和語法的發展變化出發，揭示了文法由秦漢文之「無法」發展至
唐宋文「有法」的軌跡和原由，充分證明了唐順之以「有法」、「無法」區分秦
漢文法與唐宋文法的合理性。〔註44〕

　　由「有法」、「無法」之說出發，唐順之提出了「且夫不能有法，而何以議
於無法」，認為古文寫作當由「有法」上溯「無法」，強調唐宋文為初學門徑。
學寫古文由唐宋文入手，這是因為唐宋文有法可循，便於師法。相較而言，
秦漢文無法可窺，難得其精。此外，唐順之認為唐宋文深得秦漢文精髓，學
唐宋文即學秦漢文。茅坤《與蔡白石太守論文書》述唐順之語云：「唐之韓，
猶漢之馬遷；宋之歐、曾、二蘇，猶唐之韓子。」〔註45〕唐鶴徵《六家文略
序》亦云：「法六家正所以法左、莊、班、馬也。心心相授，豈必盡與華嚴一
會哉」〔註46〕，指出其父唐順之編纂《六家文略》正是看到了以八大家為代
表的唐宋古文充分吸收、繼承了秦漢古文的精髓和優良創作傳統。相較之下，
「今之言秦與漢者」，其作古文「率然而出之，決裂以為體，餖飣以為詞，盡
去自古以來開合首尾經緯錯綜之法，而別為一種臃腫佶澀浮蕩之文。其氣離

〔註43〕郭紹虞：《中國文學批評史》，上海古籍出版社1979年版，第451頁。

〔註44〕由古代文章學發展歷程來看，對文章布局結構等各種技法的總結亦始自唐
　　　宋。尤其至南宋，在唐宋古文運動大量創作實踐的基礎上，業已進入了古文
　　　創作規律的總結期。在相繼問世的各類「文話」（如陳騤《文則》、張鎡《仕
　　　學規範》、樓昉《過庭錄》等）和古文選本（如呂祖謙《古文關鍵》、樓昉《崇
　　　古文訣》、真德秀《文章正宗》、謝枋得《文章軌範》）中，均有大量內容涉及
　　　作文技法，充分顯示了唐宋以來人們對於文法的重視，亦代表著文法理論發
　　　展進入了可窺易學的「有法」階段。

〔註45〕茅坤撰，張大芝、張夢新校點：《茅坤集》，浙江古籍出版社1993年版，第196
　　　頁。

〔註46〕唐鶴徵：《六家文略序》，見唐順之纂，蔡瀛輯，蔡望卿校刊：《六家文略》卷
　　　首，明萬曆三十年蔡望卿刻本，常熟圖書館藏。

而不屬，其聲離而不節，其意卑，其語澀，以為秦與漢之文如是也。豈不猶腐木濕鼓之音，而且詫曰：『吾之樂合乎神。』」〔註47〕唐順之認為以前、後七子為代表的秦漢派並未掌握秦漢文精髓，秦漢派拋開古作者心心相授的篇章結撰之法而著力於言語文詞上的模擬堆砌，故其古文創作成就不高。唐宋派另一成員王慎中亦有類似看法，其曰：「方洲常述交遊中語云：『總是學人，與其學歐曾，不若學馬遷、班固。』不知學馬遷莫若歐，學班莫若曾。……今人何嘗學馬、班？只是每篇中抄得三五句《史》、《漢》全文，其餘文句皆舉子對策與寫柬寒溫之套，如是而謂之學馬、班，亦可笑也。」〔註48〕王慎中指出秦漢派學習馬、班流於夾抄語句，僅得形似，真正領悟馬、班文章旨趣，得神似者非歐、曾莫屬。由此可見，以唐順之為核心的唐宋派並不反對學習秦漢散文，他們提倡學習唐宋古文的目的正在於以法度嚴密、有法可循的唐宋文為津筏，進而至於渾然天成、無法可窺的秦漢文之高境。

二、文之必有法，出乎自然而不可易者，則不容易也

　　進一步看，唐順之由唐宋文入門上窺秦漢文高境的師法論亦是對秦漢以來明道致用的古文創作傳統的繼承。唐順之《董中峰侍郎文集序》云：「密則疑於無所謂法，嚴則疑於有法而可窺。然而文之必有法，出乎自然而不可易者，則不容異也。」〔註49〕文中所謂「文必有法」從技法的層面來看是針對著「開合首尾、經緯錯綜」的篇章結撰之法而言的；從法度的層面來看「文必有法」則是針對著明道宗經、經世致用的古文創作傳統而言的，這也是唐宋散文得自秦漢古文的精華所在。

　　實際上，唐宋時期的古文運動既是以提倡秦漢古文來反對駢文的一次文學革新運動，同時也是通過學習古文復興儒道的一次思想運動。古文運動的領袖韓愈自道其學文經歷曰：「非三代兩漢之書不敢觀，非聖人之志不敢存」〔註50〕，又「愈之為古文，豈獨取其句讀不類於今者耶！……學古道，則欲

〔註47〕唐順之著，馬美信、黃毅點校：《董中峰侍郎文集序》，《唐順之集》，浙江古籍出版社 2014 年版，第 466 頁。

〔註48〕王慎中：《遵巖集》卷二十四《寄道原弟書 八》，《影印文淵閣四庫全書》第 1274 冊，臺灣商務印書館 1986 年版，第 574 頁。

〔註49〕唐順之著，馬美信、黃毅點校：《唐順之集》，浙江古籍出版社 2014 年版，第 466 頁。

〔註50〕韓愈撰，馬其昶校注、馬茂元整理：《韓昌黎文集校注》卷三《答李翊書》，上海古籍出版社 1986 年版，第 170 頁。

兼通其辭。通其辭者，本志乎古道者也」〔註51〕。韓愈讀古書、學古文旨在研習古聖人之道，故其不滿足於在詞語、句式上因襲、模仿古人文章，主張文本於道、文以明道，要繼承秦漢作者文道合一的創作傳統。韓愈的這一觀點得到了柳宗元的響應，他在《答韋中立論師道書》中自述：「始吾幼且少，為文章以辭為工。及長，乃知文者以明道。是固不苟為炳炳烺烺，務采色、誇聲音而以為能也。凡吾所陳，皆自謂近道」〔註52〕，明確提出了「文者以明道」的口號。不僅如此，柳宗元進一步強調了文章的社會功用，其曰：「文之用，辭令褒貶、導揚諷諭而已」〔註53〕，主張作文應「有益於世」〔註54〕。韓、柳對秦漢古文文道合一、經世致用創作傳統的揭示無疑抓住了秦漢古文的精髓所在，宋代歐陽修、曾鞏等人又進一步繼承了韓、柳的觀點，引領了宋代的古文運動。歐陽修《答吳充秀才書》云：「夫學者，未始不為道，而至者鮮焉……聖人之文，雖不可及，然大抵道勝者文不難而自至也。」〔註55〕王安石《上人書》云：「且所謂文者，務為有補於世而已矣。……要之以適用為本，以刻鏤繪畫為之容而已。」〔註56〕蘇軾在《答王庠書》亦指出：「儒者之病，多空文而少實用，賈誼、陸贄之學，殆不傳於世。」〔註57〕由此可見，八大家所領導的唐宋古文運動注重文章創作在內容上要明道宗經、有益於世，提倡文從字順、質樸自然的文體形式。古文運動對唐初以及北宋初年形式僵化、華而不實的駢文創作形成了巨大衝擊，引領著散文創作重新回歸明道宗經、注重實用的秦漢古文傳統。

綜上，從注重文以明道、文章經世來看，以八大家創作為代表的唐宋散

〔註51〕韓愈撰：馬其昶校注、馬茂元整理：《韓昌黎文集校注》卷五《題歐陽生哀辭後》，上海古籍出版社1986年版，第304、305頁。

〔註52〕柳宗元：《柳宗元集》卷三十四《答韋中立論師道書》，中華書局1979年版，第873頁。

〔註53〕柳宗元：《柳宗元集》卷二十一《楊評事文集後序》，中華書局1979年版，第578頁。

〔註54〕柳宗元：《柳宗元集》卷二十一《讀韓愈所著毛穎傳後題》，中華書局1979年版，第570頁。

〔註55〕歐陽修著，洪本健校箋：《歐陽修詩文集校箋·居士集》卷四十七《答吳充秀才書》，上海古籍出版社2009年版，第1177頁。

〔註56〕王安石撰，寧波等校點：《上人書》，《王安石全集》卷七十七，吉林人民出版社1996年版，第816頁。

〔註57〕蘇軾撰，孔凡禮點校：《蘇軾文集》卷四十九《與王庠書》，中華書局1986年版，第1422頁。

文與秦漢散文可謂一脈相承。八大家之後，南宋至明前期，這一創作傳統又得到了進一步傳承。南宋時期，以朱熹為代表的理學家提出：「道者文之根本，文者道之枝葉」〔註58〕，將文道合一的古文理論發展為道本文末之論，以道為取捨、衡量文章創作的根本價值原則。在其影響下，出現了《文章正宗》（真德秀）、《新編諸儒批點古今文章正印》（劉振孫）、《諸儒奧論策學統宗》（譚金孫）等一批強調文章創作要「明義理、切世用」〔註59〕的文章選本。元代百餘年間以文章名家者如許衡、劉因、吳澄、姚燧、虞集等皆為當世理學名儒，其文章觀念深受周敦頤、二程、朱熹等宋儒影響，文章創作以闡明性理、有補於世道人心為主。明初宋濂、王禕、方孝孺、朱右等人承繼元代文統，其論文主文道合一之論，視《六經》為「文之至者」〔註60〕，強調創作要「以法《六經》為務」〔註61〕。此外，他們以漢之班、馬、賈、董，唐宋八大家，以及周、張、程、朱之文為《六經》之羽翼，編纂了《文統》、《秦漢文衡》、《唐宋六家文衡》等文章選本，確立了由唐宋文入門進而上溯秦漢文、終至於《六經》之妙的學文路徑。永樂之後，「文歸臺閣」，主持文壇的三楊以及稍後的李東陽在文章師法上由明初兼取秦漢、唐宋文逐步退守至宋代歐陽修、曾鞏兩家，開創了春容詳贍、和平典雅的臺閣文風。臺閣諸老在文學觀念上仍然堅持文道合一的基本主張，強調創作要「翼聖道、裨世治」〔註62〕。至此可見，明道致用的古文創作傳統在唐宋古文運動之後得到了貫徹，逐步成為了後世文章創作的主導觀念。然而，明中期隨著前、後七子相繼登上文壇，這股主導觀念受到了強烈的衝擊。

　　李夢陽《論學》云：「宋儒興而古之文廢矣，非宋儒廢之也，文者自廢也。古之文，文其人，如其人便了，如畫焉，似而已矣。是故賢者不諱過，愚者不竊美。而今之文，文其人，無美惡，皆欲合道，傳、志其甚矣。是故考實則無

〔註58〕黎靖德編，王星賢點校：《朱子語類》卷一百三十九《論文》上，中華書局1994
　　　　年版，第3319頁。
〔註59〕真德秀：《文章正宗綱目》，《文章正宗》卷首，《影印文淵閣四庫全書》第1355
　　　　冊，臺灣商務印書館1986年版，第5頁。
〔註60〕宋濂：《芝園後集》卷一《曾助教文集序》，參宋濂著，羅月霞主編：《宋濂全
　　　　集》，浙江古籍出版社1999年版，第1351頁。
〔註61〕方孝孺著，徐光大校點：《遜志齋集》卷十一《與郭士淵論文》，寧波出版社
　　　　2000年版，第378頁。
〔註62〕李東陽撰，周寅賓點校：《曾文定公祠堂記》，《李東陽集》（第二冊），嶽麓書
　　　　社1985年版，第169頁。

人，抽華則無文。」〔註63〕另何景明《述歸賦序》云：「宋之大儒知乎道而嗇乎文，故長於循轍守訓而不能比事聯類，開其未發。」〔註64〕作為前七子的領袖，李、何二人皆明確表示了對宋儒載道之文的不滿。李夢陽指出受宋儒道本文末觀念的影響，後世作者為了實現「合道」的要求多文過飾非，甚至於弄虛作假，丟失了秦漢古文抒寫真情真性、不假偽飾的優秀傳統。何景明則指出由於重道輕文，宋儒多輕視文辭技巧，其所作缺乏文學的感染力。可見，李、何對宋文的不滿在於理學家道本文末的觀念打破了文、道之間的平衡，消解了文章創作抒發真情實感、重視文辭技巧的審美特性。由此出發，他們在文章師法上超唐越宋，「文非秦、漢不以入於目」〔註65〕，主張「以我之情，述今之事，尺寸古法，罔襲其辭」〔註66〕。

應該說，在古文日益淪為理學工具、喪失其自身審美特性的歷史背景下，前七子樹立起秦漢古文這一創作典範，重視學習古人文章法度、欲回歸古文貼近現實生活、抒發真情實感、華實並茂的創作傳統無疑具有十分重要和積極的意義。但是，在實際創作和文學批評中，前七子矯枉過正，陷入了重形式輕內容、重情抑理、囿於古人字句的境地。後七子領袖李攀龍曾經指出李夢陽的古文具有「視古修辭，寧失諸理」〔註67〕的創作特點，對此他顯然十分認同。相較之下，以王慎中、唐順之為代表、「憚於修辭，理勝相掩」〔註68〕的唐宋派古文則不入其法眼。李攀龍的這一論調得到了王世貞的認同，其曰：「于鱗云：『憚於修辭，理勝相掩』，誠然哉」〔註69〕，認為王、唐宗法的宋人文章大多具有理勝於辭的問題。實際上，「憚於修辭，理勝相掩」的提法原

〔註63〕李夢陽：《空同集》卷六十六《論學上篇》，《影印文淵閣四庫全書》第 1262 冊，臺灣商務印書館 1986 年版，第 604 頁。

〔註64〕何景明撰，李淑毅等點校：《何大復集》卷一《述歸賦序》，中州古籍出版社 1989 年版，第 5 頁。

〔註65〕李開先撰，卜鍵箋校：《渼陂王檢討傳》，《李開先全集》（修訂本），上海古籍出版社 2014 年版，第 922 頁。

〔註66〕李夢陽：《空同集》卷六十二《駁何氏論文書》，《影印文淵閣四庫全書》第 1262 冊，臺灣商務印書館 1986 年版，第 566 頁。

〔註67〕李攀龍著，包敬第標點：《滄溟先生集》卷十六《送王元美序》，上海古籍出版社 1992 年版，第 394 頁。

〔註68〕李攀龍著，包敬第標點：《滄溟先生集》卷十六《送王元美序》，上海古籍出版社 1992 年版，第 394 頁。

〔註69〕王世貞：《藝苑卮言》卷四，見丁福保輯：《歷代詩話續編》（中），中華書局 2006 年版，第 1020 頁。

本出自於李夢陽，其《答周子書》云：「又每傷世之人，何易之悅而難之憚也？而易之悅者，乃又不自謂其易之悅也，曰文主理已矣，何必法也？」〔註70〕李夢陽認為世人所憚之難乃古人作文所講求的文章法式，即「開合照應、倒插頓挫」〔註71〕諸如此類篇章結撰、字句修辭之法，指出常人限於才力難以掌握此法，故避難趨易，以文主於理、文以載道為幌子，為自己缺乏文采、不合古文法式的創作進行開脫。李夢陽此論戳中了那些陷於理窟、偽託高明以掩飾自己文辭之短者的痛處，作為後七子之首的李攀龍、王世貞則以「憚於修辭，理勝相掩」將這一觀點進行了進一步發揮。他們對唐順之、王慎中、茅坤等唐宋派人士明道宗經、師法唐宋的古文創作和論文主張大肆批駁，甚至提出「六經固理區藪也，已盡，不復措語矣」〔註72〕，認為理、道已被六經說盡，後人作文當以修辭為重。在這種思想的指引下，以前、後七子為代表的秦漢派，「文則必欲準於秦漢，詩則必欲準於盛唐。剽襲模擬，影響步趨。見人有一語不相肖者，則共指以為野狐外道」〔註73〕，其詩文復古最終流於字句修辭上的擬古，被人譏為「故作聱牙，以艱深文其淺易」〔註74〕，「驟然讀之，斑駁陸離，如見秦漢間人」〔註75〕。

　　正是看到了前、後七子學習秦漢古文存在的問題，以唐順之為代表的唐宋派方才提出學習唐宋古文，以救治其脫離現實、因襲前人字句的擬古之弊。不同師法途徑的背後實際是不同文學觀念的對峙。以前、後七子為代表的秦漢派奉行的是審美的文學觀念，強調文學創作要抒發真情，重視作品在字句修辭等形式方面的審美特性。以唐順之、王慎中、茅坤為代表的唐宋派奉行的則是載道的文學觀念，強調作品在思想內容上要醇正、符合儒家之道，重視文學經世致用的實用功能。從文學的角度來看，前、後七子強調文學的審

〔註70〕李夢陽：《空同集》卷六十二《答周子書》，《影印文淵閣四庫全書》第 1262 冊，臺灣商務印書館 1986 年版，第 570 頁。

〔註71〕李夢陽：《空同集》卷六十二《答周子書》，《影印文淵閣四庫全書》第 1262 冊，臺灣商務印書館 1986 年版，第 569 頁。

〔註72〕王世貞：《弇州四部稿》卷五十七《贈李于鱗序》，《影印文淵閣四庫全書》第 1280 冊，臺灣商務印書館 1986 年版，第 28 頁。

〔註73〕袁宏道著，錢伯城箋校《袁宏道集箋校》卷四《敘小修詩》，上海古籍出版社 1981 年版，第 188 頁。

〔註74〕永瑢等撰：《四庫全書總目》卷一百七十一《空同集提要》，中華書局 1965 年版，第 1497 頁中。

〔註75〕殷士儋：《李攀龍墓誌銘》，《四庫全書總目》卷一百七十二《滄溟集提要》引，中華書局 1965 年版，第 1507 頁下。

美特性、重視文學在情感上的感染力本無可厚非，這在古代詩歌的創作和理論中體現得尤為明顯。因此，七子們以情感充沛、意境圓融的盛唐詩歌為典範，在詩歌創作中大多取得了不俗的成就。但是，就文章創作和理論而言，強調文章的審美特性、否定文章載道經世的功能和價值則是與文章創作的實際歷史和傳統不相符合的。與以抒情為主的詩歌不同，文章（主要指以散行單句為主的「散文」）由於其體式較少限制，歷來更多承擔了敘事、議論、說理等實用性功能。前七子所推崇的秦漢散文或記述歷史、或發表政論，或闡述思想學說，皆具有突出的實用性。魏晉南北朝以來駢文興起，形式上講求對偶平仄、專尚藻飾用典，內容上則以抒情為主，不重說理和敘事。唐宋時期，以「八大家」為代表的古文家們反對華而不實、不切實用的駢文，提倡寫作古文（與「駢文」相對），秦漢散文自由、實用的精神方又得到延續。更為重要的是，古文家提倡寫古文旨在復興儒學，講求文道合一，使得文章的載道功能前所未有地突顯出來，這是對先秦以來散文創作（以儒家經典為代表）所具有的推行教化、服務政治的實用性的承繼和強調。自此，載道就成了散文寫作的一個重要傳統。倡導「文必秦漢」的前、後七子正是因為割裂了這股傳統所以未能在散文領域中取得與詩歌創作相應的成就。而唐順之、王慎中等唐宋派人士則通過倡導「文道合一」的唐宋古文，將前、後七子那裡一度中斷的散文傳統重新接續了起來。

《四庫全書總目·文編提要》云：「自正嘉之後，北地、信陽聲價奔走一世，太倉、歷下流派彌長，而日久論定，言古文者終以順之及歸有光、王慎中三家為歸。」〔註76〕明中期以來古文創作領域中秦漢派與唐宋派之爭最終以唐宋派獲勝告終，這實際是對以唐順之為代表的唐宋派由唐宋文入門、上窺秦漢文高境這一學文路徑的肯定。經此一役，秦漢以來歷唐宋而下的明道致用的古文正統深深刻入了後世文人的心中。

第三節　技法論

在唐順之的文法理論體系中，師法論確立了取法唐宋、上窺秦漢的學文路徑。其中，唐宋古文（尤其是八大家之文）因其法度嚴明、便於後學沿其途

〔註76〕永瑢等撰：《四庫全書總目》卷一百八十九《文編提要》，中華書局 1965 年版，第 1716 頁中。

徑掌握作文訣竅而尤其受到唐順之的重視。就其一生所編文章選本而言，專選唐宋散文的有《六家文略》（選文共 289 篇）、《唐會元精選批點唐宋名賢策論文萃》（選文共 135 篇）兩種。前者因其脫胎於《文編》，故只有選文沒有評點。後者乃為科舉而選，選文只涉及策、論兩種文體，篇目較少。此選本有選有評，評點體例類同於《文編》，但較為粗略。就其文章選本中最有影響力的《文編》而言，此編選文自先秦至宋代共 1422 篇，其中先秦兩漢文 346 篇，魏晉六朝文 23 篇，唐宋文 1053 篇。《文編》雖為通代之選，但是從選文篇目多寡來看以八大家文為代表的唐宋文顯然佔據了主導地位。另外，從評點來看《文編》雖收錄了不少秦漢散文，但是唐順之認為秦漢文法「密而不可窺」，故而將評點的重心放在了「嚴而不可犯」的唐宋文上。值得注意的是，唐順之編纂《文編》，其對文章技法的探討是通過對選文的批註、圈點來進行的，並非脫離作品空談技法。因此，正是通過對所選八大家文的細緻批點，唐順之向後學揭示了古文創作的各種方法、訣竅。權衡以上各種選本的影響力以及評點的細緻、豐富度，本節主要以《文編》中對唐宋文的評點為依據，探討唐順之文法理論中技法論的具體內涵。

　　明代徐師曾作《文體明辨》，其中總結有「大明唐順之批點法」〔註77〕（參下表），指出了唐順之批點文章時常用的九種符號及其指代的意義。具體而言，「長圈」以及「長點」是用以標識出文章字句或藻麗或新奇的精華之處，「短圈」和「短點」則是用以標識出字眼所在；「長虛抹」用以指出文章的瑕疵失誤之處，「短虛抹」乃指出文章用典所在，「抹」則是用來指示出文章要語或主旨所在；另有「撇」乃用以指出文章轉調所在，「截」則是用以指出文章分段所在。從《文編》的批點來看，徐師曾所言大抵不虛。唐順之正是通過運用上述各種圈點符號，以及在文章的首尾和字裏行間附以簡要評語，從而將選文條分縷析，使後學得以窺見前人作文的各種技巧和良苦用心。

〔註77〕參王水照編：《歷代文話》（第二冊），復旦大學出版社 2007 年版，第 2067 頁。

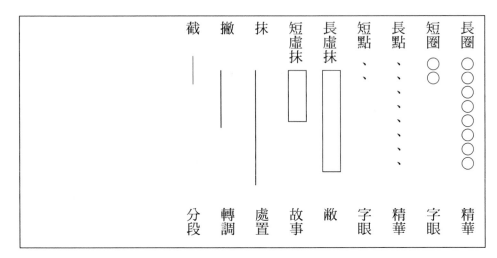

統觀《文編》各卷評點，唐順之所討論、揭示的作文技法主要涉及文章立意、篇章布局、鍊句擇字以及敘事法等多個方面。下面即依據唐順之的文學批評實踐概括其關於立意、結構、修辭等方面的大體主張。

一、文章立意之法

凡作文以立意為先，「意為一篇之綱紀，機局待之以布置，詞章待之以發遣」〔註78〕，主意立定之後，方可謀篇布局、安章宅句。從《文編》的批點來看，在立意上唐順之強調一要「本於道」，二要「貴奇思」。

唐順之一直秉持「文道合一」的基本理論主張，因此《文編》選文在唐宋階段專取八大家文（只有4篇除外）。而「文道合一」之論，正是源於八大家。韓愈說「蓋學所以為道，文所以為理耳」〔註79〕，柳宗元亦云「文者以明道」〔註80〕，宋代的歐陽修也說「大抵道勝者文不難而自至也」。〔註81〕他們所說的「理」和「道」是自堯、舜、禹、湯、文、武、周公、孔子、孟子以來一脈相傳的儒家之道。唐宋古文家們之所以提出「文以明道」、「文道合一」之說，原本是為了糾正唐初駢文以及北宋初年「西崑體」講求聲律駢儷、堆

〔註78〕莊元臣《論學須知·論文家四要訣》，見王水照編：《歷代文話》（第三冊），復旦大學出版社 2007 年版，第 2212 頁。

〔註79〕韓愈撰，馬其昶校注，馬茂元整理：《韓昌黎文集校注》卷四《送陳秀才彤序》，上海古籍出版社 1986 年版，第 260 頁。

〔註80〕柳宗元撰：《柳宗元集》卷三十四《答韋中立論師道書》，中華書局 1979 年版，第 873 頁。

〔註81〕歐陽修著，洪本健校箋：《歐陽修詩文集校箋·居士集》卷四十七《答吳充秀才書》，上海古籍出版社 2009 年版，第 1177 頁。

砌文辭的形式主義傾向，故其論文的「載道」說十分重視文章立意和內容要
宗經明道，這正是以唐順之為代表的明代唐宋派提倡唐宋古文的宗旨所在。
因此，載道宗經的八大家文便成為了《文編》的主要收錄對象。

　　不僅如此，《文編》在批點中從文章立意的角度出發十分關注那些立論平
正、合乎儒道的文章，如卷八評《劉向極陳外家封事》一文，總批「此等文字
為忠誠第一」，夾批有云「忠憤之論，讀之尚可為流涕」，〔註82〕唐順之評論
此文重在突顯其對儒道中「忠誠」（忠君愛國）的演繹上。至於八大家所作，
唐順之以為曾鞏之文最能體現載道宗經的要求。如卷 46 評曾鞏《上蔡學士
書》云「平正」，卷 52 評《新序目錄序》「議論極正」，這兩篇文章前者論諫
官之責，後者替古人作序，其間無論是考證名物，還是敘世教盛衰、發揮事
理，皆本自經典、合乎古道，故以醇正論之。又如卷 50 收錄的曾鞏《福州上
執政書》，作此文時曾鞏年已六十，正在福州為官，而八十八歲的老母遠寓京
師無人奉養，故作此書陳情以求就近養母。文章從先王之治談起，「本風、雅
以為陳情之案」〔註83〕，巧妙地將「仁治」與「孝道」綰合在一起，成為載
道宗經的典範之作。唐順之評曰：「南豐之文純出於道古，故雖化書亦然，蓋
其體裁如此也」〔註84〕，感歎道「三代以下之文，未有如南豐」〔註85〕。前
文提過，唐宋派另一位大家王慎中對曾鞏也極為推崇，認為其文「會通於聖
人之旨」而「思出於道德」〔註86〕，尤愛其《筠州學記》、《宜黃縣縣學記》
二文，譽為「千古絕筆」〔註87〕。可見，在唐宋派眼中曾鞏文的確是載道宗
經的典範。對於初學者來說，仔細揣摩八大家文在立意中如何「載道宗經」
便是學文的關鍵。

　　如果說「本於道」是唐順之對文章命意的基本要求，在載道宗經的基礎
上若能具有非同尋常的「奇思」，則更為唐順之所青睞。這突出表現為《文編》

〔註82〕唐順之編：《劉向極陳外家封事》批語，《文編》卷八，明嘉靖本。
〔註83〕茅坤輯評：《福州上執政書》評語，《唐宋八大家文鈔》卷九十八，《影印文淵
　　　　閣四庫全書》第 1384 冊，臺灣商務印書館 1986 年版，第 211 頁。
〔註84〕唐順之編：《福州上執政書》批語，《文編》卷五十，明嘉靖本。
〔註85〕唐順之著，馬美信、黃毅點校：《與王遵岩參政》，《唐順之集》，上海古籍出
　　　　版社 2014 年版，第 299 頁。
〔註86〕王慎中撰：《遵巖集》卷九《曾南豐文萃序》，《影印文淵閣四庫全書》第 1274
　　　　冊，臺灣商務印書館 1986 年版，第 191 頁。
〔註87〕王慎中撰：《遵巖集》卷二十二《與汪直齋》，《影印文淵閣四庫全書》第 1274
　　　　冊，臺灣商務印書館 1986 年版，第 532、533 頁。

對韓愈文章的推崇。如卷 54 共收錄韓、柳、歐、王、曾 45 篇贈序文，其中韓愈作品就有 25 篇。此卷對韓文批點極為細緻，尤其注重揭示韓文立意之「奇」。如《送孟東野序》，夾批有云「以下只是敘歷代之善作文者，而立論乃爾奇，則筆力固不可到也」〔註88〕。韓愈此文從創作心理出發，揭示歷代文人創作實質是「不平則鳴」。唐順之所贊之「奇」，在於文章的觀點獨到而新穎。另韓愈《送文暢序》，唐順之開首便批有一「奇」字，在夾批中更直接點出此文貴在「奇思」。原來韓愈在文章中指出文暢和尚身在佛門卻心慕儒家，儒佛高下在讀者心目中當下不言自明，這是韓愈所持排佛崇儒立場的巧妙體現。此外，本卷評韓愈《送楊少尹序》云「敘得奇」〔註89〕，評《送廖道士序》云「在前後諸文中雖同體格，而此篇獨奇」〔註90〕，這諸多「奇」評皆源自文章立意之巧思妙想。

　　韓愈之外，八大家中蘇軾作品也以其新穎獨造的立意構思為世人所重。北宋范溫作《潛溪詩眼》有云：「老坡作文，工於命意，必超然獨立於眾人之上。」〔註91〕唐順之十分認同，將此語收錄進他所編纂的《稗編·文章雜論》中。在《文編》的評點中，唐順之對蘇軾作品不俗的立意也十分關注。如卷 27 收錄蘇軾所作《書論》，文章提到相較於秦商鞅治國的「勇而有決」，後人多以為三代之治「柔懦不決」，但蘇軾卻以為「此乃王霸之所以為異也」，並且對重視民眾輿論和民心向背的三代君臣之治更為推崇。對此，唐順之評曰「偕事反題，發明反說」〔註92〕，揭示蘇軾此作擅用逆向思維，一反常說，讓人印象深刻。另卷 57 收錄蘇軾《中和勝相院記》，唐順之總批為「反題格」〔註93〕。文章從標題來看當為寺院所記，但是作者用相當大的篇幅呵祖罵佛，並明言當世僧眾多「慢侮不信」，到篇末才點出此文是為了寶月大師惟簡的可愛人品以及寺院中的精妙繪畫而作。唐順之以為此文勝在記寺院卻不為佛，其立意可謂別出心裁。總之，像韓愈、蘇軾這般立意上「本於道」，但又不乏奇思妙想，這樣的作品是唐順之作《文編》所特別推崇的。

〔註88〕唐順之編：《送孟東野序》批語，《文編》卷五十四，明嘉靖本。

〔註89〕唐順之編：《送楊少尹序》批語，《文編》卷五十四，明嘉靖本。

〔註90〕唐順之編：《送廖道士序》批語，《文編》卷五十四，明嘉靖本。

〔註91〕參唐順之編：《稗編》卷七十六《文章雜論上》，《影印文淵閣四庫全書》第 954 冊，臺灣商務印書館 1986 年版，第 677 頁。

〔註92〕唐順之編：《書論》批語，《文編》卷二十七，明嘉靖本。

〔註93〕唐順之編：《中和勝相院記》批語，《文編》卷五十七，明嘉靖本。

二、布局結構之法

　　凡作文，立意已定，材料揀擇停當，便要布局結構了。好的布局結構不僅能夠突出主題，還能增添文章的藝術感染力。因此，歷來文章家對此無不講究。唐順之對於選文的批點，其用力最深處便在於文章的布局結構。他認為學習前人作文之法最為可行和重要的正是布局結構之法，這便是「開合、首尾，經緯錯綜之法」，是其文章技法論的核心所在。總體看來，關於布局結構，唐順之一則講求起承轉合的錯綜變化，二則講求前後脈絡的照應謹密。

　　在《文編》各卷選文中，就謀篇布局的錯綜變幻而言，唐順之最推崇韓愈、歐陽修和蘇氏兄弟。如卷 54 收錄韓愈《送楊少尹序》。序為贈別國子司業楊巨源而作，通篇以西漢疏廣、疏受功成身退事作比，襯托楊巨源不貪名利、功成身退的賢明睿智，古今人事交錯，避免平鋪直敘。唐順之評曰：「前後照應，而錯綜變化不可言」〔註94〕。類似做法韓愈還有《送孟東野序》，開篇即以物、言交錯而敘，無論是自然界，還是人類社會，如若遭遇外力觸動，必當有所激發，揭示出「不平則鳴」的道理。唐順之評曰：「此段文字錯綜」〔註95〕。可見，唐順之十分欣賞由兩條線索並行所帶來的敘事和議論的參差變化。這種寫法也並非韓愈或是八大家所獨有。《文編》卷21 收錄了《左傳·昭公三十二年》「史墨論季氏出君」，唐順之評曰：「以魯君失國、季氏得政對論，而章法甚錯綜」。〔註96〕可見，分頭並敘、錯綜為文古已有之。

　　錯綜為文還講求寫作時抑揚結合，以造成文章波瀾起伏之勢。《文編》卷29評蘇轍《梁武帝》起首論老子是先揚後抑，卷55 評曾鞏《筠州學記》述儒學興廢則是先抑後揚。卷52 收錄曾鞏《新序目錄序》，唐順之評此文曰：「貶而後褒，文有開合」〔註97〕。此序乃曾鞏為劉向編撰的《新序》一書所作。文章先指出編者劉向未能「知折衷於聖人而能純於道德之美」〔註98〕，故其著有失於駁雜之弊。不過，瑕不掩瑜，序言末尾最終肯定了《新序》一書的價值，即「遠至舜、禹，而次及於周、秦以來，古人之嘉言善行，亦往往而在也」〔註99〕。此序欲揚先抑，充分剖析了《新序》一書的得失所在，一方面既突出了此書所具

〔註94〕唐順之編：《送楊少尹序》批語，《文編》卷五十四，明嘉靖本。

〔註95〕唐順之編：《送孟東野序》批語，《文編》卷五十四，明嘉靖本。

〔註96〕唐順之編：《左傳·昭公三十二年》批語，《文編》卷二十一，明嘉靖本。

〔註97〕唐順之編：《新序目錄序》批語，《文編》卷五十二，明嘉靖本。

〔註98〕曾鞏：《新序目錄序》，見唐順之編：《文編》卷五十二，明嘉靖本。

〔註99〕曾鞏：《新序目錄序》，見唐順之編：《文編》卷五十二，明嘉靖本。

有的傳世價值，另一方面亦讓讀者明瞭了曾鞏「要在慎取」的用心所在。通篇而觀，曾鞏此序跳脫常規，抑揚褒貶暗相結合，致使文章跌宕起伏，旨意雋永。卷48收錄了韓愈《答李翊書》，唐順之總批曰：「此文當看抑揚轉換處」。〔註100〕此文是韓愈答後學李翊論文的名篇，文章開首面對後學向自己求教時的虔誠、恭敬，韓愈十分感動，放下身段謙稱自己學文乃「望孔子之門牆而不入於其宮者」〔註101〕，此處為「抑」；然而作為文章領袖，韓愈認為自己有責任將後學領入文章正途，故由抑而揚，「雖然，不可不為生言之」，〔註102〕正色與後學討論為文之道。接下來韓愈提出了寫作有兩種出發點，一為「蘄勝於人而取於人」，一為「蘄至於古之立言者」，〔註103〕兩種截然不同的文章觀念放在一起，韓愈通過語氣抑揚的變換，表明了自己從後者出發論文的基本立場。其後，韓愈又由抑至揚，歷述自己艱辛而始終不渝的從文經歷，生動而具體地闡明了自己「文道合一」的文章觀念。此文韓愈對「抑揚」的運用不僅僅止於寄寓褒貶，還直接體現了作者聲氣的高下頓挫，透露出韓愈對後學的循循善誘和良苦用心，這也韓愈此文雖以說理為主卻格外動人的原由所在。

唐順之所說的錯綜為文亦體現在文章段落層次之間的邏輯轉換。如卷56收錄歐陽修《有美堂記》，作者扣住「有美」二字展開敘述，先敘天下至美莫若山水登臨與都會繁華，然二者多不得兼；次敘天下惟金陵、錢塘能以山水之美資富貴之娛，得兼二者之美；再敘如今金陵因戰亂而繁華不再，錢塘可謂一枝獨秀；最後指出有美堂建於錢塘，既兼得天下至美，又盡得錢塘之美，故而讓人難以忘懷。唐順之評曰：「如累九層之臺，一層高一層，真是奇絕」。〔註104〕此文主旨明確，分層展開，層與層之間的轉折、遞進富於邏輯性。關於文意轉折，呂祖謙《麗澤文說》有云：「作簡短文字，要轉處多，必有意思則可」〔註105〕。歐陽修《樊侯廟災記》便是從有限文字中生發出無窮意思的

〔註100〕唐順之編：《答李翊書》批語，《文編》卷四十八，明嘉靖本。
〔註101〕韓愈撰 馬其昶校注、馬茂元整理：《韓昌黎文集校注》第三卷《答李翊書》，上海古籍出版社1986年版，第169頁。
〔註102〕韓愈撰 馬其昶校注、馬茂元整理：《韓昌黎文集校注》第三卷《答李翊書》，上海古籍出版社1986年版，第169頁。
〔註103〕韓愈撰 馬其昶校注、馬茂元整理：《韓昌黎文集校注》第三卷《答李翊書》，上海古籍出版社1986年版，第169頁。
〔註104〕唐順之編：《有美堂記》批語，《文編》卷五十六，明嘉靖本。
〔註105〕參高琦《文章一貫》引，見王水照編：《歷代文話》（第二冊），復旦大學出版社2007年版，第2156頁。

一篇文字，唐順之評此文曰：「文不過三數百字而十餘轉折，愈出愈奇，文之最妙者也」，〔註106〕說明了錯綜為文的妙處。

　　文章布局結構錯綜多變會帶來曲折生姿的藝術效果，但錯綜為文的多「轉」多變，並非信筆為之，必有一脈絡前後照應，貫穿其中。否則，整篇文章就成了一盤散沙。如韓愈的《送楊少尹序》，文章用「世常說古今人不相及，今楊與二疏，其意豈異也」〔註107〕巧妙地將二疏與楊巨源辭位還鄉一事聯繫起來，指出二疏與楊巨源雖有古今之別，但其清風高節則一也。於是，文章通篇以二疏譽美楊巨源就顯得十分自然了，故唐順之評曰：「前後照應，而錯綜變化不可言」。〔註108〕可見，脈絡連貫、前後照應才能使文章結構完整嚴密。在八大家中，唐順之指出曾鞏之文缺乏前後一貫的完整性，如《文編》卷54評其《送丁琰序》曰：「南豐之文，大抵入事以後與前半議論照應不甚謹嚴」，〔註109〕又評《送蔡元振序》曰：「此文入題以後照應獨為謹密，異於南豐諸文」。〔註110〕可見，前後缺乏照應，結構不謹密、不謹嚴是曾鞏文章的通病。相較之下，《文編》卷二十二評韓非《孤憤》曰：「小段小結束，大段大結束，從來文字密緻未有如此者矣。人謂古文無結構、無照應，然則非非先秦人哉？」〔註111〕《孤憤》謹嚴的結構贏得了唐順之的擊節讚賞。

　　八大家中脈絡照應謹密之文，唐順之多以「貫珠」作為譬喻。如卷47評柳宗元《與退之論史官書》曰：「文如貫珠」〔註112〕；卷48評韓愈《答李翊書》曰：「累累然如貫珠，其此文之謂乎？」〔註113〕但相較於「貫珠」之作，唐順之認為文章結撰如能做到線索潛藏、起承轉合圓融無跡則更加高明，八大家中蘇氏兄弟最善此道。如卷29唐順之評蘇轍《梁武帝》曰：「合老與佛處泯然無跡」；〔註114〕評蘇軾《武王》曰：「接得無一些痕跡」。〔註115〕卷55

〔註106〕唐順之編：《樊侯廟災記》批語，《文編》卷五十五，明嘉靖本。
〔註107〕韓愈撰，馬其昶校注、馬茂元整理：《韓昌黎文集校注》卷四《送楊少尹序》，上海古籍出版社1986年版，第274頁。
〔註108〕唐順之編：《送楊少尹序》批語，《文編》卷五十四，明嘉靖本。
〔註109〕唐順之編：《送丁琰序》批語，《文編》卷五十四，明嘉靖本。
〔註110〕唐順之編：《送蔡元振序》批語，《文編》卷五十四，明嘉靖本。
〔註111〕唐順之編：《孤憤》批語，《文編》卷二十二，明嘉靖本。
〔註112〕唐順之編：《與退之論史官書》批語，《文編》卷四十七，明嘉靖本。
〔註113〕唐順之編：《答李翊書》批語，《文編》卷四十八，明嘉靖本。
〔註114〕唐順之編：《梁武帝》批語，《文編》卷二十九，明嘉靖本。
〔註115〕唐順之編：《武王》批語，《文編》卷二十九，明嘉靖本。

收錄了蘇軾的《南安軍學記》，雖為學記，卻用了大半篇幅論述「取士」和「論政」，文章以「古之取士、論政者必於學，有學而不取士、不論政猶無學也」一句巧妙地將取士、論政和興學綰合在一起。唐順之評曰：「亦是有綱紀文字。蘇文本尚馳騁，而此作尤渙散不肯受約束，然惟蘇公可耳，歐、曾集內無此也」。〔註116〕在唐順之看來像蘇軾這般「常行於所當行，常止於不可不止」〔註117〕、自然天成的文風並不是任何人都具有的。當然，即便才高如蘇軾也並非篇篇如此，《文編》卷29評蘇軾《韓愈》一文曰：「綱整目亂」〔註118〕，卷53評其《王定國詩集序》曰：「此文不甚照應」〔註119〕。因此，那些自然天成之文實際也是精心結撰所致，成功之處是不露斧鑿痕跡，但稍一鬆懈，也會出現敗筆。

三、鍊句擇字之法

作文乃積字成句，積句成篇。明人莊元臣仿王羲之《筆陣圖說》，以軍法為喻，論作文曰：「意者，大將也；章法者，陣勢也；句法者，士卒也；字法者，盔甲也。」〔註120〕一場戰役的勝利固然離不開建旗鼓而號令三軍的大將和變化無窮的陣勢，但缺少了驍勇善戰的士卒和製作精良的盔甲兵器也是萬萬不可的。作文亦如此，文章新穎不俗的立意、精心結撰的布局最終要以字句來落實，故古人十分講究作文要鍊句擇字。唐順之作《文編》其評點部分重在揭示文章的脈絡結構，字句之法少有涉及，只是以短圈、短點將字眼標出以示讀者關竅所在。不過，在唐順之所纂《稗編》卷七十六、七十七「文章雜論」中卻收錄了不少前人關於文章字句之法的論述。這些觀點雖非唐順之原創，但將之錄入《稗編》體現了唐順之本人對於它們的認同。因此，以下將以《稗編・文章雜論》為主要依據探討唐順之對於文章字句之法的要求。

不同於詩賦等以抒情、造境為主的文學體裁，散文以敘事、論理為主，因此寫作散文最為重要的就在於文章表意要清楚明白。《稗編・文章雜論》云：

〔註116〕唐順之編：《南安軍學記》批語，《文編》卷五十五，明嘉靖本。

〔註117〕蘇軾著，孔凡禮點校：《蘇軾文集》卷四十九《與謝民師推官書》，中華書局1986年版，第1418頁。

〔註118〕唐順之編：《韓愈》批語，《文編》卷二十九，明嘉靖本。

〔註119〕唐順之編：《王定國詩集序》批語，《文編》卷五十三，明嘉靖本。

〔註120〕莊元臣《論學須知・論文家四要訣》，見王水照編：《歷代文話》（第三冊），復旦大學出版社2007年版，第2212頁。

「王小畜雲文以傳道，古聖人不得已而為之，謂欲句之難通、義之難曉，必不然矣。《詩》三百篇皆可以播管絃，薦宗廟。《書》者，二帝三王之世之文也。文之古，無出於此。則曰『惠迪吉，從逆凶。』又曰『德日新，萬邦惟懷。志自滿，九族乃離。』在《禮》，儒行夫子之文也，則曰『衣冠中，動作慎。』在《易》，則曰『乾道成男，坤道成女』，『日月運行，一寒一暑』。夫豈句之難通，義之難曉耶？今為文而捨六經又何法哉？若第取《書》之『弔由靈』、《易》之『朋盍簪』者，法其語而謂之古，是豈謂之古文哉？」〔註121〕此段議論出自於北宋文人王禹偁，他認為文以傳道，故古聖人作文皆語句通暢、旨意明白，而今人學作古文則支離文意，重在摹仿古人詰屈聱牙的文辭，走入了學古的誤區。《稗編》選錄王禹偁此論表明了唐順之對作文要「句之易道、義之易曉」〔註122〕的認同，這是他對文章遣詞造句的一個基本要求。由此出發，在字法、句法上他反對艱深晦澀、雕章琢句，提倡文從字順、自然妥帖。

　　《稗編‧文章雜論》錄朱熹論文語云：「今人作文，好用難字。如讀《漢書》，便去收拾三兩個字。曾南豐尚解使一二字。歐、蘇全不使一難字，而文字如此好。作文自有穩字，古之能文者才用便用著。」〔註123〕朱熹認為作文用字貴在穩當、妥帖，要「才用即用著」，即下語不浮誇不造作、精確恰當，這才是真正的好文字。由此，他對後人作文不論穩妥與否、只一味撿拾古人生僻難解字句的做法十分反感。此論深合唐順之心意，類似觀點朱熹再傳弟子李淦所著《文章精義》中亦有出現，唐順之將其一併收錄進了《稗編》：「《文章精義》云：『作文須要血脈貫穿，造語用事妥帖，前世號能文者無不知此。……學文切不可學怪句，且須明白正大。務要十句百句只作一句，貫串意脈。』」〔註124〕《稗編》所錄與《文章精義》原文略有出入，原文為：「學文切不可學怪句，且先明白正大。務要十句百句只如一句，貫串意脈。」〔註125〕從《文章精義》原文來

〔註121〕唐順之編：《稗編》卷七十七《文章雜論下》，《影印文淵閣四庫全書》第954冊，臺灣商務印書館1986年版，第682頁。

〔註122〕王禹偁：《小畜集》卷十八《答張扶書》，《影印文淵閣四庫全書》第1086冊，臺灣商務印書館1986年版，第176頁。

〔註123〕唐順之編：《稗編》卷七十七《文章雜論下》，《影印文淵閣四庫全書》第954冊，臺灣商務印書館1986年版，第680頁。

〔註124〕唐順之編：《稗編》卷七十七《文章雜論下》，《影印文淵閣四庫全書》第954冊，臺灣商務印書館1986年版，第681頁。

〔註125〕李淦：《文章精義》，見王水照編：《歷代文話》（第二冊），復旦大學出版社2007年版，第1187頁。

看，李淦認為作文首先要意思明白正大，反對後人學文搬弄怪奇之語。唐順之《稗編》收錄此段文字時多出了強調作文造語、用事務要妥帖的一段文字，雖與原文有所出入，但卻體現了唐順之關於字法的個人觀點，即反對怪奇冷僻，強調遣詞造句只有妥帖自然、平實得當才能將文意明白曉暢地表達出來。

唐順之在字法上的這一要求與其反對前、後七子學習秦漢古文流於字仿句擬、艱深晦澀有關。他在《董中峰侍郎文集序》中曾指出七子為文「其氣離而不屬，其聲離而不節，其意卑，其語澀」〔註126〕，其中「其語澀」即用語晦澀不明。七子之文之所以好用晦澀難通之語，與其堆砌辭藻、刻意古範有關。前七子領袖李夢陽有云：「學不的古，苦心無益」〔註127〕，以「古」作為寫作的目的和衡量文章價值的最高標準，認為模仿古人文章越像越好，此種觀點必然把創作引向囿於古人字句的擬古主義道路，其所作難免被人譏為「古人影子」〔註128〕。後七子領袖李攀龍最推崇李夢陽，受其影響，李攀龍創作古文「琢字成辭，屬辭成篇，以求當於古之作者而已」〔註129〕，實則「聱牙戟口，讀者至不能終篇」〔註130〕。至晚明，艾南英編有《文剽》一書，所錄多為李夢陽、李攀龍、王世貞等七子派之文。艾南英論所收文章云：「十行之中，非《左》、《國》、《史》、《漢》不道。我朝一代官名、一部郡縣，為數公改換，後世竟不知有順天、應天、知府、知縣矣。此《文剽》也。」〔註131〕七子們生吞活剝古人字句，食古不化，其可笑可鄙以及為害後世竟至於此。正是早就勘破了七子們學古所存在的問題，唐順之才「變秦漢為歐曾，易詰屈聱牙為字順文從」〔註132〕，強調作文重在旨意明暢，向後學指明遣詞造句不

〔註126〕唐順之著，馬美信、黃毅點校：《唐順之集》，浙江古籍出版社 2014 年版，第 466 頁。

〔註127〕李夢陽：《空同集》卷六十二《答周子書》，《影印文淵閣四庫全書》第 1262 冊，臺灣商務印書館 1986 年版，第 569 頁。

〔註128〕李夢陽：《空同集》卷六十二《駁何氏論文書》，《影印文淵閣四庫全書》第 1262 冊，臺灣商務印書館 1986 年版，第 565 頁。

〔註129〕王世貞：《李于鱗先生傳》，引自李攀龍《滄溟先生集》卷十六附錄，上海古籍出版社 1992 年版，第 721 頁。

〔註130〕張廷玉等撰：《明史》卷二百八十七《李攀龍傳》，中華書局 1974 年版，第 7378 頁。

〔註131〕艾南英：《再與周介生論文書》，見黃宗羲編：《明文海》卷一百五十九，中華書局 1987 年版，1591 頁。

〔註132〕陳田輯：《〈明詩紀事戊簽〉序》，《明詩紀事》，上海古籍出版社 1993 年版，第 1395 頁。

以艱深晦澀、準擬古人為高，而以文從字順、妥帖自然為貴。」

那麼，如何是下語造句妥帖自然呢？《稗編‧文章雜論》錄有王安石為蘇軾修改文字的一段軼事：「王文公居鍾山，有客自黃州來。公曰：『東坡近日有何作？』對曰：『東坡宿於臨皋亭。醉，夢中而起，作《寶相藏記》〔註133〕千餘言，才點定一兩字而已。有墨本，適留舟中。』公遣健步往取而至。時月出東方，林影在地。公展讀於風簷，喜見鬚眉，曰：『子瞻，人中龍也。然有一字未穩。』客請：『願聞之。』公曰：『日勝日負』，不若『日勝日貧』耳。東坡聞之，撫掌大笑，以公為知言。」〔註134〕此典原出自惠洪《冷齋夜話》，惠洪原文為王安石改「日勝日貧」為「日勝日負」。〔註135〕今覽蘇軾《勝相院經藏記》，原文皆作「負」字：「如人善博，日勝日負，自云是巧，不知是業。」〔註136〕「負」乃「自負」之意，善博弈者每勝便愈加自負，他自以善博為巧，不知卻已落下了業障。用一「負」字，上下語句貫通流暢，文意妥帖的當。而若用「貧」字，則不僅文意晦澀，且與「自云是巧」不甚貫通。顯然，將「貧」改為「負」更為妥當，因此《冷齋夜話》所述較為可信。唐順之《稗編》所錄雖有顛倒錯訛，但此典重在說明作文鍊字要穩妥精當，一字之別，或致上下語句不暢、意思不妥，不可不慎。

唐宋八大家中歐陽修尤其重視鍛鍊字句，《稗編‧文章雜論》云：「歐陽公每為文，既成，必自竄易，至有不留本初一字者。其為文章，則書而傅之屋壁，出入觀省之。至於尺牘單簡，亦必立稿，其精審如此。每一篇出，士大夫皆傳寫諷誦，唯覩其渾然天成，莫究斧鑿之跡也。」〔註137〕百鍊為字，千煉成句，作詩如此，作文亦然。歐陽修錘鍊文字至為精審，這才造就了後人眼中平易通達、渾然天成之文。唐順之編纂《文編》提倡歐陽修等唐宋八大家之文，清楚地表明了他在字句之法上反對艱深晦澀、奇崛冷僻，追求文從字順、妥帖自然的立場。

〔註133〕按：《寶相藏記》在今蘇軾文集中題作《勝相院經藏記》。

〔註134〕唐順之編：《稗編》卷七十七《文章雜論下》，《影印文淵閣四庫全書》第954冊，臺灣商務印書館1986年版，第685頁。

〔註135〕惠洪：《冷齋夜話》卷五《東坡藏記》，見歐陽修、釋惠洪著，黃進德批註：《六一詩話 冷齋夜話》，鳳凰出版社2009年版，第64頁。

〔註136〕蘇軾撰，孔凡禮點校：《蘇軾文集》卷十二《勝相院經藏記》，中華書局1986年版，第388頁。

〔註137〕唐順之編：《稗編》卷七十七《文章雜論下》，《影印文淵閣四庫全書》第954冊，臺灣商務印書館1986年版，第685頁。

第四節　文無定法

　　《文編》收錄古文逾千篇，唐順之對其中大多數文章都作了精心批點，揭示了大量具體的作文之法，使得此書成為匯聚古文技法的一座寶庫。然而學者觀《文編》若僅止步於層出不窮的各種技法，就會忽略唐順之編寫此書的精義從而走上作文歧途。《四庫全書總目·文編提要》云：「故是編所錄雖皆習誦之文，而標舉脈絡，批導竅會，使後人得以窺見開合順逆、經緯錯綜之妙。而神明變化，以幾至於古。學秦漢者當於唐宋求門徑，學唐宋者固當以此編為門徑矣。」〔註138〕可見，以《文編》為門徑學唐宋古文，既要洞悉唐順之在批點中所揭示的各種技法、訣竅，還要領悟在技法的使用上唐順之講求「神明變化」、不拘於現成之法。

　　《文編序》中唐順之將「法」定義為「神明之變化」，「神明」即心體，在唐順之的學術思想中他亦用「天機」指稱心體。唐順之說：「天機盡是圓活，性地盡是灑落」〔註139〕，又「嘗驗得此心天機活物，其寂與感，自寂自感，不容人力；吾與之寂，與之感，只自順此天機而已，不障此天機而已」〔註140〕。「圓活」即變化自然、無所滯，「天機圓活」概括出了天機具有「自然」的特性。就本體而言，「自然」意味著天機的先驗性和超越性，即「自寂自感、不容人力」；就工夫而言，由於天機圓活、自然而然，故學者只可「與之寂，與之感」，順天機而行，不可刻意執著。黃宗羲論唐順之的「天機」說云：「夫所謂天機者，即心體之流行不息也」〔註141〕，指出「天機」即心體，「天機自然」即心體流行不息、變化自然。天機變化自然、不容人力把捉，故「神明」及其發用亦具有變化自然的特點。由此，唐順之將法定義為「神明之變化」正是在強調文法的變化自然，落實到技法論這一層面即文無定法。

　　文無定法討論的是如何學習和使用技法的問題，它強調作者學法、用法要善於變通，切不可為各種現成之法所拘束。清代劉大櫆《論文偶記》云：

〔註138〕永瑢等撰：《四庫全書總目》卷一百八十九《文編提要》，中華書局1965年版，第1716頁中。

〔註139〕唐順之著，馬美信、黃毅點校：《與兩湖書》，《唐順之集》，浙江古籍出版社2014年版，第222頁。

〔註140〕唐順之著，馬美信、黃毅點校：《與聶雙江司馬》，《唐順之集》，浙江古籍出版社2014年版，第278頁。

〔註141〕黃宗羲著，沈芝盈點校：《明儒學案》（修訂本）卷二十六《南中王門學案二·襄文唐荊川先生順之》，中華書局2008年版，第598頁。

「古人文章可告人者惟法耳。然不得其神而徒守其法，則死法而已。」〔註142〕學古人文法關鍵在得神，否則徒守其法，亦只是學到一手死法。而若欲學法得神，學者須通曉變化之理。劉熙載《藝概》云「通其變，遂成天地之文。一闔一闢謂之變，然則文法之變可知已矣。」〔註143〕文章之道在通其變，文法之道亦在通其變。學習、使用各種技法訣竅若能適時變通、不墨守成規，所得之法即為活法，所作之文亦必能達到其妙若神的境界。反之，「不明變化，則千篇一律，而文亦易入板俗矣」〔註144〕。唐順之認為文法乃「神明之變化」，強調文無定法，正是深諳學法當得其神、求活法的重要性所在。他的良苦用心在《文編》的編纂中得到了充分體現。

《文編》作為文章選本從傳統的目錄學來看隸屬於集部總集類。《四庫全書總目》卷一百八十六「總集類」小序有云：「文籍日興，散無統紀，於是總集作焉。一則網羅放佚，使零章殘什，並有所歸；一則刪汰繁蕪，使秀稗咸除，菁華畢出。是固文章之衡鑒，著作之淵藪矣。」〔註145〕可見，總集兼具網羅眾作和薈萃菁華的功能。作為總集之一的選本，其「選」的特性決定了在功能上它更偏向於後者，即薈萃菁華、推廣主張，具有十分鮮明的文學批評的色彩。從中國古代選本發展的歷史來看，南宋之前的選本多為詩文合選或詩選。這些選本大多僅選作品，沒有圈點、批註。南宋以來，出現了大量專選文章的選本。這些文章選本大多為薈萃菁華、指點後學作文之法而作。從編排體例來看，此類選本不僅選入作品，選文的字裏行間還附有圈點、批註。此外，不少選本在選文之前還附有總論，如呂祖謙《古文關鍵》卷首有總論《看古文要法》，包括「看文字法」、「論作文法」、「論文字病」三個部分，闡明了編者關於如何學文、作文的一些基本原則和根本大法，如「論作文法」有云：「筆健而不麤，意深而不晦，句新而不怪，語新而不狂。常中有變，正中有奇」〔註146〕等等。又如謝枋得《文章軌範》，此書「取古文之有資於場屋

〔註142〕劉大櫆、吳德旋、林紓著（合訂），范先淵校點：《論文偶記・初月樓古文緒論・春覺齋論文》，人民文學出版社1959年版，第4頁。

〔註143〕劉熙載撰：《藝概》卷一《文概》，上海古籍出版社1978年版，第40頁。

〔註144〕魏禧：《日錄論文》，見王水照編：《歷代文話》（第四冊），復旦大學出版社2007年版，第3610頁。

〔註145〕永瑢等撰：《四庫全書總目》卷一百八十九《總集類序》，中華書局1965年版，第1685頁中。

〔註146〕呂祖謙：《古文關鍵》卷首《看古文要法》，見王水照編：《歷代文話》（第一冊），復旦大學出版社2007年版，第237頁。

者……標揭其篇章句字之法」〔註147〕。全書共七卷，每卷之首皆有小序，為
一卷之總論。小序內容既有關於學文大要，亦涉及場屋作文的基本原則和訣
竅。明代與唐順之同為唐宋派成員的茅坤纂有《唐宋八大家文鈔》，此書卷首
著《唐宋八大家文鈔論例》，概論八大家文章特色以提點後人耳目，如「曾南
豐之文，大較本經術，祖劉向，其湛深之思，嚴密之法，自足以與古作者相雄
長」，「予覽歐蘇二家『論』不同：歐次情事甚曲，故其論多確而不嫌於複；蘇
氏兄弟則本《戰國策》縱橫以來之旨而為文，故其論直而暢，而多疏逸遒宕
之勢」。〔註148〕

　　上述文章選本中的總論或小序大多體現了編者的論文宗旨，亦涉及到有
關如何學文、作文的基本原則和主張，是選本發揮其文學批評功能、同時也是
展示作者文學思想的重要組成部分。唐順之編纂《文編》旨在示人文法，但是
他並未像上述文章選本那樣以總論或小序概括出作文的根本大法和基本原
則，而是通過對選文的圈點和批註向讀者解析每一篇文章的具體做法，這種編
纂方式體現了唐順之對於文法變化自然這一特性的認識。從技法論來看，變化
自然意味著文無定法，要求作者要因文生法。何謂因文生法？清李紱云：「文
貴有法，而時義尤嚴。然時文之法，極有定而極無定者也。長章累節，隻字單
辭，題之增減，稍異毫釐，法之神明，便去千里。要須即題生法，使通篇恰如
題位，一語不可移易，乃為盡善。」〔註149〕李紱提出了「即題生法」，強調作
文之法要依具體的文題而定，不可執一定之法，所謂「題之增減，稍異毫釐，
法之神明，便去千里」。此雖是談時文之法，但古文之道與其相通。「即題生法」
便是因文生法，不過除了題目之外，每篇文章還有思想內容、文體形式、寫作
目的上的差異，這些要素共同組成了一篇文章的文境。文章不同，文境各異，
寫法自然不同。明李騰芳云：「格法難以拘定，順逆、奇正、虛實、疏密，其
於繩墨、布置、開合、轉折，皆看臨時下手如何。」〔註150〕「臨時下手」要
求作者根據具體的文境確定一篇文章的篇章句字之法，此即因文生法。《文編》

〔註147〕王守仁撰，吳光等編校：《王陽明全集》卷二十二《重刊文章軌範序》，上海
　　　　古籍出版社1992年版，第874頁。
〔註148〕茅坤：《唐宋八大家文鈔論例》，見王水照編：《歷代文話》（第二冊），復旦
　　　　大學出版社2007年版，第1786頁。
〔註149〕李紱：《秋山論文》，見王水照編：《歷代文話》（第四冊），復旦大學出版社
　　　　2007年版，第4005頁。
〔註150〕李騰芳：《文字法三十五則》，見王水照編：《歷代文話》（第三冊）復旦大學
　　　　出版社2007年版，第2489頁。

通過選文的圈點、批註所揭示的文法即「臨時下手之法」，它們從具體作品而來，是一定文境中合理之法，而非普適不變之法。例如，唐順之在文章的布局結構上講求錯綜變化，這種錯綜為文在韓愈的《送楊少尹序》體現為分頭並敘、以古論今，在歐陽修的《有美堂記》則體現為文章轉折豐富、遞進而上，如累九層之臺。這兩篇文章文境各異，如果將韓愈為文的分頭並敘之法生搬硬套在歐陽修的文章中，則文章的技法與文境之間必相齟齬，難以圓融，反之亦然。可見，文章布局結構重在錯綜變化，而採用何種方法、技巧則須依具體文境而定，不可一概而論。由此，讀者在唐順之的指引下學習古人作文之法，必須領悟文法變化自然，作文要因文生法，切不可拘於現成之法。

因文生法之外，文無定法還講求作者的主體性與文體之間的交融與契合。唐順之在其文法理論體系中將法定義為「神明之變化」，關於神明之發用，其曰「神明在我，知幾而動」〔註151〕，突出了人在神明發用過程中的主體地位。就寫作而言，「神明在我，知幾而動」要求作者根據特定的創作意圖、主題內容和文體形式靈活運用各種文章技法進行創作，實現作者的主體性與文體之間的和諧統一。《文編》卷46有云：「歐公《上范司諫書》婉而切，荊公《與田正言書》直而勁」。〔註152〕兩篇文章同為論諫，都希望對方能夠稱職地肩負起諫官之責。但是歐陽修所作切中要害而不失委婉、平和，王安石之文則直截冷峻、不留情面。兩篇文字風格迥異，這與兩位作者的性格、為人處事方式以及官場地位等方面的差異皆有關。再如同作「學記」，曾鞏的《宜黃縣縣學記》緊緊扣住為「學」作記這一宗旨，在有限的篇章內將學之內容和方法、為學之要、古今學制的變遷，以及興學之目的、意義等各個方面一一說清道明。文章結構嚴謹、議論平正、敘事簡潔，被後人視為學記的典範之作。蘇軾的《南安軍學記》在寫法與風格上則與之完全不同。從內容立意看，不是依據儒家義理闡明興學本意，而是別出心裁地探討興學與取士、論政之間的關聯；從文章結構看，不同於一般學記的層次分明、結構謹嚴，而是延續了蘇軾文章淡宕不受羈絆的做法。唐順之評曰：「蘇文本尚馳騁，而此作尤渙散不肯受約束，然惟蘇公可耳，歐、曾集內無此也」〔註153〕。可見，作者之

〔註151〕唐順之著，馬美信、黃毅點校：《與裘剡溪推官書》，《唐順之集》，浙江古籍出版社2014年版，第246頁。

〔註152〕唐順之編：《上田正言書 二》批語，《文編》卷四十六，明嘉靖本。

〔註153〕唐順之編：《南安軍學記》批語，《文編》卷五十五，明嘉靖本。

間個性、才情、識見不一，即便文境相似，也會演化出不同的文章做法，形成獨具特色的文學風格。

　　事實上，《文編》在評點八大家文時十分注重揭示出每一位作者的創作特色。卷 57 評歐陽修《菱溪石記》曰：「零零碎碎作文，歐公獨長」。〔註 154〕「零零碎碎」指歐陽修文章富有委婉曲折、情志幽妙的藝術特色，這在前述歐陽修「婉而切」的政論文《上范司諫書》中已有體現，《菱溪石記》亦為一例。文章先敘菱溪巨石之奇，由溪畔有劉金故居遺址、巨石乃劉金宅石引入劉金事。劉金是楊行密麾下「三十六英雄之一」，本為武夫悍卒，歐陽修認為其愛賞奇石、「為兒女子之好」，乃其「遭逢亂世，功成志得，驕於富貴之佚欲而然」〔註 155〕。劉金身後子孫零落、家宅不存，所愛奇石亦不復為己有。道完奇石來歷之後，歐陽修點出「感夫人物之廢興，惜其可愛而棄也」〔註 156〕的寫作主旨，並告誡富貴者逸豫可以亡身，警示好奇者不必將愛玩之物占為己有，當止於一賞而足。文章題為記石，卻由奇石而起，撫今追昔，生發出一段古今人事興廢的議論和感慨。歐陽修警示世人的良苦用心，化作婉轉多致的一篇文字，其作為作家的主體性與此文的內容立意、章法結構、遣詞造句實現了完美的交融與契合。這種交融與契合使得婉轉曲折成為歐陽修藝術獨創性的一種標識，意味著其個人文學風格的形成。上述兩篇文章之外，《文編》所選歐陽修文，無論是書、論、序、記，還是墓誌、碑銘，其寫景敘事、議論抒情大都皆富有此種風格，因此唐順之說「零零碎碎作文，歐公獨長」。歐陽修之外，唐順之對其他幾位大家的文學風格亦有十分精到的論述：如論王安石曰：「半山文字，其長在遒緊」〔註 157〕；評老蘇文，其長在「氣雄」〔註 158〕；論大蘇文，其特色在「尚馳騁」〔註 159〕；論小蘇文，則曰：「平正通達，不求為奇，而勢如長江大河，是小蘇之所長也」〔註 160〕。上述各種文學風格的形

〔註 154〕唐順之編：《菱溪石記》批語，《文編》卷五十七，明嘉靖本。

〔註 155〕歐陽修著，洪本健校箋：《歐陽修詩文集校箋‧居士集》卷四十《菱溪石記》，上海古籍出版社 2009 年版，第 1025 頁。

〔註 156〕歐陽修著，洪本健校箋：《歐陽修詩文集校箋‧居士集》卷四十《菱溪石記》，上海古籍出版社 2009 年版，第 1025 頁。

〔註 157〕唐順之編：《上人書》批語，《文編》卷四十八，明嘉靖本。

〔註 158〕唐順之編：《上田樞密書》批語、《上王長安書》批語，《文編》卷四十八、卷五十，明嘉靖本。

〔註 159〕唐順之編：《南安軍學記》批語，《文編》卷五十五，明嘉靖本。

〔註 160〕唐順之編：《民賦序》批語，《文編》卷五十二，明嘉靖本。

成皆源自於作家主體性與文體的和諧統一。唐順之通過《文編》的編選和評點將這些面目各異、精彩紛呈的文學風格展現在讀者的眼前，讀者學文自當放開眼界，博採各家之長，不可為一家之法所拘。在此基礎上，還須領悟作文要找到一定文境之中最適合自身的做法，實現主體性與文體之間的完美交融，不為他家之法所拘，這是「文無定法」的精義所在。

第五章　唐順之文學思想的意義和影響

　　唐順之以「本色」論和「文法」論樹立了其創作與理論兼備的古文大家地位。在討論唐順之文學思想的價值和影響時，現代學者大多關注其「本色」論與晚明文學革新思潮之間的關聯，強調唐順之對李贄、徐渭、袁宏道等革新派文家的影響，這與五四以來所確立的以「晚明」為核心的明代文學研究範式密切相關。此種研究範式之下，唐順之文學思想中（尤其是「本色」論）相對於傳統的破壞性（即革新）的一面被充分挖掘了出來，這為他的理論披上了「現代性」的合法外衣。然而，如若跳出這一研究範式，試從明清文人對唐順之文學思想接受的實際面貌出發，我們會發現唐順之的「文法」論在明清文人的心目中佔據著更為重要的地位，這與「文法」論是唐順之一生最為成熟、同時也是其最後的文學理論主張是相一致的。唐順之通過「文法」論構建起古文傳承的正統，他亦通過自己的創作將其傳承下去，引領著明末以及清代的古文創作和理論重回載道經世、文道合一的正途。

第一節　古文正統的構建

　　「文法」論是唐順之貫通學術與文學之後最為成熟的文學主張，是其一生文學思想的歸依。在「文法」理論的指引下，唐順之編纂了以《文編》為核心的一系列古文選本，將秦漢散文以及八大家所代表的唐宋散文視作古文創作的經典範本，確立了由唐宋八大家文上溯秦漢散文精髓的師法路徑。這一師法路徑的探索和確立體現出唐順之構建自己心目中古文創作正統的良苦用心。

一、「唐宋八大家」的確立

在構建古文正統的過程中，唐順之對於唐宋八大家散文價值及其創作地位的肯定具有著十分重要的意義。「唐宋八大家」的稱名得自於茅坤編纂的《唐宋八大家文鈔》，然而此書的編纂受到了唐順之及其所著《文編》的重要啟發。《明史·茅坤傳》云：「坤善古文，最心折唐順之。順之喜唐宋諸大家文，所著《文編》唐宋人自韓、柳、歐、三蘇、曾、王八家外無所取，故坤選《八大家文鈔》。其書盛行海內，鄉里小生無不知。」〔註1〕的確，唐順之編纂《文編》，選先秦至宋代古文共1422篇，其中唐宋文1053篇，除了4篇乃他人所作，其餘皆為八大家的作品。在《文編》所選千餘篇唐宋八大家文的基礎上，他又精選出289篇，纂成《六家文略》（以蘇氏父子為一家，故為「六家」），使學古文者能夠「因略以致詳，得簡易之途以入」〔註2〕，足見唐順之對唐宋八大家古文作品的重視。

在唐順之之前，對八大家作品的重視和提倡實際最早可以追溯到南宋的呂祖謙。呂祖謙撰有《古文關鍵》一書，此書選韓愈、柳宗元、歐陽修、蘇洵、蘇軾、蘇轍、曾鞏、張耒八家古文，共六十二篇。所選文章，「各標舉其命意布局之處，示學者以門徑」〔註3〕。呂祖謙所選八家與後來廣為人知的「唐宋八大家」僅有一家之別，即以張耒取代了王安石。但在《古文關鍵》卷首《看諸家文法》中呂祖謙亦提到王安石，評其文「純潔」〔註4〕。又王應麟《辭學指南·誦書》引呂祖謙語云：「先擇《史記》、《漢書》、《文選》、韓、柳、歐、蘇、曾子固、王介甫、陳無己、張文潛文，雖不能遍讀，且擇其易見、世人所愛者誦之。先讀秦、漢、韓、柳、歐、曾文字以養根本。四六且看歐、王、東坡三集。」〔註5〕可見，呂祖謙還是十分重視王安石作品的。因此，儘管呂祖謙沒有明確提出「八大家」這一稱謂，但在其選編的《古文關鍵》中「唐宋八大家」實際已初具雛形。此後，南宋時期又相繼問世了《崇古文訣》、

〔註1〕張廷玉等撰：《明史》卷二百八十七《茅坤傳》，中華書局1974年版，第7375頁。

〔註2〕蔡瀛《輯六家文略引》，見唐順之纂，蔡瀛輯，蔡望卿校刊：《六家文略》卷首，明萬曆三十年蔡望卿刻本，常熟圖書館藏。

〔註3〕永瑢等撰：《四庫全書總目》卷一百八十七《古文關鍵提要》，中華書局1965年版，第1698頁上。

〔註4〕呂祖謙：《古文關鍵》卷首《看古文要法·看諸家文法》，見王水照編：《歷代文話》（第一冊），復旦大學出版社2007年版，第236頁。

〔註5〕王應麟輯：《玉海》卷二百零一，江蘇古籍出版社1988年版，第3677頁。

《文章軌範》、《文髓》等多部古文選本，這些選本雖非專錄八大家文，但以韓、柳、歐、蘇為核心的八大家作品在所選唐宋文中所佔比重極大，顯然受到了《古文關鍵》的影響和啟發。〔註6〕它們的問世和廣泛流傳使得唐宋八大家的古文創作得到了越來越多的人的重視。

　　至元代，著名理學家、文學家吳澄提出了「唐宋七子」之說，他在《別趙子昂序》中說道：「今西漢之文最近古，歷八代浸敝，得唐韓、柳氏而古。至五代復敝，得宋歐陽氏而古。嗣歐而興，惟王、曾、二蘇為卓卓。之七子者，於聖賢之道未知其何如，然皆不為氣所變化者也。」〔註7〕所謂「唐宋七子」與「唐宋八大家」相比，僅少蘇轍一人。吳澄論文以「氣」為本，其曰：「文也者，本乎氣也。人與天地之氣通為一，氣有升降，而文隨之」。〔註8〕南宋迄元，文氣耗散，文章創作但沽名釣利，陷於卑陋。當此之際，吳澄認為西漢以下惟唐宋七子「志乎古，遺乎今」〔註9〕，得古人為文之正氣，故倡導作文要以七子復古之作為楷模。不僅如此，他還肯定了唐宋七子的古文具有與「六經」並傳的價值〔註10〕，建立了六經而下歷西漢賈誼、司馬遷至唐宋七子的古文傳承統緒，其曰：「西漢之文幾三代，品其高下賈太傅、司馬太史第一。漢文歷八代浸敝，而唐之二子興。唐文歷五代復敝，而宋之五子出。文人稱歐、蘇，蓋舉先後二人言爾。歐而下、蘇而上，老蘇、曾、王未易偏有所取捨也。如道統之傳稱孔、孟，而顏、曾、子思固在其中。豈三子不足以紹孔，而劣於孟哉？敘古文之統，其必曰唐韓、柳二子，宋歐陽、蘇、曾、王、蘇五子

〔註6〕　參杜海軍：《呂祖謙與唐宋八大家》，《廣西師範大學學報》（哲學社會科學版）2006年第42卷第1期，第144頁～147頁；黃強、章曉歷：《推舉「唐宋八大家」的重要動力》，《揚州大學學報》（人文社會科學版），2004年第8卷第1期，第35～41頁。

〔註7〕　吳澄：《吳文正集》卷二十五《別趙子昂序》，《影印文淵閣四庫全書》第1197冊，臺灣商務印書館1986年版，第261頁。

〔註8〕　吳澄：《吳文正集》卷二十五《別趙子昂序》，《影印文淵閣四庫全書》第1197冊，臺灣商務印書館1986年版，第261頁。

〔註9〕　吳澄：《吳文正集》卷二十五《別趙子昂序》，《影印文淵閣四庫全書》第1197冊，臺灣商務印書館1986年版，第261頁。

〔註10〕　參吳澄《遺安集序》云：「唐宋二代之文可與六經並傳者，韓文公自幼專攻古學，既長，人勸之舉進士，始以策論詩賦試有司。歐陽文忠公、王丞相、曾舍人、蘇學士皆由時文轉為古文者也。柳刺史初年不脫時體，謫官以後文乃大進。老蘇亦於中年棄其少作而趨古。」（吳澄：《吳文正集》卷二十二，《影印文淵閣四庫全書》第1197冊，臺灣商務印書館1986年版，第232頁。）

也。」〔註11〕在中國古代文學史上，吳澄第一次明確地將「唐宋七子」納入古文正統，突出強調七子在文統傳承中的地位和價值，這對後來「唐宋八大家」這一概念的形成，以及八大家作為一個整體在文學史中地位的確立無疑具有著十分重要的意義。〔註12〕

元末明初，又有臨海人朱右編選了一部《唐宋六家文衡》〔註13〕。此書今已失傳，據貝瓊所撰《唐宋六家文衡序》所述，朱右「定六家文衡，因損益東萊呂氏之選，將刻之梓使子弟讀之」〔註14〕，可見此書的編纂主要受到了呂祖謙《古文關鍵》的影響。書中選錄了唐韓愈、柳宗元以及宋歐陽修、曾鞏、王安石、蘇氏父子的古文共三百餘篇〔註15〕，朱右以蘇洵、蘇軾、蘇轍三父子為一家，故所云「六家」實為八家。另外，八家中他去掉了《古文關鍵》中的張耒，代之以王安石，這便是後人心目中的「唐宋八大家」了。因此，所謂「唐宋八大家」實際肇始於朱右編選的《唐宋六家文衡》。這部古文選本不僅首次集中將八大家之文選入一編，書名中「唐宋」一詞的出現亦顯示了朱右對以八大家為代表的唐宋時期古文創作的重視。對此，黃強在《朱右及其〈唐宋六家文衡〉述考》中總結道：「但冠名為『唐宋六家文衡』的這部選本在文學史上的出現，對集合韓、柳和歐陽、王、三蘇、曾這兩組從中唐到北宋、文學活動年代相距三百多年的古文家為古文流派，無疑具有重要的意義。」〔註16〕

的確，從韓、柳至歐、蘇、王、曾，他們的文學活動在歷史上先後跨越了兩個王朝、三百多年的時間，將其視作一個古文流派並大加推揚的依據和意圖

〔註11〕吳澄：《吳文正集》卷二十二《劉尚友文集序》，《影印文淵閣四庫全書》第1197冊，臺灣商務印書館1986年版，第231頁。

〔註12〕明初李紹作《重刊蘇文忠公全集序》云：「古今文章，作者非一人。其以之名天下者，惟唐昌黎韓氏、河東柳氏、宋盧陵歐陽氏、眉山二蘇氏，及南豐曾氏、臨川王氏七大家而已。」（見蘇軾撰，孔凡禮點校：《蘇軾文集‧附錄》，中華書局1986年版，第2386頁）其中，「七大家」之說應本自吳澄。可見，至明初七大家之文已深入人心。

〔註13〕《唐宋六家文衡》原名《新編六先生文集》或《唐宋六先生文集》，《四庫全書總目》中述朱右所編《八先生文集》亦指此書，參黃強：《朱右及其〈唐宋六家文衡〉述考》，《文學遺產》2001年第6期，131～134頁。

〔註14〕貝瓊：《清江文集》卷二十八《唐宋六家文衡序》，《影印文淵閣四庫全書》第1228冊，臺灣商務印書館1986年版，第477頁。

〔註15〕朱右《新編六先生文集序》記載共收錄六家古文320篇，貝瓊序則稱有330篇，緣此書編纂時間跨度較長，其間先後有所增改，亦屬自然。

〔註16〕黃強：《朱右及其〈唐宋六家文衡〉述考》，《文學遺產》2001年第6期，第132頁。

究竟何在？答案就在朱右自己撰寫的《新編六先生文集序》中，其曰：「獨韓文公上接孟氏之緒，而又翼之以柳子厚。至宋慶曆且二百五十年，歐陽子出，始表章韓氏而繼響之。若曾子固、王介甫及蘇氏父子，皆一時師友，淵源切偲，資益其所成就，實有出於千百世之上。故唐稱韓柳，宋稱歐曾王蘇。」〔註17〕北宋慶曆年間，歐陽修標舉韓愈的古文理論和創作，承接了以韓愈、柳宗元為代表的中唐古文運動的精神，歐陽修又與曾、王、三蘇皆為一時師友，他們共同切磋、推揚彼此之間的古文創作和主張，開啟了宋代的古文運動潮流。因此，合韓、柳與歐、曾、王、蘇為一個流派，並且以古文運動為線索，合唐、宋古文為一體就有了可能。而朱右之所以編纂《唐宋六家文衡》、推舉以六家（即八大家）為代表的唐宋古文，其根本目的仍在於構造古文創作和傳承的統緒。朱右云：「文所以載道也，立言不本於道，其所謂文者妄焉耳！」〔註18〕正是從文以載道的立場出發，朱右構建起自己心目中的古文正統。其曰：「載道之文，莫大於六經。孔孟既沒，遭秦虐焰，斯文或幾乎墜矣！漢興，賈誼、董仲舒、劉向窺見涯涘，不用於世，徒載空言。若司馬遷、相如、荀、揚、班固之文，雖傑然為後學之宗，猶未免於戾道之議。自是而降，三國、晉、宋、齊、梁、陳、隋以逮於唐，未聞有能振起斯道，而奮乎百世之下者。」〔註19〕朱右認為六經是載道的典範，故文統傳承以六經為始，繼而見於孔、孟之作。秦一統之後下令焚書坑儒，文統遭此一厄，「幾乎墜矣」。其後，漢代作者或「不用於世，徒載空言」，如賈誼、董仲舒，或「未免於戾道之議」，如司馬相如、揚雄。自是而降，三國、晉、南朝再未有能繼承文統、振起斯道者。在此前提下，朱右認為韓愈躐晉宋、秦漢而上，直承孟氏之緒，歐陽修又起而繼之，柳宗元、王安石、曾鞏、蘇氏父子羽翼韓、歐，至此文道復振，文統終在唐宋六家的身上得以繼續傳承。可見，朱右重視和倡導以六家為代表的唐宋古文，其目的和意義正在於復建孔、孟以下「幾乎墜矣」的古文正統。〔註20〕

〔註17〕朱右：《白雲稿》卷五《新編六先生文集序》，《影印文淵閣四庫全書》第1228冊，臺灣商務印書館1986年版，第65頁。

〔註18〕朱右：《白雲稿》卷五《新編六先生文集序》，《影印文淵閣四庫全書》第1228冊，臺灣商務印書館1986年版，第64頁。

〔註19〕朱右：《白雲稿》卷五《新編六先生文集序》，《影印文淵閣四庫全書》第1228冊，臺灣商務印書館1986年版，第65頁。

〔註20〕朱右對六家在文統傳承中地位的肯定還可參看其《文統》一文。（朱右：《白雲稿》卷三《文統》，《影印文淵閣四庫全書》第1228冊，臺灣商務印書館1986年版，第35、36頁。）

　　從呂祖謙、吳澄到朱右，八大家的面目在他們的推揚和闡釋中逐漸清晰起來。明中葉唐順之、茅坤等唐宋派成員對八大家古文的提倡以及「唐宋八大家」這一稱名的最終確立，正是建立在這一基礎之上的。例如唐順之纂《六家文略》，收錄了韓、柳、歐、曾、王、三蘇之文，他以「六家」稱呼八大家顯然受到了朱右《唐宋六家文衡》的影響。不僅如此，唐順之通過八大家代表的唐宋古文上溯秦漢文之精髓，構建起古文創作的正統，無疑亦受到了吳澄、朱右的影響。

二、古文正統的構建

　　吳澄、朱右的文統觀皆是建立在文以載道這一觀念基礎之上的〔註21〕，他們的文統與道統有著密切的關聯。而將文統與道統綰合在一起最早可追溯至韓愈。韓愈在《原道》中梳理出堯、舜、禹、湯、文王、武王、周公至孔子、孟子的儒家道統，並以承繼此道統自命。其學文、為文則強調「非三代兩漢之書不敢觀，非聖人之志不敢存」，要求作者「行之乎仁義之途，遊之乎詩書之源」〔註22〕。因此，韓愈雖未明言文統，但從文道合一的論文立場出發，其所謂道統亦即文統。宋初柳開作《應責》曰：「吾之道，孔子、孟軻、揚雄、韓愈之道；吾之文，孔子、孟軻、揚雄、韓愈之文也」，〔註23〕將文統納於道統的軌道之內，視韓愈為千古之下上承孔孟道統、文統的關鍵人物，足見韓愈道統、文統觀的影響。韓愈之後，能夠紹繼文統的乃北宋文壇領袖歐陽修。蘇軾《六一居士集敘》云：「自漢以來，道術不出於孔氏，

〔註21〕吳澄論文雖以「氣」為本，但他又有「詩文以理為主，以氣為輔，是得其本矣」（參吳澄：《吳文正集》卷十六《東麓集序》，《影印文淵閣四庫全書》第1197冊，臺灣商務印書館1986年版，第177頁）之論，關於理、氣，其曰：「理者，非別有一物在氣中，只是為氣之主宰者。即是無理外之氣，亦無氣外之理。」（參吳澄：《吳文正集》卷二《答人問性理》，《影印文淵閣四庫全書》第1197冊，臺灣商務印書館1986年版，第32頁）可見，理、氣本為一體，不可二分，因此「文本乎氣」即「文本乎理」。吳澄所謂「理」即「道」，關於文道關係，其曰：「道之著見者為文，文非紙上工巧之言也」（參吳澄：《陳文暉道一字說》，《吳文正集》卷八，《影印文淵閣四庫全書》第1197冊，臺灣商務印書館1986年版，第105頁）亦持文本於道的觀點。

〔註22〕韓愈撰，馬其昶校注、馬茂元整理：《韓昌黎文集校注》卷三《答李翊書》，上海古籍出版社1986年版，第170頁。

〔註23〕柳開：《河東先生集》卷一，《四部叢刊初編》第134冊，商務印書館1926年版。

而亂天下者多矣。晉以老莊亡，梁以佛亡，莫或正之。五百餘年而後得韓愈，學者以愈配孟子，蓋庶幾焉。愈之後三百有餘年而後得歐陽子，其學推韓愈、孟子以達於孔氏，著禮樂仁義之實以合於大道。其言簡而明，信而通，引物連類，折之於至理，以服人心，故天下翕然師尊之。」〔註24〕此文重在敘歐陽公文章之妙，但卻由道術說起，揭示出其以學為本、以道為本的為文特點。蘇軾由歐陽修、韓愈上溯孟子、孔子，勾勒出來的首先是道統，其次才是文統。相形之下，蘇轍《歐陽文忠公神道碑》已顯示出獨立的文統意識，其曰：「昔孔子生於衰周而識文武之道，其稱曰：『文王既沒，文不在茲乎？』雖一時諸侯不能用，功業不見於天下，而其文卒不可揜……及公之文行於天下，乃復無愧於古。於乎！自孔子至今千數百年，文章廢而復興，惟得二人焉！」〔註25〕文章側重從文統傳承的角度肯定歐陽修的重要地位，且蘇轍描述始於文王、終於歐陽修的傳承統緒時，其落腳點在文而不在道。儘管如此，從文王、孔子，經子貢、子夏再傳至子思、孟子、荀子，歷漢叔孫通、陸賈、賈誼、董仲舒至唐韓愈，再至宋歐陽修，這一具體傳承線索的勾勒仍透露出濃厚的道統氣息。

　　吳澄、朱右的文統論正是在此基礎上有了更進一步的發展，他們的文統雖然仍建立在文以載道的基礎之上，與道統緊密關聯，但卻逐漸凸顯出文統自身的獨立性。如吳澄，他論文雖以道為本，反對離文與道為二，卻也認識到文有「炳煥而暉」〔註26〕的特點，承認自己推崇唐宋七子並不全然是從道學的立場出發，亦有「以文論人」〔註27〕的一面。朱右作《文統》，從「五經」論起，其曰：「故《易》以闡象，其文奧；《書》道政事，其文雅；《詩》發性情，其文婉；《禮》辨等威，其文理；《春秋》斷以義，其文嚴」

〔註24〕蘇軾撰，孔凡禮點校：《蘇軾文集》卷十《六一居士集敘》，中華書局1986年版，第316頁。

〔註25〕蘇轍：《欒城後集》卷二十三《歐陽文忠公神道碑》，見蘇轍撰，曾棗莊、馬德富校點：《欒城集》，上海古籍出版社2009年版，第1432、1433頁。

〔註26〕吳澄：《吳文正集》卷八《陳文暉道一字說》，《影印文淵閣四庫全書》第1197冊，臺灣商務印書館1986年版，第105頁。

〔註27〕吳澄《張氏自適集序》云：「古之文，自虞、夏、商、周更秦，歷漢至後漢而弊，氣日卑弱，莫可振起。唐韓、柳，宋歐、曾、王、蘇七子者作，始復先漢之風。他豈無人，要皆難與七子者並，以文論人則然也。」（吳澄：《吳文正集》卷十八，《影印文淵閣四庫全書》第1197冊，臺灣商務印書館1986年版，第203頁）。

〔註28〕，所謂「奧」、「雅」、「婉」、「理」、「嚴」皆是從「文」的角度對各部經典自身藝術特色的概括。在《新編六先生文集序》中，揭示六家之文其立言皆本於道的同時，他亦充分肯定了各家在藝術創作上各具特色，形成了豐富而鮮明的文學風格，所謂「或婉而章，或顯而微，或閎而肆；或峻極而瑰奇，要約而嚴簡。高曠深遠，豐贍博洽，動靜隱見，變化出沒。炳炳焉，煥煥焉，千態萬狀」。〔註29〕此外，貝瓊作《唐宋六家文衡序》云：「蓋韓之奇、柳之峻、歐陽之粹、曾之嚴、王之潔、蘇之博，各有其體，以成一家之言，固有不可至者，亦不可不求其至也」。〔註30〕據此，朱右推舉六家之文，編纂《唐宋六家文衡》，亦是對六家古文創作所具有的高度藝術價值的認可。可見，「載道」之外，朱右已認識到文章還應具有審美的特殊性和獨立性。那麼，他以唐宋六家上承孔、孟而構建起來的文統，雖仍與道統相關，卻不再依附於道統，而是與之並行，具有了自身的獨立性。

朱右如此論述文統，在元末明初亦屬獨樹一幟，蓋當時論者大多仍以文統依附於道統。如宋濂在勾勒文學傳承的統緒時有云：「六籍之外，當以孟子為宗，韓子次之，歐陽子又次之，此則國之通衢，無榛荊之塞，無蛇虎之禍，可以直趨聖賢之大道」〔註31〕，即通過取徑歐陽修、韓愈以至孟子，進而上窺六經。此外，其《徐教授文集序》云：「夫自孟氏既沒，世不復有文。賈長沙、董江都、太史遷得其皮膚，韓吏部、歐陽少師得其骨骼，舂陵、河南、橫渠、考亭五夫子得其心髓……斯文也，非宋之文也，唐虞三代之文也；非唐虞三代之文也，六經之文也。文至於六經，至矣盡矣，其始無愧於文矣乎！」〔註32〕這裡分明又以張載、朱熹等理學家之文較韓愈、歐陽修等古文家之文更得六經心髓，是文章正統所在，足見宋濂的文統在根底上與道統仍是合而為一的。宋濂之外，王禕、劉基、方孝孺、蘇伯衡等明初文壇的活躍

〔註28〕朱右：《白雲稿》卷三《文統》，《影印文淵閣四庫全書》第1228冊，臺灣商務印書館1986年版，第35頁。

〔註29〕朱右：《白雲稿》卷五《新編六先生文集序》，《影印文淵閣四庫全書》第1228冊，臺灣商務印書館1986年版，第64頁。

〔註30〕貝瓊：《清江文集》卷二十八《唐宋六家文衡序》，影印文淵閣四庫全書》第1228冊，臺灣商務印書館1986年版，第477頁。

〔註31〕宋濂撰，羅月霞主編：《文原》，《宋濂全集·芝園後集卷五》，浙江古籍出版社1999年版，第1406頁。

〔註32〕宋濂撰，羅月霞主編：《徐教授文集序》，《宋濂全集·芝園後集卷一》，浙江古籍出版社1999年版，第1352頁。

者大都持明道宗經的論文立場，他們的文統同樣是依附道統而建立的。如方孝孺「斷自漢以下至宋，取文之關乎道德政教者為書，謂之《文統》，使學者習焉」〔註33〕，方孝孺由「明道、立政」出發構建文統，目的在於糾正世人「不務學道，而喜言文」〔註34〕的錯誤立場，由此而言實為宋濂文統思想的繼承者。永樂以來，以「三楊」為代表的臺閣重臣執文壇之柄，從「以其文章羽翼六經」的立場出發勾勒出三代之下縱貫「漢、唐、宋」三世的文章傳承統緒。〔註35〕此外，他們對南宋理學家真德秀編纂的《文章正宗》十分推崇，謂其「非明理切用、源流之正者不與」〔註36〕，對《文章正宗》中標舉出來的文章統緒持肯定的態度。可見，「三楊」的文統論是對明初宋濂等人觀點的繼承和發展，就道統凌駕於文統之上以及道統對文統的規範而言，他們並未如朱右那般提出異樣的見解。

　　嘉靖年間，以唐順之為核心的唐宋派諸子在文統論上較前人則有了更進一步的認識。唐順之心目中的文統傳承盡在《文編》一書，《文編》選文的主旨和標準在「文法」，「文法」是唐順之構建古文正統的理論依據。前文已經闡明「文法」之於唐順之來說既具有普遍而抽象的心體之義，亦具有特殊而具體的發用之義。由前者出發形成了法度論，由後者出發則形成了師法論、技法論。唐順之的文法理論正是涵括了法度、師法和技法三個不同層面的完整體系。其中，講求「文必有法」的法度論由文道合一出發規定了文章的本質，在強調文原於道、文本於道的同時，亦突出了道以文現的重要性。就技法論而言，《文編》的批點重在揭示文章的布局結構、遣詞造句等各種形式技巧，顯示了唐順之對文章創作的審美特性有自覺的認識。師法論是唐順之文統觀的具體呈現，以唐宋八大家之文為核心，上溯左、莊、班、馬等秦漢散文的精髓，這一具體師法路徑（即文章傳承統緒）的確立正是唐順之文道合一、重道與重文並行不悖的文法思想的貫徹。因此，唐順之的文統一方面以道為本，另一方面亦具有了審美的獨立性。

〔註33〕方孝孺著，徐光大校點：《遜志齋集》卷十一《答王秀才》，寧波出版社2000年版，第358頁。

〔註34〕方孝孺著，徐光大校點：《遜志齋集》卷十一《答王秀才》，寧波出版社2000年版，第357頁。

〔註35〕參楊榮：《文敏集》卷十三《送翰林編修楊廷瑞歸松江序》，《影印文淵閣四庫全書》第1240冊，臺灣商務印書館1986年版，第188頁。

〔註36〕楊士奇：《東里文集·續集》卷十八《文章正宗三集》，《影印文淵閣四庫全書》第1238冊，臺灣商務印書館1986年版，第602頁。

　　唐順之之後，茅坤對其文學思想和文統論做出了進一步發揮。首先，承《文編》之旨，茅坤徑取八大家文纂成《唐宋八大家文鈔》。《文鈔》問世之後，一二百年間家弦戶誦，「唐宋八大家」之名由此確立，習古文者無人不曉。其次，以八大家為核心，茅坤構建起由八大家上窺西漢作者，由西漢進而上窺六經之旨的古文傳承正統。茅坤構建其文統的依據在於孔子係《易》的「其旨遠，其辭文」，其曰：「孔子之所謂『其旨遠』，即不詭於道也；『其辭文』，即道之燦然，若象緯者之曲而布也。斯固庖犧以來人文不易之統也」〔註37〕。「其旨遠，即不詭於道也」，強調以儒家之道來規範文章的思想內涵；「其辭文，即道之燦然，若象緯者之曲而布也」，則突出了文章在語言組織形式等方面所具有的審美特性。可見，與唐順之一樣，茅坤的文統論既肯定了文統與道統之間的密切關聯（文原於道、文本於道），但卻不再以文統依附於道統，充分認識到文統具有道統所不能涵括的特殊性和獨立性。就此而言，茅坤、唐順之實際是明初朱右文統觀的繼承者。〔註38〕

　　不過，還應注意唐順之、茅坤提出此種文統觀，當時他們所面臨的文壇風尚與朱右所身處的元末明初迥然相異。元末明初，王朝更迭，社會的巨大變動亦波及文壇，隨著儒家思想的跌位，各種題材、風格以及各種流派的文學創作一時蔚然。明興之後，社會逐漸走向一體化秩序，恢復儒家思想在制度建設以及文學創作上的主導地位便成了當務之急。當時操文壇之柄者如宋濂、劉基、王禕、方孝孺等人，一方面他們皆為朝廷重要的文職官員，大多以濟世救道為己任；另一方面，宋濂等人多出於浙中，在學術上源自金華理學柳貫、黃溍一脈。因此，他們的文學思想皆建立在儒家學說之上，秉承明道、宗經、致用的基本文學主張，並依附於道統建立起文學傳承的統緒。在此前提下來看，朱右講求「辭嚴而理闢、氣壯而文腴」的文統觀〔註39〕，

〔註37〕茅坤撰，張大芝、張夢新點校：《八大家文鈔總序》，《茅坤集》，浙江古籍出版1993年版，第490頁。

〔註38〕王慎中《與張淨峯書　三》：「公之學，乾道、淳熙間二三名儒之學也。然二三名儒亦嘗力為嘉祐、熙豐之文而終不逮，公學其學，而其文則嘉祐、熙豐之文矣」，可見王慎中的文統與道統亦是相互分離的。（見王慎中：《遵巖集》卷二十三，《影印文淵閣四庫全書》第1274冊，臺灣商務印書館1986年版，第554頁）。

〔註39〕朱右《潛溪大全集序》云：「文章有統，自古稱西漢為宗，而賈董馬班之儔實可師法。晉宋日流委靡，唐韓子起八代之衰運，一復諸古。五季浸衰，歐陽子又從而振之。當時若曾子固、王介甫、蘇子瞻皆有所依賴。濂洛以來，聖

就「理闡、氣壯」而言，與宋濂等人文以載道的文統觀是相一致，順應了明初文壇回歸儒家本位文學思想的主流趨勢。除了明道宗經之外，朱右還強調「辭嚴、文腴」，力主義理與辭章不可偏廢，此其極力推崇唐宋八大家古文的關鍵所在。就此而言，朱右的文統取代了道統，這是其獨樹一幟的地方。

明初宋濂、朱右等人文以載道的文統觀，在永樂之後由「三楊」等主宰著文壇的臺閣重臣將其發揚廣大，從而奠定了明前期古文創作和理論的主流。至明中葉以李夢陽、何景明為代表的前七子登上文壇，以儒家道統為依據的文統觀方始受到強烈衝擊。李、何由不滿臺閣體詩文膚廓萎弱的積弊出發，繼而對「三楊」推崇的唐宋古文（尤其是以歐陽修、曾鞏為代表的宋文）進行了反思，有「宋儒興而古之文廢矣」〔註40〕、「宋之大儒知乎道而嗇乎文」〔註41〕之論，對宋代以來道本文末的儒學本位文學觀表達了強烈的不滿。在此前提下，他們超唐越宋，古文創作徑以秦、漢文為法，主張「以我之情，述今之事，尺寸古法，罔襲其辭」〔註42〕。嘉靖中期，李攀龍、王世貞等後七子相繼而起，在他們的推波助瀾之下，前七子文必秦漢、詩必盛唐的文學主張進一步擴大、加深了影響。

唐順之、王慎中、茅坤等唐宋派成員在文壇上的活躍期恰好處於前、後七子先後主盟文壇的夾縫中間，他們的創作和理論主張與前、後七子皆有複雜的關聯。作為李、何的後輩，唐順之等人一度曾深受李、何的影響，唐順之尤其傾心於李夢陽，對其詩文「篇篇成誦，下筆即刻畫之」〔註43〕。而相對於李攀龍、王世貞等後七子，作為文壇前輩的唐宋派對其亦有擢舉、提攜之功，如李攀龍即出於王慎中的推舉。不過，這些並不能掩蓋唐宋派與前、後

學未明，文愈難治。工辭章者或昧於理，務直述者或少文致，二者胥失之也。要之，辭嚴而理闡，氣壯而文腴，什無二三。嗟乎，文章可謂難矣！」（朱右：《白雲稿》卷五，《影印文淵閣四庫全書》第 1228 冊，臺灣商務印書館 1986 年版，第 73 頁）。

〔註40〕李夢陽：《空同集》卷六十六《論學上篇》，《影印文淵閣四庫全書》第 1262 冊，臺灣商務印書館 1986 年版，第 604 頁。

〔註41〕何景明撰，李叔毅等點校：《與李空同論詩書》，《何大復集》，中州古籍出版社 1989 年版，第 576 頁。

〔註42〕李夢陽：《空同集》卷六十二《駁何氏論文書》，《影印文淵閣四庫全書》第 1262 冊，臺灣商務印書館 1986 年版，第 566 頁。

〔註43〕黃宗羲著，沈芝盈點校：《明儒學案》（修訂本）卷二十六《南中王門學案二·襄文唐荊川先生順之》，中華書局 2008 年版，第 598 頁。

七子在文學主張上的差異和矛盾。其中，李攀龍、王世貞對「晉江、毗陵二三君子⋯⋯憚於修辭、理勝相掩」〔註44〕的抨擊，以及唐順之對李攀龍等人文章「全無一毫理意，而但掇拾古人奇字俊語」〔註45〕的針砭，表明了兩派在文道關係這一核心問題上具有不可調和的分歧，由此亦進一步導致了他們在文統觀上各樹一幟。

七子派對唐宋以來載道、主理的古文不屑一顧，緣其看到了道本文末的觀念打破了文、道之間的平衡，消解了文章的審美特性。因此，他們以秦漢古文為典範，提倡學習古人文法，旨在實現抒發真情實感、華實並茂的古典審美理想。不過，在實際創作和文學批評中，前、後七子矯枉過正，陷入了重情抑理、囿於古人字句的境地。有鑑於此，以唐順之為核心的唐宋派另闢蹊徑，確立了由唐宋八大家文入門、上窺秦漢散文精髓的師法路徑，從而構建起六經而下、歷西漢以迄唐宋的古文傳承統緒。其中，以八大家為代表的唐宋古文乃唐宋派文統的核心，這一核心的確立有兩個用心。首先，唐宋派認為「文特以道相盛衰，時非所論也」〔註46〕，強調作文以明道為本，重視古文在輔弼政治、推行教化等方面所具有的實用性。一方面這是唐宋八大家發起古文運動、學習秦漢散文的精神所在，另一方面唐宋派正是要藉此精神救治七子派蔑棄理道、徒尚文辭的創作弊病，扭轉其盲目崇古、囿於古人字句的創作風氣。其次，唐宋派重道而不廢文，強調道以文現，充分認識到古文創作具有審美的特殊性，這具體表現為唐宋派成員對文法的重視上。唐順之在《董中峰侍郎文集序》中提出「文必有法」的觀點，認為古文創作的正途在於通過有法可循的唐宋文上窺「法寓於無法之中」的秦漢文高境，《文編》的編纂及其文統論的形成正是建築在這一文法思想基礎之上的。受唐順之的影響，茅坤精選八大家散文纂成《唐宋八大家文鈔》，在具體的評點中他著意從文法的角度分析各家的創作特色，為時人學習古文提供了具體可循的門徑。此外，王慎中在《曾南豐文粹序》中亦對時人創作「病於法之難入，困於義之難精」〔註47〕的現象進行了抨擊，

〔註44〕李攀龍著，包敬第標點：《滄溟先生集》卷十六《送王元美序》，上海古籍出版社 1992 年版，第 394 頁。

〔註45〕唐順之：《與馮午山》，見袁黃：《遊藝塾續文規》卷一，《續修四庫全書》第 1718 冊，上海古籍出版社 2002 年版，第 166 頁。

〔註46〕茅坤撰，張大芝、張夢新點校：《八大家文鈔總序》，《茅坤集》，浙江古籍出版社 1993 年，第 490 頁。

〔註47〕王慎中：《遵巖集》卷九《曾南豐文粹序》，《影印文淵閣四庫全書》第 1274 冊，臺灣商務印書館 1986 年版，第 191 頁。

他將「法」與「義」並提，與其對古文創作「文詞、義理並勝」〔註48〕的要求相一致，顯示了其文道合一的基本立場。在《與江午坡書　一》中，王慎中總結自己的古文創作，有「其作為文字，法度規矩，一不敢背於古」〔註49〕之說。可見，唐宋派的古文理論並非只講載道，不談修辭與文法。他們與七子派同樣重視文法，只是他們的文法就技法而言主要指「自古以來開合首尾、經緯錯綜之法」，即古文的篇章結撰、組織架構之法。明乎此，便可瞭解為何唐宋派要由嚴於篇章結構之法的唐宋古文上溯秦漢散文，進而構建起古文傳承的正統。從重視文法這一面而言，唐宋派的文統論有力地回擊了李攀龍等人對其「憚於修辭，理勝相掩」的質疑，清楚地表明了他們文道並重的論文立場。

第二節　文統的傳承及唐順之文學思想的影響

　　由「文法」理論出發，唐順之籍著《文編》的編纂將古文傳承的正統勾勒了出來。同時，他亦與王慎中、茅坤、歸有光等唐宋派其他成員一起接過八大家的衣缽，在創作實踐中將文道合一的古文精神傳承下去，成為後人眼中文統傳承中的重要一環。明清時期，人們對唐順之所傳承的文統的認識和評價經歷了以下幾個階段：

一、明中晚期

　　將唐順之列入古文傳承統緒的始作俑者是王慎中。嘉靖二十八年，王慎中作《唐荊川文集序》〔註50〕，序中有云：「吾謂吳有文學三人焉，不為過也。季札之生，其國雖尚陋，然先君端委之遺教猶存。而子游得仲尼為之依歸，其成此非難也。唐君獨起於千載之後，追二人者而與之並，豈不為尤難哉？」〔註51〕吳地歷來人文薈萃，王慎中卻在千載之下從學與文兩面出發，獨推唐順之上接季札、子游之文統，謂其為吳地文學的第三人。王慎中是唐順之一

〔註48〕王慎中：《遵巖集》卷二十二《與汪直齋》，《影印文淵閣四庫全書》第 1274
　　　　冊，臺灣商務印書館 1986 年版，第 533 頁。
〔註49〕王慎中：《遵巖集》卷二十三《與江午坡書　一》，《影印文淵閣四庫全書》第
　　　　1274 冊，臺灣商務印書館 1986 年版，第 538 頁。
〔註50〕從序言內容來看，此序乃為嘉靖二十八年無錫安如石編纂的《荊川集》刻本
　　　　所作，此本即《荊川集》的最早刻本。
〔註51〕王慎中：《遵巖集》卷九《唐荊川文集序》，《影印文淵閣四庫全書》第 1274
　　　　冊，臺灣商務印書館 1986 年版，第 201 頁。

路同行的文壇盟友，在古文的創作和理論建設上，二人一直桴鼓相應。他對唐順之的褒揚既是出於同道之誼，亦是藉此張揚他們共同的文學主張。繼王慎中之後，同為唐宋派重要成員的茅坤又將王慎中與唐順之一起推為古文正統的傳人，其曰：「竊以秦漢來，文章名世者無慮數十百家，而其傳而獨振者，惟史遷、劉向、班掾、韓、柳、歐、蘇、曾、王數君子為最。何者？以彼獨得其解故也。解者，即佛氏傳燈之派，彼所謂獨見性宗是也。故僕之愚，謂本朝之文，崛起門戶，何、李諸子亦一時之俊也。若按歐、曾以上之旨，而稍稍揣摩古經術之遺以為折衷者，今之『唐、王』是也。」〔註52〕由本於經術而言，「唐、王」可謂是司馬遷、班固、唐宋八大家以來古文正統的繼承人。何、李雖崛起門戶於弘治、正德間，但卻對古六藝之旨一無所得。因此，相較於正統，他們只能算作是「草莽偏陲」〔註53〕。從茅坤的表述來看，他將「唐、王」視作古文正統的傳人，與嘉靖三十一年之後唐宋派與李攀龍、王世貞等後七子的理論爭鳴有密切關聯。他之所以以正統自命〔註54〕、力詆後七子所尊崇的何、李為「草莽偏陲」，未嘗不是張大唐宋派聲勢和影響的一種策略。

　　唐順之過世之後，其作為古文正統傳人的地位得到了進一步的肯定。唐順之外孫孫慎行〔註55〕在其為《荊川集》所作的序言中有云：「從甲寅歸，杜門兀坐，諸應酬文一切盡謝，年餘而後醒悟昔人所謂唐之韓、柳即漢之馬遷，宋之歐、蘇、曾、王即唐之韓、柳。文章有真千古一脈，蓋非虛言。今即謂國朝之先生，即宋之歐蘇、曾、王，唐之韓柳可也。余嘗取國朝文，自方楊正始外，特以南城羅、北地李、晉江王與先生共類纂一集，以為深文高文卓然大

〔註52〕茅坤撰，張大芝、張夢新點校：《與徐天目憲使論文書》，《茅坤集》，浙江古籍出版1993年版，第253頁。

〔註53〕茅坤撰，張大芝、張夢新點校：《復陳五嶽方伯書》，《茅坤集》，浙江古籍出版1993年版，第361頁。

〔註54〕「唐、王」之外，茅坤亦自視為文章正統的傳人，《五嶽山人後集序》云：「予雖不敢當韓、歐，然公之所云，或韓、歐以來，未墜於地者之一線矣。」（茅坤撰，張大芝、張夢新點校：《茅坤集》，浙江古籍出版1993年版，第496頁。）

〔註55〕孫慎行，字聞斯，號淇澳，武進人，萬曆二十三年舉進士第三人，授編修，天啟年間曾官至禮部尚書。家居期間，孫慎行講學東林，是東林學派的重要學者。韓敬科場事發，孫慎行主張罷黜韓敬，遭到韓敬同黨的攻擊。辭官。熹宗繼位，召回孫慎行，拜為禮部尚書。「紅丸」事起，孫慎行上疏無效，遂以病辭官。魏忠賢組織纂修《三朝要典》，在「紅丸」之案中，將孫慎行定為罪魁禍首。熹宗下詔將其革職，遣戍寧夏，還未起行，崇禎帝繼位，才得赦免，命以原官協理詹事府事，孫慎行力辭不就。

家，無踰四先生矣。間示知文友人，友賞之而以為羅、李工韓、柳，王、唐工歐、蘇，余心頗醻其言。今而後知匠心獨到得文章真傳者，先生一人而已。」〔註56〕從賞識羅玘、李夢陽、王慎中、唐順之四人之文，到獨推唐順之一人得古文真傳，孫慎行並不避諱褒揚自己的先人。而他之所以推尊唐順之，在於其創作就古文正統的傳承而言具有著繼往開來的意義：一方面唐順之的古文造理精純，繼承了「韓、柳以來所必同有之精神」〔註57〕，另一方面唐順之所作首尾開合，天巧不可凌湊，「此則先生所獨到，蓋創韓、柳以來所不必有之局面」。〔註58〕作為東林學派的重要成員，孫慎行在晚明的政治和學術上皆具極高的聲望，他的褒揚無疑對時議具有著重要的影響。孫慎行之外，東林學派的創始人、靈魂人物顧憲成亦肯定了唐順之的古文主張。顧憲成為唐順之編纂授予其門人蔡瀛的古文選本《六大家文略》作有一序，序中記載了他與選本的刊刻者、蔡瀛之子蔡望卿的一段對話：

> 予曰：「荊川先生之為斯編也，何以哉？」伯子曰：「以諷世也。世之操觚談藝者甲曰秦乙曰漢，相與模擬以為工。工則工矣，徐而求之，果秦乎漢乎否也？果秦乎漢乎，業已非吾本來面目。如其未也，優孟且掩口笑之矣，先生目擊而有慨焉，故以諷也。」曰：「然則將使人轉而為韓為柳為歐為蘇為王為曾乎？」曰「使人轉而為韓為柳為歐為蘇為王為曾，是亦模擬之屬也。」曰「然則云何？」曰：「夫善為文者，惟以寫其中之所自得而已矣。是故韓之前不聞有韓，至昌黎作而後有韓。柳之前不聞有柳，至柳州作而後有柳。眉山蘇氏父子兄弟自為知己，亦各成一家。臨川、南豐皆學有本源，才不世出，故翩翩雙美不相假也，不相掩也。夫善為文者惟以寫其中之所自得而已矣，故以諷也。」曰：「大家云何？」曰：「以我役物之謂大，以物役我之謂小。以我役物，是故操縱闔闢靡不在手。天之高、地之深，萬象之往來，千載之上、千載之下，一切紛馳於筆端，惟其指使。以物役我，是故甲曰秦吾亦曰秦，乙曰漢吾亦曰漢。規

〔註56〕孫慎行：《讀外大父荊翁集識》，《玄晏齋集五種》，《四庫禁燬書叢刊》集部第123冊，北京出版社1997年版，第46頁。

〔註57〕孫慎行：《讀外大父荊翁集識》，《玄晏齋集五種》，《四庫禁燬書叢刊》集部第123冊，北京出版社1997年版，第46頁。

〔註58〕孫慎行：《讀外大父荊翁集識》，《玄晏齋集五種》，《四庫禁燬書叢刊》集部第123冊，北京出版社1997年版，第46頁。

　　規焉，咀左、馬諸人之秕糠而冀肖其萬一，譬之剪綵為花，驟而即
　　之，非不燁燁可觀，徐而觀之，風神色澤索然無有也，何以文為？」
　　余曰：「美哉言也，深於文矣，不可不表之，以詔於世。」伯子曰：
　　「不佞何知，蓋聞諸先孝廉。先孝廉聞諸荊川先生，荊川先生聞諸
　　六大家。〔註59〕

顧憲成對唐順之提倡學習六大家古文要取其神的觀點十分認同，從寫作要以
我役物、寫一己之自得的立場出發，他將唐順之視作學有本源、各成一家的
六大家（即唐宋八大家）古文傳統的繼承人。同時，通過對唐順之所代表的
古文傳承統緒的肯定，顧憲成亦清晰地表明了自己對前、後七子等人學秦漢
文而流於文字因襲、丟失自家面目的否定和批判。

　　《六大家文略》刊刻於萬曆三十年，從顧憲成所作的這篇序言來看，嘉
靖年間唐宋派與秦漢派之間激烈的古文正統之爭在當時仍有餘波。至崇禎初
年，這股餘波又因豫章社領袖艾南英與陳子龍、夏允彝、周鍾、張溥等幾社、
復社文士關於古文師法的論爭而掀起巨浪，深深震盪了明末文壇。此次論爭
以艾南英、陳子龍為核心，論爭的焦點集中在古文創作應當師法唐宋還是師
法秦漢的問題上。陳、艾之爭的核心問題，在嘉靖年間唐宋派與前、後七子
的論爭中早已辯論過多回，陳、艾雙方關於此一問題的論述也並未有超越前
人的地方。陳子龍一方繼承了前、後七子的觀點，他們重視古文的辭采和格
調，力主直接效法秦漢之文。艾南英則是唐宋派的擁護者，從其所著《答陳
人中論文書》來看，他較為全面地繼承了唐順之等人的古文師法主張，強調
為文當由嚴於法度的唐宋文入門，進而上窺秦漢文的神氣，對陳子龍、夏允
彝等人「以辭華為古」而「捨其根本六經、與其法度章脈變化生動、雄深古健
之大者」〔註60〕的論文主張進行了嚴厲的批評。在此基礎上，艾南英又痛詆
陳子龍等人所尊崇的王世貞、李攀龍，論其作「其文無法，其句甚鮮，其究也
甚腐」〔註61〕，將他們的作品錄入《文剿》一書，正告天下不可以其為法。
與此同時，唐順之、王慎中、歸有光等唐宋派文人則被艾南英推尊為司馬遷、

〔註59〕顧憲成：《六大家文略題辭》，見唐順之纂，蔡瀛輯，蔡望卿校刊：《六家文略》
　　　　卷首，明萬曆三十年蔡望卿刻本，常熟圖書館藏。
〔註60〕艾南英：《答夏彝仲論文書》，見黃宗羲編：《明文海》卷一百五十八，中華書
　　　　局1987年版，第1585頁。
〔註61〕艾南英：《答夏彝仲論文書》，見黃宗羲編：《明文海》卷一百五十八，中華書
　　　　局1987年版，第1586頁。

韓愈、歐陽修以來古文正統的繼承人，其曰：「古文至嘉、隆之間壞亂極矣，三君子當其時，天下之言不歸王則歸李。而三君子寂寞著書，傲然不屑，受其極口醜詆不少易。至古文一線得留天壤，使後生尚知讀書者，三君子之力也。」〔註62〕

　　明末，對王、李等七子派詩文主張痛加批駁的還有一生主盟文壇五十年的錢謙益。錢謙益少時為文原本亦深受前、後七子影響，他自云「僕年十六七時，已好陵獵為古文，《空同》、《弇山》二集，瀾翻背誦，暗中摸索，能了知某紙」〔註63〕。其後，在「練川諸宿」程嘉燧、婁堅、唐叔達等人的影響下，錢謙益得聞歸有光之緒言，自此論文以唐宋八大家、歸有光為旨歸。因為宗宋，錢謙益與艾南英便被後人視作了文壇上的同盟〔註64〕，但他卻並未參與崇禎初年艾南英與幾社陳子龍等人之間的古文師法之爭。二十多年後，順治甲午年錢謙益為周亮工的《賴古堂文選》作序，對當年的陳、艾之爭發表了自己的觀點，其曰：「日者雲間之才士，起而噓李、王之焰，西江為古學者，昌言闢之。闢之誠是也，而或者揚榷其持論，以為敢於評古人而易於許今人。抹殺《文選》、詆諆《文賦》，非敢乎？某詩偪太白、某文過昌黎，非易乎？……規模韓、柳，擬議歐、曾，宗雒、閩而祧鄭、孔，主武夷而賓鵝湖，刻畫其衣冠，高厚其閈閎，龐然標一先生之一言，而未免為象物象人之似，則亦向者繆種之傳變，異候而同病者也。」〔註65〕文詞中可以看出錢謙益對艾南英輕易否定六朝的偏激之論有所不滿，並且他認為艾南英規模韓柳、擬議歐曾與陳子龍、七子派株守秦漢古文可謂「異候而同病」。儘管如此，他還是對艾南英等江西文士承繼唐宋古文運動的精神，起而矯正幾社、七子學說流弊的舉動表示了肯定。

〔註62〕艾南英：《答陳人中論文書》，見黃宗羲編：《明文海》卷一百五十九，中華書局1987年版，第1596頁。

〔註63〕錢謙益著，〔清〕錢曾箋注、錢仲聯標校：《牧齋有學集》卷三十九《答山陰徐伯調書》，上海古籍出版社1996年版，第1347頁。

〔註64〕張廷玉撰：《明史·文苑傳》云：「至啟禎時，錢謙益、艾南英準北宋之矩矱，張溥、陳子龍擷東漢之芳華，又一變矣」。又歸莊《吳梅村先生六十壽序》曰：「虞山錢牧齋先生，當萬曆蕪穢之後，起而闢之，剪荊棘以成康莊。而嘉定之婁子柔、臨川之艾千子，其同心掃除者也。」（歸莊：《歸莊集》卷三，上海古籍出版社1984年版，第260頁。）

〔註65〕錢謙益著，〔清〕錢曾箋注、錢仲聯標校：《牧齋有學集》卷十七《賴古堂文選序》，上海古籍出版社1996年版，第769頁。

　　作為明末清初的文壇巨擘，錢謙益與明末各派文士實際皆有往來，包括陳子龍、李雯等幾社文人。他在《題徐季白詩卷後》說道：「雲間之才子，如臥子、舒章，余故愛其才情，美其聲律。惟其淵源流別，各有從來。余亦嘗面規之，而二子亦不以為耳瑱。」〔註66〕儘管愛惜、褒揚陳子龍等人的才情，錢謙益還是強調了自己與幾社文人在文學源流上的區別。陳子龍等人奉二李、弇州為圭臬，錢謙益卻「遠軌昌黎、眉山，近準潛溪、震川」〔註67〕。實際上，對於明代前輩古文家，除了宋濂、歸有光，錢謙益對唐順之也是極為推重的。例如，他在《讀宋玉叔文集題辭》中就曾提到唐順之的論文語及其習文由秦漢改轍唐宋對自己的古文創作和理論主張具有十分重要的啟發和影響〔註68〕。此外，其作《常熟縣教諭武進白君遺愛記》有云：「古之學者必有師承，顓門服習，由經術以達於世務，畫丘溝塗，各有所指授而不亂。自漢唐以降，莫不皆然。勝國之季，浙河東有三大儒，曰黃文獻溍，柳待制貫，吳山長萊。以其學授於金華宋文獻公，以故金華之學閎中肆外，獨盛於國初。金華既沒，勝國儒者之學遂無傳焉。嘉靖中，荊川唐先生起於毘陵，旁搜遠紹，其書滿家，自經史古今以至於禮樂兵刑陰陽律曆勾股測望，無所不貫穿。荊川之指要，雖與金華稍異，其講求實學，由經術以達於世務則一也。」〔註69〕錢謙益論文本以宋濂為旨歸〔註70〕，從根底經術、講求實學出發，他認為唐順之得到了宋濂學術和文章的真傳。由此，足見其對唐順之的肯定與重視。

二、清初

　　入清之後，人們進一步對明中葉以來古文領域的師法秦漢與師法唐宋之爭進行了全面的反思和總結。這一時期的文學批評由於充分認識到明人各立

〔註66〕錢謙益著，〔清〕錢曾箋注、錢仲聯標校：《牧齋有學集》卷四十七《題徐季白詩卷後》，上海古籍出版社1996年版，第1563頁。

〔註67〕顧苓：《東澗遺老錢公別傳》，載錢謙益《牧齋雜錄‧附錄》，上海古籍出版社2003年版，第961頁。

〔註68〕錢謙益著，〔清〕錢曾箋注、錢仲聯標校：《牧齋有學集》卷四十九《讀宋玉叔文集題辭》，上海古籍出版社1996年版，第1588頁。

〔註69〕錢謙益著，〔清〕錢曾箋注、錢仲聯標校：《牧齋初學集》卷四十三《常熟縣教諭武進白君遺愛記》，上海古籍出版社1985年版，第1120頁。

〔註70〕參錢謙益《讀宋玉叔文集題辭》：「午未間，客從臨川來，湯若士寄聲相勉曰：『本朝文自空同已降，皆文之輿臺也。古文自有真，且從宋金華著眼。』自是而指歸大定」。錢謙益著，〔清〕錢曾箋注、錢仲聯標校：《牧齋有學集》卷四十九，上海古籍出版社1996年版，第1588頁。

門戶、黨同伐異的弊端，因而總體上呈現出不主一格、兼收並蓄的面貌，文學批評的態度和秩序漸趨於理性。此時的文壇，以黃宗羲對明文創作和理論爭鳴的反思最具代表性，亦最具影響力。黃宗羲對有明一代散文創作的總結和批評主要體現在《明文案》、《明文海》和《明文授讀》這一系列明文總集的編選上。他在《明文案序　上》中總結明文鼎盛的三個時期，即國初、嘉靖、崇禎。其中，「嘉靖之盛，二三君子振起於時風眾勢之中，而鉅子嘵嘵之口舌，適足以為其華陰之赤土」。〔註71〕所謂「二三君子」即唐順之、王慎中、歸有光等唐宋派人士，黃宗羲對他們在前、後七子氣焰最盛時力倡唐宋古文、重振古文之道極為讚賞。此外，在《明文案序下》中他又說道：

> 有明文章正宗，蓋未嘗一日而亡也。自宋、方以後，東里、春雨繼之，一時廟堂之上，皆質有其文。景泰、天順稍衰，成、弘之際，西涯雄長於北，匏庵、震澤發明於南，從之者多有師承。正德間，餘姚之醇正，南城之精練，掩絕前作。至嘉靖而崑山、毘陵、晉江者起，講究不遺餘力，大洲、濬谷相與犄角，號為極盛。萬曆以後又稍衰，然江夏、福清、秣陵、荊石未嘗失先民之矩鑊也。崇禎時，崑山之遺澤未泯，婁子柔、唐叔達、錢牧齋、顧仲恭、張元長皆能拾其墜緒，江右艾千子、徐巨源，閩中曾弗人、李元仲亦卓舉一方，石齋以理數潤澤其間。計一代之製作，有所至不至，要以學力為淺深，其大旨無有不同，顧無俟更弦易轍也。〔註72〕

黃宗羲歷溯有明一代古文製作，將學習唐宋古文的宋濂、方孝孺、唐順之、歸有光、婁堅、錢謙益、艾南英等人推為明文正宗，而「憑陵韓、歐」、矯為秦漢之說的李、何、王、李等秦漢派人士則成為了他集中批駁的對象。在明清易代之際，黃宗羲力主唐宋派為明文正宗，直斥秦漢派竄居古文正統導致明文中衰，其用心和意義主要在以下幾個方面：

首先，就文章的本原而言，黃宗羲繼承了唐宋派文道合一的思想，認為「文之美惡，視道合離」〔註73〕，強調古文創作當原本經術，以發明先聖之

〔註71〕黃宗羲撰，沈善洪主編：《明文案序上》，《黃宗羲全集》第十冊，浙江古籍出版 2005 年版，第 18 頁。

〔註72〕黃宗羲撰，沈善洪主編：《明文案序下》，《黃宗羲全集》第十冊，浙江古籍出版 2005 年版，第 20 頁。

〔註73〕黃宗羲撰，沈善洪主編：《李杲堂先生墓誌銘》，《黃宗羲全集》第十冊，浙江古籍出版 2005 年版，第 412 頁。

道為作文宗旨。黃宗羲此論雖是故調重彈，但對全面廓清明中葉以來秦漢派
蔑棄理道、以修辭為要務的文學風尚具有著十分重要的意義。在《庚戌集自
序》中，黃宗羲指出明文自宋濂、方孝孺之後「奄奄無氣，日流膚淺，蓋已不
容不變」，然李夢陽「欲以二三奇崛之語，自任起衰」，終究仍不能脫膚淺之
習，根源即在於其「不求古文原本之所在」。〔註74〕李夢陽之後，李攀龍、王
世貞等人更以「視古修辭，寧失諸理」自相標榜，對此黃宗羲批駁道：「六經
所言唯理，抑亦可以盡去乎？」〔註75〕秦漢派之外，明末的唐宋派儘管言古
文必以理道為本、宗主六經，但在實際創作中卻也陷於剽取陳言的境地。對
此，黃宗羲有著十分清醒的認識，其曰：「逮啟、禎之際，艾千子雅慕震川，
於是取其文而規之、而矩之，以昔之摹仿於王、李者摹仿於震川，……今日
時文之士主於先入，改頭換面而為古文，競為摹仿之學，而震川一派遂為黃
葦白茅矣。古文之道不又絕哉！」〔註76〕因此，黃宗羲強調文本於道，對競
為摹仿之學、逐漸陷入形式主義泥潭的唐宋派末流無疑亦具有當頭棒喝之功。

　　其次，由文道合一出發，黃宗羲視載道、見道為文章的基本功能，強調
文章要有裨實用。其曰：「周元公曰：『文所以載道也。』今人無道可載，徒欲
激昂於篇章字句之間，組織紃綴以求勝，是空無一物而飾其舟車也。」〔註77〕
由於講求文章的實用性，黃宗羲批評秦漢派以及唐宋派末流以文辭求勝的創
作乃空疏無用之文。追根溯源，此等空文皆在於作者不以道為本。對此，清
初的古文家姜宸英亦有類似看法，他在《尊聞集序》中說道：「善乎濂溪之言
曰：『文所以載道也。』文非道，何以載道？輪轅飾而不為虛車者，以其所載
者道也。其載之者，亦道也。……文不載道而詭譎誕漫、淫豔剽竊之詞勝，雖
有載焉，豈得不謂之虛言哉？既謂之虛言，夫其離道愈遠也，而鄙之為末，
宜矣！」〔註78〕姜宸英亦主文以載道，且強調不可裂文道為二。在此前提下，

〔註74〕黃宗羲撰，沈善洪主編：《庚戌集自序》，《黃宗羲全集》第十冊，浙江古籍出
　　　　版2005年版，第9頁。

〔註75〕黃宗羲撰，沈善洪主編：《明文案序下》，《黃宗羲全集》第十冊，浙江古籍出
　　　　版2005年版，第21頁。

〔註76〕黃宗羲撰，沈善洪主編：《鄭禹梅刻稿序》，《黃宗羲全集》第十冊，浙江古籍
　　　　出版2005年版，第66、67頁。

〔註77〕黃宗羲撰，沈善洪主編：《陳葵獻偶刻詩文序》，《黃宗羲全集》第十冊，浙江
　　　　古籍出版2005年版，第20頁。

〔註78〕姜宸英：《湛園集》卷一《尊聞集序》，《影印文淵閣四庫全書》第1323冊，
　　　　臺灣商務印書館1986年版，第603頁。

他將那些「文不載道而詭譎誕漫、淫豔剽竊之詞勝」的創作視作「虛言」，則明中葉以來秦漢派、公安派、竟陵派的散文創作自然不入其法眼。此外，他之所謂「虛言」亦指「奉一先生之言，亦步亦趨」〔註79〕之作，那麼除了秦漢派，黃宗羲所云「競為摹仿之學」的唐宋派末流亦在其批評範圍之內。可見，明中期以後的散文創作雖流派紛呈、各標一幟，但就剽取陳言、無本於道、徒事空文而言，各家各派卻又日益趨同，至晚明更是愈演愈烈。因此，明覆滅之後，以黃宗羲為代表的一批明遺民在搜羅、整理有明一代文獻之時，對明文浮靡空疏之弊進行了十分沉痛的反思，力圖重振載道經世的古文正統。其中，顧炎武「文須有益於天下」的疾呼最為醒豁，其曰：「文之不可絕於天地間者，曰明道也，紀政事也，察民隱也，樂道人之善也。若此者有益於天下，有益於將來，多一篇，多一篇之益矣。若夫怪力亂神之事，無稽之言，勦襲之說，諛佞之文，若此者有損於己，無益於人，多一篇，多一篇之損矣。」〔註80〕不僅是文章，他認為學問亦當有益於天下，所謂「君子之為學以明道也，以救世也。」〔註81〕生逢末世，面對著明末政治黑暗、道術不振、民生凋敝的危險時局，作為具有強烈社會責任感的儒學之士，顧炎武認為明道、救世乃當世學者的首要職責。其曰：「救民以事，此達而在上位者之責也；救民以言，此亦窮而在下位者之責也」〔註82〕，倘若身居下位，不能救民以事，但猶可救民以言。因此，無論作學問還是寫文章，都應當樹立起救民救世的宗旨，切不可流於空疏無用。

　　如果說明文中衰的根源在於其逐漸背離了載道經世的古文正統，那麼科舉和七子派擬古之學則是明文中衰的兩大直接原因〔註83〕。此二者皆誤人不

〔註79〕姜宸英：《湛園集》卷一《尊聞集序》，《影印文淵閣四庫全書》第1323冊，臺灣商務印書館1986年版，第603頁。

〔註80〕顧炎武：《日知錄》卷十九，見顧炎武撰：《顧炎武全集》第十九冊，上海古籍出版社2011年版，第739頁。

〔註81〕顧炎武：《亭林文集》卷四《與人書 二十五》，見顧炎武撰：《顧炎武全集》第二十一冊，上海古籍出版社2011年版，第148頁。

〔註82〕顧炎武：《日知錄》卷十九「直言」條，見顧炎武撰：《顧炎武全集》第十九冊，上海古籍出版社2011年版，第742頁。

〔註83〕黃宗羲《明文案序上》分析明文中衰原因時有云：「此無他，三百年人士之精神，專注於場屋之業，割其餘以為古文，其不能盡如前代之盛者，無足怪也！」（黃宗羲撰，沈善洪主編：《黃宗羲全集》第十冊，浙江古籍出版2005年版，第18～19頁。）另他在《明文案序下》中又批評前後七子敗壞明文，云：「當空同之時，韓、歐之道如日中天，人方企仰之不暇，而空同矯為秦、漢之說，

學，自此作文者不以經術為本，不務求實用。明文之衰，實由於此。既已明白其中原委，黃宗羲便提出了以學問入文章的解決之道。其曰：「文非學者所務，學者固未有不能文者」〔註84〕，他將濂溪、洛下、紫陽、象山、江門、姚江等大儒之文視作與歐、曾、《史》、《漢》並垂天壤的「至文」，此等至文皆由作者以學為文。相形之下，明代李、何、王、李所倡古學僅為詞章之學，其以文為學，故所造有限。學四子者又「便其不學」，以餖飣掇拾為文，遂至黃茅白葦，一無可觀。談到黃宗羲心目中的明文正宗，其曰：「計一代之製作，有所至不至，要以學力為淺深，其大旨岡有不同，顧無俟於更弦易轍也」〔註85〕。學力或有淺深，但就文本於學、以學為文而言，為文正宗者無不奉此以為作文大旨。在《沈昭子耿岩草序》中，黃宗羲更進一步細將宋元以來學術與文章的發展流變，得出「承學統者，未有不善於文，彼文之行遠者，未有不本於學」〔註86〕的結論，將文統與學統融而為一。由此，他對明代「言理學者，懼辭工而勝理，則必直致近譬；言文章者，以修辭為務，則寧失諸理」〔註87〕，裂文與學為二途的現象進行了嚴厲的批評。

黃宗羲以學為作文之本，強調要以學為文，此學講究經史子集泛覽博觀。其中，又尤其重視作者的經史根底。他對友人高旦中說：「讀書當從六經，而後史、漢，而後韓、歐諸大家。浸灌之久，由是而發為詩文，始為正路。舍是則旁蹊曲徑矣」〔註88〕；他誇讚沈昭子之文「本之經以窮其源，參之史以究其委，不欲如今人刻畫於篇章字句之間，求其形似而已」。〔註89〕

憑陵韓、歐，是以旁出唐子竄居正統，適以衰之弊之也。其後王、李嗣興，持論益甚，招徠天下，靡然而為黃茅白葦之習……明因何、李而壞，不可言也！」（黃宗羲撰，沈善洪主編：《黃宗羲全集》第十冊，浙江古籍出版2005年版，第20、21頁。）

〔註84〕黃宗羲撰，沈善洪主編：《李杲堂文鈔序》，《黃宗羲全集》第十冊，浙江古籍出版2005年版，第28頁。

〔註85〕黃宗羲撰，沈善洪主編：《明文案序下》，《黃宗羲全集》第十冊，浙江古籍出版2005年版，第20頁。

〔註86〕黃宗羲撰，沈善洪主編：《沈昭子耿岩草序》，《黃宗羲全集》第十冊，浙江古籍出版2005年版，第59頁。

〔註87〕黃宗羲撰，沈善洪主編：《沈昭子耿岩草序》，《黃宗羲全集》第十冊，浙江古籍出版2005年版，第59頁。

〔註88〕黃宗羲撰，沈善洪主編：《高旦中墓誌銘》，《黃宗羲全集》第十冊，浙江古籍出版2005年版，第323頁。

〔註89〕黃宗羲撰，沈善洪主編：《沈昭子耿岩草序》，《黃宗羲全集》第十冊，浙江古籍出版2005年版，第58頁。

可見，他以窮經通史為詩文正途，以刻畫模擬、究心篇章字句之間為旁蹊曲徑，而有明文人得正途者「潛溪、正學以下，毘陵、晉江、玉峰，蓋不滿十人耳」〔註90〕。黃宗羲點出唐宋派中的唐順之、王慎中得此正途，眼光十分精到。至於與王、唐往來甚密的茅坤，黃宗羲認為他未得王、唐論文底蘊，譏其「但學文章，於經史之功甚疏，故只小小結果」〔註91〕。對晚明鼓吹歸、唐甚力的艾南英，黃宗羲亦有類似看法，其曰：「千子於經術甚疏，其所謂經術，蒙存淺達，乃舉子之經術，非學者之經術也。」〔註92〕。艾南英之經術乃舉子之經術，其學殖未厚，只能在篇章字句中用功，明代唐宋派亦由其開始淪為摹仿之學。如此看來，黃宗羲此論不僅是針對著不讀書窮理的秦漢派，對唐宋派末流主於論文、疏於經史之功的批判他亦是毫不容情的。

　　黃宗羲以學彌縫文與道的分離，欲使文章重返載道致用的正途，要實現這一目標其所謂學必須是發自本心，有自得之見，能經緯天地的真實學問。他批判濂、洛崛起之後，諸儒但「寄身儲胥虎落之內」「爭匹游、夏」〔註93〕，其文雖不出道德性命，然皆土埂木偶。對於此等隨人腳跟、膚言心性的學問與文章，黃宗羲是極為反感的，其曰：「所謂文者，未有不寫其心之所明者也。心苟未明，劬勞惟卒於章句之問，不過枝葉耳，無所附之而生。」〔註94〕文章之本不在章句文辭，而在於其中所承載、傳達的內容。關於文章內容，黃宗羲強調要寫作者「心之所明」。「心之所明」即作者的真知灼見，此真知灼見必本之於學，且須作者歷經一番千錘百鍊，始而有其切身體會，為己受用，非依傍他人門戶者可得。因此，黃宗羲認為「不必文人始有至文」〔註95〕，九流百家只要能道出一己自得之見，便可算作至文。由於作學問和文章講求

〔註90〕黃宗羲撰，沈善洪主編：《高旦中墓誌銘》，《黃宗羲全集》第十冊，浙江古籍出版2005年版，第323頁。

〔註91〕黃宗羲撰，沈善洪主編：《答張爾公論茅鹿門批評八家書》，《黃宗羲全集》第十冊，浙江古籍出版2005年版，第179頁。

〔註92〕黃宗羲撰，沈善洪主編：《鄭禹梅刻稿序》，《黃宗羲全集》第十冊，浙江古籍出版2005年版，第66、67頁。

〔註93〕黃宗羲撰，沈善洪主編：《鄭禹梅刻稿序》，《黃宗羲全集》第十冊，浙江古籍出版2005年版，第65、66頁。

〔註94〕黃宗羲撰，沈善洪主編：《論文管見》，《黃宗羲全集》第十冊，浙江古籍出版2005年版，第670頁。

〔註95〕黃宗羲撰，沈善洪主編：《論文管見》，《黃宗羲全集》第十冊，浙江古籍出版2005年版，第670頁。

要有真切體會，黃宗羲又提出了以情濟理、以情入辭的問題。《論文管見》有云：「文以理為主。然而情不至，則亦理之膚廓耳。」〔註96〕作文以論理為主，而論理講求情至，情至則理實。的確，真實深刻的道理必定是真誠而動人的。黃宗羲云：「廬陵之志交友，無不嗚咽；子厚之言身世，莫不悽愴。郝陵川之處真州，戴剡源之入故都，其言皆能惻惻動人。古今自有一種文章，不可磨滅，真是『天若有情天亦老』者。」〔註97〕歐陽修、柳宗元、郝經、戴表元等人的創作情感真摯充沛，由此言理，則有真實受用，不會流於膚廓；發而為文，則真誠感人，不可磨滅。反之，「世不乏堂堂之陣，正正之旗，皆以大文目之」者〔註98〕，如唐宋派中錢謙益等人，其論文雖標舉載道宗經，高談道德性命，然「顧其中無可以移人之情者，所謂剒然無物者也」〔註99〕。黃宗羲在古文創作中提出要以情濟理，正是救治唐宋派末流膚言心性、徒事文辭之弊的一劑良藥。

最後，黃宗羲以學為文，其所學還包括行文之法。在《李杲堂先生墓誌銘》中黃宗羲提出了論文的「五備」之說，其中「行之以法，章句呼吸」〔註100〕即論作文要講求文法。他之所以重視文法，在於「言之不文，不能行遠」〔註101〕，文章若無文采，就不能流傳久遠。因此，儘管論文以載道致用為本，黃宗羲對於文章的藝術技巧也是十分重視的。他強調學文「須熟讀三史、八家」，「使古今體式無不備於胸中」〔註102〕，即要學習、掌握前人在創作實踐中所積累起來的各種技巧、法度，然後自作主宰，為我所用。另外，他論古文敘事之法，曰：「敘事須有風韻，不可擔板。今人見此，遂以為小說家伎倆。不觀《晉

〔註96〕 黃宗羲撰，沈善洪主編：《論文管見》，《黃宗羲全集》第十冊，浙江古籍出版 2005 年版，第 669 頁。

〔註97〕 黃宗羲撰，沈善洪主編：《論文管見》，《黃宗羲全集》第十冊，浙江古籍出版 2005 年版，第 669 頁。

〔註98〕 黃宗羲撰，沈善洪主編：《論文管見》，《黃宗羲全集》第十冊，浙江古籍出版 2005 年版，第 669 頁。

〔註99〕 黃宗羲撰，沈善洪主編：《論文管見》，《黃宗羲全集》第十冊，浙江古籍出版 2005 年版，第 669 頁。

〔註100〕 黃宗羲撰，沈善洪主編：《李杲堂先生墓誌銘》，《黃宗羲全集》第十冊，浙江古籍出版 2005 年版，第 412 頁。

〔註101〕 黃宗羲撰，沈善洪主編：《論文管見》，《黃宗羲全集》第十冊，浙江古籍出版 2005 年版，第 668 頁。

〔註102〕 黃宗羲撰，沈善洪主編：《論文管見》，《黃宗羲全集》第十冊，浙江古籍出版 2005 年版，第 668 頁。

書》、《南、北史》列傳，每寫一二無關係之事，使其人之精神生動，此頗上三毫也。」〔註103〕敘事講求風韻，要以一二瑣事傳人物之神，此雖「小說家伎倆」，卻已成為古代史傳散文的優良傳統，不可輕易抹殺。

綜上，黃宗羲深受唐順之、王慎中、歸有光等唐宋派人士的影響，其古文理論基本可以歸入明唐宋派一脈。他以道為文章本原，強調創作要明道宗經，這自然是唐宋派的標準說法。他針對晚明文壇各派共有的空疏剽擬之弊，提出以學為文，倡導寫作者的本心自得之見，發揮文章有切身心、經綸天下的功用，亦與唐順之強調要寫出作者「真精神與千古不可磨滅之見」的「本色」論，與歸、唐根底經史、博學窮理、有裨實用的古文創作可謂一脈相承。此外，黃宗羲重視作文的藝術技巧、主張學習古人文法進而為我所用，也深契唐順之講求文道合一、由「有法」上溯「無法」這一文法理論的精髓。明清易代之際，黃宗羲重拾唐宋派古文理論，將唐順之等人的文法主張進一步發揚光大，廓清了明中期以來古文創作中的諸多理論問題，確立了唐宋派在明文傳承中的正統地位，為此後清代古文的發展指明了方向。

三、清中、後期

康熙至乾隆時期，清代政局漸趨穩定，社會穩步發展，文壇呈現出流派眾多、相互爭鳴的繁榮景象。這一時期，清廷統治者的文化以及文學政策在文章的創作和批評中具有著不可忽視的導向性作用。首先，為了鞏固政治、維護社會安定，統治者大力提倡程朱理學，宣揚忠孝觀念。影響及文章，他們主張文以載道、根底經訓，要求作品有裨身心和政治。其次，針對漢族文士，清廷在文化上採用了恩威並用、軟硬兼施的兩手政策，「一方面以博學鴻詞科、官修圖書等途徑來籠絡和利用文學之士；另一方面又興起文字獄，以血腥的殺戮來鉗制思想輿論。」〔註104〕此種情形下，文壇上呈現出忽略現實政治生活而重視考據學問的創作和理論傾向。統而言之，這一時期各派在創作和理論上雖各樹一幟，但就文本於道、注重學問、積極探求文法規律等方面而言，他們卻是達成共識的。至此，清代文人心目中義理、考據、辭章三位一體的文章觀得以成形。

〔註103〕黃宗羲撰，沈善洪主編：《論文管見》，《黃宗羲全集》第十冊，浙江古籍出版 2005 年版，第 668、669 頁。
〔註104〕王運熙、顧易生：《中國文學批評通史　六》（清代卷），上海古籍出版社 1996 年版，第 5 頁。

〔註105〕顯然，這一觀念的形成也受到了清初推崇唐宋派的錢謙益、黃宗羲等大家的影響，繼承了唐宋派文論的精髓。藉此三位一體的文章觀，唐宋派文論在清代得到了繼承和發揚，唐宋派的古文正統地位也得到了進一步確認。

在此前提下，唐順之古文創作和理論的價值在清代被進一步發掘出來。

1. 清人對唐順之古文創作的評價

《四庫全書總目》評唐順之的古文創作云：「考索既深，議論具有根柢，終非井田封建之遊談……在有明中葉屹然為一大宗」；〔註106〕論其所纂《文編》云：「順之深於古文，能心知其得失，凡所別擇具有精意」，認為唐順之以「有法」、「無法」論秦漢文與唐宋文，「其言皆妙解文理」〔註107〕。對於唐宋派與秦漢派之間不同創作路徑的對峙，四庫館臣曰：「自正嘉之後，北地、信陽聲價奔走一世，太倉、歷下流派彌長。而日久論定，言古文者終以順之及歸有光、王慎中三家為歸」〔註108〕，將唐順之代表的唐宋派視作古文傳承的正宗，肯定了他們由唐宋文入門、進而上窺秦漢文精髓的習文主張。

除了得到清廷官方意識形態的認可，唐順之的古文創作在清代學者及文人的心目中亦佔據著十分重要的地位。康熙年間，張汝瑚編選《明八大家集》，入選者包括宋濂、劉基、方孝孺、王守仁、唐順之、王慎中、歸有光、茅坤八人。張汝瑚為文力主文以明道，其有云：「文之美惡，人之好惡存焉。人之好惡，道之廢興寓焉」，他推崇八家的緣由就在於他們的文章「無一言不合於道」〔註109〕。對於唐順之，張汝瑚評其文曰：「武進唐荊川先生嘉靖間以理學名，

〔註105〕這一時期的文章理論主要有以下三個來源：一為經學家文論，以戴震、段玉裁、錢大昕等為代表，主張以考據來統一義理、博學、文辭三者之關係；一為古文家文論，以桐城派為主要代表，推崇義理、考據、文章的統一，尤重文辭藝術；一為史學家文論，以章學誠為代表，在義理、考據、辭章三者之中強調要以史為宗。三派雖各有側重，但都認同義理、考據、辭章三位一體的基本文章觀。參王運熙、顧易生《中國文學批評通史 六》（清代卷），上海古籍出版社 1996 年版，第 10 頁。

〔註106〕永瑢等撰：《四庫全書總目》卷一百七十二《荊川集提要》，中華書局 1965 年版，第 1505、1506 頁。

〔註107〕永瑢等撰：《四庫全書總目》卷一百八十九《文編提要》，中華書局 1965 年版，第 1716 頁。

〔註108〕永瑢等撰：《四庫全書總目》卷一百八十九《文編提要》，中華書局 1965 年版，第 1716 頁。

〔註109〕張汝瑚輯評：《明八大家集總序》，《明八大家集》卷首，清康熙刊本，上海圖書館藏。

其學則周子、程子之學，其文則歐陽子、韓子之文也」〔註110〕，從道與文兩個方面肯定了唐順之的創作成就。乾隆年間，劉肇虞編選《元明八大家古文》，元代選虞集、揭傒斯二人，明代選楊士奇、王守仁、歸有光、唐順之、王慎中、艾南英六人。道精、法正乃劉肇虞評價古文的兩個標準，其所謂道「必本於六藝、濂、洛、關、閩之所折衷」，所謂法「必本於史、漢、韓、柳、歐、曾之所變化」〔註111〕。二者相結合，能「以濂、洛、關、閩之旨，運韓、柳、歐、曾之機」〔註112〕，方為劉肇虞心目中的大家。他評價唐順之的古文創作曰：「卷舒吐納於吳越春秋、國策、賈誼、晁錯、子長、昌黎、蘇氏父子間，超絕町畦，縱橫馳騁，卓然成一家言」〔註113〕，揭示了唐順之根底經史、恣肆廣博、自成一家的藝術創作特色。此後，道光年間，李祖陶選《金元明八大家文選》，金、元選入四家，乃元好問、姚燧、吳澄、虞集，明代取四家，即宋濂、王守仁、唐順之、歸有光，唐順之仍赫然在列。李祖陶論唐順之「以古豪傑自期，刻苦身心，頗欲薄詞章為末技，然於文實洞極原委」〔註114〕，可謂至評。他對唐順之各體文章的創作評價頗高，尤其推重書信、序記，謂其書「皆於學術、治術大有關者，一切寒溫套語，無一字闌入其間」，謂其序記「自抒所見，馳騁縱橫，其議論足以開拓古今，其筆力足以震盪天地」〔註115〕，所論皆十分精到。上述三種古文總集，明代作家入選者皆為唐宋派人士，其中王守仁、唐順之、歸有光在各集中皆被選入，可見三集在選文主旨和標準上有一脈相承的地方，即都主張作文要載道宗經，同時重視學習、吸收唐宋八大家的文法。反過來看，清人此類總集的編纂和傳播，也進一步鞏固了唐順之、歸有光等明代唐宋派作家的古文正統地位，為唐宋派古文理論在清代的普及和發揚奠定了重要的基礎。

〔註110〕張汝瑚輯評：《唐荊川集序》，《明八大家集》之《唐荊川集》卷首，清康熙刊本，上海圖書館藏。
〔註111〕劉肇虞：《元明八大家古文總序》，《元明八大家古文》卷首，《四庫禁燬書叢刊》集部第171冊，北京出版社1997年版，第286頁。
〔註112〕劉肇虞：《元明八大家古文總序》，《元明八大家古文》卷首，《四庫禁燬書叢刊》集部第171冊，北京出版社1997年版，第286頁。
〔註113〕劉肇虞：《唐荊川文選引》，《元明八大家古文》之《唐荊川文選》卷首，《四庫禁燬書叢刊》集部第171冊，北京出版社1997年版，第493頁。
〔註114〕李祖陶：《唐荊川文選序》，《金元明八大家文選》之《唐荊川文選》卷首，清道光二十五年刊本，南京圖書館藏。
〔註115〕李祖陶：《唐荊川文選序》，《金元明八大家文選》之《唐荊川文選》卷首，清道光二十五年刊本，南京圖書館藏。

2. 唐順之對清人古文選本的影響

自明茅坤《唐宋八大家文鈔》出，此後明清兩朝專選唐宋八大家文的古文選本層出不窮，康乾時期這類古文選本的編選更是進入了一個高峰期，各種新問世的八大家古文選本據統計有數十種之多。〔註 116〕

在這些選本中，儲欣的《唐宋八大家類選》和沈德潛《唐宋八家文讀本》最具影響力。儲欣（字同人，號在陸）是清初著名的古文家和古文評點家，其後人儲大文撰《在陸先生傳》云：「先生自運，則鑄唐宋以探秦漢之精，採天崇以化正嘉之貌。才高而繩削彌謹，齒宿而詞意彌新。實克於荆川、震川、孟旋、子駿、大士後，斷然自為經義大家，而楷橅後學功尤鉅也。」〔註 117〕可見，儲欣藉由唐宋文上窺秦漢文之精髓、以古文為時文的創作和理論主張深受唐順之、歸有光等唐宋派文人的影響。儲欣編有《唐宋十大家全集錄》，此編在八大家之外增加了唐代的李翺、孫樵，合為十家。儲欣晚年課孫，為便於童蒙學步，便在《唐宋十大家全集錄》的基礎上加以簡選，纂成《唐宋八大家類選》。此選共 14 卷，選文 248 篇，分為六大類（奏疏、論著、書狀、序記、傳志、詞章），共 30 種文體。《唐宋八大家類選》雖為家塾讀本，但編排條目清晰，選文和評點皆側重於奏疏、論著、書狀類實用性文體，對初學者大有裨益，故頗為時人所重，僅乾隆年間便刊刻過 6 次。

乾隆年間，同樣多次刊刻的八大家古文選本還有沈德潛的《唐宋八家文讀本》。據沈德潛自序，此選的編纂受到了茅坤《唐宋八大家文鈔》及儲欣《唐宋十大家全集錄》兩個選本的影響。此選共 30 卷，其中韓文 6 卷，柳文 3 卷，歐陽文 5 卷，老蘇文 3 卷，大蘇軾文 7 卷，小蘇文、曾文、王文各 2 卷。沈德潛論文主「文與道一」，儘管從義理的角度看八大家文醇駁交雜，但他依然肯定了八大家文的價值。對於時人關於學文當學宋五子書（按：即周敦頤、邵雍、張載、程顥、程頤）抑或八大家文的疑惑，他如此解答：「宋五子書，秋實也；唐宋八家文，春華也。天下無騖春華而棄秋實者，亦即無捨春華而求秋實者。惟從事於韓柳以下之文而熟復焉，而深造焉，將恠恠奇奇、渾涵變化，與夫紆餘深厚、清峭遒折，悉融會於一心一手之間，以是上窺賈、董、

〔註 116〕 參付瓊：《明清時期唐宋八大家散文選本生成述論》，《社會科學戰線》2017 年第 11 期。

〔註 117〕 儲大文：《在陸先生傳》，參儲欣：《在陸草堂文集》卷首，四庫全書存目叢書集部第 259 冊，齊魯書社 1997 年版，第 377 頁。

匡、劉、馬、班，幾可縱橫貫穿而摩其壘者夫。而後去華就實，歸根返約，宋五子之學行且徐趨而轄其庭矣。」〔註118〕沈德潛認為富於文采、各具風格的八大家文與析理透徹、樸實無華的宋五子書皆本於道，是為道這棵樹的春華與秋實，二者並不矛盾。且八大家文出於秦漢文，籍此可以縱橫貫穿賈、董、馬、班文之菁華。春華落而結秋實，只有掌握了八大家文的各番體格變化，才能更為精準的把握宋五子書的醇厚滋味。沈德潛既肯定了八大家文「因事立言、因文見道」的一面，同時也深諳渾涵變化、紆餘深厚的八大家文乃學文入手的關鍵處，他的古文理論總體看來依然延續的是明唐宋派論文的思路。

清人所編唐宋八大家古文選本大多為舉業而設（儲、沈二家之選亦不例外），如康熙年間呂留良編《八家古文精選》，此選「本為初學學文者而設，只發明行文之法」〔註119〕。呂留良常語學者「今為舉業者必有數十百篇精熟文字於胸中，以為底本。但率皆取資時文中，則曷若求之於古文乎？」〔註120〕何以八大家古文有資於時文？乾隆年間編選了《唐宋八家抄》的高嶹說得更為透徹，他說：「昔人言秦漢文法寬，唐宋文法嚴。又云：秦漢文法微，唐宋文法顯。故初學經書既畢，授以古文，須先從唐宋入手，使有徑路可尋。次及《史》、《漢》，層累而上。蓋推本以求，由《左》、《國》、《史》、《漢》以下迄唐宋者，窮源及流之道也。逆溯而往，由唐宋以上至《左》、《國》、《史》、《漢》者，先河後海之義也。」〔註121〕高嶹所引「昔人言」顯然出自唐順之《董中峰侍郎文集序》。唐順之本是明正、嘉年間「以古文為時文」的始作俑者，他取道唐宋八大家、上窺秦、漢，借鑒古文體式，將古文結撰之法引入時文，為明代八股文創作開闢了新的局面而終至於鼎盛。唐順之的文學選本中，除了專為舉業而選的《唐會元精選批點唐宋名賢策論文萃》（專選八大家策論），《文編》、《六家文略》、《荊川先生精選批點史記》、《荊川先生精選批點漢書》等選本雖非為舉業而設，但其批抹點裁，為學者開示作文之法，未嘗不有助於舉業也。明人施策論《文編》乃「古文詞之統會，業舉子者之學海也」〔註122〕，所言不虛！

〔註118〕沈德潛：《唐宋八家文讀本序》卷首，清乾隆十七年陸錦小郁林刻本。
〔註119〕呂留良輯，呂葆中批點：《晚邨先生八家古文精選》卷首《凡例》，四庫禁燬書叢刊集部第94冊，北京出版社1997年版，第312頁。
〔註120〕呂留良輯，呂葆中批點：《晚邨先生八家古文精選》卷首《序》，四庫禁燬書叢刊集部第94冊，北京出版社1997年版，第308頁。
〔註121〕高嶹：《唐宋八家抄序》，《唐宋八家抄》卷首，乾隆五十三年刻本。
〔註122〕施策輯：《崇正文選序》，《批點崇正文選》卷首，明萬曆四十二年刻本。

　　總體看來，清代專選唐宋八大家文選本數量遠超明代，但從編纂體例、價值取向等方面看，大多深受明代以唐順之、茅坤、歸有光等唐宋派文人古文理論的影響。這些選本的大量編選、刊刻不僅為清人舉業開示了方便法門，更進一步鞏固了唐順之等人所構建的文道合一、由唐宋文上溯秦漢文的古文正統。

3. 唐順之對清人古文理論的影響

　　有清二百餘年是「傳統文化學術總結和集大成的階段」〔註123〕，就文章的創作和批評而言，這一時期流派紛呈、名家輩出。其中，桐城派在清代綿延時間最長、影響力最大。郭紹虞先生認為「有清一代的古文，前前後後殆無不與桐城生關係」〔註124〕，推其為清代古文創作和批評的核心。桐城派由方苞、劉大櫆至姚鼐而始盛，再傳姚瑩、方東樹、管同、梅曾亮等後學則漸趨衰頹，及至曾國藩而中興。桐城派前後綿延二百餘年，在傳承中他們就文章的本原和本質、文章的功用以及文統等基本問題上一直保有共同的理論主張，即都主張文本於道，同時積極探討文法規律，重視文章的經世功能，將唐宋八大家文上溯秦漢文視作古文傳承正統。桐城派上述觀點顯然承襲自古文領域中的唐宋派一脈。事實上，在勾勒古文傳承的統緒時他們即以上承明代唐宋派自命。方東樹《答葉溥求論古文書》有云：「往者姚姬傳先生纂輯古文辭，八家後於明錄歸熙甫，於國朝錄望溪、海峰，以為古文傳統在是也。」〔註125〕的確，姚鼐纂輯《古文辭類纂》所選之文以唐宋八大家作品為主，上溯戰國秦漢，下以歸有光、方苞、劉大櫆三家為結，其中分明寄託著姚鼐以桐城派上繼古文正統的用心。值得注意的是，對於明代的唐宋派，以姚鼐為代表的清代桐城派文人大多只認可歸有光，對唐順之、王慎中、茅坤等其他唐宋派成員則甚少提及，其間緣由頗值得玩味。對此，趙伯陶指出歸有光之文以程朱理學為本，其散文創作「始終保持有士林文化品格的單純性」〔註126〕，這是歸有光被桐城派推為文統所在的根本緣由。相較之下，唐順之、王慎中、茅坤等人皆受陽明心學影響，尤其是

〔註123〕王運熙、顧易生：《中國文學批評通史 六》（清代卷），上海古籍出版社 1996年版，第 1 頁。

〔註124〕郭紹虞：《中國文學批評史》，上海古籍出版社 1979 年版，第 627 頁。

〔註125〕方東樹：《考槃集文錄》卷六《答葉溥求論古文書》，《續修四庫全書》第 1497冊，上海古籍出版社 2002 年版，第 361 頁。

〔註126〕歸有光撰，趙伯陶選注評點：《歸有光文選‧前言》，蘇州大學出版社 2001版，第 2 頁。

唐順之「與陽明之學有很深的淵源」，《荆川集》中還可見禪宗影響的痕跡，因此「唐順之散文的文化品格接近於其後發展起來的晚明小品，而與歸有光散文的文化品格精神不同」〔註127〕。從文化品格出發，趙伯陶指出了歸有光散文區別於唐宋派另外三家的不同所在。他所說的「文化品格」源自各家不同的學術思想，影響及他們的創作，便體現為各自文章所載之道的不同。雖然同樣主張文以載道，歸有光的文章承載的是程朱之道，而唐順之等人承載的道則要複雜得多，其中還包含著為清人包括桐城派所非議的陸王心學之道。因此，對於一貫以程朱理學為立身根基的桐城派而言，歸有光便是他們藉以上溯唐宋八大家乃至秦漢古文正統的不二人選。

　　唐順之由於學術思想的駁雜而被桐城派拒斥於道統以及文統之外，此論大抵不差。在桐城派之前，明末清初的呂留良亦因唐順之中道折入心學而對其學術和文章頗有微詞。呂留良之子呂葆中有云：「大人嘗稱荆川之學初時根底於程朱甚正，第所得淺耳，亦自知其淺也而求上焉，遂為王畿、李贄之徒所惑，而駸駸於良知之說，於是乎荆川之學終無成。然其制義雖晚年遊戲宦稿，未嘗敢竄入異旨，流露離叛之意思，此猶入門時從正之功也。」〔註128〕呂留良認為唐順之為學原本入門極正，中道折入心學之後其學問和古文竄入異旨，終至無成。儘管如此，他對唐順之恪守程朱之學的八股文創作還是十分推崇的，譽其所作「精卓」，「足配震川」〔註129〕。與呂留良相似，桐城派雖然並不認同唐順之竄入心學思想的古文創作，對其八股制義卻讚譽有加。例如開桐城風氣之先的戴名世就十分喜好唐順之的時文，其曰：「不佞自初有知識即治古文，奉子長、退之為宗師，暇從事於制義之文，於諸家獨好歸太僕、唐中丞，於今十餘年矣。」〔註130〕戴名世喜好並推崇唐順之、歸有光時文的緣由主要在於他欲以古文之法救治時文之弊，即要「以古文為時文」。實際上，「以古文為時文」是明中後期時文領域中的一股革新潮流，這股潮流的

〔註127〕歸有光撰，趙伯陶選注評點：《歸有光文選·前言》，蘇州大學出版社 2001
　　　　版，第 3 頁。
〔註128〕參唐順之撰，呂留良評點：《唐荆川先生傳稿舊序》按語，《唐荆川先生傳稿》，
　　　　《四庫禁燬書叢刊補編》第 1 冊，北京出版社 2005 年版，第 365 頁。
〔註129〕參唐順之撰，呂留良評點：《唐荆川先生傳稿舊序》按語，《唐荆川先生傳稿》，
　　　　《四庫禁燬書叢刊補編》第 1 冊，北京出版社 2005 年版，第 365 頁。
〔註130〕戴名世：《南山集》卷五《答張氏二生書》，《四庫禁燬書叢刊補編》第 82 冊，
　　　　北京出版社 2005 年版，第 620 頁。

開創者正是明代唐宋派的代表人物唐順之、歸有光。對此，桐城「三祖」之一的方苞在其奉旨編纂的《欽定四書文》中有明晰的闡釋，其曰：「明人制義體凡屢變，自洪永至化治百餘年中，皆恪遵傳注，體會語氣，謹守繩墨，尺寸不踰。至正、嘉作者，始能以古文為時文，融液經史，使題之義蘊隱顯曲暢，為明文之極盛。」〔註 131〕又「歸、唐皆以古文為時文，唐則指事類情曲折盡意，使人望而心開；歸則精理內蘊大氣包舉，使人入其中而茫然。蓋由一深透於史事，一兼達於經義也。」〔註 132〕在方苞看來，唐順之、歸有光等正嘉作者在時文創作中大膽引入古文理念和筆法，打破了時文舊有的陳腐格局，由此引領著明代時文走入了發展的極盛期。雍正年間方苞編《古文約選》，指出古文義法可「觸類而通，用為制舉之文，敷陳論、策，綽有餘裕矣」〔註 133〕。他將古文義法引入時文，打通古文與時文之間的隔閡，固然得自戴名世的啟發，歸根結底還是受到了唐順之、歸有光「以古文為時文」的影響。除了戴名世、方苞，劉大櫆和姚鼐在處理古文與時文關係時也持類似觀點。劉大櫆曾說：「談古文者多蔑視時文，不知此亦可為古文之一體」〔註 134〕，姚鼐亦云：「明時定以經義取士，而為八股之體。今世學古之士，謂其體卑而不足為。吾則以謂此其才卑而見之謬也。使為經義者，能如唐應德、歸熙甫之才，則其文即古文，足以必傳於後世也，而何卑之有？」〔註 135〕可見，桐城派繼承了明代唐宋派兼擅古文、時文之法的傳統，就會通古文與時文、欲以古文之法革新時文的主張而言，他們與唐順之文學思想之間的關聯是顯而易見的。

撇開時文不談，若專就古文而言，桐城派的確甚少提及唐順之。然而，細究之下，桐城派與唐順之古文理論之間的隱秘關聯卻是不可否認的。郭紹虞先生認為古文義法問題是桐城派的「一貫主張與共同標的」〔註 136〕，

〔註 131〕方苞：《欽定四書文·凡例》，《欽定四書文》，《影印文淵閣四庫全書》第 1451 冊，臺灣商務印書館 1986 年版，第 1 頁。

〔註 132〕方苞：《欽定四書文·正嘉四書文》卷二評《三仕為令尹 六句》，《影印文淵閣四庫全書》第 1451 冊，臺灣商務印書館 1986 年版，第 100 頁。

〔註 133〕方苞著，劉季高校點：《古文約選序例》，《方苞集》，上海古籍出版社 1983 年版，第 613 頁。

〔註 134〕劉大櫆著，吳孟復標點：《時文論》，《劉大櫆集》，上海古籍出版社 1990 年版，第 612 頁。

〔註 135〕姚鼐著，劉季高標校：《陶山四書義序》，《惜抱軒詩文集》，上海古籍出版社 1992 年版，第 270 頁。

〔註 136〕郭紹虞：《中國文學批評史》，上海古籍出版社 1979 年版，第 630 頁。

因此不妨以義法問題為切入點考察一下桐城派與唐順之古文理論之間的有機聯繫。

　　以「義法」論古文主要是桐城派方苞的主張，他以「有物」、「有序」詮釋「義法」〔註137〕，一方面要求作文要內容充實、有感而發，另一方面重視文章的布局結構、裁剪次序。就古文師法淵源而言，方苞「取法韓歐、規模熙甫」〔註138〕，是桐城派中公認的繼踵震川之人。有學者亦以方苞學習《左傳》、《史記》等秦漢史書專在「義法」，與歸有光為近〔註139〕，認為方苞的「義法」說有取於歸有光。實際上，「義法」一詞最早出自《史記·十二諸侯年表序》〔註140〕，司馬遷所說的「義法」乃「孔子筆削《春秋》所制定的義例、書法」〔註141〕。方苞將「義」與「法」對舉，以「有物」釋「義」，「有序」釋「法」，從內容和形式兩個方面對文章創作提出了要求。相較之下，歸有光批點《史記》重在「法」的揭示，對「義」則用力甚少。此外，以「義法」衡之，方苞對歸有光的古文創作亦頗有微詞，其曰：「震川之文於所謂有序者，蓋庶幾矣，而有物者，則寡焉。」〔註142〕方苞認為歸有光的文章條理明晰，堪稱「有序」，然多有敷衍應酬、內容空洞之作，未可稱之「有物」。如此看來，將方苞的「義法」說盡歸於震川無疑是十分草率的。其實，在方苞之前，明末清初的艾南英與萬斯同都曾以「義法」論文。〔註143〕他們的「義法」說

〔註137〕參方苞《又書貨殖傳後》云：「義即《易》之所謂『言有物』也，法即《易》之所謂『言有序』也。義以為經而法緯之，然後為成體之文。」（方苞著，劉季高校點：《方苞集》，上海古籍出版社1983年版，第58頁。）

〔註138〕魏際昌：《桐城古文學派小史》河北教育出版社，1988年版，第21頁。

〔註139〕陸德海：《明清文法理論研究》，上海古籍出版社2007年版，第220頁。

〔註140〕參《史記》卷十四《十二諸侯年表序》：「是以孔子明王道，干七十餘君，莫能用。故西觀周室，論史記舊聞，興於魯而次《春秋》。上記隱，下至哀公之獲麟，約其辭文，去其繁重，以制義法，王道備，人事浹。」（司馬遷著，裴駰集解：《史記》，中華書局2013年版，641～642頁。）

〔註141〕參王運熙、顧易生：《中國文學批評通史　六》（清代卷），上海古籍出版社1996年，第414頁。

〔註142〕方苞著，劉季高校點：《書歸震川文集後》，《方苞集》，上海古籍出版社1983年版，第117頁。

〔註143〕艾南英《鄭從周秣陵問業序》：「孟旋以義法之宗，表裏兼至，而不能不推從周之安和備美也。」（參艾南英撰：《天傭子集》卷十三，《四庫禁燬書叢刊補編》第72冊，北京出版社2005年版，第357頁。）另《萬季野墓表》記萬斯同語曰：「史之難為久矣，非事信而言文，其傳不顯……子誠欲以古文為事，則願一意於斯。就吾所述，約以義法而經緯其文。他日書成，記其後曰：此四明萬氏所草創也。則吾死不恨矣。」（方苞著，劉季高校點：《方苞

兼顧了文章的主題內容和表現形式，與方苞的「有物」、「有序」相契合，足見方苞的「義法」說受到了他二人的影響。不過，艾南英、萬斯同雖提出「義法」，二人並未就此進一步展開論述。巧合的是，艾南英、萬斯同在古文傳承上同奉唐宋派為宗（萬斯同之師乃黃宗羲）。而明代唐宋派中除了歸有光，唐順之亦極為重視文法，甚至還建立了體系完整的古文文法理論。那麼，方苞的「義法」說與唐順之的文法理論在內涵上究竟有沒有相通的地方呢？

姚永樸在《文學研究法綱領》中分析方苞「義法」說有云：「《易‧家人卦》大《象》曰『言有物』，《艮》六五又曰『言有序』。『物』即義也，『序』即法也。……左氏襄二十五年《傳》曰：『言以足志，文以足言。』『志』即義也，『文』即法也。」〔註144〕以「物」、「序」釋「義法」，則討論文章內容與形式之關係自是「義法」說的應有之義；以「志」、「文」釋「義法」，由於「志」本於儒道（尤其是程朱理學），故「義法」亦必涉及傳統文論中的文道關係問題。

從內容與形式之關係出發，方苞提出「義以為經而法緯之，然後為成體之文」〔註145〕，強調義、法一體，即文章的內容與形式是統一的。這裡「統一」包括兩個方面的內涵，其一為義決定法，法隨義變，強調文章的內容對形式具有著指導和決定性的意義；其二乃義由法現、法決定義，認為內容必須由特定的形式呈現，脫離了具體形式的內容是不存在的。從文道關係出發，上述義法一體論亦可理解為文與道之間的統一，即一方面強調文以道為本，另一方面亦充分認識到道由文現的重要性。可見，方苞處理內容與形式、文與道之關係時首重矛盾對立方的統一，這是「義法」說的第一要義。不過，就義決定法、文本於道而言，方苞的「義法」說並無太多新意，強調道由文現、法決定義才是「義法」說別開生面、令人耳目一新的所在。實際上，在以「義法」評述具體作品時方苞亦更為關注文章的表現形式，側重於法的揭示，這表明在文道合一、義法一體的前提下，他對文的特殊性和獨立性已有較為充分的認識。正是這一點很容易讓我們聯想起唐順之的文法理論主張。唐順之以「神明之變化」釋「法」，構建了包括法度論、師法論、技法論在內的文法

集》，上海古籍出版社1983年版，第333頁。）從方苞所書來看，他的義法說受萬斯同啟發尤為直接。

〔註144〕姚永樸撰，許振軒校點：《文學研究法》，黃山出版社2011年版，第25頁。

〔註145〕方苞著，劉季高校點：《又書貨殖傳後》，《方苞集》，上海古籍出版社1983年版，第58頁。

理論體系。其中，法度論在文道合一的基礎上充分發明了道以文現的重要性，技法論重在揭示文章布局結構、遣詞造句等各種形式技巧。師法論是唐順之文統觀的具體呈現，由唐宋八大家文入門進而上窺秦漢散文精髓，這一師法路徑（即古文傳承統緒）的確立貫徹了唐順之文道合一、重道與重文並行不悖的文法主張。因此，在唐順之那裡，文統儘管與道統密切關聯，但它不再依附於道統，而是具有了自身的審美獨立性。可見，儘管方苞與唐順之在「道」的內涵上有不同的理解，但二人在處理道與文、義與法（內容與形式）之關係時，他們的思想邏輯是基本一致的。

　　方苞的「義法」說對桐城「三祖」的另外兩家劉大櫆、姚鼐皆有重要影響。劉大櫆有云：「作文本以明義理、適世用。而明義理、適世用，必有待於文人之能事。」〔註146〕他之所謂「能事」並非「義理、書卷、經濟」等「行文之實」，而是指「神氣、音節、字句」等「行文之道」〔註147〕。「行文之實」乃作文的材料，需待文人之能事方可成章。因此，劉大櫆極為重視各種「行文之道」（即作文之法），這是其文論最為突出的特徵。其後，姚鼐論文力主道藝合一、天與人一，要義理、考據、文章三者相濟，但文章始終是其關注的焦點，其文論中最具特色和價值的仍是對「神、理、氣、味，格、律、聲、色」等散文藝術要素的探討與總結。可見，在義法一體、文道合一的前提下，正視文的審美特質，發掘文法的豐富內涵，就此而言，劉大櫆、姚鼐可謂充分繼承了方苞「義法」說的精髓，這也為我們梳理唐順之與桐城派文學理論之間的關聯提供了更多的依據。

　　此外，單就「法」而言，從技法這一層面來看，桐城派與唐順之文法主張之間的關聯更為鮮明。在唐順之的文法理論體系中，其所謂技法包括文章命意、布局結構、鍊字擇句等幾個方面，其中他尤其重視文章「開合首尾、經緯錯綜」的布局結構之法。在桐城派文人的文法主張中，他們對布局結構的重視也是顯而易見的。如戴名世總結作文的三要素為「道、法、辭」，其所謂

〔註146〕劉大櫆：《論文偶記》，見劉大櫆、吳德旋、林紓著（合訂），范先淵校點：《論文偶記・初月樓古文緒論・春覺齋論文》，人民文學出版社 1959 年版，第 4 頁。

〔註147〕劉大櫆《論文偶記》云：「行文之道，神為主，氣輔之。……故義理、書卷、經濟者，行文之實，若行文自另是一事」，見劉大櫆、吳德旋、林紓著（合訂），范先淵校點：《論文偶記・初月樓古文緒論・春覺齋論文》，人民文學出版社 1959 年版，第 3 頁。

「法」包括「御題之法」和「行文之法」，其中「行文之法」即「向背往來，起伏呼應，頓挫跌宕」〔註148〕的文章結構之法。另外，方苞在「義法」說中以「有序」釋「法」，其所謂「法」亦包括對文章開合起伏、脈絡呼應的要求。戴名世、方苞對文章布局結撰之法的總結深深影響了桐城後學，他們視此為作文的秘訣，往往通過評點的方式將其揭示開來。

值得注意的是，桐城派討論文章的布局結構時講求法隨義變、文無定法。如戴名世論「行文之法」主張要「道與法合」，即作文要根據不同的主題、內容採用不同的表現形式。又如方苞《書五代史安重誨傳後》云：「記事之文，惟《左傳》、《史記》各有義，一篇之中，脈相灌輸，而不可增損。然其前後相應，或隱或顯，或偏或全，變化隨宜，不主一道」，〔註149〕同樣強調不可在布局結構上執一定之格。其實，不惟對布局結構，桐城派在談文法的學習和使用時皆重神明變化、不執一定。如姚鼐論「法」有「一定之法」和「無定之法」，其曰：「有定者，所以為嚴整也；無定者，所以為縱橫變化也。二者相濟，而不相妨。故善用法者，非以窘吾才，乃所以達吾才也。」〔註150〕姚鼐提出善用法者乃以才運法，由「有定」上窺「無定」，如此作文方能在嚴整中見縱橫變化，不為一定之法所限。劉大櫆亦云：「古人文章可告人者惟法耳。然不得其神而徒守其法，則死法而已。」〔註151〕又「古人文字最不可攀處，只是文法高妙而已。」〔註152〕劉大櫆認為學習古人文法關鍵在於要「得其神」，得神則文法出入有無、自然高妙，不得神而徒守其法，是為死法。劉大櫆所說的「神」（或「神氣」）指統帥文章的精神氣勢，它植根於作者的才情氣質、精神品格，具有抽象、難以捉摸的一面。不過，劉大櫆又提出文章之「神氣」可通過「音節」、「字句」這些具體的方面呈現。

〔註148〕戴名世：《戴明世集》卷四《己卯行書小題序》，中華書局1986年版，第109頁。

〔註149〕方苞著，劉季高校點：《書五代史安重誨傳後》，《方苞集》，上海古籍出版社1983年版，第64頁。

〔註150〕姚鼐：《與張阮林》，見錢仲聯主編、周中明選注評點：《姚鼐文選》，蘇州大學出版社2001年版，第339頁。

〔註151〕劉大櫆：《論文偶記》，見劉大櫆、吳德旋、林紓著（合訂），范先淵校點：《論文偶記‧初月樓古文緒論‧春覺齋論文》，人民文學出版社1959年版，第4頁。

〔註152〕劉大櫆：《論文偶記》，見劉大櫆、吳德旋、林紓著（合訂），范先淵校點：《論文偶記‧初月樓古文緒論‧春覺齋論文》，人民文學出版社1959年版，第4頁。

〔註153〕在論述作文的「音節」、「字句」時劉大櫆同樣講究自然高妙、無跡可求，其曰：「讀古人文於起滅轉接之間，覺有不可察識處，便是奇氣」〔註154〕，又「凡行文多寡短長抑揚高下，無一定之律，而有一定之妙，可以意會而不可以言傳」〔註155〕，其所謂「不可察識」、「無一定之律而有一定之妙」自非拘於死法者可以領悟。

桐城派講文法重自然高妙、要以才運法、以神御法，以此作文，其文雖嚴於法，卻又不為法所拘；以此學古，自可得古人之神，不為古人所範圍。就此而言，他們對法的理解和處理與唐順之實為一致。《文編序》中唐順之將「法」定義為「神明之變化」，在技法論這一層面，他提出文法變化自然、文無定法。在《文編》的編纂中，他一方面通過對具體選文的批點揭示出作者的「臨時下手」之法，另一方面則著意為讀者揭開八大家各自獨特的古文創作面貌。藉此，他向讀者表明了文法的學習和使用當因文而異、因人而異。從師法論來看，唐順之以「開合首尾、經緯錯綜」的篇章結撰之法為出發點，提出唐宋文嚴於此法，是為「有法」，秦漢文渾然天成、無法可窺，是為「無法」。他所確立的師法路徑是由「有法」上窺「無法」，即以法度嚴密、有法可循的唐宋文為津筏，進而上窺秦漢古文之精髓。唐順之以秦漢文為作文的最高境界，可見他所追求的文法乃神明變化、渾然天成之法。學法、用法而不拘於成法，作文能根據不同的主題、情境以及作者的才情、精神選擇相應的文法，這正是唐順之學古卻能跳出古人窠臼的關鍵所在。今天我們講桐城文法既能集古人文法之大成、又能自出新意、蔚然成一宗派，他們與唐順之文法理論的這一關聯不可不提。

最後，從古文創作崇實尚用這一面來看，桐城派與唐順之文法理論之間

〔註153〕劉大櫆《論文偶記》云：「神氣者，文之最精處也；音節者，文之稍粗處也；字句者，文之最粗處也；然論文者而至於字句，則文之能事盡矣。蓋音節者，神氣之跡也；字句者，音節之矩也。神氣不可見，於音節見之；音節無可準，以字句準之。」見劉大櫆、吳德旋、林紓著（合訂），范先淵校點：《論文偶記‧初月樓古文緒論‧春覺齋論文》，人民文學出版社1959年版，第6頁。

〔註154〕劉大櫆：《論文偶記》，見劉大櫆、吳德旋、林紓著（合訂），范先淵校點：《論文偶記‧初月樓古文緒論‧春覺齋論文》，人民文學出版社1959年版，第7頁。

〔註155〕劉大櫆：《論文偶記》，見劉大櫆、吳德旋、林紓著（合訂），范先淵校點：《論文偶記‧初月樓古文緒論‧春覺齋論文》，人民文學出版社1959年版，第12頁。

亦有關聯。唐順之一生「以古豪傑自期」〔註 156〕，有著堅定的濟世之志，其為學為文講求經世致用。他由唐宋八大家文上窺秦漢散文精髓，構建起古文傳承的正統，這一文統的確立正是對古文創作原本經術、有裨實用精神的表彰。自此，古文經世的觀念亦成為明代唐宋派古文理論的一個重要標誌。清初，黃宗羲、顧炎武等人在反思總結明代古文之學的基礎上，充分繼承了唐宋派古文理論的這一特色，為清人奠定了古文創作要崇實尚用的基調。其後，作為有清一代最具影響力的古文流派，崇實尚用亦為桐城文派所繼承。「桐城三祖」中，方苞以「有物」解釋「義法」之「義」，劉大櫆將「義理、書卷、經濟」列為「行文之實」，姚鼐欲「義理、考證、文章」三者相濟、強調詩文要表現「忠義之氣，高亮之節，道德之養，經濟天下之才」〔註 157〕，無不表明了他們經世致用的論文立場。不過，「三祖」活躍於康、雍、乾三朝，此時天下承平、社會穩步發展，清廷在文化上採用了恩威並用、寬猛互濟的兩手政策。因此，方苞等人雖欲經理世事、關懷現實，實際上其論文仍不免囿於文辭技法。嘉、道以降，清王朝由盛而衰，在國政疲軟、內憂外患的夾擊之下，清廷的文化專制政策逐漸鬆動，思想文化界再次興起經世致用之風。身處風氣之中，桐城後學們順時應變，大力發揚起桐城派的經世傳統。如方東樹提出「文不能經世者，皆無用之言，大雅君子所弗為」〔註 158〕；梅曾亮主張文章當「通時合變，不隨俗為陳言」〔註 159〕，認為「文章之事，莫大乎因時」〔註 160〕；姚瑩論作文「要端有四：曰義理也、經濟也、文章也、多聞也」〔註 161〕。他們以經世、因時為作文的基本出發點，比其師姚鼐顯然更具經濟事功的意識和精神。在此種經世精神的影響下，桐城弟子們不再以文人自居。面臨著內憂外患的危難時局，他們關注夷情、勤求世務，其古文創作亦緊扣

〔註 156〕 李祖陶：《唐荊川文選序》，《金元明八大家文選》之《唐荊川文選》卷首，清道光二十五年刊本，南京圖書館藏。

〔註 157〕 姚鼐撰，劉季高標校：《荷塘詩集序》，《惜抱軒詩文集》，上海古籍出版社 1992 年版，第 50 頁。

〔註 158〕 方東樹：《考槃集文錄》卷六《復羅月川太守書》，《續修四庫全書》第 1497 冊，上海古籍出版社 2002 年版，第 348 頁。

〔註 159〕 梅曾亮著，彭國忠、胡曉明點校：《覆上汪尚書書》，《柏梘山房詩文集》，上海古籍出版社 2005 年版，第 30 頁。

〔註 160〕 梅曾亮著，彭國忠、胡曉明點校：《答朱丹木書》，《柏梘山房詩文集》，上海古籍出版社 2005 年版，第 38 頁。

〔註 161〕 姚瑩《康輶紀行·文貴沉鬱頓挫》，施培毅、徐壽凱點校：《康輶紀行、東槎紀略》，黃山書社 1990 年版，第 411 頁。

時代主題，誕生了《王剛節公家傳》（梅曾亮）、《葛公墓誌銘》（王拯）、《關忠節公家傳》（魯一同）等一批謳歌愛國將士英勇抗夷的佳作。

　　除了上述嫡傳弟子，道光以來湘鄉派、陽湖派作為桐城派的旁支別系，其論文主張雖與桐城傳統不盡相合，但在倡導文章經世上卻與桐城派保持一致。相較於陽湖派，湘鄉派對桐城家法多有繼承，其代表人物曾國藩亦被後人視作桐城中興的首要功臣。曾國藩論文兼綜姚鼐、姚瑩之說，提倡作文要「義理、考據、文章、經濟」四者相濟。四者之中，他以義理為統攝，且又提出「苟通義理之學，而經濟該乎其中矣。程、朱諸子遺書具在，曷嘗捨末而言本、遺新民而專事明德」〔註162〕。曾國藩以義理為本、經濟為末，強調本末一體，反對為學、作文離開經濟而空談義理。正是通過高倡經濟之學，曾國藩以其「大人君子在位者，為人望所矚」〔註163〕的影響力，進一步使得原本侷限於辭章之學的桐城古文轉而關懷現實、干預世事。由於抓住了經世致用的時代脈搏，桐城古文得以再獲生機。

　　陽湖派與桐城派之間的關係相對而言更為複雜，二者若即若離，他們的古文理論既有相繼也有相競的一面。桐城派為學恪守程朱理學，古文創作則由明代歸有光上溯唐宋八大家；陽湖派為學泛覽諸子百家，以百家乃六經之「條流」，提出「文集之衰，當起之以百家」〔註164〕，認為學文不妨有取於諸子百家，二者論調有異，此為相競。然而，陽湖派學習諸子百家文其旨趣亦有關用世〔註165〕，此與桐城古文經世之論是為相繼。值得注意的是，陽湖派文家重視經世，更多與他們所植根的常州一地學術學風有密切關聯。陽湖派發祥於常州武進、陽湖二縣，主要成員張惠言、惲敬、李兆洛、陸繼輅、董士錫等人皆隸籍武進或陽湖。常州地處東南，經濟富庶，明清以來人文尤為興盛。常州之學自明代起便具有敦重實學、講求經世的特點，這在明嘉靖、隆慶年間常州兩位大儒唐順之和薛應旂的身上有鮮明體現。至清代，武進莊存與開創今文經學，其家族後輩傳承其學，常州學術得以於嘉慶、道光之後獨

〔註162〕曾國藩：《勸學篇示直隸士子》，《曾國藩全集·詩文》，嶽麓書社1986年版，第443頁。
〔註163〕參王運熙、顧易生：《中國文學批評通史 六》（清代卷），上海古籍出版社1996年，第621頁。
〔註164〕惲敬著，萬陸等標校，林振岳集評：《大雲山房文稿二集自序》，《惲敬集》，上海古籍出版社2013年版，第278頁。
〔註165〕參王運熙、顧易生：《中國文學批評通史 六》（清代卷），上海古籍出版社1996年第621頁。

領風騷。作為唐順之後人，莊存與繼承了唐順之學以經世的學術品格〔註166〕，其今文經學具有「明天道以合人事」〔註167〕的現實關懷，其經說「皆非空言，可以推見時事」〔註168〕。由於同處一地，武進莊氏家族與張惠言、李兆洛、陸繼輅等陽湖派文家在學術與文章上往來甚密〔註169〕。在相互交往中，陽湖派文家充分接受、吸納了莊氏今文經學的「實學」精神，不欲以一介文人學士自命，而是要通世務、知治亂，以待時用。因此，無論是治學還是為文，陽湖派皆呈現出入世致用的強烈情懷。正是出於這一份情懷，他們對鄉先賢唐順之無比推崇，多次表彰其通經致用的精神，並以承繼其學術文章自勵、勵人。〔註170〕

　　桐城派是清代綿延時間最長、最具影響力的古文流派，通過考察其與唐順之古文理論之間的關聯，我們基本可以清晰地勾勒出唐順之的古文創作及其理論被清人接受並進而產生影響的大致面貌。實際上，明末清初經由艾南英、錢謙益、黃宗羲等人的不斷推揚，以唐順之為代表的明代唐宋派已基本確立起古文傳承的正統地位，這為唐順之的古文理論在清代進一步傳承和發展奠定了重要的基礎。嗣後，桐城派上承唐宋派文統，建構起以「義法」為核心的古文理論。「義法」論繼承了唐順之、歸有光等人文道合一的古文觀念，在以道為本的前提下，桐城派正視古文的審美特質，積極探求文法規律，將唐宋派古文理論重「法」的一面進一步發揚光大。此外，清中後期桐城派文人順時應變，不再以文事自限，他們充分挖掘、繼承了唐宋派文論崇實尚用的特性，將古文創作融入到救時經世的時代潮流中，使得一度走入衰頹之勢的桐城古文再獲新生。

〔註166〕關於莊存與繼承了先祖唐順之學以經世之學術精神的論述參〔美〕艾爾曼：《經學、政治和宗族──中華帝國晚期常州今文學派研究》，江蘇人民出版社1998年版，第64頁。

〔註167〕李兆洛：《養一齋文集》卷二《莊方耕先生周官記序》，《續修四庫全書》第1495冊，上海古籍出版社2002年版，第25頁。

〔註168〕譚獻撰，范旭侖、牟小朋整理：《復堂日記》卷七，河北教育出版社2000年出版，第162頁。

〔註169〕關於陽湖派文家與武進莊氏家族之間的密切往來可參曹虹：《陽湖文派研究》，中華書局1996年版，第76、77頁。

〔註170〕李兆洛《陶氏復園記》云：「吾鄉自荊川先生以治經治史，發之於文章，實之於躬行，赫然為學者宗，迴來三百年矣⋯⋯過陳渡者，憑弔遺跡而追慕之，庶幾有聞風而興者焉。」（李兆洛：《養一齋文集》卷十，《續修四庫全書》第1495冊，上海古籍出版社2002年版，第147、148頁）

餘　論

　　唐順之是明中葉最負盛名的古文家之一，在古文創作和古文理論建設上皆取得了引人矚目的成就。就古文理論而言，唐順之先後提出了「本色」論和「文法論」，對明中晚期乃至清代的古文創作和批評產生了難以磨滅的影響。統而觀之，唐順之的古文理論具有以下幾個方面的特點：一、他以明道致用為古文之本，重視古文在推行教化、輔弼政治上所具有的社會實用性；二、反對模擬、崇尚本色獨造，重視作者的主體性；三、文道並重，重視文法。唐順之的古文理論繼承、發展了秦漢以來、歷唐宋而下的古文創作優良傳統，在反撥明中葉重情抑理、崇尚修辭的文壇風氣上起到了重要的作用。除了文學發展演進的內部原因，唐順之古文理論的誕生亦有其特殊的時代背景和意義。

　　首先，嘉靖朝黑暗腐敗的政治環境是唐順之明道致用的文學觀念誕生的外部動因。明世宗（即嘉靖帝）在其統治前期積極整頓朝綱、減輕賦役，且嚴以馭官、寬以治民，政治尚且修明。然自嘉靖十二年始，世宗漸趨沉迷於道教修煉，日益疏於朝政、靡費無度。此後，嚴嵩、嚴世藩父子專權，賣官鬻爵、招權納賄，對異己極盡打壓，致使朝綱崩壞、吏治大亂。與此同時，由於邊防廢弛、軍力羸弱，北虜南倭的邊患危機愈演愈烈。至嘉靖二十九年，爆發了「庚戌之變」，天下震驚，南方倭患亦於嘉靖三十年之後迅速蔓延至內陸和北方。嘉靖朝內憂外患、岌岌可危的社會時局使得士大夫階層不再以吟詩作賦或潛心習道為尚，而是轉向鑽研實學、關心世務，以期一朝傾盡所學、

報效國家，唐順之正是其中最具代表性的人物之一。〔註1〕

　　李開先述唐順之「自始仕，即奮然有以身殉國之志」〔註2〕，洪朝選亦謂其雖罷官家居，然「心未嘗一日忘天下國家」〔註3〕。堅定的報國之志推動著唐順之一生積極鑽研各種經世之學〔註4〕，成就了唐順之在後人眼中博學淹洽、文武兼資的「通儒魁士」〔註5〕之形象。唐順之從未熄滅的用世之情更推動其晚年不避物議，應嚴嵩、趙文華之薦再出，督戰禦倭事宜，並最終死於任上。因此，唐順之雖以文事名動天下，然未可盡以文人視之。洪朝選為唐順之作《行狀》，謂其乃「千古之豪傑」〔註6〕，近代學者柳詒徵將唐順之與王陽明並提，認為「明儒文武兼資者，陽明、荊川為稱首」〔註7〕。與此相應，後世在評價唐順之的文學創作時，亦往往強調其能躍出文人手眼、不汲汲於辭章之學。如黃宗羲論唐順之古文創作曰：「從廣大胸中隨地湧出，無意為文而文自至」〔註8〕；清人李祖陶曰：「然以古豪傑自期，刻苦身心，頗欲薄詞

〔註1〕自明中後期開始，儒家的道德哲學與經世意識相結合形成了「體用並重」、「內聖外王兼治」的實學思潮。向燕南指出唐順之是這股綿延至清代的實學思潮的開啟者，其曰：「唐順之與其同時的薛應旂，經其子唐鶴徵和薛應旂之孫薛敷教，而與晚明最有影響的文人社團東林黨形成學術聯繫，此後則又借助家族血緣關係所構成的社會網絡，形成地方知識傳統，綿延而至清代的常州學派，形成明清經世致用的實學思潮發軔的學術淵藪之一」。參向燕南：《技藝與德豈可分兩事：唐順之之實學及其轉向的思想史意義》，《西南師範大學學報》（人文社科版），2006年第3期，第44頁。
〔註2〕李開先著，卜鍵箋校：《康、王、王、唐四子補傳》，《李開先全集》（修訂本），上海古籍出版社2014年版，第973頁。
〔註3〕洪朝選：《明都察院右僉都御使巡撫鳳陽等處地方提督軍務前右春坊右司諫兼翰林院編修荊川唐公行狀》，見唐順之著，馬美信、黃毅點校：《唐順之集》，浙江古籍出版2014年版，第1038頁。
〔註4〕《明史》謂唐順之「於學無所不窺，自天文、樂律、地利、兵法、弧矢、勾股、壬奇、禽乙，莫不究極原委。盡取古今載籍剖裂補綴、區分部居，為《左》、《右》、《文》、《武》、《儒》、《稗》六編傳於世，學者不能測其奧也」。參張廷玉等撰：《明史》卷二百五《唐順之傳》，中華書局1974年版，第5424頁。
〔註5〕參錢謙益：《列朝詩集小傳·呂少卿高》，上海古籍出版社2008年版，第379頁。
〔註6〕洪朝選：《明都察院右僉都御使巡撫鳳陽等處地方提督軍務前右春坊右司諫兼翰林院編修荊川唐公行狀》，見唐順之著，馬美信、黃毅點校：《唐順之集》，浙江古籍出版2014年版，第1049頁。
〔註7〕柳詒徵：《明唐荊川先生年譜序》，見唐鼎元：《明唐荊川先生年譜》，《北京圖書館藏珍本年譜叢刊》第47冊，北京圖書館出版社1999年版，第357頁。
〔註8〕黃宗羲著，沈芝盈點校：《明儒學案》（修訂本）卷二十六《南中王門學案二·襄文唐荊川先生順之》，中華書局2008年版，第598頁。

章為末技」〔註9〕；清末，錢振鍠作《荊川文引》云：「荊川豪傑之士也，而其為文則在有意、無意之間。」〔註10〕唐順之無意為文、「欲薄詞章為末技」緣其未嘗以文事自限而以經世致用為人生價值所在，以豪傑本色於衰世之中重振儒道、救百姓於水火乃其立身處世的根本理想。由此種價值觀和人生理想出發，唐順之的古文理論與攻擊其「憚於修辭，理勝相掩」的七子派文論徹底區分了開來，他將文章由辭章之學上升為載道之學，重視文章具有推行教化、經理世事的社會功能，他以唐宋八大家文為創作典範，最終構建起文道合一、崇實致用的古文傳承正統。

其次，嘉靖朝王學思想的流行是孕育唐順之古文理論的學術土壤。王陽明去世於嘉靖七年，此後其心學思想經門人傳播發揚，逐漸成為了中晚明知識界的主流學術思潮。王學思潮在嘉靖年間傳播最盛，深刻影響了這一時期的各個領域，包括文學創作和批評。王世貞論明代文學發展源流云：「理學之逃，陽明造基，晉江、毗陵藻梲」〔註11〕，指出唐順之、王慎中等唐宋派的文學主張原本自王陽明。的確，回顧王、唐一生為文經歷，其由追隨李、何「文必秦漢」之論轉而提倡唐宋古文，即與其受心學人士影響進而鑽研道學有關。由文入道的為學轉向，促使王、唐跳脫出秦漢派（包括前、後七子）掀起的倡導真情、追求氣古格高的文學復古浪潮，最終建立起以道為本的文章觀。

值得注意的是，由「本色」論至「文法」論，唐順之的文學主張在崇尚本色獨造、重視作者的主體性上始終保持著一致的立場，這與陽明心學思想的啟發有莫大關聯。王陽明以「心」為人的道德本體，主張「心外無理」、「心即理」。在其學說中，「良知」亦指稱「心體」。王陽明認為「良知」自然，不假外求，在人的主體意識之中，並且「良知」人人俱有，各個相同，具有普遍性。通過「心體」、「良知」的提出，王陽明將人的道德本體由程朱理學中那獨立於主體意識之外的客觀存在（即「道」、「天理」、「理」）改造為內具於人人心中的觀念性存在（即「心」、「良知」），突出強調了人的主體性。由此出發論文，王陽明十分重視作者的主體性，其有云：「凡作文，惟務道其心中之實，

〔註9〕 李祖陶：《唐荊川文選序》，《金元明八大家文選》之《唐荊川文選》卷首，清道光二十五年刊本，南京圖書館藏。

〔註10〕 錢振鍠：《荊川文引》，見唐鼎元：《唐荊川公著述考》，民國排印本，第6頁。

〔註11〕 王世貞：《弇州四部稿》卷一百二十七《答王貢士文祿》，《影印文淵閣四庫全書》第1281冊，臺灣商務印書館1986年版，第139頁。

達意而止，不必過於雕刻，所謂修辭立誠者也。」〔註12〕王陽明以道作者心中之實、達作者之意為作文準則，提倡作文要「修辭立誠」，反對雕琢文辭。在此基礎上，唐順之「本色」論和「文法」論的提出進一步奠定了作者在文學創作中的主體地位。「本色」論強調「文字工拙在心源」，以直抒胸臆、寫出作者的「真精神與千古不可磨滅之見」為作文要義，提倡質樸自然、不事造作的文學風格。其後，「文法」論取代了「本色」論，從「文法」出發，唐順之強調寫作首重涵養作者的道德本心，要寫出作者本心自得之見；在師法論和技法論的層面，他強調作者學法、用法而不拘於法，理想的作文之境乃作者的主體性與文體之間完美交融的境界。唐順之將陽明心學對心靈體驗的探討和關注率先移植進入文學創作和批評中，其「本色」論、「文法」論對作者主體精神的高揚正中秦漢派擬古之弊，並在一定程度上契合了中晚明重發抒性靈、真情直寄的文學思潮的內核。

　　此外，王學講求「知行合一」、重實踐的品格亦是促成唐順之形成重在經世致用的文學觀的重要緣由。「知行合一」是王陽明心學思想中的一個重要命題，這一命題的提出與學人分知、行為兩事，只專注於知而忽略行的現象有密切關聯。王陽明曰：「知之真切篤實處，即是行；行之明覺精微處，即是知，知行工夫本不可離」〔註13〕，又「知是行之始，行是知之成」〔註14〕。王陽明認為知、行本為一體，真知必當體現為行，知而不行非真知。王陽明的「知行合一」之說強調認識與實踐的統一，對於糾正學人言行不一、空談浮躁的弊病、匡正世風具有著十分重要的意義。唐順之在其學術思想中充分繼承了王學「知行合一」的旨趣，其作《答呂沃洲》云：「大率此學只論有欲無欲，不論寧靜擾動。……兄雲山中無靜味，而欲閉關獨臥，以待心志之定，即此便有欣羨畔援在矣。請兄且毋必求靜味，只於無靜味中尋討，毋必閉關，只於開門應酬時尋討，至於紛紜轇轕往來不窮之中，更試觀此心何如……」〔註15〕此處為學動靜

〔註12〕王守仁撰，吳光等編校：《王陽明全集》卷二十七《與汪節夫書》，上海古籍出版社 1992 年版，第 1001 頁。
〔註13〕王守仁撰，吳光等編校：《王陽明全集》卷二《傳習錄中》，上海古籍出版社 1992 年版，第 42 頁。
〔註14〕王守仁撰，吳光等編校：《王陽明全集》卷二《傳習錄上》，上海古籍出版社 1992 年版，第 4 頁。
〔註15〕唐順之著，馬美信、黃毅點校：《唐順之集》，浙江古籍出版 2014 年版，第 247 頁。

之論乃王陽明「知行合一」命題的延展。唐順之認為為學工夫不在動靜，而在於能否做到無欲。無欲，則動亦為靜；有欲，則靜亦為動。唐順之批評學者喜靜厭動、提出要「於無靜味中」尋討靜味，於開門應酬處體認心體，目的在於要將良知道德的涵養貫徹在人倫日用的實踐之中，這正是王陽明「知行合一」之論的旨趣所在。

王學積極干預現實、重實踐的品格亦深深影響了唐順之的文藝觀。在唐順之的文學生涯中，他曾一度因為專精於道學而鄙棄藝文製作。然而，當其貫通本末、體用，充分領悟心學旨趣之後，他對文學創作有了一番全新的認識。其《文編序》有云：「聖人以神明而達之於文，文士研精於文以窺神明之奧」〔註16〕，文辭技藝雖為神明之用，但善學者藉文亦可窺神明之奧，因此不可輕易否定文學的價值和功用。在此基礎上，唐順之進一步提出文章創作當以載道宗經、經世致用為宗旨。這一宗旨貫穿在唐順之後期的文學創作、批評和理論主張中。清人李祖陶評《荊川集》中所收書信曰：「上者與同人談學問，務與根本上實下工夫；次者與一時賢士大夫講經濟，鑿鑿可見之行事；下亦自明出處本末、討論文字淵源，皆於學術、治術大有關者。」〔註17〕不惟書信，唐順之的各體文章（以及晚年的詩歌創作）皆「於學術、治術大有關」，體現了其濃厚的濟世情懷。在其晚年完成編纂的《文編》中，所選包括策、論、疏、表、奏、狀、劄子、封事等多種實用文體，文章內容涉及歷史、政治、經濟、軍事等各個方面。此外，通過編纂《文編》，唐順之將文道合一、崇實致用的唐宋八大家文確立為古文正統傳承的核心，皆體現了其對文章輔弼政治、經邦濟世之功能的重視與強調。

綜上，身處於封建時代的沒落期，政治環境的黑暗腐敗、國運的飄搖不定促成了唐順之及同時代文人以文興道、以文經世的理想和熱情，其對古文創作明道致用的社會功能的彰顯呼應了時代發展的需要。在日趨動盪的社會

〔註16〕唐順之著，馬美信、黃毅點校：《唐順之集》，浙江古籍出版2014年版，第450頁。

〔註17〕參李祖陶：《唐荊川文選序》，《金元明八大家文選》之《唐荊川文選》卷首，清道光二十五年刊本，南京圖書館藏。按：荊川談學問之作如《與聶雙江司馬》、《與兩湖書》、《答王遵岩》；講經濟之作如《與呂沃洲巡按》論災年救荒之策、《與楊虞坡司馬》論江南倭患、《答王北厓郡守論均徭》；另有《辭宜興諸友為亡妻舉奠》、《答茅鹿門知縣》、《與洪芳洲郎中》等，或自明出處本末，或討論文字淵源。

環境中，唐順之所倡導的求實致用的文學精神進一步為明末乃至清代的文家所繼承發揚，賦予了古代文論關懷現實、經理世事的鮮明色彩。此外，明清亦是封建文化的總結期，這一時期的思想和學術皆呈現出一種集大成的特點，唐順之的文學思想（尤其是古文理論）亦有此一特色。在與前、後七子的文學爭鳴中，唐順之充分繼承了唐宋八大家追求文道合一的古文理論精髓，由此他為世人勾勒出由唐宋八大家文上窺秦漢散文精髓的古文師法路徑，確立起明道宗經、崇實致用、注重文法的古文創作正統。唐順之所揭櫫的這一古文正統，經茅坤、艾南英、錢謙益、黃宗羲、魏禧、桐城派、湘鄉派、陽湖派等明清文士及文學團體的繼承發揚，深刻影響了明末至清代的古文創作和理論批評。在繼承前人理論精髓的基礎上，唐順之的文學思想亦有開拓創新、引領潮流的一面。受陽明心學影響，唐順之極為重視作家的主體性，其「本色論」以表達作者的真知灼見、真情實感為作文第一要義，倡導率意信口、直抒胸臆之作；其「文法」論提倡寫作者本心自得之見，強調作者在寫作中將各種技法為我所用，以實現作者的主體性與文體完美交融的理想之境。唐順之對作者主體精神的高揚給古代文論注入了新鮮的色彩，尤以其「本色」論為代表，他的文學思想在一定程度上突破了追求意法平衡的古典審美理想，對晚明重發抒性靈、真情直寄的浪漫文學思潮有先導之功，並在五四以來以人為本的現代文學觀念的構建過程中激起了一定的迴響。

參考文獻

（一）古代典籍

1. （明）唐順之：《重刊校正唐荊川先生文集》，嘉靖三十二年葉氏寶山堂本。

2. （明）唐順之：《重刊校正唐荊川先生文集‧續集》，嘉靖三十五年金陵書林本。

3. （明）唐順之：《荊川集》，《文淵閣四庫全書》本，臺灣商務印書館1986年版。

4. （明）唐順之：《重刊荊川先生文集》，四部叢刊本。

5. （明）唐順之：《唐順之集》，浙江古籍出版社2014年版。

6. （明）唐順之：《文編》，明嘉靖胡帛刻本。

7. （明）唐順之：《文編》，明天啟元年陳元素重訂本。

8. （明）唐順之：《文編》，《文淵閣四庫全書》本，臺灣商務印書館1986年版。

9. （明）唐順之：《六家文略》，明萬曆三十年蔡望卿刻本。

10. （明）唐順之：《稗編》，《文淵閣四庫全書》本，臺灣商務印書館1986年版。

11. （明）唐順之撰，（清）呂留良評點：《唐荊川先生傳稿》，《四庫禁燬書叢刊補編》本，北京出版社2005年版。

12. （唐）韓愈：《韓昌黎文集校注》，上海古籍出版社 1986 年版。

13. （唐）柳宗元：《柳宗元集》，中華書局 1979 年版。

14. （宋）歐陽修：《歐陽修詩文集校箋》，上海古籍出版社 2009 年版。

15. （宋）曾鞏：《曾鞏集》，中華書局 1984 年版。

16. （宋）蘇軾：《蘇軾文集》，中華書局 1986 年版。

17. （宋）蘇轍：《欒城集》，上海古籍出版社 2009 年版。

18. （宋）呂祖謙：《古文關鍵》，《文淵閣四庫全書》本，臺灣商務印書館 1986 年版。

19. （宋）真德秀：《文章正宗》，《文淵閣四庫全書》本，臺灣商務印書館 1986 年版。

20. （明）宋濂：《宋濂全集》，浙江古籍出版社 1999 年版。

21. （明）貝瓊：《清江貝先生文集》，四部叢刊本。

22. （明）朱右：《白雲稿》，《文淵閣四庫全書》本，臺灣商務印書館 1986 年版。

23. （明）楊士奇：《東里文集》，《文淵閣四庫全書》本，臺灣商務印書館 1986 年版本。

24. （明）李東陽：《李東陽集》，嶽麓書社 1987 年版。

25. （明）王鏊：《震澤集》，《文淵閣四庫全書》本，臺灣商務印書館 1986 年版。

26. （明）陳獻章：《陳獻章全集》，上海古籍出版社 2019 年版。

27. （明）王守仁：《王陽明全集》，上海古籍出版社 1992 年版。

28. （明）王畿：《王畿集》，鳳凰出版社 2007 年版。

29. （明）聶豹：《聶豹集》，鳳凰出版社 2007 年版。

30. （明）羅洪先：《羅洪先集》，鳳凰出版社 2007 年版。

31. （明）李夢陽：《空同集》，《文淵閣四庫全書》本，臺灣商務印書館 1986 年版。

32. （明）何景明：《何大復集》，中州古籍出版社 1989 年版。

33. （明）董玘：《董中峰先生文選》，明嘉靖辛酉年王國楨刻本。

34. （明）董玘：《中峰集》，《叢書集成三編》，臺北新文豐出版公司影印國立臺灣大學總圖書館本。

35. （明）董玘：《會稽明董文簡公中峰集》，會稽董氏取斯家塾本。

36. （明）楊慎：《升菴集》，《文淵閣四庫全書》本，臺灣商務印書館 1986 年版。

37. （明）王慎中：《遵巖集》，《文淵閣四庫全書》本，臺灣商務印書館 1986 年版。

38. （明）唐順之：《唐順之集》，上海古籍出版社 2014 年版。

39. （明）茅坤：《茅坤集》，浙江古籍出版社 1993 年版。

40. （明）茅坤：《唐宋八大家文鈔》，《文淵閣四庫全書》本，臺灣商務印書館 1986 年版本。

41. （明）歸有光：《震川先生集》，上海古籍出版社 1981 年版。

42. （明）李開先：《李開先全集》（修訂本），上海古籍出版社 2014 年版。

43. （明）李攀龍：《滄溟先生集》，上海古籍出版社 1992 年版。

44. （明）王世貞：《弇山堂別集》，中華書局 1985 年版。

45. （明）王世貞：《弇州四部稿》《弇州續稿》《讀書後》，《文淵閣四庫全書》本，臺灣商務印書館 1986 年版。

46. （明）袁宗道：《白蘇齋類集》，上海古籍出版社 1989 年版。

47. （明）袁宏道：《袁宏道集箋校》，上海古籍出版社 1981 年版。

48. （明）施策：《批點崇正文選》，明萬曆四十二年刻本。

49. （明）艾南英：《天傭子集》，《四庫禁燬書叢刊補編》本，北京出版社 2005 年版。

50. （清）黃宗羲：《黃宗羲全集》，浙江古籍出版社 1985 年版。

51. （清）黃宗羲：《明儒學案》（修訂本），中華書局 2008 年版。

52. （清）黃宗羲：《明文海》，中華書局 1987 年版。

53. （清）錢謙益：《列朝詩集小傳》，上海古籍出版社 2008 年版。

54. （清）錢謙益：《牧齋初學集》，上海古籍出版社 1985 年版。

55. （清）朱彝尊：《靜志居詩話》，人民文學出版社 1990 年版。

56. （清）陳田：《明詩紀事》，上海古籍出版社 1993 年版。

57. （清）永瑢等：《四庫全書總目》，中華書局 1965 年版。

58. （清）張廷玉：《明史》，中華書局 1974 年版。

59. （清）戴名世：《戴名世集》，中華書局 1986 年版。

60. （清）方苞：《欽定四書文》，《文淵閣四庫全書》本，臺灣商務印書館 1986
    年版。

61. （清）方苞：《方苞集》，上海古籍出版社 1983 年版。

62. （清）劉大櫆：《劉大櫆集》，上海古籍出版社 1990 年版。

63. （清）姚鼐：《惜抱軒詩文集》，上海古籍出版社 1992 年版。

64. （清）曾國藩：《曾國藩全集》，嶽麓書社 1986 年版。

65. （清）惲敬：《惲敬集》，上海古籍出版社 2013 年版。

66. （清）李兆洛：《養一齋文集》，《續修四庫全書》本，上海古籍出版社 2002
    年版。

67. （清）袁枚：《袁枚全集》，江蘇古籍出版社 1993 年版。

68. （清）張汝瑚：《明八大家集》，清康熙刊本。

69. （清）劉肇虞：《元明八大家古文》，清乾隆二十九年步月樓刊本。

70. （清）李祖陶：《金元明八大家文選》，清道光二十五年刊本。

71. （清）孫詒讓：《墨子閒詁》，新編諸子集成本，中華書局 1986 年版。

72. （清）劉熙載：《藝概》，上海古籍出版社 1978 年版。

（二）研究著作

1. 唐鼎元：《明唐荊川先生年譜》，《北京圖書館藏珍本年譜叢刊》本，北京
   圖書館出版社 1999 年版。

2. 唐鼎元：《唐荊川公著述考》，民國排印本。

3. 宋佩韋：《明文學史》，商務印書館 1934 年版。

4. 錢基博：《明代文學》，商務印書館 1935 年版。

5. 郭紹虞：《中國文學批評史》，上海古籍出版社 1979 年版。

6. 劉大杰：《中國文學發展史》，上海古籍出版社 1982 年版。

7. 朱東潤：《中國文學批評史大綱》，上海古籍出版社 1983 年新 1 版。

8. 吳金娥：《唐荊川先生研究》，臺灣文津出版社 1986 年版。

9. 廖可斌：《明代文學復古運動研究》，上海古籍出版社 1994 年版。

10. 陳書錄：《明代詩文的演變》，江蘇教育出版社 1996 年版。

11. 曹虹：《陽湖文派研究》，中華書局 1996 年版。

12. 袁行霈：《中國文學史》，高等教育出版社 1999 年版。

13. 艾爾曼：《經學、政治和宗族——中華帝國晚期常州今文學派研究》，江蘇人民出版社 1998 年版。

14. 左東嶺：《王學與中晚明士人心態》，人民文學出版社 2000 年版。

15. 左東嶺：《明代心學與詩學》，學苑出版社 2002 年版。

16. 黃卓越：《佛教與晚明文學思潮》，東方出版社 1997 年版。

17. 黃卓越：《明永樂至嘉靖初詩文觀研究》，北京師範大學出版社 2001 年版。

18. 黃卓越：《明中後期文學思想研究》，北京大學出版社 2005 年版。

19. 張夢新：《茅坤研究》，中華書局 2001 年版。

20. 周群：《儒釋道與晚明文學思潮》，上海書店出版社，2001 年版。

21. 宋克夫、韓曉：《心學與文學論稿》，中國社會科學出版社 2002 年版。

22. 陳來：《宋明理學》，華東師範大學出版社 2004 年版。

23. 周揚、錢仲聯、王瑤、周振輔等：《中國文學史通覽》，東方出版中心 2005 年版。

24. 郭英德：《中國古代文學通論》（明代卷），遼寧人民出版社 2005 年版。

25. 張伯偉：《中國古代文學批評方法研究》，中華書局 2006 年版。

26. 章培恒、駱玉明：《中國文學史新編》，復旦大學出版社 2007 年版。

27. 王水照：《歷代文話》，復旦大學出版社 2007 年版。

28. 陸德海：《明清文法理論研究》，上海古籍出版社 2007 年版。

29. 黃毅：《明代唐宋派研究》，上海古籍出版社 2008 年版。

30. 楊遇青：《明嘉靖時期詩文思想研究》，陝西出版集團 三秦出版社 2011

年版。

31. 羅宗強：《明代文學思想史》，中華書局 2013 年版。

（三）期刊論文

1. 廖可斌：《唐宋派與陽明心學》，《文學遺產》1996 年第 3 期。

2. 周群：《論王畿對唐宋派的影響》，《齊魯學刊》2000 年第 5 期。

3. 黃強：《朱右及其〈唐宋六家文衡〉述考》，《文學遺產》2001 年第 6 期。

4. 趙園：《關於唐順之晚歲之出》，《南通大學學報》（社會科學版）2005 年第 3 期。

5. 杜海軍：《呂祖謙與「唐宋八大家」》，《廣西師範大學學報》（哲學社會科學版），2006 年第 1 期。

6. 李宜蓬：《吳澄「唐宋七子」說的理論價值——兼論唐宋八大家概念的形成》，《江西師範大學學報》（哲學社會科學版），2008 年第 41 卷第 6 期。

7. 楊遇青：《論「嘉靖十才子」的文學活動和創作趨向——以唐順之早期文學思想演變為中心》，《中國文學研究》2009 年第 4 期。

8. 付瓊：《清人所輯唐宋八大家選本版本知見錄》，《蘭州學刊》2010 年第 6 期。

9. 周煥卿：《從心學到實學之丕變——論唐順之對王學左、右兩派的突圍》，《徐州師範大學學報》（哲學社會科學版）2012 年第 38 卷第 4 期。

10. 姜雲鵬：《唐順之古文評點初探——以〈文編〉為中心》，《文藝評論》2013 年第 6 期。

11. 孫彥：《從〈文編〉看唐順之的「文法」說》，《南京師範大學文學院學報》2013 年第 4 期。

（四）學位論文

1. 劉尊舉：《唐宋派文學思想研究》，首都師範大學 2005 年博士學位論文。

2. 譚佳：《現代性影響下的「晚明敘事」研究》，四川大學 2006 年博士學位論文。

3. 王偉：《唐順之文學思想研究》，北京語言大學 2008 年博士學位論文。

4. 任海平：《論唐順之：在學術與事功之間》，復旦大學 2001 年碩士學位論文。

5. 王永志：《唐順之的文學理論與詩文創作研究》，山東大學 2004 年碩士學位論文。

6. 蘇岑：《明代唐宋派古文選本研究》，北京師範大學 2008 年碩士學位論文。

7. 張鵬：《歸有光與唐順之比較研究》山東師範大學 2008 年碩士學位論文。

8. 孟慶媛：《唐順之書信編年考證》，華東師範大學 2010 年碩士學位論文。